KB260231

THE ADVENTURES OF ELLERY QUEEN

엘러리 퀸의 모험

엘러리 퀸/장백일 옮김

동서문화사

옮긴이 장백일 (張伯逸)

전남대 철학과·건국대 대학원을 수료. 1958년 조선일보 신춘문예에 평론 〈현대문학론〉이 당선된 뒤 《문학의 초점》《시대의 작가와 작품》《전위의식의 문학운동》 등 많은 평론을 발표했다. 우석대·상명여사대·홍익대·국민대 교수 역임. 한국평론가협회 회장 역임.

DONGSUH MYSTERY BOOKS 101

엘러리 퀸의 모험

엘러리 퀸 지음/장백일 옮김
1판 1쇄 발행/1977년 12월 1일
2판 1쇄 발행/2003년 6월 1일
2판 3쇄 발행/2011년 1월 10일
발행인 고정일/발행처 동서문화사
창업 1956. 12. 12. 등록 16-345 (윤)
서울강남구신사동 540-22 ☎ 546-0331~6 (FAX) 545-0331
www.epascal.co.kr

*

편찬·필름·제작 일체 「동판」 자본으로 이루어짐에 따라
출판권 소유권자 「동판」에서 제조출판판매 세무일체를 전담합니다.
사업자등록번호 211-90-02201
ISBN 978-89-497-0186-8 04840
ISBN 978-89-497-0081-6 (세트)

엘러리 퀸의 모험
차례

아프리카 출장 직원의 모험

엘러리 퀸은 영국제 트위드 양복을 입고 깊은 생각에 잠긴 채, 호화로운 대학 예술회관 8층 복도를 엄숙하게 걷고 있었다. 멋내기 좋아하는 엘러리 퀸답게 입고 있는 트위드 양복은 영국 본드 거리에서 지은 것이었지만, 사상은 미국에서 교육을 받았기에, 그의 귀는 젊은 남녀 대학생들의 독특한 사투리에 완전히 익숙해 있었다. 사실 엘러리 자신도 1910년대 하버드 대학 학생이었다.

엘러리는 함성을 질러대듯 떠들썩한 학생들의 무리를 지팡이 끝으로 헤치다시피 하면서 걸어가며, '이래도 뉴욕의 최고 학부인가' 하고 날카롭게 비판해 보았다. 엘러리는 한숨을 쉬었으나, 코안경 렌즈 속 은빛으로 반짝이는 눈은 부드럽게 빛나고 있었다. 엘러리는 범죄 현장을 연구하는 데 없어서는 안 될 예리한 관찰력을 갖추고 있었기에 통로에 모여 있는 여학생들의 장밋빛 뺨, 깜찍한 눈, 버들개지 같은 모습을 하나도 놓치지 않았다. 엘러리의 모교는 모든 교육에 있어서 미덕의 전형으로 생각되고 있었으나, 만일 이와 같은 밝고 그윽한 분위기를, '무뚝뚝한 남학생들만 있는 교실에다 퍼뜨릴 수 있다면 얼마나 좋았을까’ 하고 우울한 생각에 잠겼다. 정말 그랬다.

엘러리 퀸은 그런 교수답지 않은 상상을 뿌리치기라도 하려는 듯 조용히, 웃어대고 있는 여학생들 틈을 점잖게 걸어 나가 위엄 있게 824호 강의실을 향해 갔다.

엘러리는 잠시 걸음을 멈추었다. 키가 큰, 아기 사슴 같은 눈을 한 젊은 여학생이 닫혀진 문에 기댄 채, 분명히 자기를 기다리고 서 있었기 때문이었다. 엘러리는 몸에 꼭 맞는 트위드 양복 속에서 저도 모르게 얼마쯤 당황했다. 그녀는 ‘응용 범죄학. 엘러리 퀸’이라고 씌어 있는 자그마한 표찰 앞에 기대어 서 있었다.

이것은 말할 것도 없이 신성한 학문을 모독하는 태도였다. 그러나 그 아기 사슴 같은 눈을 한 그녀는 감탄과 외경스런 표정까지 띠고서 엘러리를 반가운 듯 바라보고 있었다. 이렇게 당혹스러운 경우, 다른 교수들은 어떻게 행동할지 엘러리는 알고 싶었다. 모르는 척하고 무시해 버려야 할지, 단호하게 꾸짖어야 할지, 엘러리는 판단할 수 없었다.

그러나 곧 그러한 생각도 사라지고 말았다. 아니, 그 팔에 놓여졌다고도 할 수 있었다. 엘러리가 우물쭈물하고 있는 동안 그 산적 같은 아가씨가 엘러리의 왼쪽 팔을 꼭 붙들며 구슬같이 맑은 목소리로 말했다.

“당신이 바로 엘러리 퀸 씨인가요?”

“나는…….”

“다 알고 있어요. 눈이 참 멋있군요. 야릇한 빛을 띠고 있어요. 아, 정말이지 굉장히 스릴이 있을 것 같아요, 퀸 선생님.”

“뭐라고 했지요?”

“제가 뭐라고 했냐고요?”

그녀가 반문하면서, 엘러리의 눈에는 좀 이상하리만큼 작아 보이는 손을, 꼬집혀 아파하는 엘러리의 팔에서 늦추었다. 그리고 엘러리에 대한 평가를 조금 낮추는 듯 딱 잘라 말했다.

"그런데 선생님은 유명한 탐정이시죠? 흐음, 좀 의외인데요. 실은 이키가 가보라구 해서 왔어요."

"이키라뇨?"

"모르세요? 세상에! 이키는 아이크소프 교수를 말하는 거예요. 학사, 석사, 박사 학위를 가지고 있고, 그 밖에도 여러 가지 있습니다만."

"아, 이제 알겠소."

엘러리가 말했다.

"아실 만한 때도 됐지요."

젊은 여자는 야무지게 말했다.

"그리고 이키는 제 아버지예요. 아셨어요?"

그녀는 갑자기 부끄러워하는 것 같았다. 아니면 여자의 까만 속눈썹이 깊은 다갈색 눈동자를 싹 가리는 것을 본 엘러리가 그렇게 착각했을 뿐인지도 몰랐다.

"알았소. 아이크소프 양."

아이크소프!

"아주 잘 알았소. 나는 아이크소프 교수님으로부터, 정말이지, 이색다른 강의를 떠맡았지요. 그래서 아가씨는 교수님의 따님이라고 나를 속이고 나의 모임에 참여할 생각이겠지요? 하지만 그건 잘못된 논리인데요."

엘러리는 이렇게 말하고, 바닥에다 지팡이를 깃대처럼 세워서 짚으며 말을 이었다.

"그렇게는 안 됩니다. 안 되고말고."

느닷없이 아이크소프 양이 구둣발로 지팡이를 차는 바람에 엘러리는 하마터면 쓰러질 뻔했다.

"너무 교만하게 굴지 마세요, 퀸 선생님. 이제 이걸로 모든 게 해결됐어요. 자, 강의실로 들어가실까요, 퀸 선생님? 멋진 이름이군요."

"하지만……."

"고맙게도, 아버지는 벌써 모든 수속을 끝마쳐 놓으셨어요."

"아니, 난 절대 거절이오."

"수강료도 다 냈어요. 전 학사란 말이에요. 하긴 요즘 석사 과정을 게을리하고 있지만요. 이래뵈도 전 꽤 영리하답니다. 자, 선생님. 너무 그렇게 교수님 티 내지 마세요. 선생님은 지나칠 만큼 훌륭한 신사잖아요. 그리고 소름끼칠 만큼 아름다운 은빛 눈은 정말이지……."

"좋아요." 엘러리는 갑자기 뭔가 짚이는 데가 있어 만족스럽게 말했다. "따라와요."

그곳은 기다란 책상과 그 둘레에 의자를 놓은 조그만 세미나실이었다. 두 젊은이가 일어서자, 엘러리는 그들이 경의를 표하고 있다고 생각했다. 두 사람은 아이크소프 양의 모습을 보고 좀 놀라는 듯했으나, 그다지 실망한 눈치는 아니었다. 아이크소프 양이 유명한 것만은 분명했다. 한 명이 앞으로 달려 나와 엘러리와 악수를 했다.

"퀸 선생님, 저는 존 버로즈입니다. 수많은 탐정 지망생들 가운데서 저와 크레인을 뽑아 주셔서 고맙습니다."

엘러리는 밝은 눈에 얼굴이 갸름한 이지적인 그를 멋진 젊은이라고 여겼다.

"버로즈, 그건 나보다 자네 교수님께 말씀드리게. 자네의 성적에 감사해야 할 거야……. 그리고 자네는 물론 월터 크레인 군에게도."

다른 젊은이는 마치 의식에 나온 사람처럼 딱딱한 태도로 예의바르게 엘러리와 악수를 나누었다. 키가 크고 어깨가 떡 벌어졌으며, 공부 벌레 같은 용모를 한, 인상 좋은 젊은이였다.

"그렇습니다, 선생님. 저는 화학을 전공했고 학사 학위를 땄습니다. 저는 선생님과 아이크소프 교수님께서 하시려는 일에 매우 흥미를 가지고 있습니다."

"그래요? 뜻밖에도, 아이크소프 양은 우리들의 조그만 모임의 네 번째 회원이 됐어요. 정말 뜻밖입니다. 그럼, 우리 앉아서 이야기를 나누도록 합시다."

크레인과 버로즈는 저마다 자리에 앉고, 젊은 여자도 얌전하게 자리에 앉았다. 엘러리는 모자를 벗고, 구석에 지팡이를 세우고, 테이블 위에서 두 손을 마주잡고 흰 천장을 쳐다보았다. 슬슬 애기를 꺼내려는 것이었다.

"모두 아는 바와 같이, 이건 아주 하찮은 일 같지만, 그 가운데에는 뭔지 모르게 확실한 근거가 있어요. 아이크소프 교수님께서 아까 어떤 아이디어를 가지고 나한테 오셨는데, 그것은 순수한 분석에 의해 범죄를 해결한 내 조그마한 업적을 들으셨기 때문이었어요. 교수님께서는 젊은 대학생들 사이에 추리에 의한 탐지 능력을 개발시키면 어떨까 생각하셨던 거지요. 나도 대학을 나왔지만, 거기에 대해 그다지 확신할 순 없어요."

"요즘 대학생들은 머리가 아주 좋아요."

아이크소프 양이 말했다.

그러자 엘러리가 퉁명스럽게 말했다.

"글쎄, 그건 어떤지 난 잘 모르겠지만…… 이건 규칙 위반이 아닌가 싶은데, 아무튼 나는 담배를 피우지 않으면 생각할 수가 없어서 말이오. 여러분도 피워도 좋아요. 한 대 피우겠소, 아이크소프 양?”

아이크소프 양은 건성으로 한 개비 뽑아서 자기 성냥으로 불을 붙이고는 엘러리의 눈을 빤히 쳐다보았다.

“물론 실제적인 공부도 하는 거겠지요?” 화학자인 크레인이 물었다.

“물론 하고말고요.” 엘러리가 갑자기 벌떡 일어서며 말을 이었다.

“아이크소프 양, 주의를 집중하세요. 이 일을 하는 이상, 모든 일을 실수 없이 해야 하니까. 알겠소? 우리는 일상의 뉴스 속에서 범죄를 연구하는 거요. 당연한 일이지만, 우리의 특수한 추리 방법을 필요로 하는 범죄를 말이오. 우선 우리는 다같이 출발점에서부터 시작해야 합니다. 선입관은 버리도록 하고, 알겠소? 내 지시대로 움직인 다음 그 결과를 보기로 합시다.”

버로즈의 열성적인 얼굴이 붉어졌다. “이론은요? 우선 처음에 알아두어야 할 원칙은 안 가르쳐 주십니까? 먼저 강의를…….”

“원칙이고 뭐고 다 필요 없네. 아이크소프 양, 수영을 배우는 단한 가지 방법은 물 속으로 들어가는 것이에요. 버로즈, 이 터무니없는 강의에 63명이나 되는 학생들이 지원했었는데, 사실 나는, 두서너 명밖에 뽑고 싶지 않았네. 수가 많아지면 내 의도는 실패하고말 테니까. 잘 알겠지만, 사람이 많으면 하기 어려워지거든. 때문에 자네를 뽑았네, 크레인. 자네는 얼마쯤 분석적인 머리도 가지고 있는 것 같고, 과학적 훈련에 의해 관찰하는 눈이 발달되어 있을 듯해서 말이야. 버로즈, 자네는 건전한 학문 배경을, 분명히 최고의 것을 지니고 있네.”

두 젊은이는 얼굴을 붉혔다.

“아이크소프 양.” 엘러리가 어색하게 말을 이었다. “당신은 불청객이니 스스로 책임을 져야 할 것 같소. 이키 교수님 부탁이 있었든

없었든, 어리석은 짓을 하면 당장 나가야 합니다. ”

“그렇지만 선생님, 아이크소프 집안에는 결코 멍텅구리 따위는 없어요. ”

“나도 그렇기를 진심으로 바랍니다. 그럼, 문제로 들어가기로 할까요? 1시간 전쯤에 내가 학교로 오려고 하는데, 경찰 본부로부터 전화로 급보가 들어왔지요. 그게 우연이라고 생각되지만 아무튼 고마운 일이지요……. 극장 지역에 살인 사건이 일어났다고요. 희생자는 이 스파고라는 사람입니다. 경찰 기록에 실린 대충의 사실로 미루어 보건대, 아주 기괴한 사건이에요. 나는, 내 아버지를 다들 알고 있겠지만, 퀸 경감에게 범행 현장을 발견 당시 그대로 놓아두도록 부탁해 놓았어요. 자, 그러니 지금 당장 현장으로 출동합시다. ”

“신나는데 ! ”

버로즈가 소리쳤다.

“범죄와 맞붙는 거야. 이거 근사해지는걸. 그런데 퀸 선생님, 사건 현장에는 쉽게 못 들어가는 것 아닙니까? ”

“아무도 쉽게 못 들어가지. 여러분을 위해, 나처럼 경찰의 특별 출입증을 받을 수 있도록 절차를 밟아 놓았어요. 아이크소프 양에게는 나중에 받도록 해 주겠소. 범행 현장에서는 아무것도 갖고 나오지 않도록 특별히 주의하세요. 무슨 일이든 나와 의논하고 나서 하도록. 그리고 절대 신문 기자들이 넘겨짚는 말에 넘어가지 않도록 해요. ”

“살인이 났군요. ”

아이크소프 양이 갑자기 겁이 나는지 은근한 투로 말했다.

“벌써 기분이 나빠졌나요? 하지만 이 사건은 여러분의 시험 사례가 될 거예요. 난 여러분들이 실전에 임해서 어떤 식으로 머리를

쓰게 될지 그걸 알고 싶소. 아이크소프 양, 모자 같은 건 없나
요?"
"선생님, 무슨 말씀이세요?"
"옷차림 말이오, 옷차림. 그 모양으로는 갈 수 없으니까, 알겠
소?"
"네."
아이크소프 양은 얼굴을 붉히고 중얼거렸다.
"사건 현장에 운동복 차림으로 가면 안 되나요?"
엘러리가 노려보자 아이크소프는 부드럽게 덧붙였다.
"모자라면 아래층 제 사물함 속에 있어요, 퀸 선생님. 1분도 안 걸
릴 거예요."
엘러리는 모자를 눌러 썼다.
"5분 뒤에 예술 회관 앞에서 만납시다. 5분 뒤에. 알겠소, 아이크
소프 양?"
지팡이를 다시 집어든 엘러리는, 세미나실에서 나오는 어느 교수나
다 그렇듯이 점잔을 빼며 걸었다. 엘리베이터를 타러 가는 도중에도,
큰 복도를 걷고 있을 때도, 바깥 대리석 계단 위에서도 엘러리는 크
게 숨을 쉬었다. 멋진 날이었다. 엘러리는 교정을 바라보았다. 정말
로 멋진 날이었다.
펜윅 호텔은 타임스 광장에서 몇백 미터밖에 안 되는 곳에 있었다.
호텔 휴게실은 경관, 형사, 기자들, 그리고 한결같이 불안한 표정을
짓고 있는 점으로 미루어 보아 숙박객인 듯한 사람들로 혼잡했다. 퀸
경감의 부하인 덩치가 커다란 벨리 경사는 입구에 구경꾼들의 침입을
막기 위해 시멘트벽처럼 우뚝 서 있었다. 벨리 경사 곁에는 키가 큰
사나이가 걱정스러운 얼굴을 하고서, 수수한 푸른 빛깔의 서지 양복
과 하얀 리넨 셔츠에 검은 나비 넥타이 차림으로 서 있었다.

"호텔 지배인 윌리엄스 씨입니다. "

벨리가 말했다.

윌리엄스는 악수를 했다.

"정말 알 수 없는 일입니다. 도무지 영문을 모르겠군요. 경찰에서 오신 분이십니까 ? "

엘러리는 고개를 끄덕였다. 그가 데리고 온 학생들은 겁을 먹고 기죽은 근위병들처럼 엘러리를 둘러싸고 있었다. 마치 보호라도 원하는 것처럼 엘러리에게 바싹 붙어 서 있었다. 주위에는 뭔지 모를 불길한 기운이 감돌고 있었다. 제복이며 셔츠며 넥타이가 한결같이 회색인 호텔 종업원들까지, 난파되어 가는 배의 사환들처럼 어리둥절한 표정을 짓고 있었다.

"아무도 출입을 못하게 하고 있어요. 경감님의 명령입니다. 시체를 발견하고 퀸 씨가 처음입니다. 이 세 사람들은 누굽니까 ? " 벨리 경사가 소리를 지르다시피 말했다.

"걱정하지 않아도 괜찮아요. 아버지는 현장에 계십니까 ? "

"위층에 계십니다. 3층 317호실입니다. 이제 좀 조용해졌군요. "

엘러리는 지팡이를 수평으로 쳐들었다.

"따라와요, 여러분. 그리고……. " 엘러리는 상냥하게 덧붙였다.

"너무 신경과민이 되지 않도록. 곧 이런 일엔 익숙해질 겁니다. 모두 기운내요. "

세 사람은 일제히 꾸벅 머리를 숙였으나 눈에는 생기가 없었다. 일행이 경찰이 관리하고 있는 엘리베이터로 올라갈 때에, 엘러리는 아이크소프 양이 프로처럼 보이려고 열심히 애쓰고 있다는 것을 알았다. 정말 아이크소프 양다웠다. 그러나 이제 곧 울상을 지을 게 틀림없었다. 엘리베이터에서 내려 쥐죽은 듯 조용한 복도를 걸어 열려 있는 문 쪽으로 갔다. 문 앞에서 백발에, 아들과 똑같이 새 같은 날카로운 눈을 한 몸집 작은 리처드 퀸 경감이 그들을 맞았다.

엘러리는 아이크소프 양이 시체가 있는 방을 겁먹은 눈으로 힐끔 보더니 벌벌 떠는 것을 보고 터져 나오려는 웃음을 간신히 참았다. 그는 경감에게 세 젊은이를 소개한 다음, 겁에 질려 침착성을 잃은 세 사람 뒤에 있는 문을 닫고 침실을 둘러보았다.

시체는 연한 갈색 카펫 위에 두 팔을 다이빙하는 자세로 한껏 뻗은 채 배를 깔고 엎드려 있었다. 머리는 질퍽한 진홍색 페인트 양동이를 뒤집어쓴 듯 갈색 머리가 뻣뻣하게 피로 엉겨 붙었고, 두 어깨 위에 도 끈끈하게 검붉은 것이 엉겨 붙어 끔찍한 모양을 하고 있었다. 아이크소프 양은 가느다란 신음 소리를 내고 있었다. 분명히 그것은 그 광경이 마음에 들어서가 아니었다. 엘러리는 조그만 손을 꼭 움켜쥔 작은 요정 같은 이 여학생의 얼굴이, 배를 깔고 쓰러져 있는 시체 바로 옆 침대 시트보다도 더 창백해졌음을, 병적인 만족감으로 관찰하고 있었다. 크레인과 버로즈는 숨소리를 거칠게 내고 있었다.

그때, 엘러리가 쾌활하게 말했다.

"아이크소프 양, 크레인, 버로즈, 여러분은 시체를 처음 보는 것이지요?"

"그럼 아버지, 시작할까요? 먼저 사건에 대해 말씀해 주십시오."

퀸 경감은 한숨을 쉬었다.

"피해자 이름은 올리버 스파고, 42살, 2년 전 아내와 이혼. 대규모 의류 수출업체의 출장 직원. 남아프리카에 1년 있다가 최근에 귀국. 해외 식민지의 원주민에게 구타, 폭행, 속임수 거래 등으로 악명 높음. 이번 귀국도 시끄러운 일이 있었기 때문에 영국령 아프리카로부터 추방당한 셈이야. 최근 뉴욕 신문에도 났었지. 사흘 예정으로 펜윅 호텔에 투숙. 방은 역시 3층이었어. 그 뒤 친척을 방문하기 위해 시카고로 떠났었지."

퀸 경감은 마치 피해자가 살해된 것이 천벌이라는 듯이 술술 이야기했다.

"오늘 아침 비행기로 뉴욕에 도착, 9시 30분에 또다시 투숙. 그 뒤 방에서 한 발도 나가지 않았어. 11시 30분에, 보는 것처럼 시체가 되어서 3층 담당인 혼혈 하녀 애거서 로빈스에 의해 발견된 거지."

"단서는요?"

경감은 어깨를 움찔했다. "있다고도 할 수 있고, 없다고도 할 수 있어. 신원을 조사해 보았는데, 보고에 의하면 상당한 수완가였던 모양이야. 교제 폭도 꽤 넓고, 적은 없는 것 같고. 배가 입항한 뒤부터의 모든 행동은 백지야. 그건 이미 조사가 끝났지만, 바람둥이였더군. 마지막 해외 여행을 떠나기 전에 아내를 버리고, 그 뒤에는 멋진 금발 여자와 지냈지. 두 달쯤 그 여자와 화려하게 놀고 돌아다니다가 그녀도 버렸더군. 최근엔 그 여자와 함께 있지 않았어. 여자 쪽은 둘 다 손을 써 놓았더군."

"용의자로서 말입니까?"

퀸 경감은 시체가 된 여행자를 우울하게 바라보았다. "글쎄, 상상에 맡기는 수밖에 없겠지. 오늘 아침에 방문객이 한 명 있었는데, 지금 말한 금발 여자야. 이름은 제인 테릴. 일정한 직업은 없는 것 같았어. 아마 그 여자는 2주일 전에 신문의 선객 왕래 난을 보고 스파고가 도착했다는 것을 알았던 모양이야. 여기저기 찾아다니던 끝에, 일주일 전 스파고가 시카고에 가 있는 동안 이 호텔 프런트에 와서 이 사람에 대한 것을 물었고, 그때 여자는 스파고가 오늘 아침에 돌아온다는 말을 들었지. 스파고가 프런트에 알려 놓고 갔던 거야. 그 여자는 오늘 아침 11시 5분에 여기 와서 방 번호를 알아내고는 엘리베이터 보이에 의해 위층으로 안내되었지. 그런데 아무도 여자가 돌아간 것을 기억 못하고 있어. 그러나 여자는, 노크를 했으나 대답이 없어서 그냥 돌아간 뒤 호텔에는 다시 오지 않았으며, 그를 한 번도 만나지 않았다고 말하고 있어.”

아이크소프 양은 두려움을 억누르고 시체 곁을 지나, 침대에 걸터 앉아 백을 열고 분첩으로 콧등을 두드리기 시작했다.

“그럼, 부인은 어떻게 되었나요, 퀸 경감님?”

그녀가 나직한 목소리로 물었다.

그녀의 아기 사슴 같은 눈 속에서 무엇인가 불꽃이 튀고 있는 듯했다. 아이크소프 양은 분명히 뭔가 짚이는 게 있으나, 그것을 억누르려고 일부러 새침한 태도를 보이고 있는 것 같았다.

“스파고의 부인 말인가요?” 경감은 무뚝뚝하게 말했다. “하느님이나 아시겠지요. 내가 말하는 것처럼 부인과 스파고는 이미 헤어졌을 뿐 아니라, 부인은 스파고가 아프리카에서 돌아온 것조차 몰랐다고 주장하고 있소. 부인은 오늘 아침에 시내에 물건을 사러 나갔다고 말하더군요.”

방은 침대, 옷장, 서랍장, 침대 탁자, 책상과 의자뿐인 흔해 빠진 자그마한 호텔 방이었다. 거기에는 연소관이 달린 모형 난로, 욕실로 통하는 열려 있는 문, 그 밖에는 아무것도 없었다.

엘러리는 시체 곁에 무릎을 꿇었다. 크레인과 버로즈는 긴장된 얼굴로 그를 흉내냈다. 경감은 우습다는 듯이 앉아서 그 광경을 지켜보았다. 엘러리는 시체를 뒤집어 보며 사후 경직으로 뻣뻣해진 시체를 조사했다.

“크레인, 버로즈, 아이크소프 양.” 엘러리가 날카롭게 불렀다. “그럼, 시작하지요. 여러분이 관찰한 바를 들어보기로 할까요? 아이크소프 양부터.”

아이크소프 양은 침대에서 벌떡 일어나 시체 곁으로 갔다. 엘러리는 그녀의 목덜미에서 뜨겁고 불규칙적인 호흡을 느꼈다.

"아이크소프 양, 모르겠어요? 얼마든지 있을 것 같은데."

아이크소프 양은 붉은 입술을 축이고 나서 목이 멘 듯한 소리로 말했다. "이 사람은 실내복을 입고 있군요. 슬리퍼와 실크 속옷을……."

"맞아요, 그리고 검은 실크 양말과 양말 대님. 또 실내복과 속옷에는 상표가 붙어 있지요. '존슨 상점, 요하네스버그, 아프리카 연방'이라고 말이오. 그 밖에는?"

"왼손에 손목 시계가 있습니다." 그녀는 몸을 구부리고 조심조심 손끝으로 시체의 팔을 건드렸다.

"아, 시계 유리가 깨져 있어요. 바늘은 10시 20분을 가리키고 있군요."

"좋아요." 부드러운 목소리로 엘러리가 말했다. "아버지, 프라우티 선생께서 검시를 하셨습니까?"

"끝났어." 경감은 담담한 목소리로 말했다. "검시관은 스파고가 11시에서 11시 반 사이에 살해되었다고 증언하고 있어. 내 생각으로는……."

아이크소프 양의 눈이 빛나고 있었다. "그렇다면 그것은……?"

엘러리는 말을 가로막았다. "아이크소프 양, 짚이는 데가 있더라도 마음속에 담아 둬요. 단 한 번에 결론으로 비약하지 말 것. 아이크소프 양은 그걸로 됐어요. 자, 크레인?"

젊은 화학자는 이맛살을 찌푸리더니, 가죽 줄이 달린 큼직한 고급 시계를 가리키며 말했다.

"남자용 시계. 쓰러질 때의 충격으로 시계가 멎어 있습니다. 가죽 줄의 두 번째 구멍에 늘 쓰던 자국이 있고, 지금도 그 구멍에 채워져 있습니다. 그러나 세 번째 구멍에도 그 자국보다 더 뚜렷한 것이 나 있습니다."

“훌륭하군, 크레인 그리고?”

“왼손에는 피가 더덕더덕 말라붙어 있군요. 왼쪽 손바닥에도 묻어 있으나, 그 손으로 뭔가를 쥐어서인지 피가 덜 묻어 있습니다. 이 방 어딘가에, 피 묻은 손으로 쥐어서 뻘겋게 물든 물건이 있을 겁니다……”

“크레인, 나는 자네를 자랑스럽게 생각하네. 아버지, 혹시 피 묻은 물건이 발견되지 않았습니까?”

경감은 흥미를 느끼는 것 같았다.

“자네 제법 훌륭하군. 그러나 아무것도 없었다, 엘러리. 카펫 위에도 피는 묻지 않았어. 뭔지는 모르겠지만 가해자가 가지고 간 게 분명해.”

“경감님.” 엘러리는 소리 내어 웃으면서 말했다. “경감님께 조사하신 걸 묻고 있는 게 아닙니다. 버로즈, 뭐 덧붙일 게 있나?”

버로즈는 재빨리 숨을 몰아쉬고 나서 말했다.

“머리의 상처는 묵직한 것으로 여러 번 얻어맞은 것 같군요. 쭈글쭈글한 카펫이 분명 결투를 한 증거겠지요. 그리고 얼굴은……”

“아, 얼굴에서 뭔가 발견한 게 있었군. 얼굴에 대해서는 어떤가?”

“면도를 막 했습니다. 텔컴 파우더(화장품)가 아직도 얼굴과 목에 묻어 있군요. 욕실을 조사해야 한다고 생각하지 않습니까, 퀸 선생님?”

아이크소프 양이 뿌루퉁해서 말했다. “저도 알고는 있었지만, 기회를 주셔야지요. 텔컴 파우더가 아주 골고루 발라져 있군요. 뭉치거나 얼룩지지 않고 말이에요.”

엘러리는 벌떡 일어섰다. “당신한테는 셜록 홈즈 같은 탐정이 될 만한 소질이 꽤 있군요. 그런데 흉기는요, 아버지?”

“조잡하게 만든 무거운 돌망치, 그러니까 전문가는 아프리카의 골동품이나 뭐 그런 걸 거라고 말하고 있는데, 스파고가 손가방 속에 넣어 두고 있었던 것이겠지. 여행용 큰 가방은 시카고에서 아직 도착하지 않았으니까."

엘러리는 고개를 끄덕였다. 침대 위에는 뚜껑이 열린 돼지 가죽 여행 가방이 있었다. 그 옆에는 야외용 옷이 단정하게 놓여 있었다. 턱시도 윗옷과 바지, 조끼, 거북 등껍질 같은 무늬의 예복 셔츠, 커프스 단추, 빳빳한 칼라, 까만 멜빵, 하얀 비단 손수건. 침대 밑에는 일상용과 에나멜 가죽 검정 구두가 두 켤레 있었다.

엘러리는 주위를 두리번거렸는데, 뭔가 마음에 걸리는 것이 있는 눈치였다. 침대 가까운 의자 위에는 때 묻은 셔츠 한 벌과 양말 한 켤레, 그리고 때 묻은 아래위 속옷이 놓여 있었다. 핏자국은 그 어느 것에도 묻어 있지 않았다. 엘러리는 한참 동안 가만히 생각에 잠겨 있었다.

"망치는 증거물로서 가지고 갔어. 피와 머리카락이 잔뜩 묻어 있더군." 경감이 말을 이었다. "지문은 아무 데도 없었지. 자네들 무얼 만져도 상관없네. 사진은 다 찍었고, 지문 조사도 끝났으니까."

엘러리는 담배를 피우기 시작했다. 그리고 버로즈와 크레인이 시체 위에 몸을 구부리고 시계에 열중하고 있음을 깨달았다. 엘러리는 주위를 왔다갔다 하였는데, 아이크소프 양이 그 뒤를 따라다녔다.

엘러리를 쳐다보는 버로즈의 마른 얼굴이 빛났다.

"여기 이상한 게 있습니다."

버로즈는 신중하게 스파고의 손목에서 시계를 벗겨 뒤쪽 뚜껑을 열었다. 엘러리는 케이스 안쪽에 보풀이 인 동그란 흰 종이가 붙어 있는 것을 보았다. 보아하니 떼려다가 떼지 못한 것 같았다. 버로즈는 신이 났다.

"뭔가 짚이는 게 있습니다, 선생님."

버로즈가 말했다. 그는 온 신경을 집중해서 시체의 얼굴을 찬찬히 조사하고 있었다.

"그럼, 크레인. 자네는 어떤가?"

엘러리는 흥미로운 듯이 물었다.

젊은 화학자는 주머니에서 작은 확대경으로 시계를 면밀하게 조사하고 있었다. 크레인이 일어서서 더듬거리며 말했다.

"지금은 말씀드리지 않는 편이 좋겠군요. 선생님, 이 시계를 제 연구실로 가져갔으면 하는데요?"

엘러리가 경감을 보자 경감은 고개를 끄덕였다.

"좋아, 크레인. 그러나 틀림없이 돌려 줘야 하네. 아버지, 물론 이 방은 빈틈없이 조사를 하셨겠지요? 난로나 그 밖에 모두."

경감이 갑자기 껄껄 웃었다.

"나는 언제 그 점에 대해 말이 나올까 기다리고 있었지. 저 난로 속에는 꽤 흥미로운 것이 있거든." 경감은 얼굴을 숙이고 조금 언짢은 듯 코담뱃갑을 꺼내어 조금 집어서 코끝으로 가져갔다. "거기에 대한 해석은 지금 말할 수가 없어."

엘러리는 마른 두 어깨를 펴고 난로를 들여다보았다. 세 사람이 그 둘레에 모였다. 엘러리는 난로를 들여다보며 무릎을 꿇었다. 연소관 뒤 작은 재받이 속에 잿더미가 있었다. 정말 이상했다. 분명히 나무나 석탄이나 종이 재와는 달랐다.

엘러리는 잿더미 속을 휘젓고 나서 숨을 들이마셨다. 한참 뒤 엘러리는 재 속에서 기묘한 것 열 개를 찾아냈다. 납작한 조개 단추 여덟 개와 금속 제품 두 개인데, 그 중 한 개는 삼각형의 안구 같은 것이었고, 또 한 개는 갈고리 같은 것이었다. 둘 다 조그맣고 값싼 합금으로 만들어진 것이었다. 여덟 개의 단추 가운데 두 개는 딴 것들보다 조금 더 컸다. 단추는 찌그러져 있었고, 가운데에 모두 오목한 네 개의 구멍이 있었다. 열 개 모두 불에 타 있었다.

"너는 그걸 어떻게 생각하니?"

경감이 물었다.

엘러리는 단추를 만지작거리면서 곰곰 생각하고 있었다. 경감에게 직접 대답하지는 않고, 그 대신 세 학생에게 엄숙한 목소리로 말했다.

"여러분, 한번 생각해 보세요. 아버지, 이 난로를 마지막으로 청소한 게 언제지요?"

"오늘 아침 일찍 혼혈인 하녀 애거서 로빈스가 했지. 먼젓번 손님이 7시에 이 방을 비웠기 때문에 스파고가 오기 전에 청소한 거야. 그 하녀는 난로의 재도 오늘 아침에 치웠다고 증언했지."

엘러리는 단추와 쇠로 만든 것을 침대 탁자 위에다 놓고 침대 쪽으로 갔다. 그리고 열려 있는 여행 가방 속을 들여다보았다. 안은 뒤죽박죽이 되어 있었다. 긴 넥타이 세 개, 깔끔한 셔츠 두 장, 양말, 속옷, 손수건 등이 있었다. 그것들에는 모두 같은 상표가 붙어 있었다. 아프리카 연방, 요하네스버그, 존슨 상점. 엘러리는 만족한 듯하였다. 그러고 나서 옷장 쪽으로 걸어갔다. 그 속에는 트위드 여행복과 갈색 톱코트와 펠트 모자가 들어 있었다.

엘러리는 만족스럽게 옷장 문을 닫았다.

"빠짐없이 잘 살폈나요?"

엘러리가 젊은이들에게 물었다.

크레인과 버로즈는 의아하다는 듯이 고개를 끄덕였다. 아이크소프 양은 거의 듣고 있지도 않았다. 그 얼굴의 황홀한 듯한 표정으로 보아 그녀는 우주의 음악에 넋을 잃고 있었는지도 모른다.

"아이크소프 양."

아이크소프 양은 얼굴에 환상에 잠긴 듯한 웃음을 떠올렸다.

"네, 퀸 선생님."

그녀는 작은 목소리로 온순하게 대답하더니, 큼직한 다갈색 눈망울을 굴리기 시작했다.

엘러리는 중얼대며 성큼성큼 서랍장 쪽으로 가 보았다. 그 위엔 아무것도 놓여 있지 않았다. 서랍을 열어 보았으나 모두 비어 있었다. 엘러리가 책상 쪽으로 가자 경감이 말했다.

"빈 책상이야, 엘러리. 스파고는 짐 챙길 시간이 없었어. 욕실만 빼고는 조사를 다 끝낸 셈이야."

은근히 그 말을 기다리고 있었던 듯 아이크소프 양은 욕실로 달려갔다. 욕실 내부를 탐색하고 싶어서 좀이 쑤셨던 모양이다. 크레인과 버로즈도 서둘러 그 뒤를 따라갔다.

엘러리는 학생들이 먼저 욕실을 조사하도록 했다. 아이크소프 양의 손은 재빨리 세면대 가장자리로 날아갔다. 돼지 가죽으로 된 세면 도구 가방이 열린 채로 대리석 위에 놓여 있었고, 씻지 않은 면도칼, 아직도 젖어 있는 솔, 크림이 든 튜브, 탤컴 파우더 통, 치약 튜브 등이 나란히 놓여 있었다. 한쪽에는 솔을 넣은 셀룰로이드 통이 뚜껑이 열린 채 세면 도구 가방 위에 놓여 있었다.

"여긴 아무것도 이상한 게 없는 것 같은데. 월터, 넌 어떻게 생각해?" 버로즈가 자신이 생각한 바를 말했다. "죽기 바로 전에 면도를 했다는 게 확인되었을 뿐이야. 그 밖에는 아무것도 없어."

아이크소프 양은 긴장하면서 조금 우쭐한 듯한 표정을 지었다.

"남자들은 모두 박쥐처럼 눈뜬 장님이라니까. 나는 이미 볼 걸 다 봤어요."

침실에서 누군가와 이야기하고 있던 경감과 함께 엘러리가 들어왔다. 엘러리는 혼자서 흐뭇해하고 있었다. 엘러리가 옷상자 뚜껑을 열어 보았으나 속은 비어 있었다. 그리고 솔을 넣은 통 뚜껑을 집어 들었다. 엘러리의 손 안에서 뚜껑이 열렸는데, 조그맣고 동그란 것이 뚜껑 안쪽에 채워져 있었다. 엘러리는 또 빙그레 웃고서 방 밖에 있는 아이크소프 양의 우쭐해하는 듯한 등에 빙긋 웃음을 던지고는, 뚜껑과 솔통을 원래대로 해 놓고 침실로 돌아왔다. 엘러리는 호텔 지배인 윌리엄스가 경관 옆에서 흥분하여 경감과 이야기하고 있는 것을 보았다.

윌리엄스가 말했다.

"이제 더 이상은 안 되겠습니다, 경감님. 손님들이 불평을 늘어놓기 시작했어요. 저녁 교대 시간도 되었으니 저도 집에 가야 합니다. 당신들은 밤새도록 우리를 여기 붙들어 둘 작정입니까?"

"흠."

경감은 뭔가 물어 보고 싶은 듯이 엘러리를 보았다. 엘러리는 고개를 끄덕였다.

"해제해도 되겠는데요, 아버지. 이제 알 만한 것은 다 알았습니다. 그렇지요, 여러분?"

열중해 있던 세 사람의 시선이 일제히 엘러리에게로 모였다. 마치 끈에 묶인 세 마리 강아지 같았다.

"조사는 충분히 끝냈겠지요?"

세 사람은 엄숙하게 고개를 끄덕였다.

"그 밖에 뭐 더 알고 싶은 것은 없나요?"

"전 주소를 좀 알았으면 싶은데요."

버로즈가 빠르게 말했다.

"어머나, 세상에! 나도 그 생각을 했는데, 존은 정말 심술꾸러기야."

아이크소프 양이 말했다.

크레인은 스파고의 시계를 꼭 쥐고 중얼거렸다.

“저도 좀 알고 싶은 것이 있습니다만, 그것은 이 호텔에서 알고 있겠지요.”

엘러리는 웃다가 말고 어깨를 움찔하며 말했다.

“아래층에 있는 벨리 경사, 그러니까, 들어올 때 문 앞에 서 있던 그 거인을 만나세요. 여러분이 알고 싶은 것은 그 사람이 뭐든 가르쳐 줄 테니까. 그럼, 이제부터 할 일을 말하겠습니다. 당신들 세 사람이 명확한 이론을 갖고 있는 것만은 분명합니다. 여러분에게 시간 여유를 줄 테니, 그 동안 저마다 이론을 정리해서 거기에 대한 조사를 하는 거요.”

엘러리는 시계를 보았다.

“6시 30분에 서 87번 거리의 내 아파트에서 만납시다. 거기서 여러분의 이론을 하나하나 검토하지요. 그럼, 잘들 해보시오.”

엘러리는 빙그레 웃으면서 해산을 선고했다. 세 사람은 앞다투어 문으로 향했다. 아이크소프 양은 터번 모자를 조금 비스듬히 쓰고 두 팔로 앞을 헤치듯 나갔다.

세 사람이 복도로 사라지자, 엘러리는 조금 전과는 전혀 다른 어조로 말했다.

“잠깐만요, 아버지. 둘이서만 할 이야기가 있습니다.”

그날 저녁 6시 30분, 엘러리는 이 사건에 대하여 가슴에 담아둔 보고를 하고 싶어서 조바심하고 있는 세 젊은이의 얼굴을 바라보면서 모임을 관장했다. 거의 손도 대지 않은 채 남아 있는 저녁 식사에는 식탁보가 덮여 있었다.

아이크소프 양은 호텔을 나와서 퀸의 아파트에 오기 전에 옷을 갈아입은 모양이다. 레이스가 달린 부드러운 드레스는 그녀의 흰 목과 갈색 눈동자, 장밋빛 볼과 아주 잘 어우러져 있었다. 두 젊은이는 열심히 커피를 마시고 있었다.

"그럼 여러분, 발표회를 시작합시다." 엘러리는 웃음을 머금고 말했다.

세 사람은 눈을 빛내며 똑바로 고쳐 앉아서 입술을 축였다.

"여러분은 범죄 조사 결과를 결론짓기 위해 약 2시간을 보냈습니다. 어떤 결과가 나오든 지금까지 아무것도 가르쳐 준 게 없으니까 그것을 내 공으로 삼을 수는 없습니다. 그러나 이 조촐한 간담회가 끝날 무렵에는 내가 어떤 자료로 일을 추진해 왔는지 대강 짐작할 수 있을 겁니다."

"알았어요, 선생님." 아이크소프 양이 말했다.

"버로즈, 형식은 빼기로 하고, 자네 이론은 어떤가?"

버로즈는 천천히 말했다. "제 의견은 이론이라든가 가설 이상의 것입니다, 퀸 선생님. 그러니까 제 의견은 사건의 해결입니다."

"해결이라고? 버로즈, 너무 자만심을 가지지 않는 게 좋아. 그래, 어떤 것인가, 자네의 해결이란 게?" 엘러리가 말했다.

버로즈는 뱃속 깊이 숨을 들이마셨다. "제가 사건을 해결한 열쇠는 스파고의 손목 시계입니다."

크레인과 아이크소프 양은 깜짝 놀랐다.

엘러리는 담배 연기를 내뿜으면서 기운을 북돋우듯 말했다. "계속하게."

버로즈가 설명했다.

"시계의 가죽 줄에 나 있는 한두 개의 자국에 의미가 있는 겁니다. 스파고가 시계를 차고 있었을 때는 두 번째 구멍에 채워져 있었습니다. 그래서 두 번째 구멍에 자국이 있었던 거지요. 그러나 세 번째 구멍에 더 또렷한 자국이 있지 않았습니까? 결론은 말하면 그 시계는 팔이 더 가는 사람에 의해서 자국이 나 있었던 것입니다.

바꿔 말하면 그 시계는 스파고의 것이 아니었다, 이런 말이지요."
"훌륭합니다! 훌륭해요!"
엘러리가 부드럽게 말했다.
버로즈가 설명을 계속했다.
"그렇다면 스파고는 왜 남의 시계를 차고 있었을까요? 거기에는 아주 그럴듯한 이유가 있었다고 생각합니다. 검시관은 스파고가 11시에서 11시 30분 사이에 죽었다고 단정하고 있습니다. 그런데 시계 바늘은 분명히 10시 20분에 멈춰 있었습니다. 이 모순에 대한 답은 무엇일까요? 그것은 스파고가 시계를 차고 있지 않은 것을 본 범인인 여자가 자기 시계를 풀어 유리를 깨고 시계를 멎게 하여, 10시 20분에다 맞춰서 죽은 스파고의 손목에 채운 것입니다. 이렇게 해서 10시 20분으로 사망 시간을 정함으로써 범행 시간에 알리바이를 만들려 했던 겁니다. 사실은 11시 20분쯤 범행이 이루어진 것이지요, 어떻습니까?"
아이크소프 양이 신랄하게 말했다. "당신은 '여자'라고 했는데, 그 시계는 남자용이에요, 버로즈, 당신은 그걸 잊고 있어요."
버로즈는 빙긋 웃었다.
"여자가 남자용 시계를 차면 안 된다는 법이 어디 있습니까? 그렇다면 누구 시계였을까요? 간단합니다. 케이스 안쪽에 무엇인가를 떼버린 것 같은 보풀이 인, 동그란 종이 자국이 있었지요. 흔히 시계 케이스 속에 붙이는데, 종이로 된 것은 무엇이었을까요? 사진입니다. 그럼, 어째서일까요? 분명히 가해자의 얼굴이 사진 속에 찍혀 있었기 때문이지요. 지금까지 2시간 동안 나는 이 문제를 뒤쫓았습니다. 나는 신문 기자로 가장해서 용의자를 방문하여 그 여자가 가지고 있는 사진 앨범을 대충 훑어보았습니다. 그 중에서 사진 한 장이 동그랗게 오려져 있는 것을 발견했습니다. 그 사진의 남은 부분으로 판단할 때, 오려 낸 동그란 부분에 한 남자와 여자의 얼굴이 있었음이 분명했습니다. 이것으로 이 사건은 해결된 것입니다."

"정말 놀랍군." 엘러리가 중얼거리더니 이어서 물었다. "그래, 자네가 말하는 여자 살인범이란……?"

"스파고의 부인입니다. 동기는 증오, 혹은 복수, 아니면 배반당한 애정 같은 것이겠지요."

아이크소프 양은 콧방귀를 뀌었고, 크레인은 고개를 가로저었다.

엘러리가 말했다. "그러나 우리는 찬성 못하겠는데. 하지만 아주 흥미로운 분석이로군. 크레인, 자네는?"

크레인은 넓은 어깨를 움츠렸다.

"저도 시계가 스파고의 것이 아니라는 점, 그리고 가해자가 알리바이를 만들기 위하여 시계 바늘을 10시 20분에다 맞춘 점은 버로즈와 같은 의견입니다. 그러나 저는 범인이 누구냐 하는 점에 대해서는 견해가 다릅니다. 저도 시계를 중요한 단서로 삼아 활동을 했습니다만, 전혀 다른 방향을 찾았습니다. 이것을 보십시오."

크레인은 화려한 시계를 꺼내더니 깨진 유리를 가볍게 두드려 보였다.

"여기에 여러분께서 깨닫지 못한 점이 있습니다. 시계도 숨을 쉬고 있습니다. 그러니까 시계도 사람의 체온에 의하여 내부 공기가 팽창되어, 케이스 안쪽이나 유리의 조그만 틈이나 구멍으로부터 공기가 밀려옵니다. 시계를 벗어 두면 안의 공기는 차가워져 수축되므로, 먼지 낀 공기가 내부로 흡수되지요."

그때 엘러리가 말했다. "나는 늘 과학적인 연구를 해야 한다고 생각하네. 그건 새로운 방법이군, 크레인. 계속하게."

"예를 들자면, 빵 장수의 시계에는 밀가루 먼지가 끼어 있을 거고,

벽돌공의 시계에서는 벽돌 가루가 끼어 있기 마련입니다. ” 크레인의
목소리는 의기양양했다. “그런데 이 시계 속에서 무엇이 발견되었는
지 짐작이 가십니까? 여자의 분가루입니다. ”

아이크소프 양은 미간을 찌푸린 채 뿌루퉁했다. 크레인은 엄숙한
목소리로 말을 이었다.

“게다가 이 분은 매우 특수한 것입니다, 퀸 선생님. 이런 종류는
특수한 피부색을 가진 여자만이 사용하는 것이지요. 어떤 피부색이
냐 하면 흑인의 피부색인 갈색입니다. 그 분은 백인과 흑인 사이의
혼혈인 여자의 핸드백에서 나온 것입니다. 저는 질문도 해 보았고,
그 여자의 화장품 케이스도 조사해 보았습니다. 여자는 끝내 자백
을 하지 않았습니다만, 스파고를 죽인 여자는 틀림없이 그 시체를
‘발견’했다는 혼혈 하녀 애거서 로빈스입니다. ”

엘러리는 조용히 휘파람을 불었다.

“훌륭하네, 크레인. 훌륭한 연구야. 그리고 물론 자네 견해에 따른
다면, 그 여자는 시계가 자기 것이 아니라고 부인하겠지. 자네 의
견은 내게도 크게 참고가 됐네. 그런데 동기는? ”

크레인은 자신이 없는 눈치였다.

“그 점입니다. 좀 엉뚱하게 들릴지 모르겠습니다만, 인종 문제라고
도 할 수 있는 종교적인 복수가 아닐까 싶습니다. 스파고는 아프리
카의 원주민들을 몹시 혹독하게 다루었다고 신문에 난 적이 있었으
니까요. ”

엘러리는 장난기어린 빛을 숨기려고 두 눈을 감았다. 그리고는 몸
을 아이크소프 양 쪽으로 돌렸다. 그녀는 의자에 앉아 안절부절못하
며 신경질적으로 찻잔을 톡톡 치기도 하고, 안타까움을 숨기기 위해
온갖 짓을 다하고 있었다.

“자, 드디어. ” 엘러리가 말했다. “대망의 마지막 발표로 들어가기

로 할까요. 당신의 추리는 어떻습니까, 아이크소프 양? 오늘 오후 내내 그 추리를 빨리 말하고 싶어서 좀이 쑤셨던 모양인데, 자, 말해 봐요."

아이크소프 양은 입술을 긴장시켰다.

"당신들 두 사람은 자신들이 똑똑한 줄로만 알고 있어요. 퀸 선생님도 그렇고요. 특히 버로즈와 크레인은 단순하게 겉으로 들어난 지식을 늘어놓은 데 지나지 않는다고 생각해요."

"아이크소프 양, 좀더 구체적으로 말해 주실까요?"

그녀는 고개를 끄덕였다.

"좋아요. 문제의 시계는 범죄와는 전혀 관계가 없어요."

두 젊은이는 멍하니 입을 벌렸다. 엘러리는 가볍게 손뼉을 쳤다.

"그렇소. 나도 아이크소프 양과 같은 생각이오. 자, 계속해 주시오."

아이크소프 양의 갈색 눈동자가 이글거리고 뺨이 빨갛게 변했다.

"그건 아주 간단해요." 그녀는 콧소리를 냈다. "스파고는 살해되기 2시간 전에 시카고에서 돌아왔어요. 시카고에 일 주일 반 동안 있었던 셈이에요. 그 열흘 동안은 시카고 시간으로 생활했지요. 시카고 시간은 뉴욕 시간보다 1시간이 빠른데, 시계 바늘을 거꾸로 돌려놓지 않았던 것뿐이에요. 스파고가 오늘 아침 뉴욕에 도착했을 때 시계를 1시간 돌려놓는 것을 잊어 버렸다고 한다면, 스파고가 살해되었을 때 시계 바늘이 10시 20분을 가리키고 있었다 해도 이상할 건 없지요."

크레인은 목구멍 너머로 뭐라고 중얼거렸다. 버로즈는 얼굴이 빨개졌다. 엘러리는 슬픈 듯이 보였다.

"지금으로 봐서는 아이크소프 양의 승리라고 생각하오. 정확히, 지적한 대로요. 그것 말고 또 뭐가 없나요?"

"물론 전 범인을 알고 있어요. 그것은 스파고의 아내도, 그 야만스러운 혼혈 하녀도 아니에요." 아이크소프 양은 듣는 이를 애태우는 것처럼 말했다. "들어보세요. 아주 간단해요. 우리는 탤컴 파우더가 스파고의 죽은 얼굴에 뭉친 데 없이 매우 골고루 발라져 있던 것을 보았어요. 스파고의 뺨이며 욕실의 면도 도구들의 모양으로 보아 범행은 면도를 한 바로 뒤에 일어났음이 분명해요. 하지만 면도를 한 뒤 남자분들은 대체 어떤 식으로 탤컴 파우더를 바르는지 모르겠어요. 퀸 선생님은 어떤 식으로 바르세요?"

아이크소프 양은 엘러리를 부드럽게 흘겨보듯이 바라보았다. 엘러리는 깜짝 놀라는 눈치였다.

"물론 손가락으로 바르지요."

크레인과 버로즈도 고개를 끄덕였다.

"맞아요." 아이크소프 양은 자신있다는 듯이 큰 소리로 말했다.

"그렇다면 그 결과는? 저는 본디 찬찬히 관찰하는 성질을 가진데다가, 아버지게서 아침마다 면도하신 뒤에 저더러 잘 잤느냐는 키스를 해주실 적에 늘 느끼는 일이지만, 아직 덜 마른 뺨에다가 손가락으로 바르면 분가루가 줄이 지거나 뭉쳐서 얼룩이 생기게 마련이에요. 하지만 제 얼굴을 보세요."

모두들 저마다 감탄하는 태도로 아이크소프 양의 얼굴을 보았다.

"제 얼굴에 분가루의 얼룩이 보이나요? 물론 안 보일 거예요. 왜나하면 여자들은 분첩을 쓰기 때문이에요. 스파고의 침실에도 욕실에도 분첩은 없었어요."

엘러리는 빙긋 웃었다. 그리고 저도 모르게 안도의 숨을 내쉬며 말했다.

"그래서 아이크소프 양은, 스파고와 마지막으로 같이 있었던 사람, 아마도 가해자는 여자로서 스파고가 면도를 끝내는 것을 보고 있다 사랑하는 이를 위하여 자기 분첩을 꺼내어 얼굴에 분가루를 발라주

고, 그러고 나서 몇 분 뒤 돌망치로 사나이의 머리를 내려쳤다는
말인가요?"

"네, 저도 그게 좀 이상하다고 생각했었습니다만……. 하지만 그래
요, 심리학에서도 그런 특이성 여성 심리의 예를 들고 있어요. 퀸
선생님, 아내는 결코 그런 애정 표현을 않는 법이지만, 이른바 정
부라면 생각할 수 있는 일이에요. 저는 그래서 스파고의 애인 제인
테릴을 1시간쯤 전에 찾아갔었습니다만, 그 여자는 스파고의 얼굴
에 분가루를 발라 주었다고 자백하지는 않았어요. 하지만 실제로는
발라 주었을지도 몰라요. 그 여자가 죽인 거예요."

엘러리는 한숨을 쉬었다. 그리고는 일어서서 담배 꽁초를 난로 속
에 휙 집어던졌다. 세 사람은 저마다 무언가를 기대하며 엘러리를 응
시하고 있었다.

엘러리가 말을 시작했다.

"우선 아이크소프 양, 애인의 심리에 관한 당신의 예리한 지식에
대해 찬사를 뒤로 미루고……."

아이크소프 양은 슬그머니 화가 났는지 신음 소리를 조그맣게 냈다.

"나는 계속해서 이야기를 해 나가기 전에 한마디 해 두고 싶습니
다. 여러분은 세 사람 다 아주 유능하고 매우 날카롭다는 게 증명
되었습니다. 나는 말할 수 없으리만큼 만족하고 있을 뿐만 아니라,
아주 멋진 수업이 되리라고 생각합니다. 여러분, 정말 훌륭한 성적
입니다."

"하지만 퀸 선생님." 버로즈가 항의했다. "세 사람 가운데 대체 누
가 옳습니까? 저마다 다른 해답이 나왔는데요."

엘러리는 손을 내저었다.

"누가 옳으냐는 것은 직업일 때 이야기요. 중요한 것은 여러분이
훌륭한 일을 했으며, 날카로운 통찰력을 보여주었고, 미숙하나마

원인과 결과를 잘 결합시켰다는 점이오. 그러나 유감스럽지만, 그 자체에 관해서는 여러분은 다 틀렸습니다."

아이크소프 양은 조그만 주먹을 꼭 쥐었다.

"선생님이 그렇게 말씀하실 줄 알고 있었어요. 저는 선생님이 너무 지독한 분이라고 생각해요. 전 아직도 제가 옳다고 믿고 있어요."

엘러리는 싱긋 웃었다.

"여러분, 여기에 여성 심리의 비정상적인 표본이 하나 있어요. 자, 잘 들어보도록 해요. 여러분의 결론이 다 틀렸다고 한 것은 간단한 이유 때문이에요. 그것은 단 한 가지 단서에만 집착하여, 일련의 추리를 너무 믿는 나머지 문제의 다른 요소를 대수롭지 않게 보아 넘겼기 때문입니다. 이를테면 버로즈, 자네는 단순한 앨범 속에서 남녀의 얼굴 부분이 동그랗게 오려진 한 장의 사진이 있었다는 사실 하나로만 스파고의 부인을 범인으로 단정하고 있네. 그러나 자네는 이것이 단순한 우연의 일치였는지도 모른다는 것은 한 번도 생각해 보지 않았어.

다음에 크레인, 자네가 그 시계의 소유자가 혼혈 하녀라고 한 희한한 추정은 진상에 한 걸음 다가간 것이었네. 스파고가 처음 호텔에 묵고 있을 적에 하녀 로빈스가 우연히 시계를 방에 떨어뜨렸는데, 스파고가 그것을 그대로 시카고로 가지고 갔다고는 추리할 수 없을까? 이것은 있을 법한 일이야. 피해자가 하녀의 시계를 차고 있었다는 것만으로 그녀를 살인범으로 단정할 수는 없다고 생각하네.

그리고 아이크소프 양, 양은 시차라는 요인으로 시계 문제를 해명하였는데, 한 가지 중요한 사항을 빠뜨리고 있어요. 아이크소프 양의 해결은 오로지 스파고의 방에 화장용 분첩이 있느냐 없느냐에 달려 있었어요. 범행 현장에 분첩이 없으니, 자신의 이론에 편리한 대로 엉성한 조사를 한 결과, 방에는 분첩이 없다고 냉큼 결론을 내렸던 거요. 그러나 사실 분첩은 스파고의 방에 있었소. 만일 스파고의 수염 깎는 솔 통 뚜껑을 살펴보았더라면, 요즘같이 멋 부리는 시대에 남자용 세면 도구에 끼워져 있는 동그란 분첩을 발견했을 거예요."

아이크소프 양은 아무 말도 하지 않았다. 그리고 정말 부끄러운 듯한 표정을 지었다.

엘러리는 다정스러운 표정으로 말했다.

"그렇다면 옳은 해답은 뭘까요? 하나같이 여러분이 여성을 범인이라고 주장했다는 것은 놀라운 일이에요. 그러나 그 전제들을 검토한 결과, 나는 살인범은 분명히 남자라고 생각해요."

"남자라구요!"

세 명 모두 입을 모아 말했다.

"그래요. 당신들은 어째서 단 한 사람도 이 여덟 개의 단추와 두 개의 금속물의 중요성에 대한 생각을 못했을까요?"

엘러리는 웃으며 말을 이었다.

"아마도 여러분은 선입견 때문에 이 열 개의 물건에 대해서는 뭔가 짚이는 게 없었던 모양이지요. 그러나 정확한 해결을 하기 위해서는 모든 것이 딱 들어맞지 않으면 안 됩니다. 그 점은 충분히 질책을 들어 마땅합니다. 다음번에는 잘해 나갈 수 있겠지요.

여섯 개의 납작한 작은 조개 단추와 조금 큰 두 개의 단추는 분명히 나무도 석탄도 종이도 아닌 것의 재 속에서 발견되었어요. 유일한 일반적 특징이라고 하면, 남자용 셔츠라는 사실뿐입니다. 남자서츠로서 여섯 개의 앞단추와 좀더 큰 두 개의 커프스단추가 달렸다면, 잿더미는 리넨이나 그 비슷한 유의 옷감이 탄 것일 겁니다. 누군가가 단추는 타지 않는다는 것을 미처 생각지 못하고, 남자용 셔츠를 난로 속에 집어넣고 태운 거겠지요.

또 큼직한 갈고리며 눈알 모양의 금속 제품이 무엇일까 하는 점인데, 그것들은 셔츠에 관련된 부속물로서, 그 물건이 시사하는 유일한 것이라면, 자기 손으로 매지 않아도 되는, 미리 매어져 있는 값싼 나비 넥타이가 아닐까 추정해 볼 수 있어요.”

세 사람은 유치원생처럼 엘러리의 입술을 지켜보고 있었다.

“크레인, 자네가 관찰했던 대로 스파고는 피 묻은 왼손으로 무언가를 쥐었기 때문에 손바닥에는 피가 거의 닦여 있었네. 그렇지만 피로 더럽혀진 것은 아무것도 발견되지 않았어. 그런데 남자용 셔츠와 타이가 불태워져 있네. 가해자와 격투하는 도중, 이미 머리가 깨어져 피를 쏟고 있던 스파고가 가해자의 칼라와 타이를 움켜잡고, 그것을 피로 더럽혔으리라는 것은 방 안의 흔적으로 봐서 있을 법한 일이야.

스파고는 죽었다, 범인의 칼라와 타이는 피투성이가 되어 있다, 그렇다면 과연 살인범은 누구일까? 이런 식으로 생각해 보면 어떨까요? 이 살인범은 세 가지 부류로 나눌 수가 있어요. 그러니까, 외부에서 온 사람이나 호텔에 묵고 있는 손님, 혹은 호텔 종업원의 세 부류로 말이오.

그런데 범인은 무엇을 했는가? 범인은 자기 셔츠와 타이를 불태워 버렸어요. 만일 범인이 외부 사람이라면 외투 깃을 세워 그 핏자국을 감추고 호텔로부터 천천히 나갈 수가 있었을 거예요. 그러므로 그런 귀중한 시간에 셔츠나 타이를 태울 필요가 없지요. 범인이 호텔에 묵고 있는 손님이라면 자기 방에 돌아가서 태울 수 있었을 게 틀림없어요. 따라서 범인은 호텔의 종업원이라고 단정할 수가 있는 셈이오.

확증? 물론 있지요. 범인은 종업원이기 때문에 근무 시간에는 호텔을 떠날 수가 없어요. 쉴 새 없이 사람들 눈에 띄기 때문이에요. 그럼, 범인은 어떻게 하면 좋을까? 범인은 셔츠와 타이를 바꾸지 않을 수 없소. 스파고의 가방은 열린 채로 있었고, 셔츠가 그 속에 있었어요. 여러분이 본 대로 가방 속은 뒤죽박죽이었지요. 범인은 그 속을 들추어서 옷을 꺼내 바꿔 입었던 거요. 그런데 문제의 셔츠를 그대로 버려두느냐 마느냐인데, 물론 그렇게 둘 수는 없겠죠. 거기서 단서가 잡힐 테니까 말이오. 당연히 그것을 불태우지 않을 수 없었던 거요.

그렇다면 타이는 어떻게 된 것일까? 잘 생각해 보세요. 스파고는 침대 위에 야회복을 모두 펼쳐 놓았지만 가방 속에도, 방안 어디에도 나비 넥타이는 보이지 않았어요. 그래서 분명히 살인범은 턱시도용 나비 넥타이를 훔쳐 매고, 자기 것은 셔츠와 함께 불태워 버린 것이지요."

아이크소프 양은 한숨을 쉬었다. 크레인과 버로즈는 현기증이라도 나는 것처럼 고개를 흔들었다.

"이렇게 해서 나는 살인범이 호텔의 종업원 가운데 하나로, 남자라는 것, 게다가 그는 십중팔구는 검정색이겠지만, 스파고의 셔츠와 검정 또는 흰색 나비 넥타이를 매고 있음을 알았어요. 그러나 우리가 펜윅 호텔 입구에서 본 바로는 이 호텔 종업원은 모두 회색 셔츠와 회색 타이를 착용하고 있었지요."

엘러리는 담배 연기를 빨아들였다.

"단 한 사람을 빼고서 말이에요. 여러분도 그의 옷차림이 다른 사람들과 다르다고 느꼈을 거예요. 나는 그래서 여러분들이 저마다 떠나고 난 뒤 퀸 경감에게 그를 취조할 것을 제안했지요. 그가 제일 수상했기 때문이오. 아닌 게 아니라 우리는 그가 입고 있는 셔츠와 타이에서 스파고의 다른 소지품과 마찬가지로 요하네스버그

상표를 발견하게 되었어요. 나는 그 증거를 반드시 잡을 수 있을 거라고 믿고 있었지요. 왜냐하면 스파고는 남아프리카에서 꼬박 1년을 머무르면서, 그곳에서 옷을 거의 다 맞춰 입었기 때문에, 도둑맞은 셔츠나 타이도 당연히 그곳에서 만든 것이리라고 추정할 수가 있었던 거요."

"그렇다면 이 사건은 저희들이 머리를 싸매고 생각하기 시작했을 때 이미 해결이 나 있었던 거로군요?"

버로즈가 원망스러운 듯이 말했다.

"그렇다면 대체 범인은 누굽니까?"

크레인은 어쩔 줄 모르겠다는 듯이 물었다.

엘러리는 크게 한 번 담배 연기를 뿜어 올렸다.

"그의 자백은 3분도 못 되어서 들을 수 있었어요. 그 빤드레하게 생긴 스파고가 몇 년 전에 그의 부인과 간통을 했는데, 그러고 나서 버렸다는군. 스파고가 2주일 전 그 호텔에 투숙했을 적에 그는 스파고를 발견하고 복수할 결심을 했다는 거요. 지금쯤 그는 구치소에 갇혀 있을 거예요. 범인은 윌리엄스, 그 호텔의 지배인이오."

잠시 침묵이 흘렀다. 버로즈가 앞뒤로 고개를 가볍게 끄덕거리며 말했다.

"이제야 알겠군요. 많은 걸 배울 수 있었습니다."

"호! 이건 정말 근사한 강의인데요."

크레인이 중얼거리듯이 말했다.

엘러리는 코웃음을 쳤다. 그러고 나서 그 두 사람과 마찬가지로 아이크소프 양도 찬사를 보낼 줄 알고 그쪽으로 눈길을 보냈으나, 그녀는 아마도 딴 생각을 하고 있었던 모양이다. 그녀는 갈색 눈을 글썽이며 말했다.

"선생님, 선생님은 한 번도 제 이름을 묻지 않으셨죠?"

목매달린 곡예사의 모험

인류가 맨 처음 생겨난 먼 옛날부터, 물론 흥행사, 하루 5달러인 연예인 숙소, 지하철, 예술 전문지인 〈버라이어티〉지 같은 것은 그림자마저 없었던 시대부터, 더 극단적으로 말한다면 메가테리움(남아메리카 신생대에 서식했던 포유동물, 가장 큰 육상 느림보류)이 숲 속을 헤매고, 브로드웨이는 제1빙하기중이었으며, 최초의 보드빌 쇼(마술사와 배우, 길들인 동물, 곡예사, 가수 및 무용수들이 출연하는 가벼운 연예 쇼)의 흥행사는 귀가 늘어지고 이마가 좁은 털북숭이 짐승이었던 무렵부터 '곡예사 우선'의 규칙은 존재하고 있었다.

아무도 곡예사 우선의 이유를 설명한 사람은 없지만, 그것은 곡예사를 포함해서 흥행의 프로그램에 실려 있는 누구나 잘 알고 있는 모호한 영예였다. 흥행의 요람기부터 관중들의 박수갈채를 받는 대상은 줄곧 곡예사였다. 그들은 어릿광대, 곡예사, 익살꾼, 재치꾼 등 온갖 이름으로 불리고 있었는데, 모든 시대를 뛰어넘어 궁중에서도, 시골 장터에서도, 가설 극장 무대에서도 뒤에 이어지는 더 호화로운 대접의 식욕을 돋우기 위해 동료 연예인들보다 먼저 오락장의 사자들 앞에 던져지는 것은 곡예사였다. 그런 까닭으로 오늘까지 그 늠름한 육체의 기적은 장내가 터질 듯한 연주 소리 속에서 뼈가 부러지든 말든 오로지 운을 하늘에 맡긴 채 이루어졌다. 이 사실은 모든 곡예사들의 말할 수 없이 상냥한 마음씨와 그 쾌활한 심정을 말해 주는 것이다.

휴고 브링커호프는 자기 직업의 기묘한 배경에 대해서는 전혀 알지 못했다. 휴고가 알고 있는 거라고는 자기보다 먼저 부모가 독일을 순회하던 곡예사였다는 것, 자기가 활력과 탄력과 강인함을 갖춘 유연한 근육을 가지고 있다는 것, 눈이 번쩍 뜨이는 공중 곡예를 보는 것이 최상의 만족이라는 것 말고는 아무것도 없었다. 휴고는 그의 공중 곡예와, 마이라와, 시애틀에서 오키초비까지의 열광에 찬 관중들의 박수갈채로 매우 만족스러웠다.

휴고는 마이라를 매우 자랑스럽게 생각했다. 마이라는 고양이 같은 민첩함과 졸린 듯한 초록색 눈동자를 가진, 자그마하고 탄력 있는 몸매를 가진 미인이었다. 마이라와 만난 것은 흥행사인 브레그먼의 사무실에서였다. 그때부터 우람한 가슴 밑의 둔중한 마음속으로, 이야말로 운명이며 그녀는 자기 여자라고 스스로 말하고 있었다.

인디애나폴리스에서 세 번째와 네 번째 쇼 중간에 두 사람이 결혼했을 때, 그 콤비를 '아틀라스'라고 이름 붙인 것도 마이라였다. 대우 개선을 위해 적극적으로 싸워 온 것도 마이라였고, 피날레에서 연출할, 눈이 아찔해질 만큼의 회전을 착안하여 그것을 완성시킨 것도 마이라였다. 마이라의 자그마하지만 정돈된 육체, 공중 그네에서의 날렵한 회전, 얼굴에 띤 우울한 듯한 웃음에 의하여 아틀라스는 '동쪽 해안에서 서쪽 해안에 이르기까지 절찬 받는 곡예사'가 되어 〈버라이어티〉지에도 호평이 실려서 브레그먼 일행을 일류 흥행단의 서열에까지 오르게 했다.

아틀라스라는 별명으로 불리는 위대한 브링커호프로서는 누구나 아내 마이라를 사모하고 있음을 알고 가슴 뿌듯한 긍지를 느끼고 있었다. 누구나 마이라를 한번 보기만 하면 홀딱 반해 버리는 모양이었다. 전에도 보스턴 무용단의 바리톤 가수, 뉴욕 리뷰의 코미디언, 버펄로의 탭댄서, 워싱턴의 음악가 등이 그랬었다. 그 밖에도 카우보이 가수인 텍스 크로스비, 후디니의 후계자인 위대한 고르디, 희극 배우인 세일러 샘 등이 있다. 그들은 여러 주일 동안 같은 극장에 있었으며 한결같이 우울한 눈동자를 한 마이라에게 호의를 보였다. 그래서 아틀라스는 너그럽게 싱글벙글하며 마이라에 대한 찬사에, 우둔한 남자 나름의 스릴을 느끼고 있었다. 그 까닭은 휴고에게 마이라는 이 세상 최고의 곡예사며, 또한 가장 훌륭한 창조물이라고 할 만한 존재였기 때문이었다.

그러나 마이라는 이제 이 세상 사람이 아니었다.

그 따뜻한 봄밤, 쓸쓸하고 슬픈 얼굴로 맨 먼저 떠들어대기 시작한 것은 다름 아닌 브링커호프였다. 새벽 5시의 일이었는데, 아내 마이라는 47번 거리 동료들 숙소에 돌아와 있지 않았다. 브링커호프는 콜럼버스 곡마장의 메트로폴 극장에서 마지막 연기가 끝난 뒤에도 새로운 곡예를 하기 위해 아내 마이라와 함께 남아 있었다. 연습이 끝나자 브링커호프는 서둘러 옷을 갈아입고 분장실에 마이라를 남겨 놓은 채 밖으로 나갔다. 새로운 계약 조건을 의논하기 위해 흥행사 브레그먼과 약속을 했기 때문이었다. 마이라는 숙소에서 만나기로 되어 있었다. 그러나 그가 돌아왔을 때 마이라는 보이지 않았다. 브링커호프는 서둘러 극장으로 되돌아갔으나, 극장문은 밤이라서 잠겨 있었다. 하는 수 없이 브링커호프는 밤새도록 기다렸다.

"보나마나 한 잔하러 갔겠지."

서47번 거리 파출소의 내근 경위는 하품을 하면서 말했다.

"돌아가서 잠이나 자게."

그러나 브링커호프는 몸짓을 해 가며 애원했다.

"이런 일은 처음입니다. 극장에 몇 번이나 전화를 걸었지만 응답이 없어요. 제발 아내를 찾아 주십시오. 부탁입니다."

"곤란한 친구로군." 경위는 어슬렁거리며 형사를 향해 한숨을 쉬었다. "할 수 없지. 볼디, 조사해 주게. 만일 이 친구의 부인이 그 근처 술집에서 어정대고 있거든, 이 거한의 턱에 주먹이라도 한 대 날려 주게."

볼디 형사와 얼굴이 창백한 거한은 여기저기 곳곳을 찾아보았다. 메트로폴 극장에 가 보니, 브링커호프가 말했던 대로 문은 잠겨 있었다. 이미 새벽 6시가 가까워서 새벽빛이 공원을 통해서 다가오고 있었다. 볼디 형사는 커피를 마시기 위해 밤새 여는 레스토랑으로 브링커호프를 데리고 들어갔다. 두 사람은 극장 주변에서 분장실 문지기 겸 시간 확인 담당인 퍼크 노인이 출근하는 7시까지 기다렸다. 퍼크 노인은 입구를 열고 두 사람을 들어가게 했다.

두 사람이 무대 뒤 아틀라스 극장의 분장실로 뛰어들어가 보니, 마이라는 닻줄같이 굵고 더러운 밧줄로 그 아름다운 목이 매여 스프링클러 파이프에 매달려 있었다.

아틀라스는 그 처참한 광경에 벙어리가 된 듯 아무 말도 하지 못하고 맥없이 주저앉았다. 그는 두 손으로 머리를 끌어안고 마치 북구 신화에 나오는 신이 지구와 격렬하게 부딪치기라도 한 것처럼, 비탄에 젖은 나머지 비명 한 번 지르지 못한 채 늘어진 아내의 시체를 멍하니 바라보고 있을 뿐이었다.

엘러리 퀸은 무대 뒤에서 소란스럽게 떠드는 신문 기자와 형사들을 헤치고 분장실 뒤로 들어가, 열려 있던 분장실 입구 너머로 벨리 경사에게 자기가 왔다는 것을 확인시켰다. 그때 아버지 퀸 경감은 후끈후끈한 작은 방에다 겁에 질린 극장 종업원들을 모아 놓고 회의를 하고 있는 중이었다. 이제 겨우 9시밖에 안 되었으므로, 엘러리는 때를 가리지 않는 살인범의 행동에 분함을 금하지 못하겠다는 듯 뭐라고 중얼거렸다. 몸집이 우람한 벨리 경사도, 자그마한 퀸 경감도 엘러리의 통분에 귀를 기울일 여유는 없는 것 같았다. 그러나 아직도 파이프에 매달린 시체를 힐끔 보는 순간, 엘러리의 분개는 어디론가 날아가 버리고 말았다.

거대한 몸집의 브링커호프는 빨갛게 부은 눈을 하고 아내의 화장대 앞 의자에 털썩 주저앉았다.

"이제 이야기는 모두 했습니다." 브링커호프는 중얼거리듯이 말했다. "둘이서 새로운 곡예 연습을 한 뒤에, 브레그먼 씨와 약속이 있어서 저는 먼저 나갔지요."

뚱뚱하고 눈길이 날카로운 흥행사 브레그먼은 무뚝뚝하게 고개를 끄덕였다. "그게 다입니다, 누가, 왜……. 난 모르겠어요."

굵직한 저음으로 벨리 경사는 사건의 개요를 이야기했다. 엘러리는 다시 한 번 여자 시체에 눈길을 돌렸다. 마이라의 넓적다리와 정강이의 강인한 근육은 사후 경직으로, 착 달라붙은 얇은 실크 타이츠 밑에서 부풀어 있었다. 그녀의 초록색 눈은 크게 뜨여 있었다. 그리고 죽음의 춤을 추며 가느다랗게 흔들리고 있었다. 엘러리는 시체로부터 눈을 돌려 모여 있는 사람들을 둘러보았다.

관할 경찰서의 형사 볼디도 거기 있었다. 그는 신문 기자들 사이에서 갑자기 인기를 얻게 되는 바람에 완전히 흥분해 있었다. 브레그먼 곁에는 키가 크고 마른 게리 쿠퍼처럼 생긴 사내가 담배를 말고 있었다. 카우보이 저음 가수인 텍스 크로스비였다. 그는 더러운 벽에 기대서서 냉혹한 증오심을 숨김없이 그대로 드러내 보이며 바로 앞에 있는 위대한 고르디를 똑바로 쳐다보고 있었다. 고르디는 매처럼 뾰족한 입에 반질반질한 콧수염을 길렀으며, 가늘고 긴 올리브 색 손가락과 검은 눈을 가지고 있었다. 그는 아무 말도 하지 않았다. 코미디언 리틀 샘은 피곤해 보이는 눈 밑이 자주색으로 부풀어 있었는데 몹시 한잔 마시고 싶어하는 것 같았다. 그러나 극장 지배인 조 켈리는 달랐다. 술 냄새 나는 입김 밑에서 뭔가 음란한 소리를 계속 중얼대고 있었다.

경감이 큰 소리로 물었다.

"결혼한 지 얼마나 되었소, 브링커호프?"

"2년 됐습니다. 인디애나폴리스에서 결혼했지요, 경감님."

"부인은 전에 결혼한 일이 있었소?"

"아니오."

"당신은?"

"없습니다."

"당신들한테 적이 있었소?"

"전혀 없습니다."

"당신들은 행복했겠지?"

"우린 한 쌍의 비둘기 같았지요."

브링커호프는 나직한 목소리로 말했다.

엘러리는 시체 곁으로 다가가서 시체를 쳐다보았다. 날씬한 마이라의 손목은 등 뒤로 돌려져서, 립스틱으로 더럽혀진 수건으로 묶여 있었다. 발목도 마찬가지였다. 두 발은 바닥에서 1미터쯤 되는 높이에서 덜렁거리고 있었다. 망가진 발판이 접혀서 한쪽 벽에 세워져 있었다. 엘러리는 발판에 올라서면 쉽게 스프링클러 파이프에 밧줄을 걸고 가벼운 시체를 끌어올릴 수 있을 거라고 생각했다.

"이 발판은 저쪽 벽에 세워져 있었나요?"

엘러리가 벨리 경사에게 나직이 물었다.

벨리는 엘러리를 따라와서 흥미로운 듯이 여자의 시체를 바라보고 있었다.

"언제나 배전반 가까이에 있었답니다."

"그렇다면 자살은 아니군. 뭔가가 있어."

"이 여자는 아주 늘씬하군요."

경사는 아주 감탄하는 듯이 말했다.

"벨리 경사, 잔인하군요…… 이건 꽤 골치 아픈 사건이오."

엘러리는 더러운 밧줄을 살펴보았다. 밧줄은 수평으로 가지런하게 여자의 목을 두 바퀴 감았는데, 우방기(사라족, 중앙 아프리카 공화국의 한 종족) 여자들의 쇠 목걸이처럼 여자의 살을 가리고 있었다. 오른쪽 귀 밑에 큼직한 매듭이 있었고, 또 하나의 매듭은 파이프 위에서 밧줄을 붙들어 매고 있었다.

"이 밧줄은 어디서 갖고 온 걸까요?" 엘러리가 갑자기 물었다.

"분장실에서 발견된 헌 트렁크에 들어 있던 것입니다. 퀸 씨. 트렁크는 몇 년 동안 이곳에 있었지요. 소도구실에 말입니다. 밧줄 말고는 아무것도 없었어요. 누군가 버려 둔 것인가 봅니다. 보시겠습니까?"

"당신 말을 믿겠소. 소도구실이라고 했지요?" 엘러리는 다시 문쪽으로 걸어가서 사람들을 둘러보았다.

브링커호프는 행복했던 마이라와의 생활이며, 마이라의 아름다운 목에 밧줄을 감은 악마에게 꼭 보복을 해 주겠다는 등 푸념을 늘어놓고 있는 중이었다. 커다란 손을, 쥐라도 난 것처럼 쥐었다 폈다 하고 있었다.

"마이라는 꽃 같은 여자였지. 정말 꽃 같았어." 브링커호프가 말했다.

"말도 안 돼." 극장 지배인인 조 켈리는 상대의 센 주먹에 한 대 맞기라도 한 권투 선수처럼 다리를 휘청거리면서 딱 부러지게 말했다. "마이라는 보통 바람기 있는 여자가 아니었습니다, 경감님."

켈리는 퀸 경감에게 심술궂은 눈초리를 보냈다.

"바람기가 있다니 그게 무슨 소리요?" 브링커호프는 일어서서 가까스로 말했다.

희극 배우 샘이 갑자기 부석부석한 눈을 깜박거리며 쉰 목소리로 말했다. "미쳤군, 켈리. 그만둬! 뭣 때문에 그런 소릴 하는 거야. 이 사람은 취했습니다, 경감님."

"내가 취했다고?" 켈리는 얼굴이 납빛이 되어 고래고래 소리를 질렀다. "좋아, 넌 놈의 편이구나."

켈리는 이렇게 말하며 건들거리는 손가락으로 키가 크고 깡마른 사내를 가리켰다.

"이게 대체 어떻게 된 거지?" 경감은 눈을 빛내며 신음했다. "모두 모이십시오. 켈리, 브링커호프 부인이 크로스비와 여기서 함께 있었다는 말이오?"

브링커호프는 당황한 고릴라처럼 신음하며 앞으로 걸어 나왔다. 긴 두 팔을 도리깨처럼 구부리고, 미친 짐승이 사납게 날뛰듯 카우보이의 목을 향해 달려들었다. 벨리 경사는 브링커호프의 팔목을 잡기가 무섭게 그 넓은 등 뒤로 비틀어 올렸다. 볼디 형사는 펄쩍 뛰어 거인의 한쪽 팔에 매달렸다. 브링커호프는 볼디 형사와 싸우느라 비틀거리면서도, 당황하지 않고 새파랗게 질려 있는 키가 크고 마른 사내에게선 눈을 떼지 않았다.

"그를 데리고 나가게." 경감은 벨리 경사에게 엄숙하면서도 딱딱하게 명령했다. "형사 두 명에게 맡겨서 진정될 때까지 밖에 있도록 하게.”

벨리와 볼디는 거칠게 숨을 몰아쉬고 있는 곡예사를 끌고 나갔다.

“크로스비, 이야기를 좀 들어 볼까?”

“할 말이 없습니다.” 크로스비는 천천히 말했다. 그 느릿한 말투는 모기 소리 같았고, 경계하는 듯이 두 눈을 가늘게 뜨고 있었다. “난 텍사스 출신입니다. 그렇게 간단히 경찰의 협박에 넘어가지는 않습니다. 놈은 정말 돌대가리야. 저기 제 세모꼴 딱부리 말입니다만…….”

크로스비는 악의를 담아 켈리를 노려보았다. “놈도 자기 혓바닥에 자물쇠를 채워 둬야 한다는 것쯤은 알아야 할 텐데.”

“크로스비는 덩치에게 거짓말을 했습니다.” 켈리가 새된 소리로 말했다. “그를 믿으면 안 됩니다, 경감님. 그 바람기 있는 깜찍한 곡예사는 자신에게 무슨 일이 생길 것인지 틀림없이 알고 있었을 겁니다. 마이라는 시카고에서나 빈타운에서 줄곧 덩치의 눈을 속이고 있었던 겁니다.”

“이 사람은 취했습니다, 경감님.” 위대한 고르디가 조용히 말했다. “이 사람 말을 믿으면 안 됩니다. 마이라는 다들 좋아하는 여자였지요. 그래요, 마이라는 두서너 번 크로스비나 저하고 술을 마신 적이 있었는지도 모릅니다. 브링커호프가 그런 것을 싫어했기 때문에 그 친구 앞에서는 절대로 안 마셨지요. 그뿐입니다.”

“단지 친하게 지냈을 뿐이라고?” 경감이 중얼거리더니 다시 말을 이었다. “그럼, 누가 거짓말을 하는 거지? 켈리, 확실한 것을 알고 있다면 모두 털어놓아.”

지배인은 비웃었다.

“알 건 다 알고 있습니다. 하지만 이쯤 되면, 경감님. 위대한 고르디도 그 귀여운 바람둥이 여자에 대해 뭔가 말할 수 있을 텐데요, 할 수 있을 겁니다. 고르디는 겨우 두 주일 전에 크로스비한테서 마이라를 꾀어냈거든요."

"두 사람 다 조용히 해!" 텍사스 출신과 검은 턱수염의 사내가 흥분하자, 노경감은 버럭 소리를 질렀다. "켈리, 그것을 어떻게 알았나?"

죽은 여인은 소리 없이 춤추듯 희미하게 흔들거렸다.

"그저께 텍스가 고르디를 보고 고함을 질러대는 것을 들었지요." 켈리가 굵직한 목소리로 말했다. "여자에게 달라붙으려고 하니 말입니다. 바로 어제도 고르디가 무대 옆에서 마이라에게 붙어 있는 걸 보았습니다. 어떻습니까, 고르디는 진짜 레슬러예요. 달라붙기 잘하는 명수란 말입니다."

아무도 말하지 않았다. 증오를 담고 술 취한 지배인을 노려보는 키가 큰 텍사스 인의 꽉 쥔 손가락은 하얗게 되어 있었다. 마술사 고르디는 한 마디도 하지 않고 한숨을 쉴 뿐이었다.

그때 문이 열리고 두 남자가 들어왔다. 부검시관 프라우티 의사와 얼굴이 볕에 타고 걸음걸이가 자연스럽지 못한, 체격이 큰 남자였다.

모두들 안도의 숨을 내쉬었다. 경감이 말했다.

"꼭 알맞게 왔군, 프라우티 선생. 일단 브래드포드가 저 위쪽의 매듭을 조사할 때까지 시체는 건드리지 말아요. 시작하게, 브래드포드. 파이프 위의 것을 말이야. 사다리를 쓰라구."

걸음걸이가 자연스럽지 못한 사내는 사다리를 세우고 흔들거리고 있는 시체 옆으로 올라가, 여자 귀 뒤의 매듭과 파이프 위의 매듭을 조사했다. 프라우티 의사는 죽은 여자의 발을 만져 보았다.

엘러리는 한숨을 쉬고 서성거리기 시작했다. 아무도 그에게 주의를 기울이지 않았다. 모두들 파랗게 질린 얼굴로 긴장한 채 시체 가까이에 있는 두 사람을 바라보고 있었다.

무엇인가 엘러리의 마음을 어지럽혔다. 그것이 무엇인지도 몰랐고,

그 불안의 근원을 명확하게 지적할 수도 없었다. 아마도 그것은 소리 없이 타이츠 차림으로 공중에 매달려 흔들거리고 있는 시체의 주위를 감싸고 있는 공기 속에 깃들인 어떤 느낌, 긴장된 영묘한 기운 때문이었는지도 몰랐다. 아무튼 엘러리는 진정이 되지 않았다. 그는 무엇인가를 느끼고 있었다.

엘러리는 마이라의 화장대 맨 위 서랍 속에서 탄환이 장전된 리볼버를 발견했다. 손잡이에 진주가 박히고 반짝이는 개머리판에 MB라는 머리글자가 새겨진 조그만 22구경 권총이었다. 엘러리는 실눈을 뜨고 퀸 경감을 힐끔 쳐다보았다. 경감은 고개를 끄덕였다. 엘러리는 또 잠시 서성거렸다. 그러다가 갑자기 걸음을 멈추었는데, 그 회색 눈에 깊은 의혹의 빛이 서려 있었다.

방 한가운데 삐걱거리는 나무 탁자 위에 니켈 도금을 한, 길고 예리한 페이퍼 나이프가 어질러진 잡동사니 속에 섞여 놓여 있었다. 엘러리는 조심스럽게 그것을 집어들고 불빛 아래에서 그 번쩍거리는 것을 이리저리 비춰 보고 있었다. 그러나 핏자국 같은 것은 없었다.

엘러리는 페이퍼 나이프를 놓고 또 서성거리기 시작했다.

그는 문득, 방 한쪽 바닥에 다 망가져 가는 싸구려 가스 버너가 놓여 있다는 것을 알았다. 고무판은 벽의 가스관에 꼭 끼워져 있었으나, 벨브는 잠겨 있지 않았다. 엘러리가 손으로 만져 보니 가스 버너는 돌처럼 싸늘했다.

엘러리는 이상한 감정에 이끌려 벽장으로 다가갔다. 벽장문을 열어 보니 앞에 목수 연장 한 벌이 든 나무 상자가 놓여 있었고, 그 위에는 묵직한 쇠망치가 있었다. 상자 가까운 바닥에는 톱밥이 있었고, 벽장문의 가장자리는 아무런 칠도 되어 있지 않았다.

엘러리의 눈빛은 날카로워지면서도 우수 띤 빛이 짙어졌다. 그는 서둘러 경감 옆으로 가서 소곤댔다.

"이 권총은 죽은 여자의 것입니까?"

"그래."

"최근에 산 것일까요?"

"아니, 결혼한 바로 뒤에 브링커호프가 마이라에게 사 준 거야. 그는 호신용이라고 말하더군."

"호신용이라고요? 하긴……."

엘러리는 경찰 본부 사람들을 힐끔 보더니 어깨를 움츠렸다. 걸음걸이가 비틀비틀한, 얼굴이 붉은 남자가 무척 놀란 표정으로 사다리에서 엉거주춤 내려왔다. 밖에서 돌아온 벨리 경사가 큼직한 손에 주머니칼을 쥐고 사다리 위로 올라갔다. 프라우티 검시관은 그 밑에서 기다리고 있었다. 벨리는 스프링클러 파이프에 매 놓은 밧줄을 자르기 시작했다.

"벽장 속 연장 상자는 어떻게 된 걸까요?" 엘러리는 여자의 시체에서 눈을 떼지 않고 말을 이었다.

"어제 여기에 무대 목수가 문짝을 고치려고 들어왔던 거야. 문짝이 틀어졌거나 어떻게 되었던 모양이지. 조합 규정이 번거로워서 일을 하다 말고 돌아갔다던데. 그게 어떻다는 거냐?"

"그 사실이 여러 가지를 말해 주고 있습니다." 엘러리가 말했다.

고르디가 엘러리의 입을 조용히 지켜보고 있었으나 그는 눈치채지 못한 모양이었다. 키 작은 어릿광대 샘은 경사를 보고 눈을 깜박이며 한쪽 구석에서 떨고 있었고, 크로스비는 멍하니 아무도, 아무것도 보지 않고 담배를 피우고 있었다.

"모든 걸 말해 주고 있어요. 이건 제가 여태까지 부딪쳐 온 사건 중에서도 가장 이상한 사건이로군요."

경감은 당혹해 하는 눈치였다. "그런데 엘러리, 대체 어째서 이상하다는 거냐? 난 도무지 잘 모르겠는데."

“모르시겠어요?” 엘러리는 답답한 듯이 말했다. “어린아이라도 알 텐데요. 그렇지만 아버지께서 그걸 아시면 깜짝 놀라실 겁니다. 이 방에는 멋진 흉기 네 가지가 놓여 있습니다. 장전된 권총, 페이퍼 나이프, 가스버너, 그리고 망치. 그런데도 살인범은 여자를 수건으로 묶어 놓고 일부러 방을 나가 무대를 지나 소도구실로 가서, 누군지도 모르는 한 배우가 몇 년 전에 버려두고 간 헌 트렁크에서 저 지저분한 밧줄을 꺼내 가지고 배전반 곁에 세워 둔 사다리와 함께 방으로 들고 들어와서, 사다리를 사용하여 파이프 위에다 밧줄을 매고서 여자를 끌어올려 놓았거든요.”

“그래, 하지만…….”

“그렇다면, 왜 그랬을까요?” 엘러리가 소리쳤다. “왜일까요? 무엇 때문에 살인범은, 이 방에서 쏘거나 찌르거나 가스 중독시키거나 내려 칠 수 있는, 네 가지 간단하고 손쉬운 살인 방법이 있음에도 여자를 공중에 달아매는 번거로운 방법을 썼을까요?”

벨리 경사가 지저분한 바닥에다 시체를 털썩 내려놓자, 프라우티 검시관은 죽은 여자 옆에 무릎을 꿇었다.

얼굴이 붉은 남자가 비척거리면서 다가왔다. “이것 때문에 힘들었습니다, 경감님.”

“무엇 때문에?” 퀸 경감이 나무라듯이 말했다.

“이 매듭이요.” 남자는 투박한 붉은 손으로, 매듭지어진 밧줄을 한 발쯤 쥐고 말했다. “여자 귀 뒤의 매듭은 이렇게 평범하게 매어져 있습니다. 목을 매달기에는 서투른 솜씨지요.”

얼굴이 붉은 사내는 고개를 저었다. “하지만 이건, 이 파이프 둘레에 맨 것은…… 경감님, 이걸 푸느라고 어찌나 애를 먹었는지 모릅니다.”

“흔하지 않은 매듭인가요?” 사건의 복잡성에 좀 어리둥절해 있는 엘러리가 천천히 말했다.

“전 처음 보았습니다. 이때까지 경찰에서 매듭을 전문으로 감정해 왔습니다만, 이런 매듭은 처음입니다. 선원들 솜씨가 아니라는 것은 말씀드릴 수 있습니다만, 서부식도 아니지요.”

“아마추어 짓인지도 몰라.” 경감은 밧줄을 손가락으로 당겨 보며 중얼거렸다. “우연히 이렇게 매어졌겠지.”

매듭 전문가는 고개를 내저었다. “그렇지 않습니다. 이렇게 매는 방법을 아는 사람이 맨 거지요.”

브래드포드는 비척거리며 방을 나갔다. 프라우티 검시관은 시체에서 눈을 뗐다.

“여기서는 아무 일도 할 수가 없겠는데요.” 검시관은 짜증스럽게 말했다. “시체를 시체 보관소로 가지고 가서 조사하기로 하지요. 운반 담당이 밖에서 기다리고 있으니까.”

“선생, 이 여자는 언제쯤 죽었소?” 경감은 씁쓰레한 얼굴을 하고 물었다.

“어젯밤 자정 무렵입니다. 그 이상 확실한 것은 말할 수가 없습니다. 물론 질식사지요.”

“나중에 알려 주시오. 아마 아무것도 안 나올지도 모르지만, 별 상관은 없소. 벨리, 접수를 맡아보는 영감님을 불러 주게.”

프라우티 의사와 운반 담당이 시체를 실어 가고 나자 벨리 경사가 퍼크 노인을 데리고 왔다. 경감은 나무라듯이 말했다.

“어젯밤에는 몇 시에 문을 닫았습니까?”

퍼크 영감은 신경과민이 되어 목이 쉬어 있었다.

“솔직히 말씀드려서 경감님. 전 조금도 그럴 마음이 없었습니다.

그렇지만 켈리 씨가 그걸 알면 저를 해고해 버릴 겁니다. 어찌나 졸음이 오든지, 그만……. ”

“무슨 말이오 ? ” 경감이 부드럽게 물었다.

“마이라는 어제 저녁에 저더러 마지막 공연이 끝난 뒤에 아틀라스와 둘이서 새 곡예 연습을 한다고 했습니다. 전 그때까지 기다리고 있을 수가 없어서……. ”

노인은 겁먹은 목소리로 말했다.

“너무 늦은 시간이라 이미 아무도 없었고, 청소부들도 다 돌아가서 분장실 입구만 빼고 모든 문을 잠근 다음, 마이라와 아틀라스에게 ‘돌아갈 때는 분장실 문을 잘 잠그세요’ 하고 말했지요. 그렇게 말하고 저는 집으로 돌아갔지요. ”

“이거 참. ” 경감은 화난 듯이 말했다. “그렇다면 누가 들락거렸는지 알 수가 없단 말이군. 누구든지 몰래 들어갈 수 있었고, 얼마든지 숨어 기다릴 수 있었을 테니……. ”

경감은 입술을 깨물었다.

“자, 여러분, 어제 저녁 공연이 끝난 뒤 다들 어디에 가 있었지요 ? ”

세 명의 단원이 일제히 입을 열려고 했다. 고르디가 먼저 입을 열었으나, 그 부드럽던 말투는 이제 불안에 떨고 있었다.

“저는 곧바로 숙소로 돌아가 잤습니다. ”

“자네가 돌아온 것을 본 사람이 있나 ? 자넨 브링커호프와 한숙소에 묵고 있겠지 ? ”

“아무도 못 보았는데요. 숙소는 같습니다만. ”

마술사는 어깨를 움찔하며 말했다.

“텍사스 출신인 자네는 ? ”

“저는 그 부근 술집에서 한잔 하고 취해 버렸습니다. ”

카우보이가 길게 늘어진 소리로 말했다.

"어느 술집인가？"

"모르겠는데요. 고주망태가 되어 버려서…… 아침에 눈을 떠 보니 제 방이더군요."

"자네들 입장은 한결같이 고약하군." 경감은 비아냥거리는 투로 말했다. "자기들 알리바이조차 입증 못 하니…… 좋아. 그럼, 희극 배우 당신은？"

"아닙니다. 저는 제가 있었던 곳을 증명할 수 있습니다. 단골 술집에 갔으니까, 증인을 한 20명쯤 모을 수가 있습니다."

어릿광대는 열심히 말했다.

"몇 시였지？"

"자정쯤이었지요"

경감은 코를 킁킁거리며 말했다.

"그럼, 일단 나가도 좋소. 그러나 극장 안에 있어야 해. 아직 자네들한테 볼 일이 있을 테니까. 토머스, 일단 다 데리고 나가주게. 내가 화내기 전에 말야."

먼 옛날, 메가테리움이 숲 속을 헤매고, 늘어진 귀의 흥행사가 '곡예사 우선' 원칙을 정했을 때, 아울러 그는 또 아무런 이유도 없이 '공연은 계속해야 한다'는 규칙을 만들었다. 사고가 일어나건, 젊은이가 사자 조련사 여자와 사랑의 도피 행각을 하건, 처녀 역을 맡은 여배우가 곤드레가 되어 고래고래 소리를 지르건, 오른쪽 줄 5번째 관람석의 부인이 극장을 한 달에 한 번 하는 간질 발작의 무대로 선택하건, A 분장실에 조그만 화재가 일어나건 공연은 계속되어야 한다. 끔찍하고 괴상한 살인 사건이 일어났어도 이 신성한 규칙을 어기는 것은 용납되지 않는다. 터무니없는 일로 한창 고비일 때에도, 또 켈리라는 지배인이 곤드레가 되어 있을지라도, 목을 달아맨 곡예사의 기괴한 사건이 일어났어도 공연은 계속되어야 한다.

그런 까닭으로 일찍부터 손님이 모여들기 시작한 화려한 메트로폴 극장에서는 전날 밤 그 화려한 장내에서 한 여인이 살해되었음에도 또 무대 뒤에서는 경찰관과 형사들이 북새통을 이루고 있었음에도 그런 것이 손톱만큼도 느껴지지 않았다. 따라서 전혀 이상할 것도 없었다.

이 살인 사건은 쇼 비즈니스 세계에서 단지 하나의 조그만 사건에 지나지 않았다. 〈버라이어티〉지에는 두 줄의 기삿거리도 되지 않았으리라.

리처드 퀸 경감은 15번째 줄의 딱딱한 좌석에서 안절부절못하고 있었으나, 엘러리는 아버지의 옆자리에서 생각에 깊이 잠겨 있었다. 기어이 남아 공연을 구경하자는 엘러리의 소망은 확실히 무엇보다도 더 알 수 없는 노릇이었다. 개막을 기다리는 동안 영화가 상영되었다. 경감은 못마땅한 듯 이미 본 적이 있다고 말했다. 그러나 이미 뉴스와 만화 영화 한 편이 상영되고 있었다.

'다음 프로'의 예고편이 스크린에 비쳤을 때, 엘러리는 자리에서 일어서며 말했다.

"무대 뒤로 가세요. 뭔가가……."

그는 끝까지 말을 하지 않았다.

그들은 오른쪽의 먼지 낀 좌석 뒤로 해서 정복 경찰관이 감시하고 있는 철문을 지나 무대 뒤로 갔다. 아무것도 없는 휑뎅그렁한 무대와 무대 주위는 야릇한 정적에 짓눌려 있었다. 지배인 켈리가 고개를 푹 숙인 자세로 배전반 곁 망가진 의자에 앉아 떨리는 손가락을 깨물고 있었다. 보드빌 배우는 아무도 보이지 않았다.

"켈리, 여기 쌍안경 같은 것 없소?"

엘러리가 불쑥 물었다.

"왜 그런 게 필요하시지요?"

아일랜드 인은 깜짝 놀라며 물었다.

"있나요?"

켈리가 지나가던 무대 담당자를 손짓해 불러서 말하자, 그는 잠깐 사라졌다가 부탁한 쌍안경을 가지고 다시 나타났다. 경감이 중얼거렸다.

"뭘 하려고 그러니?"

엘러리는 쌍안경에 눈을 대 보았다.

"글쎄요, 예감이라고나 할까요?"

엘러리는 어깨를 움찔했다.

악대석에서 음악이 울려 퍼졌다. 서곡이었다.

"'시인과 농부'야. 좀더 새로운 곡을 연주했으면 좋겠는데."

경감은 신음하듯 말했다.

엘러리는 아무 말도 하지 않았다. 그는 쌍안경으로 조명이 켜진 무대를 주시하며 기다리고 있었다. 마지막 음악이 멎고 관람석에서 박수 소리가 드문드문 들리며 공연 순서를 알리는 프로그램에 '아틀라스'라고 나오자, 경감의 조급함이 어느 만큼 수그러들고 얼마쯤 흥미를 나타내기 시작했다.

막이 오르자 곡예사인 아틀라스가 나타났다. 그는 그곳에 서서 웃는 얼굴로 머리를 숙이며 거대한 몸을 새 타이츠로 감싸고 있는 모습이 인상깊었다. 덩치 옆에는, 키 큰 금발 여자가 금니를 반짝이며 방긋 웃고 서 있었다. 그 여자도 새 타이츠를 입고 있었다.

브링커호프는 모든 곡예사들이 갖는 상냥한 마음씨와 쾌활한 심정으로 여느 때처럼 무대에 서겠다고 고집했다. 그래서 흥행사인 브레그먼은 새 상대역을 정했고, 전혀 낯모르는 두 사람은 막이 열리기 전에 1시간쯤 서로 얽히며 공중 곡예, 공중 회전 등의 연습을 했다. 공연은 계속되어야 하기에.

아틀라스와 금발 여자는 아슬아슬한 공중 회전과 평형 연기를 펼쳐 나갔다. 오케스트라는 째지는 듯한 음악을 연주하였다. 공중 그네는 무대를 향해 크게 흔들렸다. 단순한 공중 곡예. 공중 회전, 드럼 소리가 우레처럼 울려 퍼지고, 요란한 심벌즈가 쨍쨍거렸다.

엘러리는 쌍안경을 사용하려고 하지 않았다. 엘러리와 경감, 그리고 켈리 세 사람은 무대 옆에 우두커니 서 있었다. 한 마디도 입을 여는 사람은 없었으나, 켈리가 깊은 물 속에서 막 솟아 나온 사람처럼 세차게 숨을 몰아쉬고 있었다. 괴상하게 생긴 작은 그림자가 세 사람 옆에 나타났다. 엘러리는 천천히 머리를 돌리고 보았다. 그것은 작고 비쩍 마른 몸뚱이의 세 배나 됨직한 세일러복을 입고 차례를 기다리고 있는 말단 어릿광대 '세일러 샘'이었다. 얼굴에는 번들거리는 무대 화장품을 덕지덕지 바르고 있었다. 샘은 무표정하게 아틀라스를 바라보고 있었다. 이윽고 어릿광대가 작은 소리로 말했다.

"잘 하는군."

아무도 대꾸하지 않았다. 그러나 엘러리는 지배인을 돌아보고 소곤거렸다.

"켈리, 조심해서 잘 보시오."

엘러리의 목소리는 어릿광대 샘에게도 퀸 경감에게도 안 들릴 만큼 작고 낮았다.

켈리는 의아하다는 듯한 표정을 지었다. 충혈된 눈을 조금 크게 뜨고 고개를 끄덕이더니 침을 삼키고 무대 위에서 선회하는 모습에 시선을 고정시켰다.

이윽고 연기가 무사히 끝나자 오케스트라는 언제나처럼 선정적인 선율을 연주했다. 아틀라스가 웃는 얼굴로 머리를 숙이자 금발 여인도 금니를 내보이며 애교를 보였다. 막이 내리자 엘러리는 켈리를 힐끔 보았다. 그러나 켈리는 고개를 가로저었다.

공연 내용이 바뀌었다. '세일러 샘', 활발하고 템포 빠른 음악이 다시 시작되자, 헐렁한 세일러복을 입은 키 작은 남자는 짐짓 세 번 웃어 보이고 나서 크게 공기를 빨아들였다. 그리고 무대로 아장아장 걸어 나가 큰 대자로 벌렁 자빠져 누웠다가, 무대 밑 침침한 관객석에서 들려오는 깔깔대는 웃음소리에 맞추어 익살스러운 얼굴을 풋라이트 위로 내밀었다.

세 사람은 무대 옆에서 말없이 지켜보고 있었다.

어릿광대는 언제나 하는 연기를 재치 있게 하였다. 모든 선원을 풍자했을 뿐만 아니라, 모든 선원들의 기쁨과 슬픔을 표현했다. 익살스럽게 비틀거리다가 심각하게 입을 다물고 있는가 하면, 갑자기 주절주절 지껄이며 신비로운 항해의 광경을 몸짓 손짓으로 설명하다가 무언가에 놀라 넋을 잃고는 돛대에 기어오르는 듯한 시늉을 하고는 또다시 무언극을 하자 관객석으로 웃음소리가 터져 나왔다.

경감은 못마땅한 것 같았다.

"글쎄, 저 친구는 지미 버튼을 쏙 뺐군. 주정뱅이 흉내 같은 건 말이야."

"뭘요, 둔재인 걸요."

켈리는 입 속으로 말했다.

세일러 샘은 재치 있게 헤엄치는 모습으로 무대를 내려왔다. 무대 옆에 서서 숨을 헐떡이며, 얼굴에서는 비오듯 땀을 흘리고 있었다. 그는 다시 무대로 뛰어나가더니 꾸벅 머리를 숙였다. 또다시 한바탕 박수가 터져 나왔다. 샘은 들어왔다. 또 나갔다. 또 들어왔다. 또 나갔다. 그 익살맞은 얼굴에서 뭔가 골똘한 표정이 엿보였다.

"샘!" 켈리가 꾸짖듯이 말했다. "어떻게 된 거야, 샘. 재청에 응해서 밧줄 재주를 해야지. 어떻게 된 거야. 샘……."

"밧줄 재주라니, 그게 뭐요?"

엘러리가 조용히 물었다.

어릿광대는 입술을 핥더니 두 어깨를 늘어뜨리고 다리를 끌며 다시 무대로 나갔다. '와아' 웃음소리가 한층 높아졌다가 곧 다시 조용해졌다. 샘은 네 발로 기는 자세가 되어 몸을 한 번 추스르더니 몽롱한 눈을 깜빡거렸다.

갑자기 샘이 소리를 쳤다.

"어이! 밧줄을 줘!"

반대쪽 무대 옆에서 1미터나 되는 종이로 만든 잎담배가 무대 위로 내던져졌다. 그러자 '와아' 웃음소리가 터져 나왔다.

"아니! 밧줄 말이야, 밧줄!"

작은 사내는 아래위로 몸을 움직여 춤을 추며 쇳소리를 질러댔다.

거무스름한 밧줄이 무대 천장에서 뱀처럼 꾸불텅거리며 내려왔다. 기묘하게도 그 밧줄은 앙상한 샘의 어깨를 휘감았다. 샘은 몸을 버둥거리며 밧줄을 떼려고 했다. 샘은 그 타르를 칠한 밧줄 끝을 쫓아 펄쩍펄쩍 미친 듯이 뛰었다. 그러나 밧줄 끝은 샘을 피하며 달아났다. 그리고 그가 밧줄을 쫓으면 쫓을수록 거무스름한 원이 작은 사내의 몸을 점점 더 칭칭 동였다.

관객들은 와자지껄 떠들어댔다. 작은 사내는 그야말로 우스꽝스럽기 짝이 없었다. 고집 센 켈리의 얼굴조차도 일그러지고, 경감은 입을 한껏 벌리고 진심으로 웃었다. 이윽고 그것도 끝나고, 무대 옆에 있던 두 명의 무대 담당이 뛰어나가 밧줄에 칭칭 감겨 있는 광대를 끌어내리려 했다. 광대의 얼굴은 창백했으나, 얼마 안 가 그는 칭칭 감긴 밧줄로부터 간단히 빠져나왔다.

"아주 잘하는데." 경감은 만족스럽게 말했다. "멋있군."

샘은 뭐라고 중얼거리며 무대 뒤로 터벅터벅 걸어갔다. 검은 밧줄은 내려진 곳에 그대로 놓여 있었다. 엘러리는 그것을 한번 힐끔 보고 나서 또다시 무대 쪽으로 주의를 돌렸다.

음악이 바뀌었다. 깜짝 놀랄 만큼 아름다운 테너의 목소리가 극장 안에 흘렀다. 관현악단은 부드럽게 '언덕 위의 나의 집'을 연주하였다. 막이 오르자 텍스 크로스비가 나왔다.

키가 크고 마른 남자는 화려한 카우보이 무대 의상을 입고 있었다. 그 맵시는 나무랄 데가 없었다. 권총집에서 보이는 개머리판에 진주를 박은 6연발 권총도 꽤 잘 어울렸다. 큼직하고 챙 넓은 흰 맥고모자 밑으로 무서운 서부 남자의 얼굴이 보였다. 약간 안짱다리인 그는 그야말로 서부 사나이였다.

텍스 크로스비는 서부 노래를 부르고, 부드러운 텍사스 사투리를 쓰는 느릿느릿한 말투로 익살맞은 이야기를 몇 마디 했다. 그 동안에 긴 손가락은 쉴 새 없이 줄 던지기 하는 줄을 만지작거리고 있었다. 그는 줄을 마치 살아 있는 물건다루 듯하였다. 막이 오르고 그의 큰 키가 드러나는 순간부터 그는 줄을 움직이기 시작했다. 그리고 농담을 지껄이고 있을 때도, 빠른 말씨로 이야기하는 동안에도, 마지막 노래를 부르고 있을 때조차도 쉴 새 없이 움직이는 게, '마지막 카우보이' 바로 그 자체였다.

"틴혼 윌 로저스(1930년대의 유명 카우보이 배우)를 쏙 뺐어."

핏발 선 눈을 깜박거리며 켈리가 비웃는 듯이 말했다.

엘러리는 비로소 쌍안경을 집어 들었다. 텍사스 사내가 마지막 절을 하였을 때, 엘러리는 뭔가 물어 보고 싶은 듯이 지배인을 힐끔 보았다. 켈리는 고개를 가로저었다.

　위대한 고르디가 우레 같은 박수와 조명을 받으며 악마의 검은 외투를 입고 얼굴을 빨갛게 칠하고 등장했다. 그 요란한 옷차림에는 뭔지 모르게 인상깊은 것이 있었다. 검은 눈은 번쩍번쩍 빛났고, 입술 위에서 콧수염 끝이 떨렸으며, 입은 독수리 부리처럼 삐죽 튀어나와 있었다. 그리고 잠시도 손과 입을 가만두지 않았다.
　마술사는 빠른 말씨로 지껄이며 관객들을 술렁이게 하여, 두 손의 마술로부터 관객의 주의를 다른 데로 돌리고 있었다. 정해진 요술에는 특별히 놀랄 만한 게 아무것도 없었으나, 그 능숙한 연기가 관객을 사로잡았다. 동전이나 손수건을 다루는 재빠른 솜씨는 사람들의 눈을 동그랗게 뜨게 했다. 그 연미복 밑에는 분명 많은 요술 재료가 숨겨져 있었다.
　세 사람은 고르디가 갖가지 요술을 부리고 있는 동안 차츰 긴장하면서 지켜보고 있었다. 엘러리는 타이츠 차림의 브링커호프가 아직도 반대쪽 무대 옆에서 몸을 쪼그리고 있는 것을 비로소 알고 조금 놀랐다. 거한의 두 눈은 마술사의 얼굴에 빨려 들어가고 있었다. 그 눈은 손끝의 재빠른 기술이나 검은 옷을 입은 날렵한 동작 같은 것은 거들떠보지도 않고 오직 얼굴만을 바라보았다. 브링커호프의 눈에는 분노의 그림자도, 사악한 빛도 없었다. 다만 보고 있을 뿐이었다. 대체 저 사람은 어떻게 된 것일까? 엘러리가 보기엔 고르디는 곡예사가 뚫어지게 자기를 보고 있다는 것을 의식하지 못하는 것 같았다. 의식하고 있다면 저렇게 민첩하게 손을 놀릴 수 없으리라고 생각했다.
　관객들이 긴장해서 침을 삼키고 있는 가운데 마술사의 연기는 계속되고 있었다. 무대 뒤에서 조수가 조작하는 기묘한 도구로 연출하는 요술도 있었다. 관객들은 완전히 마술사의 포로가 되어 있었다.

"희한한데. 이건 아주 재미있는 구경거리로군."

경감이 놀란 목소리로 말했다.

"그럭저럭 합격이지요."

켈리가 중얼거렸다. 그의 얼굴에 기묘한 표정이 떠올랐다. 그리고 그도 열심히 지켜보고 있었다.

그런데 무대 위에서 갑자기 뜻하지 않은 일이 벌어졌다. 관현악단 원들이 어리둥절해하는 것 같았다. 고르디가 마술을 끝마치고 절을 하더니 세 사람이 지켜보고 있는 무대 옆 가까이로 들어왔다. 막을 내릴 준비조차 되어 있지 않았다. 관현악단은 재빨리 다른 곡을 연주 했다. 지휘자는 당황하여 어찌해야 좋을지 몰라 이리저리 두리번거리 고 있었다.

"어떻게 된 건가?" 경감이 물었다.

켈리가 못마땅한 듯이 말했다.

"마지막 마술을 빠뜨렸습니다. 퀸 씨, 왠지 낌새가…… 이봐요!" 켈리가 마술사를 보고 소리를 질렀다. "끝까지 마쳐야지, 빌어먹을! 손님들 박수가 멎기 전에 해야 할 거 아냐!"

고르디는 몹시 창백해졌다. 고르디가 돌아보지 않았기 때문에 세 사람은 그의 왼쪽 뺨과 굳어진 등만 보았을 뿐이었다. 그는 대답조차 하지 않았다. 그러나 이내 겁먹은 신출내기처럼 느릿느릿 무대로 돌 아갔다. 저쪽에서 브링커호프가 지켜보고 있었다. 이번에는 고르디도 흠칫해서 브링커호프를 바라보았다.

"무얼 하는 거지?"

경감이 재빨리 부드러운 목소리로 물었다.

엘러리는 쌍안경을 눈에 갖다 댔다.

그네가 무대 장치 조작부에서 무대 쪽으로 내던져졌다. 그것은 두 가닥의 가는 밧줄에 매달린 쇠막대였다. 새것인 듯 매끄러워 보이는 노란 밧줄이 그것과 함께 무대로 떨어졌다.

마술사는 천천히, 괴로우리만큼 천천히 움직이고 있었다. 공연장 안은 조용해졌다. 음악 소리마저 멈췄다.

고르디는 밧줄을 쥐고 뭔가 한 것 같았으나, 무엇을 했는지는 등에 가려 볼 수 없었다. 그리고 몸을 홱 돌리더니 왼손을 들었다. 노란 밧줄 끝이 왼쪽 손목에 복잡한 매듭으로 매어져 있었다. 고르디는 밧줄의 다른 한쪽 끝을 집어 들고 훌쩍 뛰어 그네를 붙잡았다. 고르디는 그것을 가슴 높이로 고정하고 다시 몸을 홱 돌려서 무엇을 하고 있는지 안 보이게 되었다. 또 한 번 몸을 돌렸을 때, 밧줄의 다른 끝이 그네의 쇠막대기에 같은 방법으로 매어져 있음을 알았다. 오른손을 들어 신호하자 요란한 드럼 소리가 울려 퍼졌다.

그네는 곧 올라가기 시작했다. 밧줄 길이는 1미터 남짓밖에 되지 않았다. 쇠막대기가 올라감에 따라 고르디의 늘씬한 몸도 손목에 매인 밧줄과 함께 끌려 올라갔다. 마술사의 발이 무대에서 2미터쯤 끌어올려졌을 때 그네가 멎었다.

엘러리는 쌍안경을 통해서 주의 깊게 살펴보았다. 무대 저쪽에는 브링커호프가 쭈그리고 앉아 있었다.

고르디는 허공에서 버둥거리며 차고 뛰는 시늉을 했으나, 이것은 무언극으로 자기가 그네에 단단히 묶여 그 큰 몸집의 무게로도 풀어지지 않는다는 것을 보여 주기 위한 것이었다. 사실 매듭은 점점 더 꼭 매어질 뿐이었다.

"솜씨가 그만이야."

켈리가 중얼거리더니 말을 이었다.

"곧 1초 동안 급강하해서 8초가 지나면 또 한 번 끌어올려집니다. 그러나 다음에는 고르디가 무대에 서고 밧줄은 바닥에 풀어진다는 마술이지요."

고르디는 잘 들리지 않는 소리로 외쳤다.

“자, 준비!”

그러나 엘러리는 그와 함께 켈리를 향해 소리쳤다.

“어서 막을 내려! 지금 당장! 천장에 있는 무대 장치 담당에게도 신호를 하게, 켈리!”

켈리는 훌쩍 뛰며 행동으로 옮겼다. 이해하기 어려운 무슨 말을 그가 질러대자, 한순간 멈칫한 뒤 큰 막이 곧 내려졌다. 관객은 이것도 마술의 일부인 줄 알았는지 놀라서 조용히 하고 있었다. 고르디는 자유로운 쪽 손으로 그네를 붙잡으려고 미친 듯이 버둥대기 시작했다.

“그네를 내려!”

엘러리는 공연이 중단된 무대 위에서 놀라 천장의 무대 장치 담당에게 손을 흔들며 소리쳤다.

“그네를 내려! 고르디, 움직이지 말게!”

그네는 ‘쿵’ 하고 소리를 내며 떨어졌다. 고르디는 무대에 내동댕이쳐졌고, 입을 실룩거렸다. 엘러리는 칼을 빼들고 그의 몸에 올라타자마자 빠르고 난폭하게 밧줄을 잘랐다. 잘린 밧줄 끝이 그네에서 대롱거리고 있었다.

“이제 일어나도 좋네, 이 매듭이 보고 싶었던 것일세, 고르디”

엘러리가 약간 숨찬 소리로 말했다.

엘러리와 쓰러져 있는 남자의 주위로 모두들 몰려왔으나, 남자는 일어날 기력도 없는 모양이었다. 무대 위에 주저앉아 아직도 입을 부들부들 떨며 눈에는 공포의 빛을 그대로 드러내고 있었다. 브링커호프는 긴장한 채 그곳에 서 있었다. 그리고 크로스비, 세일러 샘, 벨리 경사, 켈리, 브레그먼도 거기에 서 있었다.

경감은 그네의 매듭을 바라보았다. 천천히 마이라 브링커호프의 목을 매었던 더러운 밧줄 동강을 주머니에서 꺼냈다. 그것에도 매듭이 있었다. 그는 그것을 그네의 매듭 옆에 나란히 놓았다.

두 개의 매듭은 똑같았다.

경감은 피곤한 듯이 말했다.

"이것 보게, 고르디. 자네도 이제 벌 받을 때가 온 것 같군. 일어서, 고르디. 살인죄로 체포한다. 자네가 지금부터 하는 말은 모두……."

아틀라스 브링커호프는 아무 말도 하지 않고 다짜고짜 바닥 위의 고르디에게 덤벼들어 커다란 두 손으로 그 목을 졸랐다. 텍사스 사나이와 벨리 경사, 켈리 세 사람이 고르디에게서 곡예사를 떼어내려고 달려들었지만 힘이 들었다.

고르디는 목을 붙잡고 숨을 헐떡거리며 말했다.

"내가 아냐, 정말이야! 나는 결백해! 우리는…… 우리는 함께 살기로 했고, 마이라를 사랑했어. 하지만 그 때문에 마이라를 죽일 필요가 있겠어? 난 안 죽였어! 맹세코……."

"이 돼지 같은 놈!"

아틀라스는 가슴을 떨며 으르렁거렸다.

"빨리 자백해……."

벨리가 고르디의 멱살을 잡고 말했다.

엘러리가 느린 말투로 말했다.

"대단히 미안하게 됐소. 사과하오, 고르디. 확실히 당신이 한 게 아니오."

모두는 충격을 받은 듯 한순간 잠잠해졌다. 묵직한 막 뒤에서 커다란 목소리가 들려왔다. 스크린에 영상이 비치기 시작했다.

"안……죽였……다고?"

브링커호프는 맥 빠진 듯이 말했다.

"그러나 엘러리, 매듭이……."

경감은 난처한 어조로 말했다.

"분명히 문제는 매듭입니다."

엘러리는 금연 표시를 무시하고 담배에 불을 붙이고는 곰곰이 생각에 잠긴 채 담배를 피웠다.

"마이라 브링커호프의 목을 달아맨 사건은 처음부터 납득이 가지 않았지요. 왜 마이라의 목을 달아맸는가? 더 간단하고 더 손쉽고 더 빨리 해치울 살인 방법이 네 가지나 있었는데, 왜 목을 달아맸는가? 힘들고 귀찮은 방법으로 마이라를 죽였다면, 그것은 일부러 그렇게 한 짓입니다."

고르디는 입을 벌린 채 멀뚱해 있었고, 켈리는 하얀 재처럼 얼굴이 창백해졌다.

"하지만 어째서……." 엘러리가 중얼거리더니 말을 이었다. "일부러 목을 달아매는 방법을 택했을까? 틀림없이, 목을 달아매는 일에 다른 네 가지 살해 방법에서는 얻을 수 없는 무슨 이점이 있었기 때문입니다. 그렇다면 문제는 총을 쏘아 죽이거나, 칼로 찔러 죽이거나, 가스 이용, 혹은 때려죽이는 것보다 목을 달아매는 쪽이 가해자에게 유리한 점이 무엇이냐 하는 것입니다. 다시 말해 그 밖의 사살 방법의 특성이 아닌, 목을 매다는 방법의 특성이 무엇이냐 하는 것입니다. 그것은 단 한 가지, '밧줄'을 사용한다는 점입니다."

"하지만 도무지 알 수가 없는걸……."

경감은 얼굴을 찌푸렸다.

"분명해요, 아버지. 가해자가 다른 방법을 쓰지 않고 밧줄을 사용한 데에는 까닭이 있습니다. 그런데 마이라 브링커호프의 목을 달아맨 이 특수한 밧줄에 담긴 중대한 의미는 무엇일까요? 너무 색다르고 괴상해서 경찰 전문가조차 감별하지 못했던 이상한 매듭에 그 의미가 있는 겁니다. 다시 말해 그런 특수한 매듭을 택한다는 것은, 일부러 지문을 남겨 두는 거나 다름없지요. 그리고 그게 누구 솜씨인가 하면 고르디의 솜씨입니다. 마술사 고르디요. 내 생각에 그것은 고르디만이 할 수 있는 솜씨예요."

고르디가 말했다.

"알 수 없는 노릇인데요. 아무도 이 매듭법을 모릅니다. 그 방법은 제가 고안해 낸 거니까요……."

그리고 그는 입술을 깨물며 입을 다물었다.

"바로 그 점이오. 내가 아는 바로는, 무대의 마술사들은 매듭 법을 놀랄 만큼 많이 고안해 내고 있지요. 저 유명한 후디니도 그렇지 않았습니까? 그 사람은……."

"다벤포트 형제도 그랬지요. 제가 매는 방법도 그 사람들이 고안한 것을 변형시킨 겁니다." 마술사가 조그만 소리로 말했다.

"정말 그렇군요." 엘러리는 천천히 말했다. "그래서 말입니다. 만일 고르디가 마이라 브링커호프를 죽이려 했다면 구태여 자기 죄를 증명할 만한, 자기만 쓰는 유일한 방법을 택할 까닭이 없을 겁니다. 고르디가 합리적으로 사물을 생각할 능력을 가졌다면 틀림없이 그렇지 않을 겁니다. 고르디가 습관적으로, 무의식중에 자기 특유의 솜씨로 매듭을 맸는가 하는 점도 생각할 수 있습니다만, 그렇다면 가까이에 더 손쉬운 네 가지 방법이 있는데 왜 목을 달아매는 방법을 택했을까요?"

엘러리는 마술사의 어깨를 툭 쳤다.

"그래서 사과를 하는 거요, 고르디. 답은 아주 분명하거든요. 이것은 누군가가 당신한테 누명을 씌우려고 일부러 목을 달아매고, 게다가 그 특유한 매듭법을 선택하여 꾸민 짓이오."

경감은 신음하듯이 말했다.

"하지만 고르디는 자기가 고안한 매듭법을 아무도 모른다고 하지 않니. 엘러리, 만일 그게 사실이라면, 누군가가 그 매듭법을 몰래 훔쳐 썼다는 얘긴데."

"그렇지요." 엘러리는 나직한 소리로 말했다. "뭐 짐작 가는 게 없나요, 고르디?"

마술사는 옷에 묻은 먼지를 털고 천천히 일어섰다. 브링커호프는 넋 나간 사람처럼 고르디와 엘러리를 보고 있었다.

"없는데요." 고르디는 얼굴이 몹시 파리해져 있었다. "알고 있는 사람은 아무도 없다고 생각합니다. 저의 조수까지도요. 그러나 우리는 몇 주일이고 같은 멤버로 여행을 계속하고 있으니까, 만일 누군가가 몰래 훔쳐보고 배웠다면 혹시 모르죠……."

엘러리는 주의 깊게 말했다.

"알겠소. 이걸로 막다른 길에 이르게 됐군요."

"아니, 이제 시작이다." 경감이 쏘아붙이더니 말을 이었다. "아무튼 도와 줘서 고맙다, 애야. 네 도움이 컸다."

다음날 엘러리는 아버지의 사무실에서 말했다.

"솔직히 말하면, 저도 아직 뭐가 뭔지 잘 모르겠어요. 한 가지 확실한 것은, 고르디가 결백하다는 겁니다. 범인은 고르디가 하는 '밧줄 마술'에 쓰는 특수한 매듭이 사람들의 관심을 끌 거라는 것을 너무 잘 알고 있었습니다. 동기라면……."

"내 말 좀 들어 봐라." 경감은 기분이 상해서 굵직한 목소리로 말했다. "안경을 끼고 보면 나도 네가 알고 있는 것쯤은 안다. 동기는 모두에게 다 있거든. 크로스비는 그 여자한테 버림을 받았지. 그 조그만 희극 배우 고르디가…… 지난 두 주일쯤 지긋지긋하게 마이라의 꽁무니를 쫓아다닌 건 알고 있겠지? 그리고 켈리도 전에 마이라가 메트로폴 극장에서 공연할 때 그녀와 수상한 관계였고."

"그랬겠지요." 엘러리는 우울하게 말했다. "육체의 절규라고나 할까요. 그 여자는 사내를 유혹하는 요술 같은 것을 부리고 다녔던 모양입니다. 자기 남편에게는 바보 역할을 시켜 놓고, 다른 데서 보카치오의 멜로드라마를 펼치고 있었던 겁니다."

문이 열리더니 부검시관 프라우티 의사가 난처한 표정을 하고 성큼성큼 들어왔다. 그는 의자에 털썩 주저앉아 경감의 책상을 '쿵쿵' 쳤다.

"무슨 일인지 알아맞혀 보세요."

"난 그런 걸 알아맞히는 게 딱 질색이오."

노경감은 까다로운 표정으로 말했다.

"아마 여러분도 조금 놀랄 겁니다. 나도 놀랐거든요. 그 여자는 목이 매어서 살해된 게 아니었습니다."

"뭐라고?"

두 사람은 뜻밖의 소리에 놀라 함께 소리쳤다.

"사실, 그 여자는 목이 매였을 때는 이미 죽어 있었던 겁니다."

프라우티 의사는 눈을 가늘게 뜨고 지근지근 씹어 놓은 시가를 노려보았다.

"으음, 일생일대의 실수인데."

엘러리는 조용히 말했다. 그리고 의자에서 일어나 의사의 어깨를 흔들었다.

"프라우티 선생님, 제발 부탁드립니다. 답답하게 그러지 마시고 말씀해 보세요. 마이라는 무엇으로 살해되었지요? 권총, 가스, 칼, 독약……."

"손가락이오."

"손가락이라고요?"

프라우티 의사는 어깨를 움찔해 보였다.

"이건 의심할 여지가 없어요. 그 고운 목에서 지저분한 밧줄을 풀어 보았더니 목에 뚜렷한 손가락 자국이 있었습니다. 밧줄이 꼭 매어 있긴 했지만, 아무튼 손가락 자국이 있었어요. 그녀는 남자의 손에 목이 졸린 다음 매달린 겁니다. 이유는 나도 모르겠지만."

"그랬었군."

엘러리가 말했다.

"그랬었군."

그는 또 한 번 말하고 발돋움을 했다.

"이거 재미있는데, 이제야 겨우 수수께끼가 풀리는군. 좀더 자세히 말씀해 주십시오."

"확실히 기묘한데." 경감은 콧수염을 빨면서 중얼거렸다.

"그 이상이지요." 프라우티는 귀찮은 듯이 말했다. "두 분은 목 졸려 죽은 시체를 지겹도록 보았을 것입니다. 그 경우 손가락 자국의 특징이 뭐지요?"

엘러리는 프라우티 의사를 빤히 보며 말했다.

"특징이라니요?" 그리고 미간을 찌푸렸다. "말씀하시는 뜻을 잘 모르겠는데요. 아니, 그렇지!"

엘러리는 잿빛 눈동자를 빛내며 말을 이었다.

"말씀드리지요. 대개는 손가락 자국이 위로 향해 있고, 엄지손가락이 턱 쪽에 닿아 있지요."

"그렇소. 그런데 이번 것은 반대란 말씀이오. 밑으로 향해 나 있거든."

엘러리는 잠시 아무 말 않고 있다가, 이윽고 프라우티 의사의 부드러운 손을 잡고 세차게 흔들었다.

"알았습니다, 프라우티 선생님. 선생님의 대답은 이론에 있어서는 딱 들어맞아요. 아버지, 가시죠."

“대체 어떻게 된 거냐?”

경감은 얼굴을 일그러뜨렸다.

“너는 너무 성급해 내가 감당을 못하겠구나. 대체 어디로 가자는 거냐?”

“메트로폴 극장으로요. 어서요, 이 시계가 정확하다면.” 엘러리는 빠른 말투로 말했다. “공연에 늦지 않을 겁니다. 그리고 살인범이 마이라를 승천시키는 데 어째서 쏘거나, 찌르거나, 가스를 이용하거나, 둔기로 내려치는 방법을 택하지 않고 목을 매달아 죽이지 않으면 안 되었는지 보여 드리지요.”

유감스럽게도 엘러리의 시계는 정확하지 못했다. 메트로폴 극장에 닿았을 때는 점심때여서 아직도 영화가 상영되고 있었다. 두 사람은 켈리를 찾아 서둘러 무대 뒤로 갔다.

“켈리나 관리인 퍼크 영감을 좀.”

엘러리는 이렇게 중얼거리고는 서둘러 퀸 경감을 컴컴한 옆 통로로 끌고 갔다.

“한 가지 물어 볼 게 있어서…….”

감시원이 두 사람을 안내해 주었다. 무대 뒤에는 브링커호프와 새 상대역인 여자 말고는 아무도 없었다. 두 사람은 새로운 곡에 연습을 열심히 하고 있었다. 그녀는 위에서부터 늘어져 있었고, 브링커호프는 힘센 다리를 거기에 걸고 입에는 고무줄을 물고 거꾸로 드리워져 있었다. 그 밑에서는 고무줄의 다른 한쪽 끝을 입에 문 금발 여자가 팽이처럼 뱅글뱅글 돌고 있었다.

켈리가 어딘가에서 나오자 엘러리는 말했다.

“아, 켈리. 다들 있소?”

켈리는 오늘도 곤드레가 되도록 취해 있었다. 비틀비틀하며 혀꼬부라진 소리로 말했다.

"다들 있습니다. "

"모두 마이라의 분장실에 모여 주시오. 개막까지는 아직 시간이 조금 있으니까. 아버지, 물을 필요도 없습니다. 신문을 하지 않아도 알 수 있어요. "

경감은 엘러리에게 맡겼다. 켈리는 턱을 쓰다듬으며 갈지자로 걸었다.

"이봐, 아틀라스 ! " 켈리가 피곤한 듯한 목소리로 불렀다. "연습은 그만두고 이리로 오게. "

켈리는 이렇게 말하고 분장실 쪽으로 갔다.

"하지만 엘러리. 나는 도무지 모르겠다……. " 경감은 신음하듯 말했다.

"방법이 너무 간단해서 꼭 어린아이 짓 같아요. 제가 의심하고 있었던 것이 사실이었습니다. 가세요, 아버지. 연극을 방해하지 말고. " 엘러리가 말했다.

모두 살해된 마이라의 자그마한 방으로 모였을 때, 엘러리는 화장대에 기대어 스프링클러의 파이프를 올려다보더니 입을 열었다.

"여러분 가운데 한 사람이 깨끗이 자백하는 게 좋겠소. 나는 그 사랑스러운 부인을 죽인 범인을 알고 있소. "

"알고 있다고요 ? 어느 놈입니까 ? "

브링커호프가 목쉰 소리로 말하더니 말을 끊고 죽 늘어선 동료들을 얼빠진 눈초리로 하나하나 노려보았다.

그러나 입을 여는 사람은 없었다.

엘러리는 한숨을 쉬었다.

"그렇다면 좋소. 당신들은 기어이 나더러 웅변을 하게 해서 회고담까지 만들 모양이군. 어제 나는 한 가지 의문을 제기했소. 어째서 마이라 브링커호프를 간단한 방법으로 죽이지 않고 '목을 매달아 죽였을까' 하고 말이오. 그런데 고르디의 결백을 증명할 때 나는 목을 달아맨 이유가, 밧줄을 써서 고르디의 솜씨인 것처럼 매듭을 맴으로써 고르디에게 누명을 씌우기 위해서였다는 점을 지적했소."

엘러리는 집게손가락을 내밀었다.

"나는 그때 또 한 가지의 가능성을 잊어버리고 있었습니다. 만일 교살된 여자의 목에 밧줄이 매여 있는 것을 보면 누구나 그 밧줄로 교살된 줄로만 알겠지요. 나는 목을 달아맨 것이, 밧줄을 사용함으로써 목둘레를 가리는 중대한 목적을 수행하기 위한 것임을 완전히 놓치고 있었습니다.

그럼, 어째서 마이라의 목을 가려야만 했을까요. 특히 밧줄로 말이오. 이런 의문이 생기는 건, 꼭 밧줄만이 교살 도구가 아니라 손가락으로도 교살할 수 있기 때문이오. 그리고 교살하면 목둘레에 자국이 남지요. 교살범은 마이라의 목에 남은 손가락 자국을 경찰에 들키기 싫었던 거요. 그래서 밧줄을 감음으로써 손가락 자국을 숨길 수 있을 뿐만 아니라, 아울러 그 흔적도 없앨 수 있을 것으로 알았던 겁니다. 그런데 그는 딱하게도 생전에 난 자국은 죽은 뒤에도 없어지지 않는다는 것을 몰랐소.

그러나 이것은 범인만이 생각한 일이고, 근본 문제는 어째서 이미 죽은 마이라의 목을 매달았느냐는 데 있소. 고르디에게 뒤집어 씌우기 위해 그 특유의 매듭을 사용한 것은, 어째서 밧줄을 택했는가 하는 의문에 대한 부차적인 이유일 따름입니다."

"하지만 엘러리." 경감이 소리쳤다. "참으로 이상하구나. 범인이 그 여자를 교살했다고 가정하자. 그러나 목에 손가락 자국이 남았다고 해서 그게 증거가 된다는 것은 나로서는 납득이 안 가는구나. 누구의 손가락 자국인지 알 수 없잖니…….”

“그렇습니다.” 엘러리가 점잖을 빼며 말했다. “하지만 마이라의 목에 난 손가락 자국이 거꾸로 나 있다는 데에 유의하셔야 합니다. 문제는 손가락 자국이 위로 향해 있지 않고 아래로 향해 있다는 점입니다.”

여전히 아무도 말하지 않았다. 방 안은 너무도 조용하여 남자들의 거친 숨소리만 들렸다.

“그러므로 여러분.”

엘러리가 날카롭게 말했다.

“잘 아시리라 믿지만, 마이라는 목이 졸렸을 때 몸이 거꾸로인 상태에 있었던 거요. 하지만 이런 일이 있을 수 있을까요? 만일 있을 수 있다고 한다면 두 가지 경우를 생각해 볼 수 있겠지요. 그러니까, 마이라는 교살될 때에 가해자 쪽으로 머리를 거꾸로 늘어뜨리고 있었든가, 아니면…….”

“그렇소, 내가 그랬소. 그래요, 내가 그랬어요.”

어리석게도, 브링커호프가 실토해 버렸다.

그는 바늘에 긁혀 제자리에서 맴도는 음반처럼 계속 되풀이 말했다.

“하지만 난 당신을 사랑하고 있어요. 사랑해요. 사랑해요. 사랑해요…….”

여자의 목소리가 앰프에서 흘러나왔다.

브링커호프는 타는 듯한 눈을 하고 고르디 쪽으로 다가갔다.

“어제 나는 마이라에게 말했소. ‘마이라, 오늘 밤엔 새로운 곡예를 연습하자’고. 두 번째 공연이 끝난 뒤 마이라와 그 개놈의 새끼가 무대 뒤에서 몇 번이나 키스하는 것을 나는 보았소. 이야기하는 소리도 들었소. 너희들은 나를 바보로 취급하고 있었어. 그래서 나는 마이라를 죽여 버리자고 생각했지. 그래서 연습할 때 죽인 거야."

브링커호프는 두 손에 얼굴을 묻고 소리 없이 흐느끼기 시작했다. 오싹 온몸에 소름이 끼쳤다. 고르디는 두려움으로 꼼짝 못하고 있었다.

브링커호프는 중얼거리듯 말을 이었다.

"그러고 난 뒤, 손자국을 보았소. 반대로 되어 있더군요. 아차, 하는 생각이 들었소. 그래서 밧줄을 가져와 그놈의 솜씨를 흉내내어 그 자국을 가리면서 마이라를 매달았소. 놈이 마이라에게 해보였던 방법을 나는 그녀한테서 들어 알고 있었던 거요."

브링커호프가 말을 끊자, 고르디는 쉰 목소리로 말했다.

"하지만 나는 생각이 안 나는데."

"이 남자를 데리고 가게." 경감은 무뚝뚝하게 문 앞의 경찰관에게 작은 소리로 말했다.

"모든 게 아주 명백해졌습니다." 엘러리가 잠시 뒤 커피를 마시며 설명했다. "여자가 가해자 위에서 머리를 거꾸로 늘어뜨리고 있었든지, 가해자가 여자 위에서 머리를 거꾸로 늘어뜨리고 있었든지 둘 중 하나요. 어쨌든 강한 팔 힘으로 단번에 비튼 겁니다."

엘러리가 몸서리를 치며 말을 이었다.

"곡예사가 아니고서는 못할 일이지요. 브링커호프가 새로운 곡예 연습을 했다고 한 말이 생각났을 때, 전 곧 짐작할 수 있었습니다."

엘러리는 생각에 잠긴 채 담배 연기를 내뿜었다.

"불쌍한 친구로군. 나쁜 인간은 아닌데, 어리석은 친구야…… 그건 그렇다 해도 마이라에게는 당연한 응보로군." 경감이 중얼거렸다.

"아니, 아버지." 엘러리는 늘어진 말투로 말했다. "또 철학입니까? 저는 범죄의 도덕성 같은 것에 대해서는 전혀 흥미없어요. 어쨌든 이번엔 다른 사건 때보다 몇 배나 더 화가 났어요."

"화가 났다고?" 경감은 콧소리를 냈다. "네가 하는 말은 듣기가 좀 거북하구나."

"하지만 정말입니다. 기자들의 상상력이 너무 없어 화가 났다니까요."

"무슨 소린지 모르겠구나. 그게 무슨 소리냐?" 경감은 포기했다는 듯이 한숨을 쉬며 말했다.

엘러리는 싱긋이 웃었다.

"이 사건을 취재한 기자 중 아무도 너무 뻔한 제목을 쓸 수 있는 친구가 없어서 하는 말입니다. 나 참, 그들은 모든 사건의 주역 가운데 하나인 고르디라는 이름의 사내가 있다는 것을 놓치고 있단 말입니다."

"제목이라고?" 경감이 얼굴을 찌푸리며 말했다.

"정말이지, 어떻게 그들은 알렉산더 대왕의 역을 내게 맡기고서도 이 사건을 '고르디안 매듭 사건'(고대 프리지아 왕 고르디우스는 어려운 매듭을 발명하여 그 매듭을 푸는 자는 전 아시아를 지배한다고 포고했다. 아무도 그것을 풀지 못했으나 알렉산더 대왕이 그것을 단칼에 끊어 버렸다. 그 뒤부터 해결 어려운 문제를 'Gordian Knot'라고 말한다)이라고 부르지 못했을까요?"

1페니 검은 우표의 모험

"오오!" 우네커 노인은 독일 억양이 심하게 섞인 영어로 말했다. "끔찍한 일이에요, 퀸 씨. 이렇게 무서운 일이 또 있을까요? 아무튼 들어보십시오. 뉴욕이라는 곳에선 대낮에도 사람이 아무 데나 마구 뛰어들어도 되는 건가요? 우리 가게에 경관과 머리가 깨져 피투성이가 된 사람이 뛰어들었으니 놀라지 않을 수 있겠습니까.

그건 그렇고, 이분은 우리 가게의 가장 오래 된 단골손님이랍니다, 퀸 씨. 이분도 봉변을 당했지요. 해즐릿 씨입니다. 이분은 엘러리 퀸 씨, 당신이 신문에서 자주 보시는 탐정입니다. 해즐릿 씨, 리처드 퀸 경감이라고 계시지 않습니까, 그분의 아드님이지요."

엘러리 퀸은 웃으면서 우네커 노인의 카운터에서 그때까지 긴장하고 있던 마음을 풀고 그 남자와 악수를 했다.

"당신도 이 뉴욕의 범죄 소용돌이 속의 피해자 가운데 한 사람인가요, 해즐릿 씨? 여태껏 웅키가 끔찍하고 피비린내 나는 이야기를 해서 귀를 즐겁게 해주었습니다만."

"당신이 엘러리 퀸 씨입니까?"

몸집이 작고 연약해 보이는 해즐릿이 말했다. 그는 도수 높은 안경을 쓰고 있었고, 어딘지 촌스러운 데가 있는 남자였다. "마침 잘 만났군요. 그렇습니다, 나도 당했어요."

"여기서는 아니겠지요?" 엘러리는 믿어지지 않는다는 듯이 우네커 노인의 서점을 둘러보며 말했다. 우네커의 가게는 브리티시 제화점과 마담 캐롤라인의 가게 사이에 끼어 중부 맨해튼 골목에 들어서 있어서 소매치기들이 날치기하기에 딱 좋은 곳이었다.

"아닙니다." 해즐릿이 대답했다. "귀중한 책이었다면 절대로 넘겨주지 않았을 겁니다. 어젯밤 10시쯤이었지요. 마침 45번 거리에 있는 내 사무실을 나와 집으로 돌아가던 중이었어요.

어젯밤에는 일이 좀 있어서 늦게까지 일을 했습니다. 네거리를 건너려는데 어떤 남자가 나를 부르더니, 담뱃불을 좀 빌려 달라고 하지 않겠습니까. 거리도 이미 컴컴하고 조용했을 뿐 아니라 어쩐지 상대방의 행동이 마음에 걸리더라고요. 성냥을 찾고 있을 때 그놈이 내 옆구리의 책을 눈여겨보는 게 아니겠어요? 책 제목을 읽으려는 것 같았습니다."

"무슨 책이었는데요?"

엘러리는 바짝 몸을 기울이고 물었다. 그는 특히 책에 애착을 가지고 있었다.

해즐릿은 어깨를 움찔했다.

"뭐, 대단한 책도 아닙니다. 논픽션 베스트셀러 《유럽의 혼란》이었지요. 나는 수출업을 하고 있어서 국제 정세에 대해서는 뒤지지 않도록 언제나 신경을 쓰고 있거든요. 아무튼 그가 담배에 불을 붙이고 성냥을 돌려주며 입 속으로 '고맙습니다.' 하기에 나는 다시 걷기 시작했지요. 그때, 갑자기 뭔가로 뒤통수를 얻어맞았다 싶은 순간 눈앞이 캄캄해지더군요.

정신을 잃고 쓰러진 거지요. 정신을 차리고 보니 모자는 돌바닥에 굴러 있고 안경은 시궁창 속에 빠져 있지 뭡니까. 머리는 찜통에 찐 고구마 같은 느낌이 들더군요. 물론 나는 당했구나 하는 생각이 들었지요. 현금도 꽤 갖고 있었고, 다이아몬드 커프스 버튼도 하고 있었으니까요. 그런데…… ”

“‘그런데’라고 하시는 것은 물론 들치기당한 것이 《유럽의 혼란》이라는 책뿐이었다, 이 말씀이겠지요? 어떻습니까, 맞지요? 해즐릿 씨? 재미있군요. 범인의 인상을 자세하게 말씀해 주실까요? ”

엘러리가 웃으며 말했다.

“그럴듯한 콧수염을 길렀고, 좀 거무스름한 색안경을 끼고 있었습니다. 그뿐입니다. 내가 알고 있는 것은요. ”

“그것만 가지고는 인상이니 뭐니 할 수가 없지요. ” 우네커 노인은 못마땅한 듯이 말했다. “정말이지 이분은, 당신들 미국인은 누구나 다 그렇지만, 눈뜬 장님이고 골이 비어 있다니까요. 하지만 퀸 선생님, 문제는 그 책이로군요. 어째서 그 책을 가지고 달아났을까요? ”

“그런데 그뿐이 아니었습니다. ” 해즐릿이 말했다. “어젯밤에 집에 돌아가 보니, 난 뉴저지 주 이스트 오렌지에 살고 있습니다만, 집에도 침입을 하지 않았겠습니까. 도둑맞은 게 무엇인 줄 아시겠어요, 퀸 씨? ”

그러자 엘러리의 야윈 얼굴이 빛났다.

“난 점쟁이는 아닙니다. 하지만 범죄에 어떤 연관성이 있다고 한다면 도둑맞은 게 또 한 권의 책일 거라고 생각되는군요. ”

“맞습니다. 그 책은 또 한 권의 《유럽의 혼란》이었어요. ”

“점점 재미있어지는군요. ” 엘러리는 전혀 다른 어조로 말했다.

“어째서 당신은 같은 책을 두 권씩이나 가지고 계셨습니까, 해즐릿 씨? ”

"친구한테 주려고 우네커 서점에서 두 달 전에 사서 책장 위에 놓아두었지요. 그게 없어졌습니다. 창이 열려 있고——비틀어 열었더군요——문턱에 손자국이 있었습니다. 분명히 좀도둑의 짓이에요.

내 방에는 은그릇이니 뭐니 귀중품이 많이 있었습니다만, 책 말고는 전혀 손대지 않았더군요. 난 곧 이스트 오렌지 경찰서에 신고를 했습니다. 그런데 경찰관이 와서 현장을 왔다 갔다 하더니, 못마땅한 표정으로 나를 보고는 그냥 가 버리지 않겠습니까. 내가 정신이 이상한 사람인 줄 알았던 모양이죠."

"다른 책도 도둑맞았습니까?"

"아니오, 그 책뿐입니다."

"이상한데요." 엘러리는 코안경을 벗어 생각에 잠기면서 안경알을 닦기 시작했다. "같은 인물일까요? 당신은 어제 저녁에 댁으로 돌아가시기 전에, 그자가 이스트 오렌지에 나타나 당신 집에 침입할 틈이 있었을까요?"

"있었겠지요. 나는 시궁창에서 기어 나와 경찰관에게 자초지종을 얘기했습니다. 경찰관이 나를 가까운 파출소로 데려가서 이런저런 상황을 묻더군요. 하려고 마음만 먹으면 시간은 충분히 있었을 겁니다. 아무튼 집에 돌아간 것이 새벽 1시였으니까요."

엘러리가 말했다. "웅키 영감님, 당신이 한 말을 대충 이해하겠어요. 해즐릿 씨, 난 이만 가 봐야겠으니, 실례하겠습니다. 또 만납시다."

엘러리는 우네커 노인의 조그만 상점을 나와 센터 거리로 갔다. 경찰본부의 층계를 올라가서 내근 경위에게 인사를 하고 아버지의 사무실로 들어갔다. 경감은 마침 자리에 없었다. 엘러리는 아버지 책상 위에 있는 흑단으로 만든 조각상을 만지작거리면서 골똘히 생각에 잠겨 있었다. 한참 그러고 있다가 방을 나가 퀸 경감의 부하 벨리 경사를 찾아다닌 끝에 겨우 기자실에서 큰 소리로 떠들고 있는 몸집 큰 남자를 발견했다.

"벨리 경사님." 엘러리가 불렀다. "이제 악역은 그만 하고, 제게 정보나 좀 주세요. 이틀 전에 5번 애비뉴와 6번 애비뉴 사이의 49번 거리에서 인간 사냥에 실패한 사건이 있었지요? 발자국은 내가 아는 우네커라는 노인의 작은 서점에서 끝나고 있었소. 관할 경찰서의 경관이 추적하고 있더군요. 우네커 노인한테서 이야기는 들었지만, 나는 그것에 대해 좀더 자세히 알고 싶어서 그럽니다. 미안하지만 관할 경찰서의 보고를 받아 줄 수 없습니까?"

벨리 경사는 큼직한 검은 턱을 아래위로 흔들며 엘러리를 노려보더니 이윽고 요란하게 발소리를 내며 나갔다. 10분쯤 지나 그가 종이쪽지 한 장을 들고 돌아왔다. 엘러리는 그것을 허겁지겁 훑어보았다.

그것에 의하면 사건은 매우 흔해 빠진 것인 듯했다. 이틀 전 한낮에 모자도 쓰지 않고 윗옷도 입지 않은 남자가 피투성이 얼굴로 우네커 서점에서 세 집 떨어진 빌딩에서 소리치면서 뛰쳐나왔다.

"도와 줘요! 경찰!"

순찰하던 경관 매컬럼이 뛰어갔더니, 피투성이 남자는 값비싼 우표를 도둑맞았다고 말했다.

"나의 1페니짜리 검은 우표를 도둑맞았습니다."

남자는 소리를 질러댔다. 그리고 방금 짙푸른 색안경을 쓰고 검은 콧수염을 기른 도둑이 달아났다고 말했다. 매컬럼은 2, 3분 전에 그와 똑같은 인상의, 하는 행동이 수상한 사람이 가까운 서점에 들어가는 것을 보았다. 그는 고래고래 소리를 질러대고 있는 우표 가게 주인을 데리고 권총을 들고 우네커의 서점으로 뛰어들어갔다. 검은 콧수염에 색안경을 쓴 사람이 조금 전에 오지 않았느냐고 묻자 우네커 노인은 대답했다.

"아, 그 사람 말입니까. 분명히 왔습니다. 그 사람이라면 아직 가게에 있을걸요."

"어디에?"

노인은 뒤에 있는 책 매장에서 어떤 책을 보고 있다고 말했다. 매컬럼과 피투성이 사내는 우네커 가게의 뒤쪽 책 매장으로 뛰어들어갔다. 아무도 없었다. 뒷길로 나가는 문을 활짝 열어 놓은 채 그 남자는 달아나고 없었다. 보나마나 경찰관과 우표 가게 주인이 후닥닥 뛰어들어오는 소리를 듣자마자 곧장 달아난 것이다. 매컬럼은 곧바로 주위를 살폈다. 도둑은 사라지고 없었다.

매컬럼은 피해자의 조서를 작성했다. 조서에 의하면 그는 프리드리히 울름이라는 우표상이었다. 사무실은 공동 경영자인 형 알베르트의 사무실에서 세 집 떨어져 있는 빌딩 10층에 있었다.

울름은 3명의 우표 수집가를 초청하여 몇 장의 귀중한 옛 우표 전시회를 하고 있었다. 그 가운데 두 사람은 먼저 돌아갔다. 에이버리 베닌슨이라고 자기 소개를 한 콧수염에 색안경을 쓴 세 번째의 사내가, 울름이 뒤로 돌아선 사이 뒤에서 짤막한 쇠막대기로 후려쳤다. 그 일격으로 울름은 광대뼈가 터지는 바람에 반쯤 정신을 잃고 쓰러졌다. 그러고 나서 도둑은 놀랍도록 냉정하게 역시 그 쇠막대기——자물쇠가 비틀린 모양으로 미루어 보아 쇠지렛대인 것 같다고 보고서에는 기록되어 있었다——를 사용하여 특별 우표를 수집하여 보존해 놓은 유리 상자를 비틀어 열었다. 그리고 보관 상자 속 가죽 상자에서 가장 값비싼 우표, '빅토리아 여왕의 1페니 검은 우표'를 꺼내 뒷문에 쇠를 채우고 쏜살같이 밖으로 뛰쳐나갔다. 얻어맞은 우표 가게 주인이 문을 열고 뒤쫓을 때까지는 이미 시간이 꽤 걸렸다.

매컬럼은 울름과 함께 그 사무실로 가서 부서진 상자를 조사하고,

그날 아침에 왔던 세 명의 수집가들의 이름과 주소를 들었다. 특히 에이버린 베닌슨에 대해서는 더 자세하게 보고서를 기록하고 돌아갔다.

다른 두 명의 수집가 이름은 존 힌치먼과 J.S. 피터스였다. 관할 경찰서 형사들이 차례로 방문하여 맨 마지막에 베닌슨의 주소를 찾아갔다. 검은 콧수염과 짙은 파랑색 안경을 쓰고 자신을 베닌슨이라 소개한 남자는 사건에 대해 전혀 알지 못했다. 그리고 실제 베닌슨의 인상은 가해자의 인상서와 들어맞지 않았다. 그는 울름 형제로부터 아무런 초대도 받지 않았으며, 따라서 그 특별 초대에 응하지 않았다고 진술했다. 베닌슨이 2주일쯤 전에 콧수염에 색안경을 쓴 남자를 고용한 적이 있었다. 그 남자는 우표를 정리하는 조수로서, 베닌슨이 낸 구인 광고에 응해 온 자로, 일은 잘했으나 2주일쯤 근무하다가 갑자기 아무런 말도 없이 자취를 감춰 버렸다. 형사는 그가 사라진 날이 바로 울름이 우표를 팔려고 내놓은 날이었다고 덧붙여 놓았다.

곳곳에 손을 써서 수색했으나 윌리엄 프랑크라는 조수의 행방은 묘연하여 알 길이 없었다. 그는 뉴욕의 수백만 시민 속에 숨어들어 자취를 감추고 말았다. 그러나 이야기는 더 계속된다. 이 도난 사건 다음날, 우네커 노인은 관할 경찰서 형사에게 기묘한 이야기를 보고했다. 전날 밤, 그러니까 울름의 도난 사건이 있던 날 밤, 우네커는 저녁 늦게 야근하는 점원을 가게에 남겨 놓고 저녁을 먹으러 밖으로 나갔었다. 한 사내가 가게에 와서 《유럽의 혼란》을 보여 달라고 해서 점원이 보여 주었더니 놀랍게도 있는 책 일곱 권을 모두 사 가지고 갔다는 것이었다. 그 사내는 검은 콧수염을 기르고 푸른 색안경을 쓰고 있었다.

"이거 좀 힘들겠는데요." 벨리가 신음하듯이 말했다.

"천만에. 실제로는 매우 간단하게 설명이 될 것 같습니다." 엘러리는 싱긋 웃었다. "하지만 아직 빙산의 일각에 지나지 않습니다. 부하한 사람이 방금 사건의 새로운 진전이라고 할 만한 것을 보고해 왔는데, 어제 저녁에 관할 경찰서에서 조그만 도난 사건 두 가지를 보고해 왔다는 것입니다. 하나는 지대가 높은 브롱크스에서 호넬이라는 사람이 역시 같은 날 밤에 도둑을 맞았는데, 그 도둑맞은 것이 무엇인 줄 압니까? 호넬이 우네커 노인의 서점에서 산 바로 그《유럽의혼란》이랍니다. 딴 것에는 전혀 손을 대지 않았는데, 그 책은 이틀전에 산 것이라더군요. 그리고 다른 한 사람 자넷 미킨스라는, 그리니치 빌리지에 사는 여자의 아파트에도 같은 날 밤에 도둑이 들었습니다. 그리고《유럽의 혼란》을 훔쳐 갔지요. 도난당한 전날 오후에우네커 서점에서 산 책이랍니다. 어떻습니까, 이상하지 않나요?"

"이상할 건 없습니다. 벨리, 지혜를 짜내야지." 퀸은 모자를 머리에 얹었다. "자, 같이 갑시다, 콜로서스(거인) 씨. 우네커 노인에게한 가지 더 물어 볼 게 있으니까."

두 사람은 경찰본부를 나와 브롱크스로 향했다.

"웅키 영감." 엘러리는 몸집이 자그마한 책방 주인의 대머리를 장난스럽게 툭툭 치며 말했다. "도둑이 뒤쪽 책 매점에서 달아났을 때《유럽의 혼란》이 모두 몇 권 있었지요?"

"열한 권 있었습니다."

"그렇다면 도둑이 다시 그 책을 모두 사러 들어온 날 저녁에는 모두 일곱 권 있었겠군요." 엘러리가 중얼거리듯 말했다. "말하자면 이틀 전 낮부터 저녁때까지 네 권 팔린 셈이군요. 단골들의 이름을 적고 있겠지요?"

"물론 적고 있소. 책을 산 네 사람의 이름을 아시고 싶은 거지?" 우네커는 귀찮은 듯한 어조로 말했다. "단골 명부에다 적어 놓았지요. 보시겠습니까?"

"지금 나는 그것만 볼 수 있다면 더 바랄 게 없겠습니다."

우네커는 가게 안 깊숙이 두 사람을 안내했다. 그들은 이틀 전에 콧수염을 기른 도둑이 달아난 뒷길로 출입구가 나 있는 곰팡내 나는 뒤쪽 책 매장의 문을 열고 들어섰다. 그 방에는 조그맣게 칸을 막아 놓고, 서류며 서류철이며 오래된 책들이 어지럽게 쌓여 있었다. 책방 주인은 볼품없는 장부를 들추더니 쭈글쭈글한 집게손가락에 침을 발라 가며 페이지를 넘기기 시작했다.

"그 날 오후에 《유럽의 혼란》을 사 간 네 사람의 이름을 알려고 그러는 것이겠지?"

"네."

우네커는 파랗게 녹이 슨 은테 안경을 귀에다 걸고 가락을 붙여가며 읽었다.

"그러니까 해즐릿 씨 가게에서 당신이 만났던 무역상이지요. 두 권을 샀는데, 또 한 권은 집에서 도둑맞았고, 다음은…… 아, 호넬 씨, 오래된 손님이지요. 다음은 자넷 미킨스 양…… 앵글로색슨계 이름이로군. 기분이 좋지 않은데! 그리고 네 번째는 체스터 싱거 만……흐음, 이스트 65번 거리 312번지군요. 이것으로 끝이오."

"당신의 성실한 독일인 기질에 감사합니다." 엘러리가 말했다.

"벨리, 이쪽으로 당신의 거인 눈을 돌려 보시오."

칸막이 방에는 그 위치로 볼 때 매장의 문과 마찬가지로 서점 뒤쪽의 길로 통할 것 같은 문이 있었다. 바깥쪽에 설치되어 있는 자물쇠도 부서져 있었다.

벨리는 고개를 끄덕였다.

"비틀어 잡아뗐군요." 그는 신음하며 말을 이었다. "이건 전형적인 후디니(미국의 마술사)의 마술인데요."

우네커 노인은 눈알을 굴렸다.

"자물쇠가 부서졌군!" 노인은 기겁을 했다. "이 문은 사용한 적이 없어서 전혀 몰랐습니다. 그러면 퀸 씨……."

"벨리, 이건 관할 경찰서 경관에게는 좀 벅찬 일이겠는데요." 엘러리가 말했다. "웅키, 뭐 잃어버린 것은 없나요?"

우네커 노인은 책을 가득 담아 놓은 헌 책 상자가 있는 데로 뛰어갔다. 불안해서 떨리는 손으로 상자를 열고 늙은 테리어처럼 샅샅이 뒤적거렸다. 그리고 크게 한숨을 쉬고 나서 말했다.

"없어요. 이상한데, 없어진 건 아무것도 없어요."

"다행이군요. 그런데 또 한 가지 여쭤 보겠는데." 엘러리는 쾌활하게 말했다. "단골 명부에는 손님들의 자택 주소와 사무실 주소가 기입되어 있지요?"

우네커는 고개를 끄덕였다.

"점점 더 반가운 대답이군. 그럼, 이만 가겠습니다. 벨리 씨, 체스터 싱거만 씨를 방문합시다."

두 사람은 서점 주인에게 작별 인사를 하고 5번 애비뉴로 나가 거기서 북쪽으로 꼬부라져 브롱크스로 향했다.

"당신 얼굴에 코가 붙어 있는 것처럼 명백한 일이지요." 엘러리는 벨리와 보조를 맞추기 위해 큰 걸음으로 걸으면서 말했다. "아주 간단한 사건입니다."

"나는 아직도 모르겠는데요, 퀸."

"그렇지 않아요. 우리는 논리적인 일련의 사실을 알고 있소. 우리가 찾고 있는 범인은 한 장의 값비싼 우표를 훔쳤다, 우네커의 서점으로 뛰어들어가 부득이 서점 뒤 책 매장으로 들어갔다, 그리고 경관과 프리드리히 울름이 들어오는 소리를 듣자 순간 생각한 겁니다. 그 우표를 손에 가진 채 붙잡히는 날에는 현행범이 되는 거라고 말이죠.

아시겠습니까, 벨리? 그리고 책 자체는 하찮지만, 똑같은 책을 차례로 훔쳐 간 것에 대해서 유일하게 합리적인 설명이 있어요. 절도범은 베닌슨의 고용인 윌리엄 프랑크입니다. 녀석은 뒤의 책 매장에 있는 책갈피 속에 훔친 우표를 끼워 놓았는데…… 그 책이 우연히 《유럽의 혼란》이었던 거지요. 거기에는 여러 권 같은 책이 있었는데, 그 책이 그 중 하나였던 거지요. 그리고 놈은 달아났습니다.

그러나 그에게는 귀중한 우표를 되찾아야 한다는 문제가 남아 있었습니다. 울름은 그 우표를 뭐라고 하더라…… 그래, 맞아. '1페니 검은 우표'라고 했지. 뭐, 우표 이름 같은 거야 아무래도 상관없지만, 그래서 그날 밤도둑은 다시 돌아가서 우네커 노인이 없는 것을 확인하고 가게로 들어가 점원한테서 서점에 있던 《유럽의 혼란》을 모두 사 버린 겁니다. 모두 일곱 권을 샀는데, 그 일곱 권 속에서는 우표가 나오지 않았습니다. 나왔다면 그 날 오후에 이미 다른 사람이 사 간 네 권을 훔칠 까닭이 없을 것 아닙니까? 그 일곱 권의 책 속에 우표가 없다는 것을 알자 프랑크는 밤에 뒷길로 되돌아가서 웅키의 작은 사무실에 침입했지요. 디킨스의 소설에 나옴직한 웅키의 예스러운 장부를 끄집어내어 그날 오후 《유럽의 혼란》을 산 네 사람의 주소와 이름을 찾았어요. 그리고 다음날 밤에 해즐릿을 습격한 겁니다. 프랑크는 보나마나 사무실에서부터 해즐릿을 미행하고 있었을 게 틀림없소.

그러나 프랑크는 실패한 것을 알았지요. 몇 주는 지난 듯한 허름한 책을 보면, 이것이 하루 전에 산 책인지 아닌지쯤은 금방 알 수 있거든요. 그래서 사무실 주소와 자택 주소를 다 알고 있던 프랑크는 이스트 오렌지로 서둘러 달려가서 해즐릿이 최근에 산 《유럽의 혼란》을 훔쳤소.

그런데 이것도 운이 없었지요. 그래서 다시 똑같은 목적으로 호넬과 자넷 미킨스의 집에 침입하여 책을 훔쳤소. 그런데 또 한 사람 아직 부딪치지 않은 네 번째의 《유럽의 혼란》을 산 사람이 남아 있는데, 그것이 지금부터 싱거만 씨를 찾아가는 이유요. 만일 우표가 호넬의 책에서도 미킨스 양의 책에서도 발견되지 않았다고 한다면 프랑크는 틀림없이 싱거만을 찾아갈 거요. 그러니까 가능하면 이 약삭빠른 도둑을 앞지르고 싶은 거지요."

그들이 체스터 싱거만을 찾아가 보니, 그는 낡아빠진 아파트에서 부모와 함께 살고 있는 학생이었다. 그는 마침 집에 《유럽의 혼란》을 가지고 있어서——정치, 경제의 참고서로서 필요했던 것이다——꺼내 가지고 왔다. 엘러리는 주의 깊게 한 장 한 장 들춰보았으나, 우표는 없었다.

"이 책갈피 속에 오래된 우표가 있는 걸 보지 못했습니까?"

엘러리가 물었다.

학생은 고개를 저었다.

"아직 이 책은 펴 보지도 않았습니다만, 우표라니요? 무슨 우표인데요? 나도 우표 수집을 조금 해 놓은 게 있습니다만……."

"아니, 아무것도 아닙니다."

엘러리는 우표 수집가들의 광적인 면을 잘 알고 있었기 때문에 얼른 말했다. 엘러리와 벨리는 허둥지둥 그곳을 떠났다.

"그럼!" 엘러리는 벨리 경사에게 설명했다. "신출귀몰하는 프랑크는 호넬이나 미킨스 양 둘 중 한 사람의 책 속에서 우표를 발견한 게 틀림없소. 그런데 벨리, 두 사람 가운데 시간적으로 어느 쪽이 먼저였을까요?"

"미킨스라는 여자가 뒤에 당한 것 같은데요."

“그렇다면 1페니 검은 우표는 미킨스 양의 책 속에 끼워져 있었던 게 되겠군……. 바로 저 빌딩이오. 프리드리히 울름 씨를 잠깐 찾아가 봅시다.”

10층 1026호실의 젖빛 유리창에는 검은 색으로 ‘울름, 옛 우표매매—울름 상회’라고 씌어 있었다.

엘러리와 벨리 경사가 들어간 그곳은 커다란 사무실이었다. 사면의 벽에 유리 진열장이 있고, 그 속에 소인이 찍힌 우표와 아직 사용하지 않은 우표들이 한 장 한 장 다른 대지에 얹혀 수백 장 전시되어 있었다. 탁자에는 특제 상자 몇 개가 놓여 있고, 값비싼 보이는 우표가 담겨져 있었다. 방 안은 어수선했으며, 우네커 노인의 책방과 마찬가지로 지독한 곰팡이 냄새가 나고 있었다.

남자 세 명이 얼굴을 들었다. 그 중 한 사람은 광대뼈 위에 반창고를 십자로 붙이고 있어서, 이내 프리드리히 울름이라는 것을 알았다. 유명한 우표 수집가에게서 흔히 볼 수 있는 듬성듬성한, 머리에 광적인 용모를 한 키가 크고 깡마른 늙은 독일인이었다. 두 번째의 남자는 붉은색 선글라스를 쓰고 있었는데, 키며 마른 몸매며 나이가 울름과 쌍둥이처럼 똑같이 닮았다. 그러나 신경질적인 동작이나 떨리는 손을 보니 보기보다 훨씬 나이 든 것 같았다. 세 번째 남자는 키가 작고 뚱뚱하며 무표정한 얼굴을 하고 있었다.

엘러리는 자기 소개를 하고 나서 벨리 경사를 소개했다. 그러자 세 번째 남자가 반가운 듯이 앞으로 나왔다.

“엘러리 퀸 씨 아닙니까? 보험 회사 조사원 헤플리입니다. 마침 좋은 곳에서 만나 뵙게 되었군요.”

그는 힘을 주어 엘러리와 악수를 했다.

“이 두 분은 이 사무실 주인이신 울름 형제분으로서, 프리드리히 울름 씨와 알베르트 씨입니다. 도난 사건이 있었던 우표를 판 그날 알베르트 울름 씨가 우표 거래 일로 안 계셔서 유감스럽습니다. 만일 계셨더라면 도둑을 잡았을지도 모르는데 말이지요."

프리드리히 울름은 흥분하여 갑자기 독일인들에게서 흔히 볼 수 있는 빠른 어조로 지껄이기 시작했다. 엘러리는 웃는 얼굴로, 한 마디씩 끝날 때마다 고개를 끄덕이며 듣고 있었다.

"울름 씨, 잘 알겠습니다. 그러니까 경위는 이런 거겠지요? 당신은 진귀한 옛우표 특별 전시회에 참석해 주십사고 세 분의 유명한 수집가에게 초대장을 내셨습니다. 목적은 물론 매매였겠지요. 세 사람은 힌치먼 씨, 피터스 씨, 그리고 베닌슨 씨이며, 이틀 전 오전에 여기를 방문했습니다. 당신은 힌치먼과 피터스와는 안면이 있었지만, 베닌슨은 초면이었습니다. 그렇지요? 그래서 힌치먼과 피터스는 몇 장의 우표를 사가지고 돌아갔습니다. 그 뒤 당신이 베닌슨인 줄 알고 계셨던 사내가 당신 뒤에서 어정거리고 있다가 당신을 때렸습니다. 그렇습니다. 난 경위를 모두 알고 있습니다. 비틀어 연 보관 상자를 보여 주십시오."

울름 형제는 엘러리를 사무실 가운데에 있는 탁자로 안내했다. 그 위에는 폭이 좁은 판자로 테두리를 두르고, 보통의 얇은 유리 뚜껑이 달린 납작한 상자가 있었다. 유리 뚜껑 밑에는 까만 공단이 깔려 있고, 그 위에 바로 대지에 붙인 우표가 여러 장 진열되어 있었다. 중앙에는 가죽으로 된 조그만 상자 하나가 뚜껑이 열린 채로 놓여져 있었다. 흰 비단을 간 상자 밑바닥에는 우표가 떼어지고 없었다. 상자의 유리 뚜껑을 비틀어서 연 곳에는 네 군데나 분명히 지렛대임을 알 수 있는 자국이 있었다. 상자의 고리는 잡아 뗀 것처럼 망가져 있었다.

"서툰 수법이군요." 벨리가 코를 킁킁거리며 말했다. "이런 뚜껑은 지렛대 같은 걸 안 써도 얼마든지 손으로 열 수 있을 텐데."

엘러리의 날카로운 두 눈은 바로 앞에 놓여진 것에 빠져들고 있었다.

"울름 씨." 엘러리는 부상당한 남자 쪽으로 몸을 돌렸다. "당신이 '1페니 검은 우표'라고 하시던 그 우표를 뚜껑이 열린 이 가죽 상자에 넣어 두셨습니까?"

"그렇습니다, 퀸 씨. 도둑이 상자를 비틀어 열기 전에는 닫혀 있었지요."

"그렇다면 도둑은 어떻게 자기가 훔치고 싶은 우표가 바로 이 상자 속에 있다는 것을 알았을까요?"

"그게 말입니다." 프리드리히 울름은 볼의 상처를 살짝 만졌다. "이 보관 상자의 우표는 저희 수집품 가운데서 으뜸가는 것들로, 파는 게 아닙니다. 그런데 세 분의 수집가가 오셨던 날에는 이야기가 진품에 대한 것으로 옮겨져서 나는 값비싼 우표를 보여 드리기 위해서 보관 상자 뚜껑을 열었지요. 아마도 범인은 그때 1페니 검은 우표를 본 모양입니다. 그도 우표 수집가였던 모양이지요, 퀸 씨. 그렇지 않고서야 그런 특수한 우표에 눈독을 들일 리 없으니까요. 아무튼 그 우표에는 아주 신기한 내력이 있답니다."

"놀랍군요. 이런 것에도 내력이 있나요?" 엘러리가 말했다.

보험회사 직원 헤플리가 웃으면서 말했다.

"네, 있다마다요. 업자들 사이에서는 프리드리히 울름 씨와 형님이신 알베르트 씨께서는 옛날에 발행된 우표 중에서도 둘도 없이 진귀한 것을 두 장씩이나 가지고 계셔서 매우 유명하답니다. 수집가들은 그것을 '1페니 검은 우표'라고 부르고 있지요. 1840년에 처음 발행된 영국 우표입니다. 이 우표 자체는 꽤 많이 나돌고 있어서 소인이 없는 우표라도 미국 돈으로 환산해서 고작 17달러 반의 가치밖에 안 되지만, 이 두 분이 갖고 계시는 두 장은 한 장에 3만 달러의 가치가 있답니다. 그래서 이 도난 사건은 굉장히 중대한 겁니다……사실을 말씀드리자면, 우리 회사는 그 두 장의 우표에 그

금액의 보험이 들어 있어서 타격이 이만저만 큰 게 아닙니다."

"3만 달러라……." 엘러리는 신음했다. "조그맣고 지저분한 종이 딱지가 그렇게 비싸다니. 어째서 그렇게 값이 나가는 거죠?"

알베르트 울름은 신경질적으로 초록색 선글라스를 고쳐 쓰면서 말했다.

"그 두 장의 우표에는 빅토리아 여왕이 직접 서명한 머리글자가 있기 때문이오. 로랜드 힐 경은 1839년 영국에서 처음으로 페니 우편 제도를 창설한 사람인데, 그것을 기념해서 이 1페니짜리 검은 우표가 발행된 것입니다. 영국에서도 다른 나라와 마찬가지로 우편 제도 확립에 대단한 어려움이 있었어요. 빅토리아 여왕께서 무척 기뻐하셔서, 인쇄된 최초의 두 장에 직접 서명을 하시어 그 우표를 도안한 사람에게 내리셨던 모양입니다. 그 사람의 이름은 생각이 나지 않습니다만, 그 자필 서명 때문에 굉장한 값이 나가는 거지요. 운 좋게 우리 둘은 그 두 장밖에 없는 것을 손에 넣은 겁니다."

"그 두 장 중 나머지 한 장은 어디다 보관해 두셨지요? 여왕의 몸값이나 다름없이 값비싼 우표를 한번 구경해 보고 싶군요."

울름 형제는 사무실 한쪽 구석에 있는 커다란 금고로 서둘러 갔다. 돌아올 적에 알베르트는 금괴 운반인처럼 가죽으로 된 상자를 안고 있었고, 프리드리히는 마치 그 운반인의 호위를 명령받은 무장 경비원처럼 걱정스러운 듯이 형의 팔을 잡고 뒤따르고 있었다. 엘러리는 그 값진 물건을 손가락으로 건드려 보고 뒤집어 보았다. 우표치고는 두껍고 딱딱하게 느껴졌다. 보통 사각형이었고 미싱 자국은 없으며, 테두리가 검었고 그 속에 빅토리아 여왕의 옆얼굴이 인쇄되어 있었다. 모두 까만색이었다. 색채가 연한 여왕 얼굴 부분에 검은 잉크로 쓰여진 퇴색된 두 개의 작은 머리글자 V. R.이 서명되어 있었다.

"두 장의 우표는 완전히 똑같은 것 같습니다. 서명된 머리글자까지 말이죠."

프리드리히 울름이 말했다.

"아주 흥미로운 물건이군요."

엘러리는 상자를 돌려주며 말했다.

울름 형제는 재빨리 그것을 금고 서랍 속에 집어넣고 조심스럽게 잠갔다.

"물론 세 사람의 수집가에게 상자 속의 우표를 보여 준 뒤 다시 닫으셨겠지요?"

"네, 물론이지요." 프리드리히 울름이 말했다. "내가 1페니 검은 우표를 넣어 둔 상자를 닫고 보관 상자에는 자물쇠를 채웠지요."

"두 분께서는 직접 세 명의 수집가에게 초대장을 쓰셨습니까? 이 사무실에는 타이피스트가 안 보이는군요."

"통신은 모두 1102호실의 타이프 사무실에 부탁하고 있답니다, 퀸 씨."

엘러리는 벨리 경사의 살집 좋은 옆구리를 찔러 우표 가게 주인에게 고맙다는 인사를 하고 보험 회사 직원에게도 손을 흔들어 인사를 하고 난 뒤 두 사람은 사무실을 나왔다. 1102호실에 가 보니 야무지게 생긴 젊은 여자가 한 사람 있었다. 두 사람은 서둘러 울름이 의뢰한 세 통의 초대장 원고를 훑어보고는 주소와 이름을 적고 그곳을 떠났다.

그들이 맨 먼저 방문한 사람은 존 힌치먼이라는 수집가였다. 그는 백발이 성성하고 눈빛이 날카로운 건장한 노인으로, 무뚝뚝한데다가 정이 가지 않는 사나이였다. 힌치먼는 이틀 전 오전에 분명히 울름 상점을 방문했으며, 그리고 피터스와도 서로 아는 사이라고 대답했다. 그러나 베닌슨과는 한 번도 만난 적이 없다고 했다. 1페니 검은 우표에 대해서는, 울름 형제가 가지고 있는 두 장의 값비싼 우표는 수집가라면 누구나 알고 있다, 여왕의 서명인 머리글자가 있는 이 조그만 종이가 우표 수집계에서는 아주 유명하다, 그것을 도난당했다니 참으로 어처구니없는 일이다, 나는 베닌슨에 대해서는 전혀 알지 못했으므로 누군가가 베닌슨으로 변장해서 왔는지도 모른다, 또한 자기는 도난당하기 전에 돌아왔으며 우표를 훔친 지옥에서 온 유령에 대해서는 손톱만큼의 관심도 갖고 있지 않으니, 귀찮은 손님이 빨리 돌아가 주기를 바라는 마음뿐이다, 라고 말했다.

벨리 경사는 힌치먼의 무례한 태도에 울컥 화난 표정을 지었으나, 엘러리는 히죽 웃으며 벨리의 팔뚝 근육을 꽉 꼬집고서 힌치먼의 집 밖으로 데리고 나왔다. 두 사람은 브롱크스행 지하철을 탔다.

J.S. 피터스는 중국 봉랍(封蠟)처럼 누런 피부를 한 키가 크고 야윈 중년 남자였다. 피터스의 태도는 매우 협조적이었다. 그도 그 남자보다 먼저 힌치먼과 함께 울름의 가게를 나왔으며, 베닌슨이라는 사내는 만난 적은 없지만 동료들로부터 그의 이야기를 들은 적은 있었다, 또한 검은 우표에 대해서 잘 알고 있고 2년 전에 프리드리히 울름으로부터 그 가운데 한 장을 사려고 했으나 울름이 팔지 않았다고 말했다.

"우표 수집이란." 엘러리는 밖으로 나오자 벨리 경사에게 말했다. 벨리는 우표 수집이라는 말을 듣자 넌널머리나는 듯한 얼굴을 했다.

"참 이상한 취미군요. 아마 그 취미에 빠진 사람은 미치광이가 되는 모양이지요? 우표 수집가들이란 그런 종이 딱지 한 장 때문에 어쩌면 서로 잡아 죽일지도 모르겠는걸요."

벨리는 콧잔등에 주름을 모으며 얼마쯤 걱정스러운 듯이 물었다.

"어떻습니까, 퀸 씨의 두 번째 연인은 수상쩍은가요?"

"벨리, 그는 괜찮은 사람인 것 같소. 인품이 달라요."

베닌슨은 허드슨 강변의 오랜된 거창한 저택에서 살고 있었다. 그는 점잖고 예절바른 사람이었다.

"아니오, 나는 그 초대장을 받지 못했는데요." 베닌슨이 말했다.

"아시겠지만, 나는 윌리엄 프랑크라는 사람을 고용해서 우표 수집가라면 누구나 소장하고 있는 수집 우표와 많은 편지를 정리시키고 있었습니다. 그는 우표에 대한 거라면 그야말로 아주 잘 알고 있더군요. 약 2주일쯤 프랑크는 말할 나위 없이 훌륭한 조수 노릇을 했지요. 그가 울름의 초대장을 가로챈 게 틀림없습니다. 울름 형제의 가게에 들어갈 기회를 발견하고는 자기가 에이버리 베닌슨이라고 내 이름을 사칭한 모양입니다."

베닌슨은 어깨를 움찔하며 덧붙였다.

"나쁜 녀석이라면 그런 거짓말은 예사로 하지 않겠습니까?"

"물론이지요. 그럼, 도난 사건이 있던 아침 이후 그자로부터는 아무 연락도 없는 모양이지요?"

"물론 없습니다. 한탕 해 가지고 종적을 감추었겠지요."

"그에게 어떤 일을 시키고 있었습니까, 베닌슨 씨?"

"우표 수집가의 조수가 보통 하는 일이지요. 분류하거나, 카탈로그를 만들거나, 대지에 붙이거나, 편지 답장을 쓰는 일이지요. 내가 그를 고용한 뒤 2주일 동안은 이 집에서 함께 지냈습니다."

베닌슨은 씁쓰레한 웃음을 지었다.

"나는 아직 독신이라 이 큰 집에서 계속 혼자 살고 있답니다. 좀 이상한 사람이었지만, 말상대가 되어서 사실 나는 그를 좋아하고 있었지요."

"이상한 사람이라니요?"

"글쎄요…… 그 친구는 좀 꼼꼼한 데가 있는 사람이었어요. 소지품이라고는 거의 없었지만, 그 얼마 안 되는 물건마저 이틀 전에 깡그리 없어진 사실을 알았지요. 게다가 사람을 싫어한다고 할까요. 내 친구나 우표 수집가들이 찾아오면 자기 방에 틀어박혀 아무도 만나기 싫어하는 눈치였습니다. ”

“그 밖에 달리 그 인상이나 이야기를 보충해 줄 만한 분은 안 계십니까 ? ”

“유감스럽지만 없는데요. 뭐, 굳이 말한다면 꽤 키가 크고 나이도 제법 든 것 같았습니다. 그리고 색안경과 검은 콧수염이 어디서나 눈에 띄는 그의 특징이라고 해도 좋겠지요. ”

엘러리는 큰 키를 쭉 뻗어 의자에 등을 푹 파묻고 앉았다.

“나는 무엇보다도 그의 버릇 같은 것을 알고 싶습니다. 베닌슨 씨. 여기 있는 벨리도 잘 알고 있습니다만, 개인의 특성이란 본인은 잘 몰라도 가끔가다 범인 체포의 간단한 해결 방법이 되는 법이거든요. 한번 잘 생각해 보십시오. 무슨 묘한 버릇 같은 것을 갖고 있지 않았습니까 ? ”

베닌슨은 물끄러미 생각에 잠기며 입술을 깨물었다. 이윽고 얼굴이 활짝 밝아졌다.

“그렇지, 있었어요. 그는 코담배를 사용하고 있었습니다. ”

엘러리와 벨리 경사는 얼굴을 마주 보았다.

“그거 재미있군요. ”

엘러리는 빙그레 웃으면서 말했다.

“저의 아버지도 그렇습니다 ! 리처드 퀸 경감 말입니다. 그래서 어렸을 적부터 코담배에 대해서는 잘 알지요. 프랑크는 언제나 코담배를 사용했습니까 ? ”

“확실한 것은 말할 수가 없습니다만. ” 베닌슨은 미간을 모으고 대답했다. “사실 그와 함께 지낸 2주일 동안에 꼭 한 번밖에 못 보았거든요. 나와 그 친구는 온종일 이 방에서 일을 했습니다. 그가 코담배를 사용하는 것을 본 것은 지난주였는데, 내가 잠시 자리를 비웠다 돌아오니까 그가 무슨 조각이 된 작은 상자를 들고 손으로 한 줌 쥐어서 냄새를 맡고 있더군요. 그러나 남이 보는 게 난처했던지 얼른 상자를 치워 버리던데요. 사실 담배를 피우지만 않으면 난 코담배쯤은 상관없는데 말입니다. 전에 방정맞은 조수가 담뱃불로 불을 낸 적이 있어서 담뱃불이라면 아주 질색을 하지요."

엘러리의 얼굴에 생기가 되살아났다. 벌떡 일어나 앉음새를 고치고 손끝으로 점잖게 코안경을 만지작거리기 시작했다.

"그의 주소를 알고 계시겠지요?" 엘러리는 천천히 물었다.

"아니오, 모릅니다. 처음에 잘 알아보고 고용할 걸 그랬지 뭡니까." 베닌슨은 한숨을 쉬었다. "하지만 다행히도 내 물건은 아무것도 잃은 게 없어요. 내 수집품도 꽤 값나가는 것이 많은데 말입니다."

"그러실 테지요." 엘러리는 밝은 목소리로 말했다. 그리고 일어섰다. "전화를 써도 괜찮겠습니까, 베닌슨 씨?"

"네, 쓰십시오."

엘러리는 전화번호부를 들추더니 베닌슨에게도 벨리에게도 안 들릴 만큼 낮은 목소리로 두세 군데 전화를 걸었다. 그리고 수화기를 놓자 말했다.

"베닌슨 씨, 가능하면 30분쯤 시간을 내시어 함께 가 주셨으면 하는데요."

"기꺼이 동행하지요."

베닌슨은 놀란 눈치였으나, 웃는 얼굴로 말하면서 외투를 집어 들었다.

밖으로 나오자 엘러리는 택시 기사에게 행선지를 말하고, 세 사람은 49번 거리로 갔다. 엘러리는 조그만 서점 앞에서 차를 세우고 혼자 서둘러 안으로 들어갔는데, 조금 있다가 우네커 노인을 데리고 나왔다. 영감은 떨리는 손끝으로 가게 문을 잠갔다.

울름 형제의 사무실에서는 보험 회사 직원 헤플리와 우네커의 고객인 해즐릿이 이미 와서 엘러리를 기다리고 있었다.

"정말 잘 와 주셨습니다."

엘러리는 두 사람에게 기운찬 목소리로 말했다.

"안녕하십니까, 울름 씨. 여러분에게 잠시 모여 주십사 한 것은 퀸 식으로 이 사건을 해결해 볼까 해서입니다, 하하하."

프리드리히 울름은 머리를 긁적거렸다. 알베르트 울름은 초록색 선글라스를 깊숙이 눌러 쓰고 방 한 구석에 무릎을 안고 앉아 있다가 고개를 끄덕거렸다.

"조금 기다려 주셔야겠습니다. 피터스 씨와 힌치먼 씨에게도 오시도록 부탁해 놓았으니까요. 여러분, 앉으시는 게 어떻겠습니까?"

엘러리가 말했다.

모인 사람들은 거의 입을 열지 않았다. 그들은 왠지 불안해 보였다. 엘러리가 가볍게 휘파람을 불면서 이리저리 사무실 안을 서성거리며 벽에 기대 놓은 상자의 진귀한 우표들을 사뭇 흥미로운 듯이 살펴보고 있는 동안 아무도 입을 여는 사람이 없었다. 벨리 경사는 이상한 듯 엘러리를 바라보았다. 이윽고 문이 열리더니 힌치먼과 피터스가 함께 나타났다. 두 사람은 잠시 문 앞에서 걸음을 멈추고 서로 얼굴을 마주보며 어깨를 움찔하더니 들어왔다. 힌치먼은 중얼중얼하고 있었다.

"대체 어떻게 된 일입니까, 퀸 씨? 난 바쁜 몸이오." 힌치먼이 말했다.

"별일은 아닙니다. 피터스 씨, 여러분의 소개는 필요 없겠지요. 앉으시지요, 여러분." 엘러리가 날카롭게 말하자 두 사람은 앉았다.

입구의 문이 열리더니 자그마한 은발의 새같이 생긴 사내가 안을 들여다보았다. 벨리 경사는 놀라는 기색이었으나 엘러리는 쾌활하게 신호를 했다.

"들어오세요, 아버지. 1막에 맞추어 오셨군요."

리처드 퀸 경감은 다람쥐 같은 조그만 머리를 흔들고는 모여 있는 사람들을 죽 둘러보고 뒤로 손을 돌려 문을 닫았다.

"나를 부른 이유가 뭐냐, 엘러리?"

"가슴 뛸 만한 것은 아무것도 없습니다. 살인 사건도 아니니 아버지 분야와는 아무 관계가 없습니다. 하지만 재미있을 겁니다. 여러분, 퀸 경감님입니다."

경감은 중얼거리면서 앉더니 낡은 갈색 코담뱃갑을, 오랜 습관으로 몸에 밴 상쾌한 기분이 되어 한 모금 깊숙이 빨아들였다.

엘러리는 이상해하는 모두의 얼굴을 둘러보면서 둥글게 놓은 의자들 한복판에 침착하게 섰다.

"'1페니 검은 우표 도난 사건.' 쟁쟁한 우표 수집광이신 여러분께서는 이렇게 말씀하고 계십니다만……." 엘러리는 말을 시작했다.

"이것은 재미있는 문제를 제공해 주었습니다. 저는 감히 '주었습니다'라는 과거형으로 말씀드렸습니다. 실은 이미 사건의 해결이 끝났기 때문이지요."

"그럼, 이건 경찰 본부에서 들은 그 우표 도난 사건에 관한 거냐?"

경감이 물었다.

"그렇습니다."

"해결을 했다고요?" 베닌슨이 물었다. "난 도무지 잘 모르겠는데요, 퀸 씨. 프랑크를 찾았습니까?"

엘러리는 무관심하게 팔을 저었다.

"난 처음부터 윌리엄 프랑크 따위를 체포할 생각은 갖고 있지 않았습니다. 아시다시피 프랑크는 색안경을 쓰고 검은 콧수염을 기르고 있었습니다. 과학적인 범죄 수사를 잘 아는 사람이라면 누구나 보통 사람들은 외모의 특징만으로 사람의 얼굴을 감별하기 쉽다는 것을 알고 있지요.

검은 콧수염은 금방 눈에 띕니다. 색안경은 사람들의 인상에 남습니다. 사실 우네커 노인의 말에 의하면 비교적 관찰력이 부족하다는 여기 계신 우네커 씨까지도 가로등의 흐린 불빛 속에서 범인이 검은 콧수염에 색안경을 낀 사내였다는 걸 알고 계십니다. 이것은 정말 누구나 다 아는 초보적인 일이라서 특별히 예리한 두뇌를 필요로 하지 않습니다. 따라서 프랑크가 그와 같은 자기 얼굴의 특징을 남에게 인상지으려 했다고 추정하는 것이 타당합니다.

나는 그가 변장하고 있었던 거라고 확신합니다. 따라서 그 콧수염은 보나마자 가짜 수염이었을 것이고, 보통 때는 색안경을 쓰고 있지 않았다고 생각해도 괜찮겠지요."
모두 고개를 끄덕였다.

"이것은 범인의 심리적인 발자취를 나타내는 세 가지 도표 중에서 첫 번째 것으로 가장 간단한 것입니다." 엘러리는 싱긋 웃으면서 갑자기 경감 쪽으로 얼굴을 돌렸다. "아버지, 아버지께서는 전부터 코담배를 애용하시지요? 하루에 몇 번쯤 그 갈색 찌꺼기 같은 걸 코에 가져다 대십니까?"

경감은 눈을 깜박거렸다.

"아, 30분에 한 번쯤이지. 때로는 네가 잎담배를 피우는 정도일지도 몰라."

"그렇지요. 그런데 베닌슨 씨는 프랑크가 2주일쯤 베닌슨 씨 댁에서 일하는 동안, 더구나 날마다 프랑크와 함께 일하고 계셨는데도 코담배를 사용하는 걸 꼭 한 번밖에 못 보셨다고 합니다. 거기에 가장 개발적이고 가장 시사성이 풍부한 사실이 감추어져 있다는 점에 잘 유의해 주시기 바랍니다.”

모두의 멍청한 표정으로 보아 광명을 인정하기는커녕, 그 점에 대해 그들의 정신은 캄캄한 어둠 속에 있는 것이 분명했다. 단 한 사람의 예외는 퀸 경감이었다. 그는 고개를 끄덕이고 의자 속에서 자세를 바꾸더니 싸늘하게 주위 사람들의 안색을 살피고 있었다.

엘러리는 담배에 불을 붙였다.

“아시겠습니까?” 엘러리는 담배 연기를 조그맣게 내뿜으면서 말했다. “그것이 제2의 심리적인 단서였습니다. 제3의 단서는, 프랑크는 사람들이 보고 있는 자리라 해도 좋을 장소에서 값비싼 우표를 강탈할 흉악한 의도로 프리드리히 울름 씨의 얼굴을 후려쳤습니다. 이런 상황에서는 범인에게 무엇보다 필요한 것이 빠른 행동이지요, 울름 씨는 잠깐 정신을 잃었을 뿐입니다. 곧 정신을 차리고 소리를 지를지도 모르고, 언제 다른 손님이 들어올지도 모릅니다. 알베르트 울름 씨가 불쑥 돌아올지도 모르고요.”

“가만, 잠깐만 기다려, 엘러리.” 경감이 말했다. “뭐라는 이름의 우표인지는 모르나 전세계에 딱 두 장 있다고 했는데, 남아 있는 한 장을 볼 수 없겠니?”

“두 분 중 누구든 좋습니다. 우표를 가져다주십시오.”

프리드리히 울름이 일어나 느릿느릿 안전 금고로 가 다이얼을 맞추어 강철 문을 열고 잠시 뒤적거린 끝에 두 장째의 1페니짜리 검은 우표를 넣은 가죽 상자를 들고 돌아왔다. 경감은 두껍고 조그만 종이 딱지를 신기한 듯이 살펴보았다. 3만 달러나 하는 오래된 종이 딱지가 엘러리에게게나 경감에게는 무척이나 시시한 것으로 여겨졌다.

엘러리가 벨리에게 “벨리, 그 권총 좀 빌려 주시오” 하는 소리를 들었을 때, 경감은 하마터면 우표를 손에서 떨어뜨릴 뻔했다.

벨리는 큼직한 턱을 앞뒤로 흔들며 바지 뒷주머니를 더듬어 총신이 긴 경찰용 권총을 뽑았다. 엘러리는 그것을 받아 무게를 재듯이 손바닥에 조심스럽게 얹었다. 그리고 개머리판 언저리를 쥐고 방 한복판에 놓인, 비틀어 열린 바로 그 보관 상자 쪽으로 걸어갔다.

"잘 보십시오, 여러분, 제3의 단서를 말씀드리겠습니다. 프랑크는 이 보관 상자를 열기 위해 쇠지렛대를 사용했습니다. 그리고 뚜껑을 여느라고, 뚜껑 밑에 있는 네 개의 자국이 나타내는 것처럼 뚜껑과 상자 몸통 사이에 쇠지렛대를 네 번 쑤셔 넣어야만 했던 것입니다.

보시는 바와 같이 캐비닛 뚜껑에는 얇은 유리가 붙어 있습니다. 그리고 자물쇠를 채워 놓았습니다. 1페니짜리 검은 우표는 상자 속에 있는 뚜껑이 닫힌 작은 가죽 상자에 들어 있습니다. 상상하건대 프랑크는 이쯤에 서 있었겠지요, 물론 쇠지렛대를 쥐고, 이와 같은 상황에서 도둑이 귀중한 시간을 허비해 가며 그런 짓을 하리라고 여러분께서는 생각하십니까?"

다들 놀라서 눈을 동그랗게 떴다. 경감은 입을 꼭 다물었다. 벨리 경사는 얼굴 가득히 회심에 찬 웃음을 담고 있었다.

"이건 금방 알 수 있는 일입니다." 엘러리가 말했다. "우선 머리에 그때의 광경을 그려 보십시오, 가령 내가 프랑크라고 합시다. 손에 들고 있는 권총은 '쇠지렛대'라고 하고요, 보관 상자 위에 몸을 구부리고 서 있습니다."

엘러리의 두 눈이 코안경 속에서 번쩍하고 빛났다. 그는 권총을 머리 위로 높이 쳐들었다. 그리고 총신으로 보관 상자 위의 얇은 유리판을 내려치려는 시늉을 했다. 알베르트 울름이 소리를 질렀다. 프리드리히 울름은 눈을 부라리며 엉거주춤 일어섰다. 엘러리는 유리 위

1센티미터쯤 되는 곳에서 손을 딱 멈추었다.

"유리를 부수면 안 돼! 이게 무슨 짓이오?" 초록색 선글라스를 쓴 우표상이 버럭 소리를 질렀다. "당신은……."

알베르트는 앞으로 뛰어나가 보관 상자 앞을 막아서며 상자와 속에 든 것을 지키려는 것처럼 떨리는 두 팔을 벌렸다. 엘러리는 쓴웃음을 지으면서 권총을 흥분으로 떨고 있는 사내의 옆구리에 들이댔다.

"말려 주셔서 고맙군요, 울름 씨. 손을 드십시오, 점잖게."

"무엇 때문에, 무엇 때문에, 대체 무엇 때문에 이러는 거지요?" 알베르트 울름은 씨근거리며 미친 사람처럼 허겁지겁 두 손을 들었다.

"말하자면, 당신이 윌리엄 프랑크이고, 동생이신 프리드리히 씨는 당신의 공범자라는 말씀입니다."

엘러리는 조용히 말했다.

울름 형제는 덜덜 떨면서 주저앉았다. 벨리 경사는 심술궂게 웃으며 두 사람 앞을 막아섰다. 알베르트는 고개를 숙였다. 그는 바람에 떨리는 포플러 잎처럼 떨고 있었다.

"아주 단순하고, 그야말로 초보적인 추리에 의거하는 것입니다만." 엘러리는 말을 이었다. "먼저 세 번째 단서부터 설명을 드리지요. 쇠지렛대로 유리를 깨는 것이 가장 합리적인 방법임에도, 어째서 '쇠지렛대'를 네 번이나 써서 뚜껑을 비틀어 여느라고 귀중한 시간을 허비했는가?

분명히 보관 상자에 넣어 놓은 다른 우표들이 유리를 깨는 통에 상하게 될까 두려웠기 때문입니다. 그 점은 방금 알베르트 울름 씨가 몸소 증명해 주셨습니다.

다른 우표를 지키는 일에 가장 큰 관심을 갖는 사람이 우선 누구겠습니까? 힌치먼, 피터스, 베닝슨, 혹은 가공의 윌리엄 프랑크일까요? 물론 아닙니다. 우표 소유자인 울름 형제뿐입니다."

우네커 노인이 껄껄 웃었다. 그리고 경감을 팔꿈치로 찌르며 말했다.

"어떻습니까, 내가 늘 댁의 아드님은 머리가 좋다고 말하던 그대로지요? 한데 나도, 나도 거기까지는 생각 못했어요."

"그렇다면 어째서 프랑크는 보관 상자에 있던 다른 우표들은 훔쳐 가지 않았을까요? 여러분께서는 도둑이라면 마땅히 훔쳐 갈 것으로 아시겠지만, 프랑크는 훔쳐 가지 않았습니다. 그러나 울름 형제가 범인이라면 다른 우표들을 훔친다는 것은 의미가 없는 일이거든요."

"그럼, 코담배 건은 어떻게 되는 겁니까, 퀸 씨?"

피터스가 물었다.

"글쎄요, 프랑크가 베닌슨 씨와 함께 일하던 2주일 동안 단지 한번밖에 코담배를 사용하지 않았다는 사실로 볼 때 결론은 매우 분명합니다. 코담배를 애용하는 사람이라면 시도 때도 없이 사용하는 것이 보통입니다. 프랑크는 코담배의 상용자가 아니었던 것입니다. 프랑크가 그 날 빨아들인 것은 코담배가 아니었던 거지요. 그 밖에 무슨 코담배 비슷하게 사용하는 것이 있습니까? 있어요. 분말로 된 약품, 헤로인입니다. 헤로인 상용자의 특징은 무엇일까요? 신경질적으로 얼굴 근육이 경련을 일으키며 거의 초췌하리만큼 비쩍 말라 있습니다. 그리고 중요한 점은 분명히 눈을 통해 그것을 알 수 있다는 것입니다. 약품의 영향을 받은 동공이 수축되어 있지요. 프랑크가 안경을 쓰고 있던 또 하나의 이유가 거기에 있습니다. 거기에는 두 가지 목적이 있었던 겁니다. 곧 사람들의 눈길을 끌게끔 변장하기 위해서, 또 하나는 마약 중독자라는 것을 알 수 있는 자기 눈을 감추기 위해서지요. 그래서……"

엘러리는 머리를 푹 숙이고 있는 알베르트 곁으로 성큼성큼 다가가서 재빨리 초록색 선글라스를 벗기고, 메말라 바늘 끝처럼 수축된 동공을 모두에게 보이도록 했다.

"알베르트 씨가 이 선글라스를 쓰고 있는 것을 보았을 때, 나는 알베르트가 프랑크와 동일 인물이라는 심리적 확증을 잡았던 것입니다."

"그런데 그 책을 모조리 훔치러 다녔다는 것은?"

해즐릿이 물었다.

"그것은 매우 교묘하고도 원대한 계획의 일부였겠지요."

엘러리가 말했다.

"도둑을 가장한 알베르트 울름과 뺨이 얻어터진 프리드리히 울름은 공모자였음이 틀림없습니다. 범인인 울름 형제가 책을 차례로 훔치러 돌아다닌 것은 사람들의 눈을 속이기 위한 연막이었던 것입니다. 프리드리히의 습격, 책방에서 새어 나온 계략, 《유럽의 혼란》을 훔치러 다니는 좀도둑, 이런 것들은 범인이 따로 있어서 그 도둑에게 실상은 도둑맞지도 않은 우표를 도둑맞은 것처럼 당국과 보험회사에 인식시키기 위해 교묘하게 만든 일련의 연극이었던 겁니다. 목적은 말할 것도 없이 검은 우표를 가진 채 보험금을 타내기 위해서였습니다. 참으로 놀라운 우표 수집광이지요."

해즐릿은 뚱뚱하고 작달막한 몸을 불안한 듯이 흔들었다.

"정말 교묘하군요, 퀸 씨. 하지만 훔친 또 한 장의 검은 우표는 어디로 갔을까요? 어디다 숨겨 놓았을까요?"

"나는 그것을 오랫동안 열심히 생각해 보았습니다. 해즐릿 씨. 나의 세 가지 추리는 유죄라는 심리적인 단서에 그치므로 울름 형제가 도난당한 검은 우표를 발견하면 움직일 수 없는 물적 증거가 됩니다."

경감은 남은 한 장의 검은 우표를 기계적으로 뒤집어서 보고 있었다.

"몇 번이나 그 문제를 되풀이 생각하면서 나는 우표를 가장 숨기기 쉬운 장소가 어딜까 스스로 물었습니다. 그러다가 두 장의 우표가 같은 것이며, 빅토리아 여왕의 머리글자 서명까지 똑같은 곳에 있다는 생각이 퍼뜩 떠올랐습니다. 그래서 나는 자문자답하였습니다. 만일 내가 울름 형제였다면, 에드거 앨런 포의 저 유명한 〈도둑맞은 편지〉의 주인공처럼, '가장 사람 눈에 띄기 쉬운 곳에 숨길 것이다'라고. 그런데 가장 사람 눈에 띄기 쉬운 곳이 어딜까요 ? "

엘러리는 한숨을 쉬고, 쓰지 않은 권총을 벨리 경사에게 돌려주었다.

"아버지. " 엘러리가 부르자 경감은 계면쩍은 듯이 얼굴을 번쩍 들었다. "여기 계시는 우표 전문가에게 아버지께서 지금 들고 계시는 두 장째의 1페니짜리 검은 우표의 감정을 의뢰해 보면, 한 장의 우표 뒤에 또 다른 검은 우표가 붙어 있다는 사실을 알게 되실 겁니다. "

수염난 여자의 모험

파크 로 40번지, 번창해서 거의 싫어질 만큼 격식을 차리는 다우닝 메이슨 앤 쿨리지 법률사무소에 속한 피니어스 메이슨 변호사는 더할 수 없이 피니어스(트라키아의 왕)답지 않은 신사였다. 주먹코에, 30년이라는 긴 세월 동안 미국의 성가신 법정 논쟁을 줄곧 보아 온 눈꺼풀은 축 늘어져서 마치 100년쯤 법정 경험을 가지고 있는 듯 보였다. 전속 운전 기사가 딸린 리무진 의자에 딱딱한 자세로 앉아 입 속으로 무언가 묘한 소리를 내고 있었다.

"그래서, 실제로 살인이 벌어진 걸세. 정말 어떻게 될지 상상도 못할 세상이야."

메이슨은 화난 듯한 목소리로 말했다.

엘러리 퀸은 롱아일랜드의 햇빛 속에 눈이 팽팽 돌 만큼 바삐 움직이는 세계를 바라보면서, '인생이란 스페인 여자 같은 것이로구나' 생각하고 있었다. 뜻밖의 일뿐이다. 그 어디에도 부드러운 점이라고는 없고 모두가 자극적이다. 엘러리는 절제 있는 수도사 같은 인물이지만 기발하고 풍부한 상상력으로 파란만장한 정신 생활을 보내고 있기

에 이런 생활을 좋아했다. 또 탐정——그는 이 호칭을 굉장히 싫어
했지만——이기 때문에 생활이 그렇게 되지 않을 수 없었다. 그러나
퀸은 그러한 속마음을 입 밖에 내어 말하지는 않았다. 피어니스 메이
슨은 이런 속세에서의 은유를 이해할 사람으로 여겨지지 않았기 때문
이다.

엘러리는 귀찮은 듯이 말했다.

"세상은 아무 문제가 없습니다. 문제는 거기에 사는 사람에게 있지
요. 어떻습니까? 그 괴상한 쇼 집안에 대해 선생님께서 아시는 데
까지 말씀해 주실 수 없습니까? 아시다시피 저는 롱아일랜드의 지
방 경찰서에서는 그다지 환영을 못 받을 테니 드리는 말씀입니다.
여러모로 어려움이 예상되므로 미리 무장을 해 둘까 해서요."

메이슨은 미간을 찌푸렸다.

"하지만 맥이 나한테 책임지고……."

"오, 맙소사, J.J. 맥 말입니까? 그 친구는 주제넘게 남을 대신해
서 지나친 망상을 품고 있는 겁니다. 메이슨 씨, 당신에게 경고해
둡니다만, 저는 엉뚱한 실수를 저지를지도 모릅니다. 저는 요술쟁
이처럼 모자 속에서 살인범을 꺼내는 그런 재주는 부릴 수가 없습
니다. 그리고 선생님의 코사크 병사들이 증거를 어지럽혀 놓고 있
다면……."

"난 그들에게 경고해 두었네. 오늘 아침에 사건을 전화로 알려 왔
을 때 머치 경위에게 일러두었지." 메이슨은 좀 화난 듯이 말하더니
다시 못마땅한 얼굴을 하며 말을 이었다. "시체를 움직이지도 않았다
더군. 나는 뭐랄까, 지방에서는 영향력이 있으니 말일세."

"옳은 말씀이십니다." 엘러리는 코안경을 고쳐 쓰면서 한숨을 쉬
었다. "아주 잘하셨습니다, 메이슨 선생님. 그럼, 그 끔찍한 사건의
경위를 말씀해 주시겠습니까?"

변호사는 못마땅한 듯한 목소리로 말했다.

"나와 함께 일하는 쿨리지가 쇼 집안의 사건을 취급하고 있었지. 존 쇼는 백만장자인데, 자네가 태어나가 전 일이야. 쇼의 첫 부인은 1895년에 난산으로 죽었지. 그 아이는 애거서라고 하는데, 그 딸은 지금 이혼을 하고 8살 난 아들과 함께 살고 있다네. 물론 그녀는 어머니가 사망할 때 죽지 않고 살아남았던 거지.

그 전에 또 한 아이가 있었어. 그는 아버지의 이름을 이어받아 존이라고 하는데, 지금 45살이네…… 아무튼 아버지인 존 쇼는 첫 부인이 사망하자 이내 재혼을 했는데, 재혼하고 얼마 안 되어 이번에는 자기가 죽고 만 거야. 이 두 번째 부인인 마리아 페인 쇼는 남편이 죽은 뒤 30년 이상이나 살다가 바로 한 달 전에 죽었지."

"사망률이 너무 높군요."

엘러리는 중얼거리더니 담배에 불을 붙였다.

"메이슨 선생님, 지금까지는 별다른 점이 없는 이야기군요. 그것과 쇼 집안이 어떤 관계가 있습니까?"

"글쎄, 가만 들어 보게."

메이슨은 한숨을 쉬었다.

"존 쇼 노인은 전 재산을 두 번째 아내 마리아에게 남겼어. 두 자녀, 존과 애거서는 유산을 한푼도 받지 못했을 뿐 아니라 신탁조차 넘겨받지 못했지. 쇼 노인은 마리아가 두 자녀를 돌봐 줄 것으로 믿었던 모양이야."

"세상에 흔히 있는 이야기 같군요."

엘러리는 하품을 했다.

"마리아가 돌보지 않았습니까? 계모와 전처 자식을 중재할 사람은 없었나요?"

변호사는 이마를 문질렀다.

"무서운 일이야. 그들은 30년 동안이나 계속해서 싸워 왔네. 마치 야만인들처럼 말이야. 내가 볼 때 쇼 부인의 태도에는 정상 참작의 여지가 있네. 말하자면 정당방위였던 걸세. 존은 항상 벌이도 하지 않고 한심한 거지나 다름없었지. 예의도 모르는 방탕아로, 그야말로 건달이었어. 그럼에도 쇼 부인은 금전 면에서는 쇼를 알뜰히 돌봐 주고 있었지. 아까 말했듯이 존은 지금 나이가 45살이나 되는데도 평생 벌이다운 벌이를 한 적이 없어. 게다가 술주정꾼이고."

"퍽 재미있겠는데요, 이혼한 누이동생 얘거서는요?"

"오빠와 마찬가지지. 본인과 비슷하게 재산을 목적으로 한 어떤 남자와 결혼을 했는데, 애거서가 빈털터리라는 것을 알고 그가 버리고 달아나는 바람에 쇼 부인이 몰래 이혼 수속을 밟아 주었어. 부인은 애거서와 아들 피터를 맡아 그 뒤로 같이 지내 왔는데, 마치 서로 칼을 맞대고 사는 거나 다름없었지 뭔가. 인품에 대한 설명이 좀 뭐랄까, 거칠었던 점은 이해하게. 그들의 실태를 그대로 알려 주고 싶었던 걸세."

"아닙니다. 그 인물들을 실제로 만나고 있는 것 같은데요."

엘러리는 껄껄 웃었다.

"존과 애거서는." 메이슨은 입으로 지팡이 손잡이 끝을 깨물면서 말을 이었다. "단 한 가지, 그러니까 계모가 죽기만을 기다리며 살고 있었던 거네. 물론 그 경우 유산을 상속받을 수 있으니까 말이야. 몇 달 전에 어떤 사건이 생기기 전까지만 해도 쇼 부인의 유언장에는 그들에 대해 대단히 인심 좋게 책정이 되어 있었지. 그러나 그 사건이 일어나자 그만……."

엘러리 퀸은 회색 눈을 가늘게 떴다.

"그렇다면……."

"일이 복잡하게 되고 말았어." 변호사는 한숨을 쉬었다. "석 달 전에 가족 가운데 누군가가 노부인을 독살하려고 했네. ”

“아 ! ”

“그 계획은 실패로 끝났네. 테렌스 알렌 의사가 그런 일이 있을 줄 알고 여러 해 전부터 걱정이 되어서 경계하고 있었기 때문이었지. 시안화물(청산가리)은 부인의 입에는 들어가지 않고 대신 키우던 고양이가 죽고 말았네. 물론 아무도 누가 독을 넣었는지는 모르지. 하지만 그런 일이 있은 뒤에 쇼 부인은 유언장을 고쳐 쓰고 말았던 걸세. ”

“그런 말을 듣고 보니 저도 귀가 솔깃해지는데요, 알렌이라고 하셨 지요? 이야기가 뒤얽혀서 재미있어지는군요, 그 알렌에 대해 말씀 해 주시죠, ”

엘러리는 흥미로운 듯한 목소리로 말했다.

“그 노인은 수수께끼 같은 사람인데, 두 가지 일에 대해 정열을 쏟 고 있지. 그러니까 쇼 부인에 대한 헌신과 그림에 대한 취미일세. 나는 그 방면에 대해서는 잘 모르지만, 그림에도 꽤 솜씨가 있다고 들 하더군. 벌써 20년이나 쇼의 집에서 살고 있지. 쇼 부인이 어디 선가 데려온 의사인데, 부인 말고는 아무도 그의 경력을 아는 사람 이 없는 모양이야. 그리고 알렌도 자신의 과거에 대한 이야기는 전 혀 하지 않아. 부인이 많은 월급을 주며 그 집에서 살게 하여 집안 의 주치의 노릇을 하고 있는 셈이지. 내 생각에는 그녀가 전처 자 식들이 못된 음모를 꾸미지 않을까 걱정이 되어서 그랬던 것 같아. 그리고 알렌이 이례적인 대우를 순순히 승낙한 까닭은 뭐랄까, 세 상의 이목에서 벗어나기 위해서였다고 보고 있네. ”

두 사람은 잠시 말이 없었다. 운전 기사는 차를 돌려 큰길에서 좁 은 자갈길로 접어들었다. 메이슨은 깊은 숨을 몰아쉬었다.

엘러리가 동그랗게 담배 연기를 내뿜으면서 나직한 소리로 말했다.

"한 달 전에 쇼 부인이 자연사했다고 하는 점에 대해서 선생님은 전혀 의심하고 계시지 않다는 말씀이시지요?"

"물론이지." 메이슨이 말했다. "알렌 의사는 자기 진단만 가지고 는 만족하지 않았을 뿐 아니라, 우리도 그 점은 충분히 주의를 했네. 살아 있을 때나 죽은 뒤에도 여러 명의 전문의를 불러서 진단을 받았 거든. 그러나 부인은 몇 차례나 심장마비를 일으켜 결국 사망한 거 네. 나이가 워낙 많았으니 말이야. 의학 용어로는 혈전증인지 하는 병이라더군."

메이슨은 우울한 것 같았다. 그는 말을 이었다.

"자네도 쇼 부인이 독살 계획 사건에 대해 당연히 어떤 반응을 보 였는지는 이해가 갈 걸세. 부인은 사건이 일어난 바로 뒤에 이런 말을 하더군. '그 애들이 내 목숨을 노릴 만큼 타락했다면야 내가 구태여 그 애들을 돌봐 줄 필요가 없지요'라고 말일세. 그리고 새 유언장을 나에게 쓰게 하여 두 사람의 이름을 지워 버리고 한 푼도 안 주기로 해 버린 걸세."

"그것은 더 좋은 데 쓸 용도가 있다는 캐치프레이즈로군요."

엘러리는 싱긋 웃었다.

메이슨이 차창을 두드리며 말했다.

"버로즈, 더 속력을 내게."

차는 재빨리 내달렸다.

"쇼 부인은 누구 유산 상속자가 없을까 찾다가, 마침내 쇼 집안의 재산을 헛되이 버리지 않고 남겨 줄 만한 인물을 생각해 냈지. 존 쇼에게는 모튼이라는 형님이 있었는데, 다 자란 두 아이를 거느리 고 홀아비 생활을 하고 있었네. 쇼 형제는 몹시 사이가 나빠 서로 싸우고 헤어졌어. 그 뒤 모튼은 영국으로 건너갔지만 거기서 거의 모든 재산을 탕진해 버렸다네. 두 아이는 에디스와 퍼시라고 하는

데, 아버지가 자살해 버린 뒤 자기들 힘으로 밥벌이를 해야 되었어."

"쇼 집안 사람들은 아마 싸움을 좋아하는 모양이지요?"

"아마 그런 혈통인가 봐. 그런데 에디스와 퍼시, 두 남매에게는 재능이 있었던 모양이야. 런던에서 무대 생활을 했다네. 뮤직홀에 나가 1막짜리 남매 공연을 맡아 그럭저럭 성공을 거두고 있었어. 그래서 쇼 부인은 조카딸인 에디스에게 재산을 남겨 줄 결심을 했던 걸세. 내 조사에 따르면 에디스는 결혼하여 로이스 부인이 되었으며, 아이도 없이 벌써 오랫동안 과부 생활을 하고 있더군. 쇼 부인이 사망하였을 때 전보로 그 사실을 알렸더니 그녀는 곧 다음 배편으로 이곳에 왔어. 그녀의 말에 의하면 남동생 퍼시는 몇 달 전 유럽 대륙에서 자동차 사고로 죽어 지금 자신은 의지할 데 없는 신세라고 하더군."

"그래서 유언에는…… 무슨 특별한 거라도……."

"그래, 이상하단 말이야." 메이슨이 한숨을 쉬었다. "쇼 집안의 재산이 전에는 막대했는데, 불경기로 인해 약 30만 달러로 줄어 버렸더군. 쇼 부인은 그 중에서 20만 달러를 조카딸에게 남겼지. 그리고 나머지는, 당사자도 깜짝 놀라고 있었지만, 알렌 의사를 위해 신탁 예금을 해 놓았더구만."

메이슨은 말을 중단하고, 키가 큰 젊은 친구에게 호기심 어린 눈을 고정시켰다.

"알렌에게요?"

"알렌은 원금에 손을 댈 수는 없지만, 죽을 때까지 이자를 받을 권리가 있지. 재미있지 않나?"

"재미있기만 한 게 아닌데요. 그런데 메이슨 선생님, 저는 꽤 의심이 많은 편이라서 말씀입니다만, 선생님께서는 틀림없이 로이스 부인이 쇼 집안 사람이라고 믿고 계십니까?"

메이슨이 흠칫했다. 그러고 나서 고개를 저었다.

"아닐세, 그건 자네의 예상이 빗나갔어. 그 점에 대해서는 조금도 의문의 여지가 없네. 첫째, 용모에 쇼 집안의 독특한 특징이 있거든. 자네도 만나 보면 알게 될 걸세. 그건 그렇고, 내가 볼 때 그 여자는 꽤…… 그렇지, 상당한 괴짜야! 아버지 모튼 쇼의 개인 소지품을 가지고 왔더구만. 그녀가 도착했을 때 내가 직접 쿨리지와 함께 여러 가지 질문을 해 보았지. 아버지의 생애며 미국에서의 그녀 자신의 어렸을 때 생활에 대해 세세한 것을 모두 알고 있더군. 그런 건 다른 사람도 도저히 알 수 없는 일이니까, 에디스 쇼가 틀림없다고 우리는 확신했어. 우리는 세심하고 신중하게 조사했다고 생각하네. 그건 보증하지. 아무튼 존도 애거서도 어렸을 때밖에 에디스를 만나지 않았으니 말이야."

"그냥 잠깐 그런 생각이 들었을 뿐입니다."

엘러리는 몸을 앞으로 내밀었다.

"그리고 알렌이 죽었을 때는 10만 달러의 신탁은 어떻게 처리되는 겁니까?"

메이슨은, 리무진이 소리도 없이 미끄러지듯이 달리는 손질이 잘된 자동차길 양쪽에 정연하게 서 있는 포플러 가로수를 침통한 표정으로 응시하고 있었다.

"그때는 존과 애거서가 반씩 나누어 갖기로 되어 있지."

메이슨이 신중한 목소리로 말했다.

자동차는 한적한 주차장에 조용히 멎었다.

"그렇군요." 엘러리가 말했다.

살해된 것은 테렌스 알렌 의사였던 것이다.

군 경찰의 경관이 천장이 높은 식민지풍의 홀을 지나 오래된 저택의 깊숙하고 조용한 곳으로 그들을 안내했다. 거기서 계단을 올라가 어둠침침하고 썰렁한 복도로 나가니 목이 짧고 신경질적으로 보이는 남자가 서서 지키고 있었다.

"어서 오십시오, 메이슨 선생님." 그 남자는 앞으로 나오면서 공손하게 인사를 했다. "다들 기다리고 있었습니다. 이분이 퀸 씨인가요?"

부드럽게 원만하던 말투가 가시 돋친 의심스러운 것으로 변했다.

"그래, 그렇다네. 퀸, 이 사람은 군 경찰서 머치 형사일세. 모두 그대로 놓아두었겠지, 머치?"

머치는 무슨 소린지 입 속으로 중얼거리고는 한쪽으로 길을 비켰다. 엘러리는 두 방이 이어진 듯한 서재로 들어갔다. 활짝 열려 있는 문 저쪽에 새눈 무늬의, 단풍나무로 만든 네 기둥 달린 침대가 있고, 누비질을 한 흰 침대보가 보였다. 천장에는 구멍이 뚫려 있고, 거기에 유리를 끼워 태양 광선이 들어오게 되어 있었다. 방 안에는 잡다한 그림 도구가 어질러져 있었는데, 얼마 안 되는 의료 기구보다 더 많았다. 이젤이며 물감 상자, 작은 대며 아무렇게나 걸려 있는 가운 등이 있고, 벽에는 유화 물감과 수채화 물감의 얼룩이 군데군데 묻어 있었다.

몸집이 자그마한 한 사내가, 묘하게 윤이 나는 은발에 키가 크고 가느다란 몸을 하고 죽음으로 얼어붙어 누워 있는 죽은 의사 옆에 무릎을 꿇고 있었다. 상처는 한눈에 보아도 깊었다. 심장 언저리에 미세한 조각이 된 단검 자루가 튀어나와 있었다. 피는 거의 흐르지 않았다.

"어떻습니까, 선생님. 그 밖에는?"

머치가 불쑥 말했다.

몸집이 작은 사내는 일어서서 기구를 치웠다.

"칼에 찔려 즉사했군요. 보시다시피 정면에서 찌른 겁니다. 피해자는 마지막 순간에 몸을 피하려고 했던 모양입니다만, 그때는 이미 늦었던 거지요."

사내는 턱짓을 해 보이고는 모자를 집어 들고 조용히 돌아갔다.

엘러리는 조금 섬뜩했다. 화실은 죽은 듯이 조용했다. 복도도 조용했다. 그 한 모퉁이 전체가 죽은 듯이 조용했다. 집 전체가 거의 기분 나쁠 만큼 무서운 정적의 무게에 짓눌려 있었다. 뭔가 설명하기 어려운 불길한 공기가 감돌고 있었다. 엘러리는 참을 수 없는 듯이 어깨를 움츠렸다.

"단검 말씀입니다만 머치 경위님, 흉기의 출처는 알아내셨습니까?"

"알렌의 것입니다. 언제나 이 탁자 위에 놓여 있었지요."

"자살 가능성은 없겠지요?"

"의사가 절대로 없다고 말했소."

피니어스 메이슨 씨는 구토증이 나는 듯한 소리를 냈다.

"나한테 일이 있거든, 퀸……."

그는 기분 나쁜 메아리를 일으키면서 방에서 비틀거리듯이 나갔다.

시체는 파자마 위에 그림 물감으로 더럽혀진 가운을 입고 있었다. 굳어진 오른손은 붓끝이 새까맣게 된 붓을 아직도 꼭 쥐고 있었다. 그림 물감 담긴 팔레트가 뒤집어진 채 시체 곁의 바닥에 떨어져 있었다. 엘러리는 단검에서 눈을 들지 않았다.

"피렌체제 같군요. 그런데 지금까지 알아낸 것들을 설명해 주셨으면 좋겠군요, 경위님. 그러니까 범죄 자체에 대해서 말입니다."

엘러리는 건성으로 말했다.

"조금밖에 모르고 있습니다."

경위는 신음하듯이 말했다.

"의사 말로는 새벽 2시쯤, 그러니까 약 8시간 전에 살해되었다고 합니다. 시체는 오늘 아침 7시쯤, 이 집에서 2년째 간호사로 일하고 있는 크뤼치라는 여자가 발견했습니다. 아주 성실한 여자지요. 살인 사건이 벌어진 시간에 알리바이가 있는 사람은 아무도 없습니다. 그들 말에 따르면 그 시간에는 다들 자고 있었고, 게다가 저마다 딴 방에서 자고 있었거든요. 알고 있는 것이라고는 그쯤입니다."

"그야말로 조금이군요." 엘러리가 중얼거리듯 말했다. "그런데 경위님, 알렌 의사는 그렇듯 이른 새벽에 붓을 드는 습관이 있었습니까?"

"그런 모양입니다. 나도 그 점은 이상하게 생각했지요. 그러나 이 사람은 좀 괴짜 영감이라 무슨 일에 열중하면 24시간 계속해서 한다더군요."

"다른 사람들도 이 건물에서 잡니까?"

"아니오. 이 건물에는 하인들밖에 자지 않아요. 선생님은 이 방에 사람들 출입이 적어 아무한테도 방해받지 않는 게 좋았던 모양입니다. 그리고 할머니도, 한 달 전에 돌아가신 쇼 부인 말입니다만…… 좋을 대로 하게 내버려 두라고 늘 말하고 있었나 봅니다."

머치는 문 앞으로 가서 "크뤼치 양" 하고 불렀다.

알렌 의사의 침실에서 간호사가 천천히 나왔다. 훤칠하게 키가 크고 잘생긴 젊은 여자로, 울고 있었던 모양이다. 간호사 제복을 입고 있었는데, 그 모습과 이름(크뤼치는 목발이라는 뜻) 사이에는 공통되는 것이 아무것도 없었다. 사실 엘러리가 감탄하여 관찰한 바에 따르면 태도도 용모 못지않게 단정하며 아주 매력 있는 젊은 여성이었다. 눈물에 젖어 있기는 하였지만, 크뤼치는 이 오래된 큰 집에서 엘러리가 본 최초의 태양빛이었다.

"퀸 씨에게 나한테 말한 이야기를 해 드리시오."

머치는 무뚝뚝하게 명령했다.

"하지만 말씀드릴 것이 없어요." 크뤼치는 겁을 먹고 있었다. "여느 때처럼 저는 7시 전에 일어났습니다. 제 방은 본채에 있습니다만, 이쪽에 시트와 타월 같은 것을 넣어 두는 방이 있어요. 그래서 이 앞을 지나가는데 알렌 선생님이 칼에 찔려 바닥에 쓰러져 계신 것이 보이지 않겠어요. 방문은 활짝 열려 있고, 전등도 켜진 채로 그냥 있었어요. 저는 소리를 질렀습니다만, 아무에게도 안 들렸던 모양이에요. 워낙 떨어져 있어서…… 하지만 계속해서 소리를 지르고 있으니까 쇼 씨가 뛰어오셨어요. 그리고 애거서 쇼도요. 그것뿐이에요."

"여러분 중에서 누구, 시체에 손댄 사람이 있습니까, 크뤼치 양?"

"아니에요, 당치도 않아요."

크뤼치는 몸을 떨었다.

"그렇군요."

엘러리는 시체에서 얼굴을 들어 별 생각 없이 화가를 보더니 다시 밖으로 눈을 돌렸다. 그리고 이내 또 신경이 꿈틀거리기라도 하는 것처럼 원래 자리로 시선을 돌렸다. 머치는 비웃는 듯한 눈초리로 엘러리를 보고 있었다.

"어떻습니까? 퀸 씨, 마음에 드셨습니까?"

머치는 비웃는 것처럼 말했다.

엘러리는 앞으로 뛰어갔다. 큰 이젤과 나란히 있는 작은 이젤에 그림 한 장이 있었다. 그것은 렘브란트의 유명한 그림 자화상으로 〈화가와 그의 아내〉라고 제목을 단 유화의 값싼 복사품이었다. 렘브란트가 앞쪽에 앉고 부인이 뒤에 서 있었다. 화가의 커다란 캔버스에는 그 그림의 모사가 반쯤 완성되어 있었다. 화가가 그린 아내의 모습은 알렌 의사에 의해 정성껏 스케치되어, 막 물감을 칠하는 일이 시작된 참이었다. 화려한 깃털 모자를 쓰고 수염을 기른 화가는 얼굴에 밝은 웃음을 머금고 왼팔은 네덜란드 식 차림을 한 아내의 허리에 두르고 있었다.

그리고 그 부인의 턱에는 수염이 그려져 있었다.

엘러리는 맥빠진 사람처럼 복제 유화와 알렌 의사의 모사를 번갈아 보았다. 그러나 한쪽은 여성의 매끈한 턱을 나타내고 있고, 또 한쪽——모사한 그림——은 아마추어를 넘어선 필법으로 네모난 검은 수염이 그려져 있었다. 게다가 알렌이 시간에 쫓기어 그린 것처럼 서둘러 색칠이 되어져 있었다.

"이런! 이건 미친 짓이야." 엘러리는 눈을 동그랗게 뜨고 소리쳤다.

"그렇게 생각하십니까? 난 잘 모르겠습니다만, 그러나 짚이는 게 있어요."

머치가 부드럽게 말했다.

경위는 크뤼치 양에게 꾸짖듯이 말했다.

"가 봐요."

간호사는 긴 다리를 한들거리면서 달아나듯이 화실에서 나갔다.

엘러리는 멍하니 머리를 흔들며 의자에 앉아 담배를 꺼냈다.

"이건 새로운 취미 같은데요, 경위님. 살인 사건에서 턱수염 콧수염파의 예술 견본을 보는 것은 이것이 처음입니다. 광고 간판의 남자나 여자 얼굴에 연필로 수염이 그려진 것은 흔히 보았습니다만."

그때 엘러리는 뭔가가 눈에 들어가기라도 한 듯 눈을 가늘게 뜨고 불쑥 물었다.

"애거서의 아이, 피터는 집에 있습니까?"

머치는 무슨 엉뚱한 농담이라도 즐기고 있는 것처럼 싱글벙글 웃으면서 복도 문 앞으로 가서 뭐라고 큰 소리로 불렀다. 엘러리는 의자에서 일어나 방을 가로질러 가운을 하나 들고 와서 시체를 덮었다.

겁을 먹고 있으면서도 호기심에 반짝이는 눈을 한 조그만 남자아이가 천천히 방으로 들어왔다. 그 뒤를 따라 들어온 인물은 엘러리가 지금까지 보아 온 사람 중에서도 가장 놀랄 만한 사람이었다. 나타난 인물은 60살이 될까말까 한, 몸집이 크고 튼튼하게 생긴 부인인데, 주름투성이의 거친 용모를 하고 있었다. 그야말로 광주리가 아닌가 싶으리만큼 깊은 주름이 수두룩하게 나 있었다. 게다가 놀라운 화장 기술을 발휘하여 온 얼굴에 덕지덕지 칠을 한데다가 그 위에 또 칠을 하고 또 덧발라져 있었다. 두꺼운 입술에는 큐피드의 활 모양으로 천박스럽게 진한 색깔의 립스틱이 칠해져 있었다. 눈썹은 한껏 가늘게 그렸고 늘어진 뺨에는 장미색 볼연지가 두드러져 보였으며, 거칠고 두터운 피부 가득 흰 분가루가 얼룩져 있었다.

그러나 더 놀랄 만한 것은 그 얼굴의 화장보다도 옷차림이었다. 그것은 완전히 빅토리아 왕조 스타일의 차림새였기 때문이다. 허리를 잘록하게 쥔 옷을 입었는데, 허리받이라도 댄 것처럼 엉덩이가 불룩 튀어나왔으며, 폭이 넓고 발꿈치까지 끌리는 스커트를 입고 있었다. 가슴도 불룩 튀어나왔으며, 유난히 번들거리는데다가 목을 죄는 것처럼 심이 든 빳빳한 레이스 칼라가 달린 옷이었다.

엘러리는 틀림없이 이 부인은 에디스 쇼 로이스라고 여겨졌으며, 그리고 보면 이 괴상한 옷차림도 얼마쯤 설명할 수 있다고 생각되었다. 이 여자는 노인이고 영국에서 왔으며, 이제는 사라져 버린 처녀 시절, 무대에 섰을 때의 화려한 영광을 아직도 잊지 못하고 있음이 틀림없었다.

"로이스 부인입니다."

머치가 비웃는 듯한 어조로 말했다.

"그리고 이쪽은 피터."

"처음 뵙겠습니다."

엘러리는 나직한 소리로 말하고 눈을 돌렸다.

"피터라고 했지?"

소년은 뾰족한 생김새에 앙상하게 마른 조그만 몸집을 하고 있었는데, 입에 더러운 집게손가락을 물고 눈은 동그래져 있었다.

"피터!"

로이스 부인이 엄한 목소리로 말했다. 그 목소리는 외모와 잘 어울렸다. 굵으면서도 쉰 목소리였다. 엘러리는 그녀가 머리칼까지 과거를 그리워하고 있는 것을 깨닫고 주춤했다. 진한 갈색 머리도 염색한 게 분명했다. 엘러리는 적어도 여기 과거에 대한 애착을 버리지 못하고 완강하게 저항을 계속하는 한 여성이 있다고 생각했다.

"이 아이는 겁을 먹고 있어요, 피터!"

"아주머니."

피터는 계속 쳐다보며 우물우물 말했다.

"피터, 저 그림을 봐라."

엘러리가 말했다. 소년은 조심조심 시키는 대로 했다.

"네가 저 그림의 얼굴에다 수염을 그렸니?"

피터는 로이스 부인의 부푼 스커트 뒤로 몸을 숨겼다. "아, 아니오."

"이상하지요?" 로이스 부인은 유쾌한 듯이 말했다. "오늘 아침에 그 이야기를 머치 경위님에게 했어요. 피터가 저기 다 수염을 그리지 않은 것만은 틀림없어요. 전에 야단을 맞은 일이 있으니 말예요. 그렇지, 피터?"

엘러리는 이 괴상한 부인이 눈에 먼지라도 들어간 것처럼 오른쪽 눈썹을 비벼 올렸다가는 다시 비벼 내리고 있는 것을 알아차리고 놀랐다.

“아, 전에 야단맞은 일이 있다고요？”

엘러리가 말했다.

“그게 말이에요.” 로이스 부인은 열심히 무의식적으로 묘한 눈 운동을 계속하면서 말했다.

“바로 어저께 일입니다만, 피터가 자기 침실에 있는 알렌 선생님의 그림에 목탄으로 수염을 그리다가 제 어머니에게 들키지 않았겠어요. 아마 알렌 선생님이 피터를 한대 쥐어박고서는 손수 목탄을 지우셨나 봅니다. 그래서 이 애 어미 애거서는 알렌 선생님에게 무척 화를 내고 있었지요. 그러니까 피터, 네가 그런 짓을 한 건 아니겠지？”

“안 그랬어요.”

피터는 말했으나, 가운을 덮어 놓은 바닥의 물체에 정신을 빼앗기고 있었다.

“알렌 의사가 말씀이지요？” 엘러리는 중얼거리듯이 말했다. “대단히 고맙습니다.” 이렇게 덧붙이고는 방 안을 왔다갔다하기 시작했다.

로이스 부인은 피터의 팔을 잡고 얼른 화실에서 데리고 나갔다. 엘러리는 방이 흔들릴 만큼 쿵쿵거리며 걸어가는 로이스 부인의 발소리를 들으면서 ‘굉장한 여자로구나’ 하고 생각했다. 그리고 부인이 굽낮은 구두를 신고 있어서 가죽이 보기 흉하게 불룩해져 있는 것으로 미루어 보아 발바닥에 어지간히 큰 물집이 생긴 모양이라고 생각했다.

“저리로 갑시다.”

머치가 문 쪽으로 가면서 불쑥 말했다.

“어디로？”

“아래층에 말입니다. ”

머치는 한 경관에게 화실을 감시하도록 일러 놓고 앞장서서 갔다. 그리고 본채 쪽으로 가면서 말했다.

“그림 속 여자의 턱에 수염이 있는 이유를 보여 드릴까 해서…….”

“정말입니까 ? ”

엘러리는 나직하게 중얼거렸을 뿐 그 뒤는 아무 말도 하지 않았다. 머치는 고색창연한 식민지풍의 거실 문 앞에서 걸음을 멈추고 방안에 고개를 들이밀었다.

엘러리도 안을 보았다. 품이 커서 헐렁한 트위드 양복을 입은, 가슴이 얄팍하여 송장 같은 사내가 고풍스러운 의자에 앉아 떨리는 손에 든 빈 글라스를 바라보고 있었다. 누렇게 흐린 눈엔 핏발이 서 있고, 늘어진 피부에는 거미줄처럼 빨간 힘줄이 드러나 있었다.

“저분이, 존 쇼 씨입니다. ”

머치는 경멸하듯 조금 우월감을 담아 말했다.

엘러리는 쇼가 저 육중한 사촌 누이 로이스 부인과 똑같이 튼튼한 뼈대와, 두꺼운 입술과, 바위를 깎아 놓은 듯한 코를 가지고 있음을 알았다. 그러고 보면 저 벽난로 위에 있는 초상화, 얼굴을 잔뜩 찌푸린 채 까다로워 보이는 늙은 해적은 보나마나 아버지일 거라고 생각했다.

엘러리는 또 존 쇼의 덜덜 떨리는 턱에 보기 흉하게 늘어진 뾰족한 수염이 있음을 놓치지 않았다.

메이슨은 턱 언저리를 좀 파리하게 해 가지고 어두컴컴한 응접실에서 두 사람을 기다리고 있었다.

“어떻게 되었나 ? ”

그는 큐메의 시빌 (고대 로마의 유명한 여자 예언자) 앞에서 애원이라도 하는 것처럼 속삭이는 듯한 목소리로 물었다.

"머치 경위님에게 무슨 생각이 있는 모양입니다. "

엘러리는 나직한 소리로 말했다. 그러자 경위는 언짢은 얼굴을 했다.

"이것은 해를 보는 것처럼 명확한 일입니다. 존 쇼가 한 짓이에요. 제 판단으로는 그 수염은 알렌 의사가 범인의 단서로서 그린 것입니다. 이 집에서 수염 기른 사람은 쇼뿐입니다. 물론 정확한 증거라고는 할 수 없지만, 단서는 됩니다. 아무튼 저에게 맡겨 주십시오. "

경위는 갈색으로 변한 이를 드러내 보이면서 말했다.

"저는 이 선을 더듬어 볼 작정입니다. "

"존이라……. " 메이슨은 천천히 말을 이었다. "확실히 그는 동기를 가지고 있지. 하지만 그렇다 하더라도 내가 생각하기에는 좀 어려울 것 같은데……. " 변호사는 날카로운 눈을 깜빡거렸다. "수염이라니, 어느 수염 말인가 ? "

"2층에 있는 여자 그림에 수염이 그려져 있더군요. " 엘러리는 귀찮은 듯이 말했다. "알렌은 살해되기 전에 렘브란트의 그림을 모사하고 있었는데 그 그림 속 여자 얼굴에 수염이 그려져 있는 겁니다. 알렌이 직접 그 수염을 그린 것만은 분명합니다. 거기에는 검은 유화 물감이 사용되었으며, 보통 사람의 솜씨가 아니었지요. 시체의 손에는 아직도 검은 유화 물감을 찍은 붓이 쥐어져 있었습니다. 알렌 말고 이 집에서 그림 그리는 사람은 없습니까 ? "

"없는데. " 메이슨이 침착하지 못한 태도로 말했다.

"Voilá (그렇습니까) ? "

"하지만 비록 알렌이 그런 미친 사람 같은 짓을 했다 하더라도 어떻게 그것이 살해되기 바로 전이라는 것을 알 수 있나 ? "

메이슨이 반대하자 머치는 신음하듯이 말했다.

"오! 그렇다면 대관절 언제라는 겁니까?"

"가만 계십시오, 경위님." 엘러리가 중얼거리듯이 말했다. "좀더 과학적으로 생각합시다. 메이슨 선생님, 당신의 의문에 대해서는 완전히 해답이 있습니다. 첫째, 알렌 의사가 범인에게 습격당한 뒤엔 그릴 수 없었다는 점에 대해서는 다 같은 의견일 것입니다. 즉사였으니까요. 따라서 습격당하기 전에 그린 게 틀림없습니다. 그렇다면 문제는 얼마 전이냐는 것이 됩니다. 그리고 또 어째서 수염 따위를 그렸냐는 의문이 생깁니다."

"머치 경위는 범인에 대한 단서라고 말하고 있지만." 메이슨은 중얼거리듯이 말했다. "하지만 그런 건 경찰 나름대로의 공상이야. 터무니없는 소리지."

"어디가 터무니없다는 겁니까?"

"기가 막혀 말을 못하겠군." 메이슨이 버럭 소리를 질렀다. "만일 알렌이 단서를 남기고 싶었다면 어째서 캔버스에다가 범인의 이름을 쓰지 않았지? 손에 붓을 쥐고 있지 않았나……."

"옳은 말씀입니다." 엘러리가 나직한 목소리로 말했다. "당연한 의문입니다. 메이슨 선생님. 그렇고말고요. 어째서 그렇게 하지 않았는가? 만일 알렌이 혼자 있었다면, 그러니까 살해되리라는 것을 알고 있었다면 틀림없이 자기가 하고 있는 걱정에 대해 구체적으로 쓴 기록을 남겨 두었을 겁니다. 하지만 그런 기록을 아무것도 남기지 않았다는 것은 범인이 나타나기까지 알렌은 자기가 살해될 것을 예기치 못했다는 사실을 나타냅니다. 따라서 알렌은 범인이 방에 있을 때 수염을 그린 것입니다. 그렇다면 단서로서 왜 수염을 그렸는가가 설명되는 셈입니다. 범인이 보는 앞에서는 그 이름을 쓸 수가 없었던 것입니다. 썼다고 하더라도 범인은 이내 그것을 알아차리고 찢어 버렸을 것입니다. 그래서 알렌은 부득이 교묘한 방법을 취하지 않을 수 없었던 것입니다. 다시 말해 범인이 눈치채지 못하도록 단서를 남기는 방법입니다. 알렌은 바로 그때 그림을 그리고 있는 중이었으므로 화가로서의 방법을 썼던 것입니다. 그런 경우 비록 범인이 알았다 하더라도 보나마나 알렌이 신경과민이 되어 그런 것을 한 거라고 생각했을 것이고, 또 깨닫지 못한 채 끝날 확률이 더 많았을 것입니다.”

“잠깐 제 말을 들어보십시오…….” 머치는 큰 소리로 말했다.

“그러나 여자 얼굴에다 수염이란.” 변호사가 신음했다. “내가 볼 때…….”

“오! 알렌은 전에 알고 있었던 일을 떠올린 겁니다.” 엘러리는 꿈꾸는 것처럼 말했다.

“전에 있었던 일이라면?”

“그렇습니다. 머치 경위님과 제가 발견했습니다만. 어린 피터가 천진난만하게 자기 침실에 걸려 있던 알렌 의사의 서투른 그림에다 콧수염과 턱수염을 백묵으로 그려 넣은 적이 있었습니다. 바로 어제의 일이지요. 알렌은 예술에 대한 이 굉장한 모독에 노발대발 화를 냈습니다. 당연한 일이지요. 그러나 피터의 수염 장난이 알렌의 마음 한구석에 달라붙어 있었던 게 틀림없습니다. 범인이 말을 걸고 있었든지 위협하고 있을 적에 알렌의 마음속에서 소용돌이치고 있던 그 수염에 대한 일이 문득 고개를 쳐들었겠지요. 알렌은 그 방법을 쓰며, 분명히 수염이 효과를 나타내 줄 것이라고 믿었던 게 틀림없습니다. 물론 거기에는 풍자가 있었던 거죠.”

“그렇지만 난 아무래도 그런 일은 터무니없는 짓이라고 생각되는데.” 메이슨은 불만스러운 것 같았다.

그러자 엘러리가 말했다.

“터무니없는 것이 아닙니다. 아주 재미있어요. 알렌은 렘브란트의 부인 턱에 수염을 그렸습니다. 무엇 때문에 렘브란트의 부인을 택

했을까요. 200년이나 전에 죽은 여자를. 더구나 쇼 집안의 가족과
는 아무런 인연이 없는 여자를……. ”

“말 같지도 않은 소리요! ” 머치가 내뱉듯이 말했다.

엘러리는 말했다.

“이런 경우 말 같지도 않다는 것이 꼭 알맞은 말일 겁니다, 경위
님. 아니면 괴상한 장난이라든가. 결코 그렇게는 생각되지 않습니
다만. 그러나 만일 그것이 알렌 의사의 장난이 아니었다면 대체 뭘
까요? 의사는 무엇을 말하려 했던 것일까요? ”

변호사는 중얼거리듯이 말했다.

“이처럼 터무니없는 일이 아니라면 난 이렇게 말하고 싶네. 알렌이
가리키려 한 것은 피터였다고 말이야. ”

그러자 머치가 말했다.

“말도 안 돼요, 정말 말도 안 되는 소리예요. 메이슨 씨, 말이 지
나쳐서 죄송합니다만, 어린 피터야말로 완전한 알리바이를 갖고 있
는 유일한 사람으로 알고 있습니다. 어머니가 그애 때문에 지나치
게 신경을 써서 늘 그애 방문을 밖에서 잠그고 있거든요. 제가 직
접 오늘 아침에 확인했습니다. 그리고 그 아이는 창문으로 빠져 나
올 수도 없습니다. ”

메이슨이 한숨을 쉬며 말했다.

“알았네, 알았어. 나는 도무지 영문을 모르겠군. 존이…… 퀸, 자
네 생각은 어떤가? ”

“전 말다툼하는 걸 싫어합니다만……. ” 엘러리가 말을 이었다.

“그러나 머치 씨의 의견에는 찬성할 수가 없는데요. ”

그러자 머치는 비웃듯이 말했다.

“허허, 그래요! 물론 거기에는 그럴 만한 이유가 있으시겠지요? ”

“그렇습니다. 우선 진짜 수염과 그린 수염이 전혀 모양이 다르다는

점도 유의할 필요가 있을 겁니다. ”

“그럼, 알렌 의사가 존 쇼를 가리킨 것이 아니라고 한다면 대체 누구를 가리키고 있는 겁니까? ” 머치는 언짢은 얼굴로 따지고 들었다.

“그것을 안다면야 경위님, 만사가 다 해결되겠지요. ” 엘러리는 어깨를 움찔하며 말했다.

“좋소. ” 머치는 짖어대듯이 말했다. “나는 여기에 어떤 계략이 있다고 생각합니다. 어쨌든 존 쇼 씨를 군 경찰로 끌고 가서 그 나쁜 인간을 다그쳐 그 계략을 찾아내도록 하겠습니다. ”

“나 같으면 그렇게는 하지 않겠는데요, 머치 씨. ” 엘러리가 재빨리 말했다. “단지 그것 때문에 그런다면……. ”

“나는 나의 직무를 잘 알고 있습니다. ” 머치는 화가 난 표정으로 말하더니 응접실에서 성큼성큼 나가 버렸다.

존 쇼는 술을 꽤 많이 마시고 있었으나, 별 저항을 하지 않았으므로 머치는 쉽게 그를 경찰차에다 밀어 넣었다. 머치는 알렌 의사의 유해를 실은 군의 시체 운반용 트럭에 존 쇼를 태워 가지고 사라졌다.

엘러리는 떨떠름한 얼굴로 방 안을 왔다갔다하고 있었다. 메이슨 변호사는 웅크리듯이 앉아서 손톱을 깨물고 있었다. 그리고 다시 방이며 집 공기까지도 정적에, 무시무시한 정적에 휩싸이고 말았다.

“메이슨 선생님. ” 엘러리가 불쑥 말했다. “선생님께서는 이 사건에서 뭔가 아직 저한테 말씀해 주시지 않은 것이 있지요? ”

변호사는 흠칫하였으나, 다시 의자에 몸을 깊숙이 묻고서 입술을 깨물고 있었다.

“이분은 조그마한 일에도 신경을 쓰시는 아주 자상한 분이랍니다. ”
기운찬 목소리가 문 쪽에서 들려왔다. 두 사람이 깜짝 놀라 돌아다보니 로이스 부인이 두 사람을 향해 생글생글 웃음을 보내고 있었다.
부인은 가슴을 흔들며 근위병 같은 걸음걸이로 들어왔다. 그리고 메
이슨의 옆자리에 앉아 품위 있게 두 손으로 폭넓은 스커트를 살찐 무
릎 언저리까지 들어올렸다. "무엇 때문에 골치를 앓고 계신지 알고
있어요, 메이슨 씨."

변호사는 헛기침을 하고 부리나케 말했다. "별로 아무것도……."

"그러셔도 전 다 알고 있어요, 메이슨 씨. 아직 소개를 못 받았습
니다만, 이 젊은 양반은 누구시죠?" 메이슨은 입 속으로 어물어물
얼버무리는 것처럼 말했다. "퀸 씨라고요? 반가워요, 퀸 씨. 난 여
기 와서 당신처럼 훌륭하고 매력 있는 미국 사람을 만나는 건 처음이
에요. 나도 잘생긴 남자 분을 보는 안목은 있답니다. 오랫동안 런던
에서 무대 생활을 하고 있었지요." 그녀는 근사한 저음으로 주위에
울려 퍼질 만큼 큰 소리를 냈다. "나도 그다지 못생긴 편은 아니었지
요."

"그러셨겠지요." 엘러리는 낮은 소리로 말했다. "그건 그렇고, 어
째서……."

"메이슨 선생님은 나를 무척 걱정해 주고 계세요." 로이스 부인은
처녀처럼 지어 만든 웃음을 머금고 말했다. "정말 양심 변호사님이랍
니다. 선생님은 가엾은 알렌을 죽인 범인이 나를 다음 희생자로 택할
거라고 두려워하고 계시지요. 하지만 아까 당신이 그 무서운 머치 씨
와 함께 2층에 계실 때도 말했듯이, 난 그렇게 쉽사리 살해되지는 않
을 거예요."

엘러리는 틀림없이 그 말대로일 거라고 생각했다.

"그리고 또 한 가지, 메이슨 선생님, 선생님께서는 알렌 선생님이
살해된 일로 존과 애거서를 의심하고 계시죠? 숨기셔도 소용없어
요. 하지만 나는 그렇게는 생각지 않아요."

"나는 결코……." 변호사는 연약한 어조로 입을 떼었다.

"그렇다면 당신 생각은 어떻습니까, 로이스 부인?" 엘러리가 말했다.

"누군가 알렌 의사의 과거와 관련 있는 사람일 거예요." 부인은 구두점이라도 찍는 것처럼 턱짓을 하며 보라는 듯이 말했다. "그분은 20년 전에 그야말로 수수께끼 같은 상황 아래 이리로 왔다는 말을 들었어요. 누군가를 죽였다든지 어떻게 해서, 그 피해자의 형제나 누군가가 이번에 복수한 건지도 몰라요."

"훌륭한 의견이십니다." 엘러리는 싱글벙글 웃었다. "머치 경위님의 설과 마찬가지로 일리가 있군요, 선생님."

"사촌 동생 존은 곧 석방될 거예요." 로이스 부인은 '흐흥' 하고 콧방귀를 뀌면서 만족스럽게 말했다. "존은 보시다시피 평소에는 등신 같지만, 술에 취하면…… 증거고 뭐고 아무것도 없어요. 퀸 씨, 담배 한 대 주시겠어요?"

엘러리는 얼른 담배 케이스를 내밀었다. 로이스 부인은 굵은 손가락으로 담배를 한 개비 뽑자 성냥을 내민 엘러리에게 장난꾸러기처럼 웃어 보이고는 불을 붙여 연기를 내뿜으며 아까처럼 다리를 포개었다. 부인은 러시아 식이라고 할까, 두 개의 손가락으로 담배를 집는 대신 손을 담배 둘레에 컵처럼 둘러씌우듯이 하여 피우고 있었다. 색다른 여자이다.

"메이슨 선생님, 어째서 그렇게 로이스 부인을 걱정하고 계십니까?" 엘러리는 귀찮은 듯이 물었다.

"그게 말일세……." 메이슨은 망설이며 이야기를 할까말까 주저하고 있었다. "알렌 의사를 죽인 데는 이중의 동기가 있는 것같이 생각되는데……."

그리고 얼른 덧붙였다. "말하자면 만일 애거서나 존이 무슨 관계가 있다고 한다면…… ."

"이중의 동기라고요?"

"물론 내가 자네한테 말했듯이 하나는 쇼의 전처 자식들 손에 10만 달러가 들어가게 하기 위해서이지. 또 하나는, 알렌 의사에 대한 유증(遺贈)에는 단서가 붙어 있다네. 그에게 집과 여생을 보낼 만한 수입을 주는 대신 가족들의 의료를 돌보지 않으면 안 되도록 되어 있었던 거야. 특별히 로이스 부인에게 주의를 기울여서."

로이스 부인은 땅이 꺼질 듯이 한숨을 쉬며 말했다. "마리아 숙모님도 가엾지. 틀림없이 무척 좋은 분이었던 거예요."

"메이슨 선생님, 유감스럽지만 전 아무래도 선생님의 말뜻을 잘 못 알아듣겠는데요."

"주머니 속에 유언장 사본이 있는데…… ." 변호사는 구깃구깃한 서류를 꺼냈다. "이걸세. '그리고 특별히 조카딸 에디스 쇼의 건강 진단을 매달 한 번——알렌 의사가 필요하다고 인정할 경우는 한 번 이상——할 것이며, 그녀의 건강 보전에 유의할 것. 이 규정은…… 이 대목을 주의해서 듣게. 이 규정은 전처 자식들이 감사하리라고 믿는다.'"

"얄궂은 단서로군요." 엘러리는 눈을 한번 깜박거리고서 고개를 끄덕였다. "쇼 부인은 사랑하는 전처 자식들이 혹 로이스 부인의 목숨을 노리고 고약한 짓을 하지나 않을까 걱정이 되어서 부인의 건강 보전에 대한 책임을 신뢰하는 의사에게 맡겼다는 말씀이군요? 하지만 어째서 전처 자식들이 그런 짓을?"

그때 비로소 공포 같은 것이 로이스 부인의 큼직한 얼굴에 나타났다. 부인은 턱을 잔뜩 긴장시키고 가늘게 떨면서 말했다.

"마, 말도 안 돼요. 나는 믿을 수가 없어요. 당신 생각으로는 그 애들이 이미 그런 짓을 하려 한 적이 있다고…… ."

"기분이라도 언짢으십니까, 로이스 부인?" 메이슨이 당황하여 소리쳤다.

짙은 화장 밑에서 부인의 거친 피부가 볼썽사납게 창백해졌다.

"아니에요, 알렌 선생님은 내일 처음으로 나를 진찰하실 예정이었어요. 오, 만일 그것이…… 음식에라도……."

"음식에 독을 넣은 사건이 석 달 전에 있었지." 변호사는 몸서리치듯이 몸을 떨며 말했다. "쇼 부인에게 말이야. 퀸 군, 아까 자네한테 말했듯이. 아무튼 로이스 부인, 부인도 조심하셔야겠습니다."

"저, 메이슨 선생님. 분명하게 말씀해 주십시오." 엘러리가 다급하게 말했다. "요점이 뭡니까? 대체 무엇 때문에 쇼의 가족들은 로이스 부인에게 독을 먹여야 하는 거지요, 메이슨 선생님?"

"그건 말일세." 메이슨은 떨리는 목소리로 말했다. "로이스 부인이 사망할 경우 그 재산은 본디 상태로 돌아가게 되어 있기 때문일세. 말하자면 자동적으로 존과 애거서의 것이 되는 걸세."

메이슨은 이마를 닦았다.

엘러리는 의자에서 일어서자 또다시 침침한 방 안을 분주히 왔다 갔다 했다. 로이스 부인의 오른쪽 눈썹이 갑자기 신경질적으로 올라갔다 내려갔다 하기 시작했다.

"이건 잘 생각해 봐야겠는데요." 엘러리가 불쑥 말했다.

엘러리의 눈에는 뭔지 모를 야릇한 것이 있어, 두 사람은 불안스럽게 그를 지켜보고 있었다.

"로이스 부인만 괜찮으시다면 전 오늘 밤 여기서 묵겠습니다. 메이슨 선생님." 엘러리가 말했다.

"좋습니다." 로이스 부인은 떨리는 목소리로 속삭이듯 말했다. 이번에는 겁을, 정말로 겁을 먹고 있었다. 그리고 방에는 다가오는 불길한 일의 먼 징조처럼 눈에 보이지 않는 먼지가 일고 있었다. "퀸 씨의 생각으로는 그애들이 정말로 손을 써서……. "

"가능성은 얼마든지 있습니다. " 엘러리는 서슴없이 말했다.

그날은 별일 없이 멍청하니 지나가 버렸다. 어떻게 된 노릇인지 아무도 찾아오지 않았다. 전화도 걸려오지 않았다. 머치에게도 아무 소식이 없어 존 쇼가 어떻게 되었는지조차 모르고 있었다. 메이슨은 현관 포치에 처량한 모습으로 앉아 있었다. 입에 문 잎담배는 불이 꺼졌고 그는 촌스러운 옛 인형처럼 몸을 흔들고 있었다.

로이스 부인은 얌전하게 자기 방에 들어앉아 있었다. 피터는 뜰에 나가 개를 쫓고 있었다. 가끔 크뤼치 양이 조심스럽게 피터를 타이르는 소리가 들렸다.

엘러리 퀸에게는 고통스럽고 곤혹스러운, 답답하리만큼 싫은 시간이었다. 이 횡한 저택 안을 얼빠진 듯 맛도 모를 담배를 피우면서 생각에 잠겨 돌아다니고 있었다. 그는 이 집 위로 위험의 덮개가 뒤덮고 있음을 감지하고 있었다. 모든 의지력을…… 이 집 위로 덮쳐오는 위험한 기운을 온몸으로 확신하고 있었다. 들리지는 않지만 신경이 감지해낸 어떤 기척에 민감하게 반응하는 제 몸을 억제하느라 애써야 했다. 그리고 정신이 산란해서 무엇을 똑똑하게 생각할 수가 없었다. 살인자가 어딘가에 있는 것이다. 그리고 이 집에는 폭력을 휘두르는 게 가능한 사람들이 살고 있었다.

엘러리는 몸을 떨고 어깨 너머로 힐끗 돌아보며 어깨를 움찔하고는 또다시 당면한 문제를 골똘히 생각하기 시작했다. 그리고 열 시간쯤 지나는 동안 생각이 차분해지자 줄거리가 서기 시작하여, 거기에도 시작과 끝이 있음이 명백해졌다. 차츰 마음이 누그러졌다.

엘러리는 빙긋 웃음을 머금고, 하녀 하나가 조심스럽게 걸어가는 것을 불러세워 애거서 쇼의 방이 어디 있는지 물었다. 애거서 쇼는 그때까지 통 모습을 나타내지 않았다. 무척 이상한 일이었다. 극이 고조되어 감을 깨달은 엘러리는 가느다란 흥분을 느꼈다…….

가냘픈 여자의 목소리가 엘러리의 노크에 대답했다. 문을 여니까 남성처럼 뼈가 불거지고 애교가 없는 애거서 쇼가 여성스럽게 소파 위에 몸을 움츠리고 앉아 슬픈 눈길로 창 밖을 지켜보고 있었다. 실내복에는 깃털 장식이 달려 있고, 불룩하게 드러난 종아리에는 정맥이 부풀어 올라 있었다.

"그래 무슨 볼일이시지요?" 애거서 쇼는 돌아보지도 않고 가시 돋친 목소리로 말했다.

"나는." 엘러리는 나직한 소리로 말했다. "퀸이라고 하며, 메이슨 선생님의 의뢰를 받고 이 댁에서 일어난 번거로운 문제 해결을 도우러 온 사람입니다."

애거서 쇼는 뼈가 드러난 가느다란 목을 천천히 구부렸다.

"퀸 씨에 대한 것은 다 들어서 알고 있어요. 저더러 뭘 어쩌라는 거지요? 키스라도 하라는 건가요? 존을 체포하도록 공작을 꾸민 건 당신이지요? 당신들은 정말이지 하나같이 바보들뿐이에요!"

"그건 이야기가 다릅니다. 부인의 오빠를 구속한 것은, 여러분께서 신뢰하고 계시는 머치 경위 한 사람 생각입니다, 부인. 아시다시피 존 씨는 정식으로 체포된 게 아닙니다. 어찌되었든 나는 완강하게 반대를 했지요."

애거서 쇼는 '흥' 하고 콧방귀를 뀌었으나, 갑자기 자기가 여자라는 것을 의식했는지 포갠 다리를 내리고 볼썽사나운 다리를 실내복 밑에 감추었다.

"아무튼 앉으세요, 퀸 씨. 할 수 있는 데까지는 돕겠어요."

엘러리는 싱긋 웃음을 머금고 속내를 알 수 없는 프랑스적인 잔인 성을 발휘하여 말했다.

"하지만 그렇다고 해서 머치 경위를 너무 책망할 수만도 없을 겁니다, 부인. 부인의 오빠에게는 꽤 불리한 자료가 있으니까요."

"그리고 나한테도요?"

"그렇습니다. 부인에게도." 엘러리는 안됐다는 듯이 말했다.

애거서 쇼는 앙상하게 마른 팔을 들고 소리쳤다.

"오, 나는 이 저주스러운 집과 그 저주스러운 여자가 미워요! 그 여자가 모든 사건의 원인이에요. 그 여자는 언젠가 틀림없이……."

"부인께서는 로이스 부인에 대한 것을 말씀하시는 거겠지요? 하지만 그건 좀 공평치 못한 처사가 아닐까요? 메이슨 씨 말씀을 들어 보면, 부인의 계모님께서 아버님 재산을 로이스 부인에게 넘겨주겠다고 유언하신 것은 절대로 누가 강요해서 그런 게 아니던데요. 두 사람은 한 번도 만난 일이 없고, 편지 왕래도 없었지요. 그리고 부인의 사촌 언니께서는 4천 8백 킬로미터나 떨어진 바다 건너에서 살고 계셨습니다. 물론 불만은 있으시겠지만, 그렇다고 그게 로이스 부인의 잘못은 아니잖습니까?"

"공평하지 못한 처사라고요? 누가 공평하지 못하단 말이에요? 그 여자는 우리 집 재산을 가로챘어요. 이제 우리는 이 집에서 식객 노릇을 하며, 그 여자에게 얻어먹어야 할 신세란 말이에요. 어떻게 견딜 수가 있겠어요. 그 여자는 적어도 2년은 여기서 움직이지 않을 거예요. 그건 틀림없어요. 분을 덕지덕지 처바른 그 천박스러운 여자는…… 그러니까 그 동안 죽……."

"난 도무지 말뜻을 못 알아듣겠군요. 2년 동안이라니요?"

"유언장에는." 애거서 쇼는 물어뜯을 듯이 말했다. "그 대단한 우리 사촌 언니가 이 집에 살면서 최소한 2년 동안 여주인으로서 살림을 맡게끔 결정이 되어 있지요. 그것이 우리에 대한 복수였던 거예요, 그 비열하고 악독한 할망구 ! 아버지가 그 여자를 어떻게 생각하고 계셨든…… 그 여자는 유언장에 '존과 애거서가 자기들 문제의 영구적인 해결 방법을 찾을 때까지 그들을 위해 주거를 제공할 것'이라고 써 놓았어요. 퀸 씨는 이것을 어떻게 생각하세요? 난 이 말을 결코 잊어버리지 않아요. '자기들 문제'라니, 난 생각할 때마다……."

여자는 입술을 깨물고 갑자기 경계하는 것처럼 엘러리를 곁눈으로 보았다.

엘러리는 한숨을 쉬고 문 쪽으로 갔다.

"그래요. 그렇다면 정해진 기한이 차기 전에 이 집에서 로이스 부인을……뭐랄까……쫓아내는 경우가 생긴다면, 어떻게 되는 겁니까?"

"물론, 돈이 우리들 손에 들어오게 되는 거지요." 애거서 쇼는 밉상스럽게 의기양양한 기색을 띠었다. 야위고 가무잡잡한 피부는 푸른 기를 띠고 있었다. "만일 무슨 일이 생긴다면……."

"나는 아무 일도 일어나지 않을 거라고 생각하는 데요." 엘러리는 무뚝뚝하게 말했다. 이렇게 말하고 문을 닫은 뒤 엘러리는 잠시 손가락을 깨물며 서 있다가 씁쓰레한 웃음을 머금고 아래층 전화 있는 데로 내려갔다.

존 쇼는 그날 밤 10시에 경관의 호위를 받으며 돌아왔다. 가슴은 더 움푹 꺼지고, 손가락은 더 떨리며, 눈은 더 핏발이 서 있었다. 술기운은 전혀 없었다. 머치는 꼭 소나기구름 같았다. 송장 같은 사내는 거실로 들어가자 술이 하나 가득 찬 술병 쪽으로 다가갔다. 그리고 혼자서 단호하게 결의를 품은 듯이 마셨다. 아무도 방해하는 사람은 없었다.

"아무것도 나오지 않더군요." 머치 경위는 엘러리와 메이슨에게 불평하듯이 말했다.

자정 무렵, 집 안은 잠 속에 빠져 있었다.

맨처음 경보는 크뤼치 양에 의하여 알려졌다. 간호사가 있는 대로 목청을 쥐어짜 외치면서 2층 복도를 뛰어내려왔을 때는 거의 1시쯤이었다.

"불이야! 불이야! 불이 났어요!"

뭉게뭉게 이는 연기가 크뤼치 양의 가느다란 발목에 달라붙듯 감돌며, 뒤쪽 복도 창문으로 비쳐 드는 달빛에, 얇은 잠옷 속에서 가늘게 떨고 있는 알맞게 살이 붙은 길고 날씬한 종아리선이 어렴풋이 드러났다.

순식간에 복도는 북새통이 되었다. 문짝이 두들겨 부서지고, 여기저기서 머리를 산발한 고개가 내밀어지고, 저마다 질러대는 고함 소리가 오가고, 메마른 목들이 연기 때문에 캑캑대는 소리가 들려왔다. 틀니가 빠져 백 살도 더 먹어 보이는 피니어스 메이슨 씨는 잠옷 바람으로 층계 어귀 쪽으로 달아났다. 머치는 몽롱하게 술에 취해 쩔쩔매고 있는 존 쇼를 데리고 층계를 뛰어올라갔다. 실크 잠옷을 입은 앙상한 애거서는 고래고래 소리를 지르고 있는 피터를 안고 비틀거리며 홀로 나왔다. 두 하인이 쫓기는 쥐처럼 아래층으로 뛰어내려갔다.

그러나 엘러리 퀸은 자기 방 밖에 가만히 서서 누군가를 찾고 있는 것처럼 조용히 두리번거리고 있었다.

"머치 씨." 엘러리는 침착하게 스며드는 듯한 목소리로 불렀다.

경위가 달려왔다. "불이 났어요." 머치는 다급하게 소리쳤다. "불난 곳이 어디지요?"

"로이스 부인을 못 보셨소?"

"로이스 부인? 아니, 못 보았는데요." 경위는 홀을 뛰어서 돌아갔다.

엘러리는 뭔가 곰곰 생각하며 그 뒤를 따라갔다.

머치는 문의 손잡이를 움직여 보았다. 잠겨 있었다.

"어떻게 된 걸까? 자고 있는지도 모르지. 아니면 연기에 질식되어 ……."

"가만 계십시오." 엘러리는 한 발 물러서서 날카롭게 명령하듯이 말했다. "소리는 대강 지르시고, 문을 두들겨 부술 테니 거들어 주시오. 그녀가 자기 기름으로 프라이 되는 것을 내버려 둘 수는 없으니까."

두 사람은 어둠과 지독한 연기 속에서 힘껏 문에 몸을 부딪쳐 갔다. 네 번째로 부딪치자 돌쩌귀가 부서졌다. 엘러리는 안으로 뛰어들어갔다. 그리고 손에 든 손전등의 강렬한 빛이 방 안에 비쳐들며 흔들거렸다. 갑자기 누군가가 엘러리의 손에 든 손전등을 쳐서 손전등은 방바닥에 퉁겨 떨어졌다. 다음 순간 엘러리는 온 힘을 다해 격투를 했다.

상대는 튼튼한 악마 같은 녀석이었다. 숨을 씨근덕거리면서 억센 손으로 엘러리의 목을 죄려 하고 있었다. 엘러리는 냉정하게 상대의 팔을 잡으려고 몸부림치고 있었다. 뒤에서 머치가 소리를 질렀다.

"로이스 부인, 우리입니다."

뭔지 모를 따끔하고 차가운 것이 엘러리의 뺨을 스치더니 곧 타는 듯한 아픔을 남겼다. 엘러리는 맨팔을 발견했다. 힘껏 비틀어 올렸다. '쨍그랑' 하고 쇳조각 같은 것이 바닥에 떨어지는 소리가 났다. 그제야 겨우 머치가 정신을 차리고 안으로 뛰어들어왔다. 군 경찰의 순경 하나가 손전등을 휘두르면서 뛰어들어왔다. 엘러리의 주먹이 상대방의 투실투실한 복부에 힘껏 한 대 쳐들어갔다. 목을 죄고 있던 손가락이 늦추어졌다. 순경이 전등 스위치를 찾아냈다.

로이스 부인은 심하게 버둥대면서 두 명의 남자에게 짓눌려 바닥에 누워 있었다. 옆에 있는 의자 위에 쌓아 놓은 빅토리아 왕조 의상 더미 속에 고무로 된 브래지어 같은 괴상하게 딱딱해 보이는 것이 놓여 있었다. 로이스 부인의 머리털도 어쩐지 이상하고 군데군데 쥐어뜯긴 것같이 보였다.

엘러리는 작은 소리로 욕지거리를 하며 힘을 주어 확 잡아당겼다. 그러자 머리 가죽이 훌렁 벗겨지며 백발로 테두리가 된 불그레한 머리 밑 살이 드러났다.

"이 여자는 남자다!" 머치가 소리쳤다.

"이렇게." 엘러리는 한 손으로 로이스 부인의 멱살을 단단히 움켜쥐고 한 손으로 피투성이 뺨을 가볍게 누르면서 말했다. "사변(思辨)의 힘이 실증되었습니다!"

이튿날 아침, 운전 기사가 딸린 차를 타고 뉴욕으로 돌아가며 메이슨이 중얼거리듯이 말했다. "나는 아직도 모르겠는데, 어떻게 짐작을 했지, 퀸?"

엘러리는 눈을 들었다. "짐작을 하다니요? 메이슨 선생님, 그 말씀은 퀸 가문에 대한 모욕인데요. 이건 억측 따위와는 조금도 관계없습니다. 논리로 산출해 낸 것이니까요. 그리고 일이 썩 잘 되었어요."

엘러리는 뺨에 난 가느다란 상처를 만지면서 감개무량한 듯이 덧붙였다.

"이봐, 퀸." 변호사는 웃으며 말했다. "나는 자네에게는 2 더하기 2의 비범한 능력이 있다고 맥이 항상 칭찬하는 소리를 들었지만, 실은 여태껏 한 번도 믿지 않았네. 이래봬도 난 무지하지도 않을뿐더러, 법률적 훈련으로 두뇌도 일반 사람들보다는 뛰어나다고 믿고 있는데, 이번만은 자네의 그 능력의 실증에 완전히 어리벙벙해져 버렸네. 도저히 믿어지지 않을 정도일세."

"선생님은 회의론자이십니까?" 엘러리는 뺨에 통증을 느끼면서 말했다. "그러시다면 출발점으로 되돌아가서 말씀드리지요. 알렌 의사가 살해되기 바로 전 렘브란트 부인의 얼굴에 그린 수염에 대한 것부터요. 알렌 의사가 범인에 대한 단서로서 일부러 수염을 그려 놓았다는 점엔 이론이 없겠지요? 알렌은 그 수염을 가지고 사람들의 주의를 끌려고 함에 있어서, 특정한 사람을 지적하려 했던 것은 아니었습니다. 왜냐하면 그림 속 여자는 렘브란트의 부인이며 역사적인 인물입니다만, 우리들 인물 쪽은 전혀 미지의 인물이니까요. 알렌은 또 문자 그대로 수염 난 여자를 지적할 속셈이었을 리가 없습니다. 수염 난 여자란 병신이 아니면 기형인데, 이번의 경우 관계자들 중에는 병신이나 기형이 없었습니다. 또 수염 난 남자를 지적하려 한 것도 아니라는 것은 그림 속 남자 얼굴에 전혀 손대지 않았다는 점으로도 알 수 있습니다. 자기를 죽인 범인으로서 수염 난 남자를 지적하려 하였다면——그것은 곧 존 쇼라는 얘기가 됩니다만——알렌은 렘브란트의 수염 없는 얼굴에다 그것을 그렸을 것입니다. 그리고 존 쇼의 수염은 반 다이크 형이라 끝이 뾰족합니다만, 알렌이 그린 것은 네모진 수염이었어요…… 어떻습니까, 꽤 까다로운 문제라는 것을 아셨지요?"

"계속하게." 변호사는 긴장해서 말했다.

"다른 가능성이 모두 배제된 이상, 남은 유일한 결론은 알렌 의사가 수염을 그림으로써 지적하려 한 것은 남성이었다는 것입니다. 왜냐하면 얼굴의 수염은 우리가 사랑해 마지않는 여성에 대하여 우리들의 성을 위해 남겨진 얼마 안 되는 독점적인 특징 가운데 하나니까요. 바꿔 말하면 여자 얼굴에——어떤 여자의 얼굴이라도 좋습니다. 그 점을 유의해야 합니다——수염을 그림으로써 알렌 의사가 말하고자 한 것은, '나를 죽인 범인은 여자같이 보이지만 실제로는 남성'이라는 게 됩니다."

"아무튼 어처구니가 없군." 메이슨은 숨을 삼켰다.

엘러리는 고개를 끄덕이며 말했다.

"그렇지요. 그런데 '여자같이 보이지만 실제로는 남성'이라는 말이 암시하는 것은 말할 것도 없이 변장입니다. 이 집에서 유일한 남이라고 하면 로이스 부인밖에 없습니다. 존도 애거서도 알렌 의사나 선생님이 너무 잘 아시기 때문에 변장할 사람일 수가 없습니다. 알렌은 사실 오랜 세월에 걸쳐서 이 집안의 주치의로서 그 두 사람을 정기적으로 진찰해 왔기 때문이지요. 크뤼치 양은 의심할 여지없는 여성입니다. 그뿐 아니라 그 여자는 정말 아름다운 젊은 여성입니다. 그 여자에게는 변장을 해야 할 만한 동기가 있을 까닭이 없습니다.

그러므로 로이스 부인이 변장할 가능성이 가장 클 것 같아 보여, 저는 그 인물에 관련하여 제가 관찰해 온 여러 가지 세세한 사실, 그러니까 겉모습이라든가 동작 같은 것을 다시 한 번 생각해 보았습니다. 그러다가 몇 가지 주목할 만한 증거를 발견하고서 놀라고 말았지요."

"증거라고?" 메이슨은 미간을 모으며 되물었다.

"정말이지, 메이슨 선생님. 이래서 회의론자는 곤란하다니까요. 대번에 어리둥절해하시니 말씀입니다. 말할 것도 없이 입술은 남자와 여자 사이에 커다란 차이가 있지요. 로이스 부인은 세심하게 신경을 써서 큐피드의 활 모양과 똑같이 입술 연지를 바르고 있었습니다. 나이 든 부인치고는 이상했어요. 대체로 짙은 화장이었습니다. 다만, 특히 분을 너무 많이 발랐더군요. 분을 많이 바른다는 것은 점잖은 노부인에게는 별로 없는 일입니다. 그런데 피부는 아무리 자주 꼼꼼하게 면도질을 한다 해도 그 거친 살결을 도저히 감출 수가 없습니다.

　옷차림을 말씀드린다면, 이것이 아주 유력한 증거였습니다. 무엇 때문에 유행이 지난 빅토리아 왕조식 옷을 입을 필요가 있었는가? 그 여자는 전에 무대에 섰었다니까 사교계 여자로서 닳고 닳았다 해도 무방합니다.

　그런데 그는 지난 세기의 괴상야릇한 싸구려 옷을 입고 있었습니다. 무엇 때문일까요. 보나마나 뻣뻣한 몸을 싸서 숨기기 위해서입니다. 요즘의 얄팍한, 알몸이나 다름없이 몸에 착 달라붙는 부인복으로는 그것이 불가능하니까요. 그리고 칼라입니다. 정말이지 그 칼라는 기막힌 착상이었어요.

　기억하고 계시지요? 초커라고 하는 목 전체가 가려지는 칼라를 하고 있지 않았습니까. 툭 튀어나온 결후는 감출 수 없는 남성의 세습된 재산이니까 초커 칼라는 여자로 변장하는 데 절대로 필요한 것이지요.

　그리고 바리톤의 목소리, 거친 동작, 남자 같은 걸음걸이, 뒤축이 납작한 구두…… 구두가 특히 의미심장하였지요. 굽이 납작했을 뿐 아니라 엄지발가락 안쪽에 큼직한 염증이 보이더군요. 아무리 편한 여자 구두라도 남자가 신으면 으레 군살이 생기기 마련이지요. ”

메이슨이 이설을 끄집어냈다.

“하나하나 자네의 설명이 당연하다 할지라도 그것은 고작해야 개괄설이니까 자네가 결론을 먼저 내놓고 거기서 산출해 낸 것에 우연히 일치했을 뿐인지도 모르지. 자네가 로이스 부인을 남자라고 단정한 것은 그 이유 때문만인가? ”

변호사는 실망한 것 같았다.

“천만에요. ” 엘러리는 답답하다는 듯이 말했다. “이상은 선생님 말씀대로 개괄적입니다. 하지만 그 밖에도 그 빈틈없는 로이스 부인은 토론할 여지없는 남성 특유의 세 가지 습관을 가지고 있었습니다.

우선 첫째로 제가 두 번째 만났을 적에 그 여자는 두 손으로 무릎 있는 데까지 스커트를 쳐들고 앉아 있었습니다. 양 무릎에다가 손을 하나씩 놓고서 말입니다. 이것은 명백히 남자들이 앉을 때 하는 동작입니다. 바지를 슬쩍 쳐들지 않습니까? 생각건대 바지의 무릎 있는 데가 툭 불거지지 않도록 하기 위해서겠지만요.”

“그러나…….”

“잠깐만요. 그리고 그 여자가 계속 오른쪽 눈썹을 씰룩이며 올렸다 내렸다 하는 것을 눈치채셨습니까? 이것은 오랫동안 외눈 안경을 썼던 결과에서 온 것이라고밖에 생각되지 않는 일입니다. 외눈 안경은 남성 특유의 것입니다. 끝으로, 그 여자는 담배를 입에서 뗄 때의 색다른 습관입니다.

담배를 피우는 사람은 대개 집게손가락과 가운데 손가락으로 잡게 마련인데, 그 여자는 손을 컵처럼 둘러싸듯이 쥐고 있었습니다. 그런데 손을 컵처럼 씌우는 것은 분명히 파이프를 피울 때의 시늉입니다. 파이프를 피우는 사람은 손을 컵 모양으로 해 가지고 파이프 끝을 쥐고 입에서 뗍니다. 이 또한 남자의 특징입니다. 저는 이 세 가지 특수한 요소를 방금 말씀드린 개괄설에 덧붙여 로이스 부인은 틀림없이 남자라고 판단했던 것입니다.

그렇다면 어떠한 남자인가? 이것은 매우 간단했습니다. 우선 첫째로 선생님과 선생님의 협력자이신 쿨리지 변호사께서 그녀에게 여러 가지로 질문하셨을 때 쇼 집안의 역사, 특히 에디스 쇼의 경력에 대하여 아주 자세하게 알고 있었다고 말씀하셨지요. 그리고 그렇게 여자로 변장해서 행동하려면 어떤 연기력이 필요합니다. 거기에 외눈 안경을 쓰고 있었다고 추정했습니다. 그야말로 영국적이지 않습니까? 그리고 특징있는 그 집안 사람들이 갖는 외모가 크게 나타나 있었습니다. 그래서 '로이스 부인'은 틀림없이 쇼 집안의 한 사람이며, 더구나 영국인인 쇼 집안의 한 사람이라고 하면, 그 집안의 또 한 사람인 모튼 측의 쇼, 즉 에디스 쇼의 남동생 퍼시라는 것을 저는 알았던 것입니다."

그때 메이슨이 소리쳤다. "그렇지만 그 여자…… 아니, 그 사내 말인데. 그 사내, 퍼시는 자동차 사고로 유럽 어딘가에서 몇 달 전에 죽었다고 하지 않았나?"

엘러리는 슬픈 듯이 말했다.

"제가 존경하는…… 특히 변호사쯤 되시는 분이 그런 말씀을 하시다니…… 그 여자는 거짓말을 했습니다. 단 그뿐이에요. 아니, 그 사내지요. 자꾸 혼동이 되는군요. 에디스 쇼 앞으로 보낸 선생님의 법률적인 편지를 퍼시가 받은 겁니다. 그들 두 사람은 아마 같이 살고 있었을 테니까요. 퍼시가 받았다고 한다면, 얼마 전에 죽은 건 퍼시가 아니라 에디스 쇼였음이 틀림없다고 해도 좋습니다. 안 그렇습니까? 그래서 퍼시는 그 기회를 잡고 유산을 물려받을 목적으로 여자로 변장했던 거죠."

메이슨은 의아한 듯이 반문했다. "하지만 어째서 또 그는 알렌 의사를 죽였을까? 아무것도 이득될 게 없는데, 알렌의 돈은 쇼의 사촌 남매들한테 돌아가기로 되어 있으니까. 퍼시 쇼의 손에는 안 들어간단 말야. 과거에 무슨 원한이라도 있었을까."

"아니, 그런 건 전혀 없습니다." 엘러리는 중얼거리듯이 말했다.

"눈앞에 동기가 더없이 분명한데, 과거의 원한 따위를 찾을 필요가 어디 있습니까? 로이스 부인이 남자였다고 한다면 동기는 금방 드러납니다. 쇼 부인의 유언장 조건에 의하면 알렌은 정기적으로 가족을 진단해야 했고, 로이스 부인에 대해서는 특별히 유의하도록 되어 있었습니다. 어제 애거서 쇼가 제게 말한 바에 의하면, 로이스 부인은 유언장에 의하여 2년 동안 그 집에서 살게 되어 있더군요. 그렇다면 퍼시 쇼로서는 알렌 의사에게 진찰을 받아 자기의 속임수가 드러날 파국을 막는 유일한 방법은——물론 알렌이 진찰을 하는 날에는 곧 진상이 드러날 테니까요——의사를 죽이는 수밖에 없었던 것입니다. 그것은 간단하고도 분명합니다. 안 그렇습니까?"

"그렇다면 알렌이 수염을 그린 것은…… 그 사실을 간파하고 있었다는 말인가?"

"거기에는 무슨 계기가 있었겠지요. 실제로 어떤 일이 있었던가를 상상해 보건대, 아마 그 사기꾼 사내가 최초의 건강 진단을 받을 날이 임박한 것을 알자 흉악한 사건이 있었던 날 밤 의사를 찾아가, 자기가 남자라는 것을 털어놓고 통사정을 하며 거래를 하려 했던 게 아닌가 싶군요. 알렌은 워낙 정직한 사람이라 딱 잘라 매수를 거절했던 겁니다. 그때 알렌은 그림을 그리고 있었던 게 틀림없으며, 집안 사람을 부르지도 못하고 순간 떠오르는 착상으로 수염을 그렸던 거겠지요. 다른 사람들은 방에서 너무 멀리 떨어져 있고, 범인의 이름을 쓰면 '로이스 부인'이 보고 찢어 버릴 게 뻔하니까 그럴 수가 없었던 겁니다. 그때 뇌리를 스친 것이 피터가 수염을 낙서한 일이어서, 그는 '로이스 부인'이 지껄이고 있는 동안 조용히 수염을 그린 거지요. 그러다가 찔려 죽은 게 틀림없습니다."

"그렇다면 그 전의 쇼 부인 독살 미수 사건은 어떻게 되는 건가?"

"틀림없이 존과 애거서가 짜고 한 짓이었겠지요."

메이슨은 입을 다물었고 잠시 동안 두 사람은 가만히 차에 흔들리고 있었다. 이윽고 변호사가 몸을 움직여 한숨을 쉬며 말했다.

"글쎄, 여러 모로 생각해 볼 때 자네는 하느님의 섭리에 감사해야 할 것 같네. 아무런 구체적인 증거도 없이——물론 자네도 알다시

피 자네 추리에는 법적 증거로서 뒷받침하는 건 아무 것도 없네—
—로이스 부인을 남자로 짐작했다는 것만으로 고발한다는 것은 도
저히 못할 일이거든. 그렇잖은가? 만일 자네의 추리가 잘못된 날
에는, 그 여자는 자네를 훌륭하게 고소할 수가 있거든. 어젯밤의
화재는 하느님이 보살핀 거야.”
엘러리는 조용히 대답했다.
“무엇보다도 먼저, 메이슨 선생님. 저는 자유로운 인간입니다. 하
느님의 보살핌이 나타나면 물론 그것을 감사해야지요. 그러나 헛되
이 속수무책으로 앉아 기다리는 짓은 하지 않습니다. 그러니까…
….”
“그렇다면…….”
메이슨은 숨을 삼키고 입을 딱 벌렸다.
엘러리는 만족스러운 듯이 말했다.
“벨리 경사에게 전화를 걸어 그가 현장에 달려와 연막탄을 터뜨렸
기 때문에 밤중에 로이스 부인의 방에 침입할 구실이 만들어졌던
겁니다. 그런데 선생님께서는 크뤼치 양의 주소를 모르십니까?”

세 절름발이 사나이의 모험

엘러리 퀸이 낮은 회색 침대 딱딱한 가구, 번들거리는 싸구려 티 나는 세간으로 장식된, 연한 색 벽지가 도배된 침실에 발을 들여놓았을 때, 아버지 퀸 경감은 간 소지지에다 적갈색 대리석 구슬을 박은 듯한 생김새를 한 잔뜩 겁먹은 흑인 여자에게 물어뜯을 것처럼 야단을 치고 있는 중이었다.

벨리 경사는 약하게 만들어진 회색 문에 어깨를 기대고 있다가 말했다.

"카펫을 조심해요, 퀸 씨."

그 카펫은 바닥에 꼭 맞게 깔려 있지 않아, 드러난 둘레에는 잘 닦여진 마루가 액자 틀처럼 반들거리고 있었다. 카펫 위에는 온통 흙투성이 발자국이 나 있었으며, 활짝 열린 창문과의 사이의 마룻바닥 위에는 일직선으로 긁힌 자국 같은 것이 있었는데, 안쪽은 폭이 넓고 끝 쪽은 얼음 위 도랑처럼 차츰 얕아져 있었다.

엘러리는 혀를 차고 고개를 내두르면서 말했다.

"너무 심해. 이건 너무하잖소, 벨리 경사? 이 동화 나라 같은 여자의 방을 진흙과 눈투성이 발로 짓밟다니……. ”

“내가 말입니까, 퀸 씨? 우리가 오기 전부터 벌써 이 발자국은 나 있었던 겁니다. ”

“아, 그래요, 저 긁힌 자국도? ” 엘러리가 물었다.

“그렇지요. ”

엘러리는 외투 앞섶을 여미고 몸을 떨었다. 방은 활짝 열린 창문을 통해서 바깥의 침침한 어둠으로부터 휘몰아쳐 들어오는 눈 섞인 찬바람으로 완전히 썰렁해져 있었다. 침대 앞 벨벳을 씌운 쇠의자에는 속치마와 브래지어가 거미집처럼 마구 내동댕이쳐져 있었다.

퀸 경감은 기분 나쁜 듯이 말했다.

“엘러리, 보아하니 이건 네가 장기로 하는 사건일 것 같다. 어딘지 공상적이야…… 벨리, 이 여자를 데려가도 좋네. 그러나 단단히 감시하도록 하게. ”

벨리 경사는 증거가 될 만한 카펫 위 자국을 피하면서 회색 문을 통해 흑인 여자를 거실로 데려갔다. 그 방은 담배 연기와 남자들의 웃음소리로 떠들썩했다. 경사는 그리로 여자를 밀어 넣고 문을 닫았다.

엘러리는 두툼한 모직 침대 커버 위에 걸터앉아서 담배를 꺼냈다. 아버지 퀸 경감은 재채기를 연거푸 세 번쯤 했다.

“묘한 배합이야. ” 경감은 골똘히 생각에 잠겨 말하면서 코를 닦았다. “밖에 있는 신출내기 기자들이 멋들어진 제목을 달겠지. ‘피크 거리 사랑의 보금자리, 은퇴한 미인 무용수──그들은 언제든지 미인이라고 말하거든──사교계의 유명인, 그리고 괴이한 죽음’……. 정말이지 때리기 좋아하는 신문에는 안성맞춤의 먹이감이지. 그건 그렇고……. ”

“그런데 아버지는” 엘러리는 불만스러운 듯이 말했다. “제가 강령술사라도 되는 줄 아십니까? 이건 강령술의 모임입니까, 뭡니까? 살인 사건이 일어났다고 하셨는데, 대체 누가 살해되었지요? 누가 종적을 감추었지요? 누구의 사랑의 보금자리입니까? 대체 뭐가 어떻게 된 거지요? 나는 몇 분 전에 본서에서 서둘러 이리로 오라는 전화 연락을 받았을 뿐, 아무것도 모르고 있습니다."

"내가 너에게 연락하라고 부탁해 놓고 왔지."

퀸 경감은 카펫 가장자리로 해서 반질반질한 마루를 걷다가 미끄러져서 하마터면 넘어질 뻔했다. 간신히 균형을 잡고 나서 "제기랄, 굉장히 미끄럽군. 엘러리, 이걸 네 눈으로 한번 봐라"라고 말하며 벽장문을 확 열었다.

벽장 바닥에는 무언가가 조용하게 앉아 있었다. 머리는 드리워진 옷가지로 가려져 있고 날씬하고 긴 맨다리는 무릎을 세운 채 비단 스타킹으로 발목이 묶여져 있었다.

엘러리는 날카롭고 냉정한 눈으로 빤히 바라보았다. 벽장 안에 조용히 앉아 있는 것은 죽은 여자였다. 유난히 번쩍거리는 옷을 입고 있었으나, 그 속은 벌거숭이였다. 엘러리는 몸을 구부려서 얼굴을 가리고 있는 옷을 옆으로 밀쳤다. 여자는 고개를 가슴에 늘어뜨리고 있었다. 짙은 금빛 머리칼이 온 얼굴을 가렸다. 머리카락 밑으로 가려진 눈 코 입은 천으로 단단히 묶여 있고, 손은 뒤로 돌려져 있었다. 차마 볼 수 없는 모습이었다.

엘러리는 눈꼬리를 치켜뜨며 몸을 바로 세웠다.

"재갈이 물리어 질식해 죽은 거지." 경감은 사무적인 목소리로 말했다. "누군가가 여자를 묶어 재갈을 물리고는 사라져 버린 거야."

"이 고통스러운 세상을 살려면 누구나 숨을 쉬어야 한다는 걸 무시하고서 말이지요?" 엘러리는 고개를 절레절레 흔들면서 중얼거렸다. "그래 이 여자의 이름은요?"

“릴리 디바인.” 퀸 경감은 내뱉듯이 말했다.

“정말입니까, 릴리 디바인이라고요?” 엘러리는 잿빛 눈을 빛내며 말했다. “그 여자는 까마득한 옛날에 이 세상에서 종적을 감춘 줄로만 알았었는데요.”

“그래, 몇 년 전에 제피의 ‘스캔들’ 극장을 그만두었다든가 해고당했다든가 그랬지. 나도 진상은 잘 모르지만 말이야. 한 남자가 드나들었던 모양인데 그와 결혼을 했어. 석 달밖에 가지 않았지만. 남자한테 이혼을 당한 거야. 그러고부터 거리의 여자가 되어 그 큰 길을 활보하며 수위며 엘리베이터 보이 치고 모르는 사람이 없게 되었지.”

“뚜쟁이에게는 하늘의 선물이 되었겠군요. 고급 창녀였나요?”

“그쯤 되겠지.”

엘러리는 열려진 창으로 눈길을 돌렸다. 침실에 있는 세 개의 창문 중 하나만 열려 있고 다른 둘은 닫힌 채였다. 방에서 비상 계단으로 빠져나갈 수 있는 것은 그 열린 창문뿐이었다.

“그런데 돈 많은 기둥서방은 누구였나요?”

“뭐라고 했지?”

“이 놀이 장소의 돈은 누가 대고 있었냐고요?”

“으음, 그건 흥미로운 일인데 말이다.”

경감은 벽장문을 발로 닫고 비상 계단 쪽으로 가면서 말했다.

“한번 맞춰 봐라.”

“그렇게 변죽만 울리지 마십시오, 아버지. 전 그런 억측은 딱 질색이니까요.”

“조지프 E. 셔먼이다.”

“그 은행가요?”

“그래.” 경감은 한숨을 몰아쉬고 나서 조금 불쾌한 듯이 말을 이었

다. "부자들이란 다 어쩔 수 없는 거야. 사치스러운 노리갯감이 필요
하거든. 아무도 그 유명한 J.E. 셔먼까지 그럴 줄은 몰랐지. 근엄하기
로 소문이 나 있고, 훌륭한 부인과 다 자란 딸이 있으며 아무 거칠것
없는 신분에 교회에도 빠지지 않고 나가고 있고, 그것도 형식적인 신
앙이 아니라지 뭐냐……."

리처드 퀸 경감이 창문 너머로 눈 덮인 비상 계단에 눈길을 보냈
다. 눈은 달빛에 반사되어 교교하게 반짝이고 있었다.

"그런 신분인데도 이런 꼴이란 말이야."

벨리 경사는 어깨를 으쓱 치키고 무언가 무척 놀란 것처럼 홱 돌아
섰다. 서로 말다툼을 하는 것 같은 사나이들의 왁자지껄하는 목소리
가 들려왔다. 뒷걸음질치며 들어온 여자가 말했다.

"제발 부탁이에요. 나는 아무것도 말할 수가 없어요. 아무것도 모
른다구요……."

벨리는 펄쩍 뛰다시피 하여 여자를 앞으로 밀어 놓고 버럭 소리를
질렀다.

"그만들 둬요, 이게 무슨 짓들이오!"

벨리 경사는 신문 기자들의 코앞에서 문을 '쾅' 닫아 버렸다. 여자
는 뒤를 돌아보며 놀란 듯한 목소리로 인사를 했다.

"안녕하세요?"

여자는 무척 앳되어 아직 18살을 넘은 것 같지도 않았다. 그러나
그 몸매가 대체로 성숙해 있었으며, 예쁘장한 작은 얼굴은 피곤해 보
였으나 어딘지 총명해 보이는 데가 있었다. 밍크 코트와 밍크 모자를
쓰고 있었다. 경감이 앞으로 걸어 나가 조용히 물었다.

"아가씨는 누구요?"

여자는 눈을 깜박거리며 놀라는 표정을 지었다. 누군가를, 무엇인
가를 찾고 있는 눈치였다. 그녀는 빠른 어조로 말했다.

“저는 로잔 서먼이에요. 저의 아버지는 어디에 계시지요?”

경감은 기분이 언짢은 듯이 얼굴을 일그러뜨렸다.

“셔먼 양, 여기는 아가씨가 올 데가 못 되오. 벽장 속에는 여자의 시체가……”

“아, 그렇다면 저기에……” 여자는 잠시 숨을 죽이고 있었으나 그 촉촉한 눈은 벽장문을 뚫어지게 보고 있었다. “그런데 아버지는 어디에 계실까요?”

“아무튼 앉으시지요.”

엘러리가 말하자 여자는 서슴지 않고 앉았다.

“아버님께서는 어딘가로 가셨소, 셔먼 양.” 경감은 달래듯이 말했다. “우린 아가씨의 어머님에게 대단히 딱한 소식을 전해 드려야 할 것 같소. 아버님께서는 납치되어……”

“납치되었다고요?” 여자는 흠칫 놀란 듯한 눈초리로 주위를 두리번거렸다. “납치라고요? 하지만 이 아파트와 저 여자는……”

“곧 아시게 될 겁니다.” 엘러리가 말했다. “아니면 벌써 알고 계시나요?”

여자는 우물쭈물하다가 말했다.

“아버지는 저 여자와 가까이 지내셨어요.”

“어머님도 아시겠지요?” 경감이 참견을 했다.

“그건 저도 몰라요.”

“아가씨는 어떻게 알았지요?”

“이런 일은, 이런 일은 그냥 느낌으로 알게 되는 거예요.”

여자는 불쾌한 듯이 덧붙였다.

잠시 침묵이 흘렀다.

경감은 날카로운 눈으로 여자를 힐끗 보고서 창가로 돌아갔다. “어머님도 오시나요?”

"네, 전 기다릴 수가 없었어요. 어머니는 빌 키터링 씨라는, 아버지 은행의 부총재 한 분과 함께 오시기로 되어 있어요."

다시 침묵이 흘렀다. 엘러리는 재떨이에 담배를 비벼 끄고 사양이라도 하는 것처럼 카펫 쪽으로 가서 몸을 구부리더니 날카로운 눈으로 주위를 둘러보았다.

그리고 눈도 들지 않고 말했다.

"아버지, 사건은 대충 어떻게 된 겁니까? 셔먼 양도 아는 게 좋을 거고, 어쩌면 협력도 얻을 수 있지 않겠어요?"

"그래요, 틀림없이 도와 드릴 수 있을 거라고 생각해요." 여자는 힘주어 말했다.

경감은 어두컴컴한 천장으로 눈길을 보내면서 뒤꿈치를 흔들고 있었다. "약 2시간 전──7시 30분쯤──셔먼 씨가 아래층 휴게실로 들어왔다는구나. 그때 거기 있었던 관리인 말에 의하면 여느 때와 다름이 없었다더라. 그리고 엘리베이터 보이는, 이 6층에서 내려 드렸더니 셔먼 씨가……."

경감은 잠시 망설이더니 다시 말을 이었다.

"열쇠를 찾아서 이 아파트의 문을 여는 것을 보았다고 말하고 있어. 그게 그분을 본 마지막으로, 그 밖에는 아무도 오지 않았다고 한다. 적어도 정면 입구로는."

"이 빌딩에는 다른 입구도 있겠지요?"

"몇 개 있지. 이를테면 뒤쪽 지하실에는 상인들이 드나드는 입구가 있고, 또 비상 계단과 화재 대피 계단도 있지."

경감은 엄지손가락으로 뒤쪽 창구를 가리켰다.

"아무튼 반시간 전에 네가 들어왔을 때에 내가 말하고 있던 흑인 여자가──디바인의 하녀인데──밖에서 돌아왔다."

두 사람은 셔먼 양의 존재를 무시하고 있었다. 셔먼 양은 조용히 앉아서 귀를 기울이고 있었으나 이따금 벽장 쪽을 바라보았다.

엘러리가 얼굴을 찌푸렸다.

"하녀가 어딜 갔다 돌아왔다는 겁니까?"

"릴리가 하녀에게 두어 시간쯤 외출을 시켰던 거야. 하녀의 말에 의하면 셔먼 씨가 올 때에는 언제나 그랬다는군. 아무튼 하녀가 나갔다가 돌아와 보니 문이 잠겨 있었지. 자기가 가진 열쇠로 열려고 했으나 열리지 않았어. 그냥 잠근 것이 아니라 볼트로 걸어 놓았더라는군. 아무데나 흔히 있는 그 사슬이 달린 볼트 말이다. 디바인을 불렀지만 아무 대답이 없어서 관리인을 불렀다더라."

"알았습니다, 알았어요." 엘러리는 답답하다는 듯이 말했다. "이리저리 해 보다가 안 되니까 결국 발길로 문을 차서 열었군요, 내가 왔을 때 본 것처럼. 그리고는 벽장에 디바인이 있는 것을 발견했겠지요."

"가만있거라, 그들은 그런 것을 발견하지 않았어. 우선 침실 문을 비틀어 열었지……."

"오!"

"그랬단다. 그리고 안을 보니까 방은 잔뜩 어질러져 있고, 카펫 위에는 흙 묻은 발자국이 있었지."

로잔 셔먼은 카펫에 눈을 떨구었으나 이윽고 눈을 감고 파리한 입술을 떨면서 몸을 뒤로 기댔다.

"관리인은 눈치 빠른 스웨덴 사람이라, 아무것도 손대지 않고 곧장 경찰을 불렀다. 그때 온 순경이 시체를 발견했어. 그러고 나서 우리가 왔지. 메모지가 침대에 있었어."

"메모지?"

"메모지?" 셔먼 양도 눈을 뜨고 중얼거리듯 말했다.

엘러리는 경감의 손에서 쪽지를 받아 들자 소리 내어 읽었다.

'J.E. 셔먼은 우리 손아귀에 있다. 지시에 따라 5만 달러를 지불하면 석방될 것이다. 경찰은 손을 떼라. 여자는 아무런 위해도 가하지 않고 벽장 속에 가두어 두었다.'

그 메모는 활자체로 갈겨썼으며 서명은 없었다.

"범인은 여자의 편지지와 연필을 썼어." 경감은 나직한 목소리로 말했다. "꽤 훌륭하고 재치 있는 문장이 아니냐?"

"서투른 글씨지만 수상쩍은 데가 있군요." 엘러리는 입 속으로 중얼거렸다. 그리고 아버지에게 쪽지를 돌려주고 또다시 화재 대피구 위 창문을 쳐다보았다. "아무런 위해도 가하지 않고……."

셔먼 양이 조용히 입을 열었다.

"전에도 편지가 왔었어요. 일주일쯤 전에요. 어느 날 밤 아버지가 읽고 계시는 걸 보았어요. 아버지는 숨기려 했습니다만, 제가 억지로 빼앗아서 보았지요. 협박장이었는데, '몸을 지키려거든' 즉시 2만 5천 달러를 내놓으라는 협박이었어요. 만일 내놓지 않을 경우에는……."

"아버님을 죽이겠다고?"

"납치해서 5만 달러로 인상하겠다고 그랬어요."

그때 별안간 여자는 지금까지 보였던 조심성을 버리고 의자에서 벌떡 일어섰다. 여자의 눈이 유난히 번쩍이고 있었다.

"왜 어떻게 하지 않는 거예요!" 그녀는 소리를 질렀다. "범인들은 아버지를 고문해서 죽이고 말 거예요……."

여자는 털썩 주저앉더니 흐느껴 울기 시작했다.

"자, 아가씨, 진정해요. 어머님 생각도 해 드려야지." 경감이 말했다.

"이 사건 때문에 어머니까지 죽고 말 거예요. 얼굴을 보시면 아실 거예요." 계속해서 여자는 흐느꼈다.

"셔먼 양, 맨 처음 온 편지는 어디 있지요? " 엘러리가 나직한 목소리로 물었다.

여자는 고개를 들었다.

"아버지가 태워 버렸어요. 어머니한테 말해서는 안 된다며 '미친놈한테서 온 거니까 아무것도 아니야' 하시면서 웃어넘기셨어요. "

엘러리는 우울한 듯 머리를 흔들고 또 한 번 열린 창 쪽을 바라보았다.

"만일 침실 문이……. "

그는 입 속으로 말하다가 멈추고 문 쪽으로 걸어갔다.

벨리 경사가 조용히 몸을 옆으로 비켰다. 문에 열쇠 구멍은 없었다. 침실 안쪽에 손잡이가 있어, 그것을 돌리면 숨어 있던 빗장이 저절로 걸리도록 되어 있었다.

엘러리는 혼자서 고개를 끄덕였다.

"안에서 잠기는군. 그렇다면 범인은 창문으로 나갔군요. "

"그렇습니다. "

그것은 조그만 내리닫이 창으로 밑에 있는 창이 올릴 수 있는 데까지 한껏 올려져 있었다. 창턱에는 시든 제라늄 줄기가 심겨진 꽃 상자가 있었다. 그 꽃 상자는 창턱 전체의 길이로 놓였으며, 상자는 30센티미터쯤의 높이였으나 그 위에 두 자쯤 틈이 있었다. 좁은 창턱에 붙박이로 만들어져 있어 움직일 수는 없었다.

엘러리는 눈을 깜박거리고 나서, 창문으로 몸을 내밀다시피 하여 철판이 붙여진 화재 비상계단을 자세히 점검했다. 온통 눈으로 덮여 있었는데, 새로운 발자국이 보였다. 엘러리는 밑을 내려다보았으나 눈길 닿는 데까지 똑같은 새로운 발자국이 보일 뿐이었다. 창턱 가장자리 쪽의 밖으로 내민 곳 밑에는 바람에 날린 눈이 수북하게 쌓여 있을 뿐이었다.

"자, 한 번 더 카펫을 조사해 보자."

경감은 침착하게 말했다.

엘러리는 머리를 안으로 들여놓았다. 카펫이 무엇을 말해 주는가를 잘 알고 있었다. 카펫 위에는 저마다 다른 세 켤레의 남자 구두 발자국이 있었으며, 젖은 진흙으로 짙은 회색의 표면이 더럽혀져 있었다. 세 켤레 모두 큰 구두였으나, 맨처음의 것은 끝이 뾰족하고, 두 번째 것은 약간 둥그스름하고, 세 번째 것은 네모에 가까운 모양이었다. 발자국의 방향은 가늠할 수가 없고, 카펫은 격투라도 벌였는지 짓이겨지고 쭈그러져 있었다. 엘러리의 좁은 콧구멍이 벌름거리기 시작했다. 그는 천천히 말했다.

"아버지께서는 물론 특별히 이 발자국에 무슨 색다른 점이 있다고 생각하시겠지요?"

"그렇다."

경감은 가볍게 웃으면서 말했다.

"이 사건에 괴상한 점이 있다고 말한 뜻은 바로 그 점이야. 담당자가 이 방과 바깥의 발자국을 모두 조사했는데, 네 판단은 어떠냐?"

"한결같이 오른발 쪽이 가볍게 나 있군요." 엘러리는 중얼거리듯이 말했다. "특히 오른발 뒤꿈치가요. 발자국마다 오른발 뒤꿈치 자국이 거의 나 있지 않군요."

"그렇다. 이 짓을 한 놈들은 세 놈 다 절름발이였다는 거야."

엘러리는 새 담배에 불을 붙였다. "그럴 리가……."

"어째서냐?"

"전 그렇게 생각지 않는데요. 있을 수 없는 일입니다."

"네가 그런 소리를 다 하다니?" 노경감은 싱긋 웃었다. "그냥 절름발이가 아니라 세 녀석 다 오른 발을 절었던 거야."

“아버지, 그런 일은 있을 수가 없습니다.”

엘러리는 단호하게 말했다.

로잔은 숨을 삼켰다. 경감은 숱 많은 눈썹을 들었다.

“경찰국 발자국 전문가의 의견으로는, 있을 수 없기는커녕 실제로 일어난 일이야.”

“전문가들 의견이 어떻든 상관없어요. 세 명의 절름발이라니…….” 엘러리는 불평스러운 듯이 말했다. “나는…….”

그때 벨리 경사가 재빨리 문을 열자 밖에서 웅성거리는 소리가 들려왔다. 시끄럽게 떠들어대는 소리와 함께 침실에 담배 연기가 무럭무럭 흘러들어왔다. 밖에는 몸집이 자그마한 부인과 키가 큰 스포츠맨 타입의 사나이가 기자들에게 둘러싸여 쩔쩔매고 있었다. 마치 꿀 그릇에 파리 떼가 몰려든 것 같은 광경이었다. 벨리 경사는 한껏 목청을 돋우고 달려가 기자들을 내쫓았다.

“어서 들어오십시오.”

경감은 부드럽게 말하고 문을 닫았다.

부인은 일어서는 딸을 바라보았다. 모녀는 서로 얼싸안고 심장이 녹아내리는 게 아닌가 싶으리만큼 울었다.

“어서 오십시오, 키터링 씨.”

엘러리가 어색하게 말했다.

키 큰 사나이는 긴장된 볼에 걱정스러운 주름을 새기고 나직한 목소리로 대답했다.

“안녕하십니까, 퀸 씨. 셔먼 씨가 뜻밖에 이런 변을 당하다니…… 믿기는 하지만 그 여자도…….”

“전부터 아는 사이냐?”

경감은 눈을 빛내며 물었다.

“우리는 한두 번 클럽에서 만난 적이 있어요.”

엘러리가 대답했다.

키터링은 아직 젊고 풍채좋은 남자였다. 독신이고 유복한 사교인으로서 얼굴이 널리 알려진 뉴욕 토박이였다. 그의 사진이 쉴 새 없이 신문의 일요 특집 페이지에 실리고 있었다. 폴로 선수이고, 순종의 개를 키우며, 경주용 요트를 가지고 있었다. 그는 흐느껴 우는 두 여인 곁을 피하면서 우리 속 짐승처럼 안절부절못하는 태도로 방 안을 왔다갔다하고 있었다.

순식간에 방 안은 사람 소리로 시끌시끌해졌다. 경감, 로잔, 셔먼 부인의 목소리. 엘러리는 창가에서 골똘히 생각에 잠기면서 그것을 듣고 있었다. 경감은 안됐다는 듯이 사정을 설명하고 있었다. 키터링은 여전히 반들반들한 마루 위를 왔다갔다하고 있었다. 그 발걸음은 고양이처럼 사뿐사뿐했다.

셔먼 부인은 금속 틀에 벨벳을 씌운 의자에 기운 없이 앉아 있었다. 눈물이 부드러운 볼을 타고 흘러내렸으나, 이제 울음은 그쳤다. 언뜻 보기에 무척 젊어 보였다. 40살쯤 된 것 같았다. 거동이 여왕 같다고 해도 좋을 만큼 어딘지 모르게 우아했다. 위엄과 절도 있는 아름다움은 이런 고통 가운데서도 사라지지 않았다.

"남편과 그 여자의 관계를 저는 오래 전부터 알고 있었지요."

나직한 소리로 부인은 말했다. 부인은 딸의 손을 꼭 잡고 있었다.

"그래요, 로잔도 알고 있었지요. 그러나 저는 아무 말도 하지 않았지만 빌도……." 부인은 키 큰 사나이를 힐끔 돌아보았다. "빌도 알고 있었어요, 그렇지요, 빌?"

괴로워하는 듯 부인의 얼굴에 경련이 일었다. 키터링은 안절부절못하는 기색이었다.

"네, 저도 짐작은 하고 있었습니다." 키터링은 가시 돋친 어조로 말했다. "그런데 조에게는 별로 심각한 것이 아니었어요. 부인도 그건 알고 계시지 않습니까?"

"알고 있어요." 셔먼 부인은 엄숙하게 말했다. "가벼운 기분이었던 거예요. 남편은 저한테도 딸한테도 아주 잘해주었어요. 단지 그이는 마음이 약했을 뿐이에요."

"그전에도 이런 일이 있었습니까, 부인?" 경감이 물었다.

"네, 저는 다 알고 있었습니다. 여자의 육감이라고나 할까요. 한 번은……." 부인은 장갑 낀 손을 꼬옥 쥐었다. "한 번은 남편이 제가 눈치챈 것을 알고 무척 부끄러워하면서 잘못을 사과한 일이 있었지요."

부인은 말을 끊었다.

"남편은 다시는 그러지 않겠다고 약속했습니다만 소용없었어요. 저도 그건 예상하고 있었지요. 남편은 다만 자신을 억제할 수가 없었던 거예요. 하지만 늘 저에게로 돌아와 주었고, 늘 저만을 위해 주었답니다."

부인은 사정을 설명한다기보다는 스스로를 타이르는 듯 말하고 있었다. 딸은 화난 것처럼 머리를 흔들며 어머니의 한 손을 꼭 쥐었다.

키터링 씨는 나직한 소리로 말했다.

"자, 부인, 그만하세요. 그런 말씀은 아무리 해 봐야 소용 없습니다. 아무튼 지금 그것은 핵심 밖의 일이니까요."

은행가는 차가운 눈을 경감에게로 돌렸다.

"납치 쪽은 어떻게 되었습니까, 경감님? 그것이 가장 중요한 일입니다. 놈들은 진정일까요?"

"당신은 어떻게 생각하십니까?"

경감은 엄격한 목소리로 물었다.

셔먼 부인이 갑자기 벌떡 일어섰다.

"오! 빌, 다들 어떻게 해서든지 조를 찾아야 해요! 아무리 돈을 많이 주더라도, 무슨 짓을 해서라도…….”

경감은 어깨를 움찔했다.

“그것은 경찰 본부장에게 말씀해 주십시오, 부인. 나 개인으로서는 어쩔 수가 없습니다…….”

“쓸데없는 소리 마십시오, 경감님. 방해하지 말란 말입니다.” 키터링은 소리를 질렀다. “놈들은 범죄자입니다. 놈들이 손을 늦출 리 없지. 조의 생명이 더 귀중합니다.”

“그러지 마십시오.” 엘러리가 앞으로 걸어 나오며 상냥하게 말했다. “그런 말다툼 따위는 아무리 해 봤자 소용이 없습니다. 키터링 씨, 그보다도 셔먼 씨의 재정 상태는 어땠습니까?”

“재정 상태?” 키터링은 노려보았다. “달러와 마찬가지로 건전했지요.”

“아무 걱정도 없었나요?”

“아니, 이것 보시오, 퀸 씨. 당신은 무슨 억측을 하고 그러는 거요?”

불꽃이 일었다.

“쯧쯧.” 엘러리는 혀를 찼다. “어쨌든 진정하시오, 키터링 씨. 당신은 셔먼 씨와 릴리 디바인의 관계를 알고 있었다고 아까 말씀하셨는데, 당신이 알고 있는 것을 셔먼 씨도 눈치채고 있었습니까?”

키터링은 눈을 떨구었다.

“그렇소.” 그는 중얼거리듯 말했다. “난 그에게 제발 불장난을 그만두라고 했지요. 좋은 결과가 오지 않을 뿐 아니라 결국은 그 여자 때문에 봉변당하리라는 것을 알고 있었으니까요. 그 여자는 전에 깡패들과도 관계가 있었고…….”

키터링은 잠시 말을 끊었다.

“정말입니다.” 그는 소리를 지르듯이 말했다. “퀸 씨, 퀸 경감님,

정말이에요!”

“뭐라고요?” 경감이 반문했다. 그 어떤 이유에선지 그는 재미있어하고 있는 것 같았다.

“빌, 뭘 생각해 내고 그러는 거예요?” 로잔이 소리치며 키터링 곁으로 갔다.

“그냥 문득 생각이 나서 그렇소, 로잔.” 키터링은 빠른 어조로 말했다.

은행가는 방 안을 왔다갔다 하고 있었다.

“그래, 그게 틀림없어. 깡패들——물론이지. 경감님, 전에 누가 저 여자의 애인이었는지 아십니까?”

“물론.” 경감은 빙긋 웃었다. “맥 매키.”

“그 갱!” 눈에 공포의 빛을 띠고 셔먼 부인이 속삭이듯이 말했다.

“그럼, 알고 계셨군요.” 키터링은 볼을 붉혔다. “그렇다면 왜 손을 쓰지 않았습니까? 그렇잖습니까, 이번 사건의 배후에 매키가 있음이 틀림없어요.”

“아버지” 엘러리가 쌀쌀하게 말했다. “왜 저한테는 말씀해 주시지 않았지요? 매키가 이 사건에 손을 대고 있습니까?”

“말할 틈이 없었다. 지금 체포해 오도록 부하를 내보냈다.” 경감은 머리를 흔들었다. “하지만 부인, 아무것도 약속드릴 수는 없습니다. 놈은 죄가 없을지도 모르고, 죄가 있더라도 훌륭한 알리바이를 만들어 놓았겠지요. 꼬리를 쉽게 잡힐 놈은 아니니까요. 우리는 우선 어림짐작으로 움직여야 합니다. 그러니 이쯤에서 선량한 여러분들은 돌아가시고, 사건을 우리에게 맡겨 주실까요?”

그리고 서둘러 덧붙였다.

“키터링 씨, 이분들을 모시고 돌아가 주시오. 지금부터는 우리가 연락을 드리지요. 시기라는 것도 있으니까요. 놈들한테서 우리는

아직 할 일이 많습니다. 몸값을 어떻게 전달하느냐는 문제를 알아
내야 하니까요. 아무튼 생각했던 것보다 흉악한 사건이 아닐지도
모르오. 나는……."

"저는 여러분들과 함께 여기 있었으면 해요." 셔먼 부인이 조용히
말했다.

"에니드……." 키터링이 말했다.

벨리 경사가 서 있는 뒤쪽 문이 요란하게 열리더니, 정복 차림의
두 경관이 뚜껑 있는 광주리 같은 것을 들고 들어왔다. 여자들은 얼
굴이 새파래져서 구석 쪽으로 물러섰다. 키터링은 그녀들 곁으로 다
가가서 타이르고 있었다. 세 사람은 모두 벽장 쪽을 보지 않도록 하
고 있었다.

엘러리는 시체 운반인들이 벽장 앞에서 꿈지럭거리고 있는 동안 나
직한 소리로 아버지에게 말했다.

"그 맥이라는 자는 어떤 인물입니까? 그 방면에서 얼마나 유망한
가요?"

"꽤 유망해. 물론 나는 릴리가 2년 전에 맥과 동거하고 있었다는
사실을 처음부터 알고 있었지. 그런데 오늘 저녁 네가 오기 전에
아래층에 있는 야근 교환원을 신문하다가 어떤 사실을 알아냈어."

"놈이 오늘 저녁에 여자한테 전화라도 걸었습니까?" 엘러리는 날
카롭게 물었다.

"8시 조금 전에, 여자가 전화를 했어. 교환원에게 어떤 번호를—
—맥이 있는 갱 본부로 통하는 번호를——불러내 달라고 부탁했
지. 교환원이 호기심에 도청을 했어. 그랬더니 릴리는 맥이라는 자
에게 서둘러 아파트로 와 달라고 부탁하더라는 거야. 교환원 말로
는 어쩐지 여자가 안절부절못하는 눈치였다고 하더군."

"맥이 왔습니까?"

"아파트 관리인 말로는 오지 않았다는구나. 그렇지만 입구는 다른 데도 있으니까."

엘러리는 눈썹을 꿈틀거렸다. "그렇지, 그렇지. 하지만 릴리가 그를 8시에 불렀다고 한다면…… 그렇다면 어째서 그는…….."

경감은 빙긋 웃음을 지으며 말했다. "내 나름대로 생각이 있다."

시체 운반인이 광주리 속에다가 무엇인가를 집어넣자 '쿵' 하는 소리가 났다.

셔먼 부인이 실신할 것처럼 되자 키터링이 부인을 꼭 붙잡고 나직하니 다급한 목소리로 말하고 있었다.

엘러리는 그쪽을 힐끗 보고서 중얼거리듯이 말했다.

"화재 비상구와 쇠 계단의 눈 속에 있는 발자국과 이 카펫 위의 것은 같은 겁니까?"

"넌 무엇을 생각하고 있는 거지?" 경감이 물었다. "틀림없어."

"셔먼 씨는 여기에 옷을 두고 있었나요?"

경감은 한심한 듯이 말했다.

"애야, 그 사람 생활에 대해 또 한 번 처음부터 되풀이 해야겠구나. 물론 두고 있었지."

"구두는요?"

"그것도 조사가 끝났어. 구두도 모두 있었다. 다 똑같은 크기이고, 카펫 위나 눈 속의 발자국과는 전혀 다른 것이야. 그러니까 틀림없이 이 짓은 세 명의 사나이가 한 것이야. 발자국 가운데 어느 하나도 셔먼 씨의 구두와 들어맞는 것이 없을 뿐 아니라, 무엇보다도 셔먼 씨의 구두는 하나도 젖어 있지 않았거든."

"어떻게 아시지요?"

"셔먼 씨의 젖은 고무 구두는 문 앞에 놓여 있었으니까."

"셔먼 씨는 다리를 접니까?"

"내가 그런 것까지 어떻게 아니 ?"

경감은 나무라듯이 말했다. 시체 운반인은 허리를 굽혀 광주리 앞뒤에 달린 손잡이를 쥐자 천천히 방에서 나갔다. "부인, 남편께서는 다리를 저셨습니까 ?"

잔뜩 겁에 질린 부인은 다시 의자에 앉았다.

"다리를 저느냐고요 ? 천만에요."

"다리를 저신 적이 없단 말씀이지요 ?"

"네."

"부인이나 또는 남편께서 아시는 분 가운데 다리를 저는 분이 계십니까 ?"

"물론 없어요." 키터링이 불만스럽게 말했다. "이런 때 그게 무슨 말씀입니까 ? 그 비열한 살인마 맥의 체포는 어떻게 하고 엉뚱한 질문만 하시지요 ?"

"아무튼 돌아가시는 게 좋을 것 같군요." 경감은 침착하게 말했다. "여러분과도 이만큼 이야기를 나누었으면 충분하겠지요."

"잠깐만," 엘러리가 말했다. "나는 사실을 분명히 해 두고 싶습니다. 화재 비상구 위 발자국도 절름발이의 특징을 나타내고 있습니까 ?"

"물론, 대체 넌 뭘 잡아내려고 그러는 거냐 ?"

"나도 모르겠습니다." 엘러리는 흥분하며 말했다. "난 단지 답답해서 그럴 뿐이에요. 세 명의 절름발이…… 부인, 바깥양반께서는 몸집이 큰 편이었습니까 ?"

"큰 편 ?" 부인은 마음이 놓이는 것처럼 말했다. "네, 무척요. 1미터 90센티미터나 되는데다 몸무게는 113킬로그램이에요."

엘러리는 안절부절못하면서도 만족스러운 듯이 고개를 끄덕였다. 아버지에게 속삭였다. "눈 속에 셔먼의 발자국은 없습니까 ?"

"없어. 보나마나 머리에 한 대 얻어맞고 운반되어 나간 게 틀림없어."

"긁힌 자국이⋯⋯." 경감의 어깨 언저리에서 나직한 소리가 났다.

"난 또 누구라고, 자네였군. 벨리. 긁힌 자국이라니 무슨 뜻인가?"

"그것이 말입니다, 경감님." 벨리는 자기의 직감을 자랑하는 것처럼 눈을 빛내며 말했다. "셔먼은 끌려서 간 겁니다. 보셨나요? 카펫과 창문 사이의 반질반질한 마루 위에 긁힌 자국을 말입니다. 범인들은 분명히 창가까지 끌고 가 거기서 들어올려 창문으로 매단 다음 끄집어내어 싣고 간 겁니다. 밑에 통로가 있으니 그리로 올라왔겠지요. 그리로 올라와 사랑을 나누고 있는 두 사람을 급습하여 무서워하는 여자는 재갈을 물려 놓고, 셔먼만 머리를 한대 쳐서 끌어낸 거겠지요⋯⋯."

"처음 듣는데." 경감은 신음하듯이 말했다. "이 긁힌 자국은 꽤 뚜렷하게 나 있어. 구두 굽으로 찍힌 자국이라고 감식과 직원은 말했지. 이러고 있을 때가 아니야. 아참, 또 한 가지 있었지."

키터링이 딱딱한 어조로 말했다. "경감님, 실례하겠습니다. 당신만 믿고⋯⋯."

"잠깐!" 그때 엘러리가 갑자기 말했다. "키터링 씨, 조금만 참고 기다리십시오. 아버지, 지금 하시려던 말씀이 뭡니까? 저도 생각난 게 있습니다만⋯⋯."

침실 입구에서 요란하게 떠드는 소리가 났다. 벨리가 문을 열어 보니 사람들이 가득찬 거실에 두 명의 사복 경찰에게 팔이 잡힌, 낙타 외투를 입은 거한이 서 있었다. 뜻하지 않은 행운에 흥분하여 미친 듯이 날뛰는 카메라맨들이 터뜨리는 플래시의 연기가 온 방 안에 자욱했다. 불쾌한 듯한 표정을 한, 그러나 주의 깊어 보이는 다른 두 명의 사나이가 다른 형사에 의하여 벽에 밀어붙여 있었다.

"왜 그러는 거야?"

경감은 유쾌한 듯이 문 앞에서 물었다.

소동은 가라앉고 거한도 날뛰는 것을 멈추었다. 그 눈에는 제정신이 돌아와 있었다.

"맥인가?" 노경감은 천천히 말했다. "이것 봐, 맥. 자네답지 않군, 완력을 다 휘두르고, 창피한 줄 알아야지. 좋아, 이제 됐어. 맥도 진정된 것 같으니까."

맥이 밉살스럽다는 듯이 우람한 어깨를 홱 잡아채는 바람에 형사는 엉덩방아를 찧을 뻔하다가 다급하게 숨을 몰아쉬었다.

"나를 함정에 몰아넣었어!" 맥이 소리를 질렀다.

"우리는 그만 돌아가요." 로잔이 나직한 소리로 말했다.

"아가씨, 아직 좀……." 경감은 돌아보지도 않고 웃는 얼굴로 말했다. "맥, 들어오게. 벨리, 문을 닫아 주게. 그리고 자네들은 그쪽에 있어."

이어 경감은 소리를 지르며 말했다. "맥의 친구를 상대해 줘."

모두는 침실로 돌아왔다. 거한인 맥은 경계하는 태도를 늦추지 않고 있었다. 눈꺼풀은 야수처럼 무겁고, 입술이 두꺼워서 단정하게 다물어지지 않았다. 턱은 네모지게 넓적하였고, 눈에는 교활한 빛을 담고 있었다. 셔먼 모녀는 겁에 질려 뒷걸음질쳐서 키터링에게 몸을 의지하고 있었으나, 키터링도 얼굴이 새파랬다. 한순간 야수 같은 잔인성이 맥의 눈에 번뜩였다. 그러나 맥은 역시 불안해했다.

경감은 거한 곁으로 다가가서 그 잔인한 눈을 쳐다보며 말했다.

"어째서 연행되었는지 알고 있겠지, 맥?"

"경감님, 경감님의 머리가 이상해지신 게 아닙니까?"

맥이 대들었다. 이윽고 그의 눈은 셔먼 모녀, 키터링, 엘러리, 카펫, 열어 놓은 창문, 열린 채로 있는 벽장문으로 차례차례 옮겨졌다.

"나는 체포된 게 아니오, 스스로 온 거지. 당신 부하인 형사들이 줄줄 따라왔을 뿐이란 말이오."

"아, 그래?" 노경감은 부드럽게 말했다. "말하자면 우호적인 방문을 하러 왔다, 이런 말이로군. 릴리를 만나러 왔나?"

벨리는 대기하는 자세로 맥의 뒤를 서성거리고 있었다. 경관들도 경계의 눈을 늦추지 않았다. 그러나 맥은 예상 밖으로 얌전했다.

"아마 그렇겠지요. 그런데 그게 어떻다는 겁니까? 릴리는 어디 있지요? 대체 여기서 무슨 일이 일어났습니까?"

"모른단 말이오?"

"무슨 말씀이십니까! 알면 왜 묻겠습니까?"

"그래." 경감은 쓴웃음을 지었다. "한창때처럼 여전히 기세가 대단하군. 그런데 이분들을 만난 적이 있나?"

맥은 키터링과 두 여자를 흘끔 보고 나서 말했다.

"없는데요."

"누군지 아나?"

"아직 그런 영광을 누리지 못했는데요."

"이쪽은 셔먼 부인과 그 따님, 이분은 조지프 E. 셔먼 씨의 사업상 협력자인 키터링 씨일세."

"그게 어떻다는 거지요?"

"어떻게 된 거냐고……." 경감은 중얼거렸다. "이것 봐!"

경감은 갑자기 큰소리를 지르더니 눈을 부라리며 노려보았다.

"릴리는 저 세상에 갔고, 셔먼 씨는 납치를 당했어. 이래도 자네하고 관계가 없나?"

이 거한의 기름진 얼굴의 피부가 조금 파리해졌다. 그리고 혓바닥으로 입술을 한번 축였다.

"릴리가 살해되었다고요……." 거한이 중얼거리듯이 말했다. "여기서 말인가요?"

그러고는 시체를 찾는 것처럼 주위를 두리번거렸다.

"그래, 여기서 살해되었어. 난 자네 솜씨가 아니라는 건 알고 있네, 맥. 자네 솜씨치고는 너무 능란하단 말씀이야. 하지만 납치는 틀림없이 자네 전문이거든……."

거한은 갈라파고스의 큰 거북처럼 몸을 움츠렸다. 어깨가 비계와 근육 덩어리가 되어 솟아오르고 눈이 가늘어져서 거의 보이지 않게 되었다.

"만일 내가 이 사건과 관련이 있다고 생각하신다면, 경감님의 머리가 어떻게 된 겁니다. 그리고 나에게는 알리바이가……."

"이 살인자!" 키터링이 나직한 소리로 말했다.

맥은 홱 돌아서서 윗옷 옆구리 밑의 무엇인가를 재빨리 쥐었으나, 곧 자신의 감정을 억누르며 긴장을 늦추었다.

"조지프 셔먼은 어디 있지?"

벨리도 엘러리도 말릴 틈 없이 키터링이 뛰쳐나가, 대뜸 맥의 턱을 한 대 후려갈겼다. 훌륭한 일격이라, 길바닥에 축축한 고깃덩이를 동댕이친 것처럼 '철썩' 하는 소리를 냈다. 맥은 비틀거리며 눈을 깜박거렸다. 그러나 보복을 하려고는 하지 않았다. 단지 눈만 숯불처럼 이글이글 타오르며 키터링을 노려보고 있었다. 로잔과 에니드 셔먼은 울면서 키터링의 팔을 붙잡고 있었다. 엘러리는 입 속으로 욕지거리를 했다. 벨리 경사가 두 남자 사이에 끼어들었다.

"이제 됐습니다. 돌아가 주십시오, 키터링 씨. 부인도, 아가씨도."

퀸 경감이 퉁명스럽게 말했다. 그리고 거의 알아들을 수 없는 목소리로 키터링에게 말했다.

"한 대 친 것은 잘못이었소, 키터링 씨. 자, 나가 주십시오."

키터링은 한숨을 쉬며 팔을 내렸다. 그는 두 여인의 뒤를 따라 한 마디 하지 않고 침실을 나갔다. 세 사람은 밖에서 떠들어대고 있는 기자들의 소리에 삼켜지고 있었다.

맥은 팔을 떨고 분노로 눈을 불태우며 회색 문을 노려보고 있었다. 거의 입술을 움직이지 않고 나직한 소리로 혼잣말을 중얼거리고 있었다.

"릴리한테서 오늘 저녁에 전화가 있었지?" 경감이 다그쳐 물었다.

맥은 입술을 천천히 축이고 나서 말했다. "네, 걸려 왔지요."

"그래, 무슨 용건이었나?"

"모르겠는데요."

"와 달라고 했겠지?"

"네."

"자네는 전에 릴리와 동거한 적이 있었지?"

"그 대답은 아시는 바 대로입니다."

"릴리한테서 전화가 걸려 온 시간은 오늘 밤 8시였지?"

"네."

"지금은 10시가 다 됐어. 그렇다면 자넨 브롱크스에서 오는 데 2시간이나 걸린 셈이로군." 경감은 비꼬는 것처럼 말했다.

"일이 좀 생겨서요."

"자넨 셔먼을 알고 있었나?"

"이름은 듣고 있었지요."

"셔먼과 릴리가 동거하고 있다는 것도 알고 있었나?"

맥은 어깨를 움찔했다. "정말 기분 나쁜데요, 경감님, 나를 아무리 찔러 봤자 아무것도 나올 건 없어요. 하기야 분명히 알고는 있었지요. 그런데 그게 어쨌다는 겁니까? 그 여자와는 벌써 오래 전에 손을 뗴었으니까요. 오늘 밤에 전화가 걸려 왔을 때, 어쩐지 그 여자한테 곤란한 일이 생긴 것 같은 느낌이 들더군요. 그래서 옛정을 보아서라도 도와주어야겠다고 마음먹었을 뿐입니다. 그것뿐이에요.”

“그 구두를 벗는 게 좋겠소, 맥.” 엘러리가 부드럽게 말했다.

“뭐라고!” 맥은 입을 딱 벌리고 소리쳤다.

“구두를 벗어요.” 엘러리는 울화통을 억누르고 말했다. “벨리, 맥매키 씨와 함께 온 두 사람의 구두도 벗겨 와 주시오.”

벨리는 나갔다. 맥은 눈먼 소처럼 카펫과 진흙투성이 발자국에 눈을 보냈다. 그리고는 욕지기를 내뱉고 자신의 거인 같은 발을 걱정스러운 듯이 힐끔 보았다. 그리고 아무 말도 하지 않고 벨벳을 씌운 금속 의자에 앉아서 축축한 흙이 묻은 구두끈을 풀었다.

경감이 뒷걸음질치면서 마음에 들었다는 듯이 말했다.

“잘 생각했구나, 엘러리.”

벨리는 눅눅한 두 켤레의 구두를 들고, 등 뒤로 거실에 있는 자들의 폭풍 같은 야유를 받으며 돌아왔다. 엘러리는 묵묵히 일을 시작했다. 한참 뒤 얼굴을 들더니 큰 구두를 맥에게 돌려주고 다른 두 켤레를 벨리에게 건네주었다. 벨리는 다시 방을 나갔다.

“틀렸소?” 맥은 구두 끈을 매면서 비웃었다. “그래서 당신들을 사팔뜨기라고 했던 거요.”

“벨리, 밖에 있는 두 사람 중 한 명이 절름발이던가요?” 벨리가 돌아오자 엘러리가 물었다.

“둘 다 아니더군요.”

엘러리는 뒤로 물러서 엄지손톱으로 담배 끝을 톡톡 쳤다. 맥은 징그러운 웃음을 머금으며 돌아가려고 일어섰다.

“잠깐만 기다리게, 맥.” 경감이 말했다. “자넨 구류중이야.”

“뭐라고요?”

"아직은 용의자로서 구류중이란 말이야." 노인은 무뚝뚝하게 말했다. "자네와 릴리는 셔먼을 봉으로 잡으려 했어. 자네는 여자를 이용하여 셔먼의 약점을 노려 그를 우려내려고 했던 거야."

맥의 눈은 이글이글 타올랐으나, 얼굴은 흙빛이었다.

노인의 말은 이어졌다.

"오늘 밤 자네는 함정을 파 놓고 찾아왔지. 릴리까지 배반하여, 여자의 입을 영원히 막기 위해 잠재우고 말았어. 그런 다음 메모를 써 놓고 셔먼을 데려갔겠지. 여기에 대해 뭐라고 변명할 텐가?"

"농담 말라고 하고 싶은데요. 여기 이 카펫 위 발자국은 어떻게 된 겁니까? 경감님은 모양이 맞지 않는 것을 직접 확인하시지 않았습니까?"

"말은 잘하는군." 경감이 말했다. "자네는 다른 구두를 신고 있었겠지."

"말도 안 됩니다. 8시에 릴리가 건 전화는 어떻게 설명하시겠습니까? 듣자니 릴리는 그 시간에 이미 살해되었다지 않았습니까. 만일 릴리가 전화를 걸었다면……."

"그것도 영리한 구실이지. 자네는 계속 여기 있었던 거야. 자네가 옆에 서서 릴리에게 전화를 걸도록 시켰겠지. 단순한 알리바이를 만들기 위해서."

"마음대로 해 보십시오. 그리고 그 증거나 찾아내 주실까요?"

맥은 히죽 웃으며 내뱉듯이 말하고는 돌아서서 방을 나갔다. 벨리가 뒤를 따랐다.

문이 닫히자 엘러리가 나직한 소리로 말했다.

"그렇다면 절름발이 발자국은 어떻게 되는 겁니까? 아버지, 맥의 부하들이 절름발이 흉내를 냈다는 겁니까?"

"못할 거야 없겠지." 경감은 안타까운 듯이 콧수염을 비틀었다.

"해답이 불가능한 질문이라는 것도 인정합니다." 엘러리는 어깨를 움찔했다. "하지만 아까 아버지께서 무언가 할 말이 있으시다고 하셨는데, 무슨 말씀이시지요?"

"아, 그랬지, 이 방에서 뭔가 없어진 게 있다."

엘러리는 눈을 동그랗게 떴다. "분실물이 있다고요? 아버지도 참, 왜 진작 말씀해 주시지 않으셨어요?"

"하지만……."

"됐습니다." 엘러리는 흥분해서 중얼거렸다. "알았습니다. 그게 여행 가방 따위는 아니겠지요. 손가방이나 뭐 그런 부류에 속하는 겁니까?"

경감은 어슴푸레 놀라는 기색을 나타냈다.

"허어, 놀랐는데 엘러리. 어떻게 알았지? 흑인 하녀가 그러는데 빈 것이기는 하지만 여자의 악어 핸드백이 없어졌다는 거야. 외출하기 한 시간 전에 벽장 속에 있는 걸 보았다거든. 그 밖의 분실물은 없어."

"옳지, 거기서 뭔가 나올 것 같은데요. 흑인 여자와…… 아, 벨리, 마침 잘 오셨소. 미안하지만 하녀를 이리 좀 데려와 주시겠습니까?"

벨리가 흑인 하녀를 데리고 왔다. 하녀는 수척해 보였다. 엘러리는 하녀에게 대뜸 물었다.

"이 마루에 왁스칠을 마지막으로 한 게 언제였지?"

"네?"

하녀는 왕방울 같은 눈망울을 굴렸다. 경감은 지그시 하녀를 바라보고 있었다.

"오늘 칠했어요."

"몇 시쯤?"

"오후였어요. 제가 직접 했어요."

"됐소." 엘러리는 짜증스럽게 말했다. "좋아, 그걸로 됐소, 벨리 반장, 이제 데려가도 좋습니다."

"하지만 엘러리……." 경감이 항의했다.

"대단히 좋습니다."

엘러리는 나직한 소리로 말을 이었다.

"그건 그렇고, 기분이 나쁜데요. 아무튼 없어진 물건이 하나 있고, 그것이 없으면……."

엘러리는 입술을 깨물었다.

"엘러리, 뭐 짚이는 거라도 있느냐?" 경감이 천천히 말했다.

"있는 것 같기도, 없는 것 같기도 하다고 할까요."

"말 같지도 않은 소리! 셔먼은 어떠냐?"

"이 문제는 셔먼 부인의 희망에 따라야 하겠지요. 셔먼의 안전을 우선 생각해야 합니다. 그런 뒤에 어떻게 되겠지요."

"좋아." 경감은 실망하여 체념한 듯한 목소리로 말했다. "하지만 도무지 알 수 없는 것은……."

"세 절름발이 사나이……." 엘러리는 한숨을 쉬었다. "꽤 흥미로운데요."

조지프 E. 셔먼은 센트럴 거리에 있는 리처드 퀸 경감의 사무실 팔걸이의자에 앉아 쉰 목소리로 일의 전말을 이야기하고 있었다. 1시간 전 펠럼 거리에서 꾀죄죄하고 머리는 산발된 채 방심 상태에 놓여 있던 은행가를 경찰의 무전 순찰차가 발견한 것이었다. 한참 동안은 이야기에 두서가 없고, 아내와 딸에 대한 것만 줄곧 묻고 있었다. 배고픔으로 인해 기력을 잃고 있었으며, 눈은 빨갛게 충혈되어 여러 날 잠을 자지 못한 것 같이 보였다. 그 일은 릴리의 시체와 유괴범의 쪽지를 발견한 지 사흘 뒤에 일어났다.

경찰은 표면으로는 손을 떼고 있었다. 제3의 편지가 흉포한 범죄가 있던 다음 날 셔먼 부인의 우편함에 배달되었다. 그것은 전과 마찬가지로 큰 활자체 글씨로 필적을 알 수 없도록 썼는데, 5만 달러의 요구를 되풀이하였고 몸값을 접수하기 위한 회견 장소를 지시해 놓았다. 키터링은 전액을 마련해 중개인으로서 행동하여, 전날 그 돈이 모두 지불되었던 것이다. 그리고 오늘 셔먼이 모습을 나타낸 것인데, 그 커다란 몸집은 신경과민과 과로로 덜덜 떨고 있었다. 경감은 부드럽게 재촉했다.

"무슨 일이 있었습니까, 셔먼 씨? 범인들은 어떤 놈들입니까, 모두 이야기해 주시오."

셔먼은 음식물과 위스키로 기운을 차렸으나, 마치 오한이 든 사람처럼 아직도 계속 떨고 있었다.

"집사람은?"

더듬거리면서 그가 물었다.

"알고 있습니다, 셔먼 씨, 부인께서도 무사하십니다. 지금 모시고 오겠습니다."

벨리 경사가 문을 여는 순간, 셔먼은 비틀비틀 일어서더니 영문모를 말을 지껄이며 부인의 팔에 몸을 던졌다. 로잔은 눈물을 흘리며 아버지의 손에 매달렸다. 키터링도 함께 왔으나, 뒤로 물러서서 화석이 된 것처럼 물끄러미 바라보고 있을 뿐이었다. 아무도 말을 하는 사람이 없었다.

"그 여자가……."

이윽고 셔먼이 중얼거리듯이 말했다.

에니드 셔먼은 손가락을 입술 위에다 놓았다.

"아무 말씀도 말아요, 조. 저는, 저는 다 알고 있어요. 하느님께 당신이 무사히 돌아오신 것을 감사드릴 뿐이에요.”

부인은 경감 쪽을 돌아보았다. 눈에 눈물이 어려 있었다.

“남편을 지금 집으로 모셔가도 괜찮을까요, 경감님? 남편은 이렇게, 이렇게…….”

“어떤 일이 있었는지, 그걸 들어 둘 필요가 있습니다, 부인.”

은행가는 신경질적으로 키터링을 흘끔 보았다.

“아, 빌…….”

이렇게 말하고 팔걸이의자에 깊숙이 주저앉아 아내의 손을 꼭 잡았다. 덩치 큰 몸이 의자에서 삐져나올 지경이었다.

“알고 있는 일은 죄다 말씀드리지요, 경감님.” 셔먼은 나직한 소리로 말했다. “나는 무척 피곤합니다. 그리고 아는 것이라고 해야 대단한 게 못됩니다.”

경찰 속기사가 옆에 있는 책상에서 받아쓰고 있었다. 엘러리는 눈살을 찌푸리고 입술을 깨문 채 창가에 서 있었다.

“나는 그날 밤 그 여자의 아파트에 갔습니다. 언제나처럼. 그런데 여자의 행동이 어쩐지 이상했습니다…….”

“그래요…… 그런데 당신은 그 여자가 전에 갱인 맥의 정부였다는 것을 알고 계셨습니까?”

용기를 북돋아 주듯이 경감이 물었다.

“처음에는 몰랐지요.” 셔먼의 어깨가 힘없이 늘어졌다. “알았을 때는 이미 어쩔 수 없을 만큼 깊이 빠져 버린 뒤였습니다. 알았다면 절대로 그런 짓은…….”

셔먼 부인은 남편의 손을 꼭 쥐었다. 남편은 천천히, 기묘한 감사의 눈길로 아내를 바라보았다.

“둘이 같이 있을 때에…….” 은행가는 조용히 말을 이었다. “벨소리가 났습니다. 그 소리에 여자는 나가고 나는 기다리고 있었습니다. 나는 좀 겁을 먹고 있었지요. 남이 볼까봐 말입니다. 그리고는 무슨 일이 있었는지 모르겠습니다. 그냥 손이 눈 위에 확 날아와……."

"남자 손이었나요, 아니면 여자의 ? "

엘러리가 다그쳐 물었다.

은행가는 핏발 선 눈을 들었다.

"글쎄 잘 알 수가 없었습니다. 그러더니 무슨 형겊 같은 것으로 내 코를 싸고 누르더군요. 달콤한 냄새가 났는데, 토할 것만 같았습니다. 나는 마구 버둥거렸지만 소용없었습니다. 내가 알고 있는 건 이게 다입니다. 그 뒤로는 아무것도 없어요. 틀림없이 마취제를 맡았던 겁니다. "

"마취제 ! "

모두들 깜짝 놀라 고개를 돌려 엘러리를 보았다. 엘러리는 눈에 날카로운 빛을 띠고 셔먼을 주시하고 있었다.

"셔먼 씨. " 엘러리는 앞으로 걸어 나가 천천히 말했다. "당신은 그 뒤 계속 저항할 힘을 잃고 있었다는 말씀이군요 ? 의식을 잃었다고요 ? "

"그렇소. "

셔먼은 눈을 깜박거리며 대답했다.

"이제야 겨우 떨어졌던 고리가 발견되었군. "

엘러리는 몸을 꼿꼿하게 펴고 괴상한 소리를 내어 말했다. 그리고 창가로 돌아가 바깥을 내다보기 시작했다.

"떨어진 고리가 ? "

은행가는 더듬거리며 말했다.

그러자 키터링이 불쾌한 듯 말했다.

"이제 그만 해 두시지요. 조는 무척 지쳐 있고……."

셔먼은 떨리는 손으로 입을 어루만졌다.

"눈을 떴을 때는 환자나 다름없었습니다. 눈이 가려진 채 내 몸이 꽁꽁 묶여 있더군요. 어디에 있는지도 몰랐고, 아무도 옆에 오지 않았습니다. 꼭 한 번 누군가가 입에 먹을 것을 넣어 주었지요. 그리고 몇 시간 뒤였는지 모르지만 어디엔가로 실려 나가 자동차 안에 있었던 것을 알고 있습니다. 놈들이 나를 어느 길거리에다 내려 놓았는데, 그때 비로소 내가 묶여 있지 않다는 것을 알고 내 손으로 눈 가린 수건을 풀었습니다. 그 뒤는 아시는 대로입니다."

침묵이 흘렀다.

경감은 이를 맞부딪치면서 화난 듯이 말했다.

"그렇다면 당신은 유괴범들을 아무도 똑똑히 보지 못했단 말씀이군요. 셔먼 씨? 놈들의 목소리는 어떻던가요? 우리에게 무슨 단서라도 될 만한 것은……."

은행가는 한층 더 낮게 어깨를 늘어뜨렸다.

"아무것도 없습니다." 그는 기운 없이 말했다. "이제 가도 되겠습니까?"

"잠깐만요. 그 밖에 정보는 없습니까?" 엘러리는 말했다.

"없는데요."

엘러리는 얼굴을 찌푸렸다. "숨기고 계시는 건 없습니까, 셔먼 씨? 제가 보기에 당신은 오히려 사건의 진상이 드러나지 않기를 바라는 것 같군요."

"아무것도 없습니다. 그래요, 그만둬요. 모두 그만둬요." 셔먼이 나직한 소리로 말했다.

"그것도 불가능하리라 믿습니다." 엘러리는 중얼거리듯이 말했다. "왜냐하면 나는 누가 당신을 납치하고 또 릴리 디바인을 죽였는지 알고 있기 때문이지요, 셔먼 씨."

"당신은 알고 계시나요?"

로잔이 나직한 목소리로 물었다.

은행가는 돌처럼 앉아 있었다. 키터링은 걸음을 떼어놓으려다가 다시 멈춰서 버렸다.

"지식이란 미묘한 것입니다. 적어도 사람의 지혜가 미치는 범위 내에서는요, 내가 아는 한."

엘러리는 이렇게 말하고 담배를 입으로 가져가며 눈썹을 꿈틀거렸다.

벨리 경사는 문 앞에 있었는데, 두 손을 주머니에서 빼고 무엇인가를 기다리는 듯 주위를 두리번거렸다. "아주 묘한 사건이지요. 그다지 시간을 들이지 않고 입증이 될 겁니다. 아주 흥미롭게."

"하지만 엘……." 경감은 떨떠름한 얼굴을 했다.

"어쨌든 아버지, 그 반들반들한 마루의 긁힌 자국을 한번 생각해 보십시오. 경찰 전문가들 의견은 구두 뒤꿈치 때문에 생긴 거라고 했습니다. 여기 계신 벨리 경사는 구두 뒤꿈치로 긁힌 자국이라고 지적했을 뿐만 아니라, 셔먼 씨가 범인들에 의해 창가까지 끌려간 것을 뚜렷하게 입증하는 거라고 말했지요."

"좋아. 그게 어떻다는 거냐?" 경감이 날카롭게 말했다.

셔먼네 식구는 어리둥절하여 돌처럼 말없이 앉아 있었다. 키터링도 꼼짝하지 않았다.

엘러리는 천천히 말을 이었다.

"그 자국은 모든 것을 말해 주고 있습니다. 유감스럽지만 내가 볼 때 우리의 친애하는 경사님께서 잘못 알고 있다고밖에 생각되지 않습니다."

벨리는 눈을 내리깔았다.

"만일 반들반들한 새 마루에 구두 자국이 날 만큼의 힘으로 몸을 끌었다면 두 줄의 자국이 있을 것입니다. 아시겠지요? 왜냐하면 두 발 달린 동물에게는 보통 발이 둘이라야 완전하며, 외발이 아니라는 것은 어린아이들도 알고 있는 사실이니까요. 그러므로 제 생각엔, 그 마룻바닥의 긁힌 자국이 무엇을 뜻하는가는 별도로 치고라도, 몸을 끌어서 생긴 자국은 아니라고 봅니다.”

“그러면 뭐냐?” 노경감은 대들 듯이 말했다.

“글쎄요.” 엘러리는 빙긋 웃었다. “만일 그 자국이 구두 뒤꿈치로 긁혀 생긴 것이고, 게다가 끌려가는 사람의 뒤꿈치로 생긴 것이 아니라면, 유일한 상식적인 사고방식으로는 누군가가 마루에서 미끄러졌다는 결론을 내릴 수 있겠지요. 아시겠어요, 아버지? 아버지도 어젯밤에 하마터면 미끄러질 뻔하시지 않았습니까. 그러면 무언가 그런 증거가 있느냐는 것이 문제가 됩니다.”

“대체 뭡니까, 논리학 강의인가요?” 키터링이 불쾌한 듯이 말했다. “퀸 씨, 당신은 쓸데없는 연설에 시간 낭비를 하고 있군요.”

“조용히 하십시오, 키터링 씨.” 경감이 말했다. “그렇다면 그 증거는?”

“세 명의 절름발이 사나이.” 엘러리는 조용히 말했다.

“세 명의 절름발이 사나이?”

“그렇습니다. 절름발이 또는 절름발이 흉내를 낸 확실한 증거가 이 발자국에는 있습니다. 마루에서 미끄러졌다는 가설을 세워 놓는다면 그 인물은 발목을 삐었든가, 또는 발을 다쳤든가 해서, 꼭 중상은 아니더라도 일시적으로 발을 절 만큼의 아픔을 느꼈겠지요. 아시겠습니까?”

“저는 돌아가겠어요.” 로잔이 말했다. 뺨에 붉은 빛을 띠고 있었다.

엘러리는 조용히 말했다.

"아무튼 앉으십시오, 셔먼 양. 그런데 여기 세 명의 절름발이 발자국이 있습니다. 모두 저마다 다른 구두지요. 하지만 이것이 믿어지지 않는다는 점에 대해서는 이미 말씀드렸다고 생각합니다. 세 명, 아니면 두 명이라도 좋습니다만, 그 침실에서 미끄러져 나동그라져서 발을 절었다는 것은 정말 우스운 일 아니겠어요, 아버지? 우선 첫째로 마루에서 긁힌 자국이 하나밖에 없다는 것, 두 번째로 똑같은 현상이 세 번 일어났다 해도, 세 명이 다 오른발 절름발이라는 것은 완전히 작위적이지 진실이라고는 할 수가 없습니다."

"그러시다면……." 셔먼 부인이 의아한 듯 눈살을 찌푸리고 말했다. "제 남편을 납치한 것은 세 명의 남자가 아니었다는 말인가요, 퀸 씨?"

"그렇습니다." 엘러리는 대답했다. "제 추리에 따르면, 마루에서 미끄러진 한 사람이 서로 다른 세 가지로 절름발이 발자국을 낸 게 틀림없습니다. 그럼, 어떻게 하였는가? 분명히 세 켤레의 다른 구두를 사용함으로써……."

"그렇다면 그 세 켤레의 구두는 어디로 갔단 말이냐, 엘러리"

"발견되지 않았습니다. 그러니 그 절름발이 사나이가 가져간 것이 틀림없습니다. 무슨 증거가 있느냐고요? 있습니다. 릴리 디바인의 악어 핸드백이 분실되었어요."

엘러리의 잿빛 눈에는 엄숙함이 감돌았다. 그는 다시 말을 이었다.

"사건의 열쇠는 다음 의문에 대한 해답에 있습니다. 어째서 그 절름발이 사나이는 일부러 세 켤레의 다른 발자국을 냄으로써 발자취를 속이려 하였는가? 그 해답 또한 명백합니다. 납치 사건을 한 명 이상의 사람——이 경우는 세 명의 짓처럼 보이게 하고 싶었기 때문입니다. 이것은 확실히 갱들 일당은 아니었다고 할 수 있습니다. 아무튼 그건 그만두고, 이상으로써 그 절름발이 사나이가 릴리 디바인을 죽이고 셔먼 씨를 납치한 범인이라고 결론지어도 괜찮을 것입니다.”

아무도 말 한 마디 하지 않았다. 벨리 경사는 좀이 쑤시는 것처럼 손을 폈다 쥐었다 하고 있었다.

엘러리는 한숨을 쉬었다.

“사건의 나머지 전모는 창문과 화재 비상구가 말해 주고 있습니다. 침실 문이 안에서 볼트로 잠겨 있는 것으로 볼 때, 범인은 그 방의 화재 비상구로 통하는 창문으로 도망친 것입니다. 창은 작고 창턱 에는 붙박이로 된 상자가 있습니다. 그 상자 때문에 창으로부터의 출입은 적어도 3분의 1은 좁혀져 있어서 출입할 수 있는 공간이 세 로로 약 60센티미터 정도밖에 남아 있지 않습니다.

셔먼 씨는 매우 몸집이 큰 분인데——키 190센티미터에 몸무게 113킬로그램이나 됩니다——절름발이 사나이가 어떻게 그 좁은 창문 공간으로부터 의식이 없는 셔먼 씨를 끌어낼 수 있었겠습니 까? 어깨에다 메고 창문을 빠져나갔을까요? 보나마나 그런 상황 에서는 불가능합니다. 그건 확실히 가장 어려운 방법으로서, 아마 범인 자신도 생각지 못한 일이겠지요. 설사 생각을 했다 하더라도 그 방법으로는 탈출할 수 없다는 걸 알았을 것입니다.

그런데 그 몸을 운반해 내는 데는 두 가지 다른 방법이 있습니 다. 첫째는 우선 자기가 먼저 올라가서 창턱의 궤짝에다가 몸을 매 달아 밖에서 손이 닿도록 해 놓고 비상 계단 쪽으로 끌어내리는 것 입니다. 그러나 범인은 그렇게 하지 않았습니다. 왜냐하면 계단에 쌓인 눈 위에도, 창턱 밑에 쌓인 눈 위에도 무거운 것이 어느 한 부분 맞부딪쳐서 생기는 어지럽혀진 흔적이라고는 없었기 때문입 니다. 남은 방법이란, 먼저 몸을 밀어내 놓고 다음에 자기가 창문으로 기어 올라가서 나가는 것입니다. 하지만 이것에도 마찬가지로 이론이 있습니다. 말하자면 눈 위에는 몸을 내린 흔적이라고는 없고 단지 발자국만 있을 뿐이었기 때문이지요."

경감은 눈을 깜박거렸다. "하지만 알 수 없는 것은……."

"나도 처음에는 몰랐었지요." 엘러리가 말했다. 그 얼굴은 이제 돌처럼 냉랭했다. "간단하게 결론을 말해 버리자면, 의심할 여지없이 의식이 없는 몸을 창문으로는 끌어낼 수 없다는 사실입니다."

조지프 E. 셔먼이 갑자기 목쉰 소리로 외치며 일어섰다. 꾀죄죄한 뺨에 몇 줄기 눈물이 흐르고 있었다.

"이제 그만!" 그가 소리쳤다.

"내가 한 짓입니다. 다 내가 꾸민 짓이오. 나는 첫 번째 편지를 내 앞으로 쓰고, 차례차례 다른 편지도 모두 내 손으로 썼소. 나는 지난 2주일 동안에 세 켤레의 구두를 그 아파트에 가져다가 몰래 싸서 숨겨 놓았소. 그날 밤——그 짓을 하던 날 밤——창턱의 상자에 있는 흙을 사용하여 구두 바닥에다 흙칠을 했지요. 여자를 죽이고 나서 나까지 납치된 것처럼 꾸몄습니다. 여자를 죽인 것은, 그 여자가 항상 나한테서 돈을 우려낼 생각밖에 하지 않았기 때문이었소. 그 여자는 에니드와 이혼하고 자기와 결혼하자고 늘 졸라대고 있었지요. 그 여자와 결혼을 하다니, 생각만 해도 견딜 수 없는 일이었습니다. 나는 함정에 빠졌던 것입니다. 나의 지위도……."

셔먼 부인은 다 죽어 가는 동물처럼 흐리멍덩한 눈으로 남편을 바라보고 있었다. "하지만 전 알고 있었어요……."

그녀는 나직한 목소리로 말했다.

셔먼은 침착함을 되찾고서 조용히 말했다.

"나는 당신이 안다는 것을 알고 있었소, 에니드. 정말 나는 내 정신이 아니었어."

경감은 동정하는 듯한 눈으로 말했다.

"이분을 데리고 가게, 벨리."

경감은 1시간 뒤 셔먼의 자백으로 이 불유쾌한 사건이 처리되었을 때, 불평스러운 듯이 말했다.

"너는 현장에 있을 때에 이미 사건의 진상을 알아차렸던 모양이더구나?"

그러자 엘러리는 엄숙하게 고개를 내저었다.

"아닙니다. 셔먼이 의식이 없었는지 어땠는지 정확하게 알기까지는 결론에 도달할 수가 없었어요. 그것이 몸값을 내고 그 사람을 데려오자고 말한 이유입니다. 그 사람의 말을 듣고 싶었던 거예요. 그 사람이 아파트에서 마취약 냄새를 맡았다고 했을 때, 사건은 완전히 해결되었다는 생각이 들더군요. 왜냐하면 의식 없는 몸을 창문으로 들어내거나 끌어낸다는 것은 불가능하다는 것을 알고 있었기 때문이지요.

마취약 냄새를 맡았다고 셔먼이 말한 것은 거짓말이었습니다. 다시 말해서 납치 따위는 없었던 것입니다. 납치되지 않았다면 마루에서 미끄러진 것도, 발을 전 것도, 릴리 디바인을 죽인 사실을 숨기기 위해 자기 자신이 납치라는 연극으로 갱들이 자기를 납치하고 겸해서 여자를 죽인 것처럼 보이기 위해 각본을 꾸민 것도 셔먼일 수밖에 없습니다. 마루에서 미끄러진 것은 우연한 일이어서 아마 본인도 절름발이의 특징을 나타내는 발자국이 남았을 줄은 모르고 있었을 것입니다."

모두들 잠시 말없이 앉아 있었다.

엘러리는 담배를 피우고, 경감은 창살 사이로 밖을 내다보고 있었다. 한참 뒤 노인은 한숨을 쉬었다.

"그 여자가 불쌍하군."

"누구 말입니까?" 엘러리는 넋 나간 태도로 물었다.

"셔먼 부인 말이다."

엘러리는 어깨를 움찔했다.

"아버지는 늘 감상적이시군요. 그런데 이 사건에서 가장 중대한 일이라면, 도덕 문제겠지요."

"도덕?"

"흉포한 범죄자도 때로는 진실을 말한다는 도덕 말입니다. 아마 릴리가 맥에게 전화했던 것은 셔먼이 결혼을 거절하니까 그에게 부탁해서 셔먼에게 압력을 가할 작정이었겠지요. 그러나 맥은 시간 맞춰 오지 못하고 뒤늦게 경찰 손아귀에 뛰어들었던 거지요. 그렇지만 그가 말한 건 모두 진실이었습니다…… 그러니까…….."

엘러리는 천천히 말했다.

"시 교도소에 전화를 걸어 보시는 게 어떨까요. 아버지는 흥분하신 나머지 잊고 계시는 것 같습니다. 맥은 마땅히 석방해 주셔야 합니다."

보이지 않는 연인의 모험

로저 보엔은 파란 눈에 얼굴이 하얀 30살 된 젊은이였다. 키가 크고 지나치다 싶을 만큼 잘 웃고, 하버드 사투리가 심한 영어를 썼다. 이따금 칵테일을 마시고, 담배는 많이 피우는 편이었다. 그리고 유일하게 살아 있는 친척——샌프란시스코에 살며 주로 로저가 보내 주는 생활비로 살고 있는 늙은 숙모——에 대해 매우 인정이 많으며, 독서는 사바티니와 쇼의 중간인 중용을 취하고 있었다. 인구 745명의 뉴욕 주 코르시카 마을에서 변호사를 필요로 하는 사건이 있을 경우에는 변호사업을 하고 있었다. 코르시카는 그가 태어난 고향이며, 어렸을 때 카터 노인의 과수원에서 몰래 사과를 따먹고, 메이저 냇가에서 벌거벗고 헤엄도 치고, 토요일 밤이면 코르시카 파빌리온의 베란다에서 아이리스 스콧과 불장난을 하던 마을이었다.

코르시카 인구의 100퍼센트에 이르는, 로저를 아는 사람들 말에 의하면, 로저는 '귀공자'이며 '정말로 선량한 젊은이'며, '손톱만큼도 교양을 내세우지 않는' '착실한 사나이'였다. 친구들은 거의 대부분 메인 거리 변두리에 있는 재스민 거리의 마이클 스콧의 하숙집에서 함께 지내고 있는데, 그들의 말로도 로저만큼 쾌활하고 친절하고 상냥하며 밉지 않은 청년은 없다는 것이었다.

엘러리 퀸은 뉴욕에서 코르시카 마을에 도착한 지 반 시간도 안 되어서 그 마을에서 가장 유명한 시민에 대하여 코르시카 사람들이 어떤 애정을 품고 있는지를 알 수 있었다.

엘러리는 메인 거리에서 식료품 가게를 하고 있는 클라우스로부터 약간의 것을, 군 재판소 가까운 길거리에서 공기놀이를 하고 있던 이름도 모르는 개구쟁이한테서 꽤 재미있는 단편을, 그리고 코르시카 우체국장 부인 파킨스로부터는 많은 것을 알아낼 수가 있었다.

그러나 이와 반대로 로저 보엔 본인에게서는 거의 아무것도 알아낼 수가 없었다. 그는 아주 성실한 사람으로서 보기에도 분명 분개하여 어쩔 줄 몰라하고 있는 것 같았다.

군 구치소를 떠나 하숙집 쪽으로, 엘러리가 허둥지둥 맨해튼에서 달려간 원인이 된, 로저 보엔의 친한 친구에게로 가는 도중 엘러리 퀸의 가슴을 세게 때린 것은, 이와 같이 모든 미덕의 전형이라고도 할 만한 인물이, 제1급 살인죄의 혐의를 받고 어두침침한 철창 속에 누워서 통탄스럽게 공판을 기다려야만 한다는 예사롭지 못한 기묘한 사실이었다.

"그런데." 엘러리 퀸은 한참 뒤 장미꽃으로 덮인 포치에서 흔들의자를 앞으로 움직이면서 말했다.

"틀림없이 이 사건은 겉보기보다는 그다지 비관할 것이 없을 것 같습니다. 제가 보엔에 대해 들은 모든 사실로 미루어 볼 때……."

앤소니 신부는 앙상한 두 손을 꽉 쥐었다. "나는 이 손으로 로저에게 세례를 주었습니다."

그는 떨리는 목소리로 말을 이었다.

“퀸 씨, 이건 정말 있을 수 없는 일입니다. 내가 그에게 세례를 주었으니까요. 게다가 본인도 단호하게 맥거번을 쏘지 않았다고 말하고 있고요. 나는 그를 믿을 뿐 아니라, 로저가 나에게 거짓말을 할 리가 없어요. 그런데도…… 로저의 변호를 맡고 있는, 군에서 제일가는 변호사인 존 그레이엄은, 지금까지 자기가 맡은 사건 가운데 이건 가장 불리한 상황 가운데 하나라고 말하고 있습니다.”

“그 점에 관해서는” 몸집 큰 마이클 스콧이 우람한 가슴팍에 맨 멜빵을 잡아당겨 철썩하는 소리를 내며 우렁차게 말했다. “로저까지도 분명하게 그렇게 말하고 있거든요. 제기랄. 난 로저가 자기가 그랬다고 자백한다 해도 그 말을 믿지 않겠어요! 신부님, 용서하세요, 말씨가 너무 험해서요.”

“제가 할 수 있는 말은,” 갠디 부인이 휠체어에서 딱딱거리며 말했다. “로저가 뉴욕에서 온 그 교활한 검정머리 악당 놈을 쏘아 죽였다고 말하는 녀석이 멍텅구리라는 거예요. 생각해 보면 알 것 아니에요. 로저는 그 사건이 나던 날 밤 자기 방에 혼자 있었던 말예요. 누구든지 잠잘 권리가 있지 않겠어요. 잠을 자는데, 어떻게 증인이 필요합니까, 네? 퀸 씨. 가엾은 로저는 불량배가 아니에요. 제가 알고 있는 누구처럼.”

“알리바이가 있습니다.” 엘러리는 한숨을 쉬었다.

“그 점이 불리하단 말씀이야.” 몹시 뚱뚱하고 튼튼한 노인인 코르시카 경찰서장 프링글이 신음하듯이 말했다. “그 점이 아무래도 불리해. 그날 밤 로저가 누군가를 데리고 왔다면 좋았을 텐데 말이야. 아무튼…….”

서장은 갠디 부인의 분노하여 이글거리는 눈길을 보자 당황해서 덧붙였다.

“로저는 그런 짓을 할 사람이 아니거든. 하지만 로저가 맥거번과

싸웠다는 말을 들었을 때는……."

"둘이 서로 때리기라도 했습니까? 아니면 협박 비슷한 말을 했습니까?" 엘러리가 부드럽게 말했다.

"아니, 때리기까지는 안 했지만……." 앤소니 신부가 주저하면서 말했다. "어쨌든 싸움을 했습니다. 그 일이 있던 날 저녁이었지요. 맥거번이 살해된 건 자정 무렵이었는데, 로저가 그 친구와 말다툼을 한 것은 바로 그 한 시간쯤 전이었지요. 사실은 퀸 씨, 그들이 싸운 것은 그게 처음이 아니었습니다. 전에도 몇 차례 심하게 싸운 적이 있었습니다. 지방 검사가 만족할 만한 동기를 만들기에는 충분하겠지요."

"하지만" 마이클 스콧이 신음하듯이 말했다. "그 총탄이라는 것이 있어요, 총탄!"

"바로 그겁니다." 그때 몸집이 작고 생쥐처럼 이지적인 용모를 한 도드 의사가 말했다. 자못 한심하다는 듯한 말투였다. "나는 군의 검시관이면서 또한 이 고장의 장의사를 겸하고 있습니다, 퀸 씨. 내 임무는 검시 때 맥거번의 시체에서 적출된 총탄을 조사하는 거였지요. 우리는 당연히 프링글 서장께서 로저를 용의자로 구속하고 그의 총을 압수했을 때에 총알의 탄흔을 비교해 보았습니다……."

"탄흔을 말입니까?" 엘러리는 귀찮은 듯이 말했다. "정말입니까?"

그리고 그는 설마하며 감탄한 듯한 태도로 찬찬히 프링글 서장과 도드 검시관을 보았다.

"그럼요, 문제가 그렇게 되고 보면 우리는 우리 자신의 판단을 믿을 수가 없으니까요." 검시관이 얼른 덧붙였다. "내 현미경 검사로는 아무래도 그렇게 생각되었습니다만…… 아주 성가신 일이라서 말이오, 퀸 씨. 하지만 직무도 직무려니와, 법을 옹호해야 하는 직책에 있는 자는 지켜야 할 서약이 있지요. 우리는 그것을 탄도 전문가의 감정을 받기 위해 총과 함께 뉴욕으로 보냈답니다. 감정 결과는 우리의 판정을 뒷받침하는 것이었어요. 일이 이쯤 되었으니 우리들이 할 일은 무엇이겠습니까? 이런 이유로 프링글 서장께서 로저를 체포한 것입니다.”

“때로는” 앤소니 신부가 조용히 한 마디 했다. “보다 숭고한 의무가 있는 게 아닐까요, 새뮤얼?”

검시관은 그야말로 비참해 보였다. 엘러리가 말했다. “보엔은 총기 소지 허가증을 가지고 있습니까?”

“그렇습니다.” 뚱뚱한 경찰관이 중얼대듯 대답했다. “이 지방 사람들은 대부분은 다 가지고 있지요. 저기 저 산이 아주 좋은 사냥터라 말입니다. 사용한 것은 38구경이었는데 로저의 것도 같은 콜트 38구경 자동권총이었습니다. 게다가 그것은 아주 멋진 것이었지요.”

“로저는 사격의 명수였습니까?”

“그렇습니다.” 스콧이 소리쳤다. “대단한 솜씨입니다.”

그 우락부락한 얼굴이 누그러졌다.

“나도 그런 것은 볼 줄 알지요. 이래봬도 내 왼쪽 다리에는 지금도 6개의 유산탄 파편이 박혀 있단 말씀이야. 벨로의 격전(1918년 6~7월) 때 독일 놈의 총탄을 피해 다니다가 맞은 거지요.”

“기막힌 명사수였지요.” 검시관이 더듬거리면서 말했다. “곧잘 우리는 함께 토끼 사냥을 갔었지요. 로저가 50미터 앞을 달리고 있는 놈을 콜트 총으로 잡는 것을 본 적이 있습니다. 로저는 소총을 쓰지 않았습니다. 소총은 참다운 스포츠로서는 재미가 없다면서……”

“보엔 자신은 이번 일에 대해 뭐라고 말하고 있습니까?” 엘러리는 담배 연기를 곁눈으로 보면서 물었다. “나한테는 도무지 말을 하려 들지 않습니다.”

“로저는” 앤소니 신부가 중얼거리듯이 말했다. “부정하고 있습니다. 맥거번을 죽이지 않았다고 말하고 있어요. 나는 그 말만으로도 충분합니다.”

“하지만 그것은 지방 검사한테 통하지 않습니다.” 엘러리는 또 한숨을 쉬었다. “그런데 로저의 자동권총이 사용되었다고 한다면 이론적으로는——그 젊은이의 말이 진실이라고 한다면——누군가가 그 권총을 훔쳐 가지고 살인을 한 다음 몰래 제자리에 갖다 놓은 것이겠군요?”

모두들 당혹스런 듯이 서로 얼굴을 마주보았다. 앤소니 신부는 얼굴에 보일락말락 자랑스러운 웃음을 머금고 있었다.

그때 스콧이 큰 소리로 지껄여댔다.

“도무지 말도 안 됩니다. 그레이엄이, 변호사 그레이엄이 로저에게 말했지요. ‘잘 듣게, 로저. 권총을 자네 방에서 훔쳐낼 수 있었다는 사실을 증명하는 것이 자네를 위해 절대로 필요한 일일세. 자네 목숨은 그 점에 달려 있다고도 할 수 있지’ 하며 입에서 신물이 나도록 타일렀습니다. 그런데 그 바보 같은 젊은이가 뭐라고 했는지 아십니까? ‘싫다’는 거예요. ‘그레이엄 씨, 그것은 사실과 다릅니다. 아무도 내 권총을 훔친 사람은 없습니다. 나는 본디 눈치가 빠른 편이거든요. 권총을 넣어 둔 옷장은 내가 자는 침대 바로 옆에 있습니다. 또한 그날 밤에는 문에 빗장을 걸어 놓았어요. 아무도 들어와서 훔칠 수 없습니다. 그러니까 난 그런 증언은 할 수 없습니다’라는 거예요.”

엘러리는 휘파람과 함께 담배 연기를 동그랗게 내뿜었다. “‘오, 우리의 영웅이여’라고 해야 할 판이군요. 그렇게 되면…….”

엘러리는 어깨를 움찔하며 말을 이었다.

“아까 말씀하신 싸움 말입니다만, 제가 알고 있는 점이 잘못되어 있지 않다면 그 원인은……. ”

“아이리스 스콧이에요. ” 그때 망을 친 문 쪽에서 침착한 목소리가 들렸다. “아니에요, 일어서지 마세요, 퀸 씨! 괜찮아요, 아버지. 저도 이제는 다 컸어요. 그리고 온 동네에서 다 알고 있는 사실을 퀸 씨에게 숨긴들 무슨 소용이 있겠어요. ”

여자의 목소리가 잠시 끊어졌다. “어떤 게 알고 싶으세요, 퀸 씨 ? ”

퀸은 잠시 말을 못하게 된 것 같았다. 벌떡 일어서서, 박물관에 구경 온 시골 사람처럼 입을 딱 벌리고 있었다. 코르시카 한길의 흙먼지 속에서 찬란하게 반짝이는 멋진 다이아몬드를 발견했다 하더라도 이처럼 놀라지는 않았을 것이다.

어디를 가든지 미인은 드물다. 코르시카에서는 기적이라고 해도 지나친 말이 아니다. 그렇다면 ‘이 여자가 아이리스 스콧인가’ 하고 엘러리는 생각했다. 그 이름도 잘도 지었다, 오오, 마이클! 아이리스는 신선하고 나긋나긋하고 아름답게 창조되어, 그 이름이 가리키는 꽃(붓꽃)처럼 싱싱하고 우아했다. 정말 싹트기에는 기묘한 땅을 골랐다. 그녀의 이상하리만큼 갸름한 검은 눈동자는 엘러리를 완전히 매료시켜 버려 그 사랑스러움 앞에서 그는 망연히 넋을 잃고 있었다.

여자는 어둠침침한 문 앞에 혼자 서 있었다. 정말 아름다웠다. 보고 있기만 해도 즐거웠다. 아이리스에게 유혹적인 데가 있다고 한다면, 그것은 완벽함에서 생기는 무의식적인 고혹이었다. 아름다운 눈썹, 입술의 곡선, 조각 같은 가슴의 융기.

엘러리는 로저 보엔 같은 미덕의 전형이라고도 할 수 있는 사나이가 어째서 전기의자에 앉지 않으면 안 될 파국에 빠졌는지 그 까닭을 알았다. 설사 퀸에게 아름다운 것을 볼 줄 아는 눈이 없었다 할지라도, 포치에 앉아 있던 사람들이 곧바로 그것을 알게 만들어 주었을 것이다.

도드는 조심스럽고도 차분한 존경심을 가지고 조용히 아이리스를 보고 있었다. 프링글은 높이 우러러보는 모습으로 아이리스를 뚫어지게 바라보고 있었다. 그렇다, 그 뚱뚱보 늙은이 프링글까지도, 그리고 앤소니 신부의 늙은 눈은 자랑스러워 보였으며, 보일락말락 슬픔이 깃들여 있었다.

그러나 마이클 스콧의 눈에는 아름다운 딸을 가진 아버지의 한없는 자긍심이 있을 뿐이었다. 아이리스야말로 키르케(그리스 신화에 나오는 태양의 딸)와 베스타(로마 신화에 나오는 벽난로와 불의 여신)를 합쳐놓은 듯한 처녀로서, 시인이 시적 황홀경에 들어가는 것과 같이 쉽사리 남성을 움직여 살인을 범하게도 하였으리라.

엘러리는 숨을 깊숙이 들이쉬면서 가까스로 입을 열었다.

"이거 정말 즐거운 놀라움이었습니다. 자, 앉으시지요, 스콧 양. 나도 곧 정신을 차리겠소. 맥거번도 아가씨의 숭배자였겠지요?"

아이리스의 구두굽이 포치에 조그만 소리를 울렸다.

"네."

그녀는 조심스러운 목소리로 대답하고서 무릎 위에 포개진 상아 같은 손을 바라보고 있었다.

"그렇게 말할 수도 있겠지요. 그리고 저도 그분을 좋아했어요. 그분에게는 어딘지 남다른 데가 있었어요. 뉴욕에서 오신 화가였지요. 코르시카의 유명한 언덕을 그리기 위해서 6개월쯤 전에 이곳에 오셨어요. 아주 박식했고 프랑스, 독일, 영국 같은 데를 여행하셔서 많은 유명한 분들을 친구로 가지고 있어요. 여기서는 대부분 농사를 짓고 있거든요, 퀸 씨. 전 지금까지 그런 분을 만난 적 없었어요."

"그 교활한 악마 녀석이……." 갠디 부인이 얼굴을 실룩거리며 혀를 찼다.

엘러리는 빙긋 웃었다. "실례지만 아가씨는 그 사람을 사랑하고 있었나요?"

꿀벌 한 마리가 프링글의 털북숭이 귀 있는 데를 붕붕거리며 날고 있었다. 서장은 화내며 그것을 철썩 내리쳤다.

아이리스가 대답했다.

"그분이 돌아가신 지금은 사랑하지 않아요. 죽음이라는 것은 왜 그런지 사물을 바꿔 버리는군요. 아마 전 그분의 참모습을 본 거겠지요."

"한데 아가씨는 그 사람과 함께 많은 시간을 보냈을 게 아니오, 살아 있었을 때는?"

"네."

잠시 침묵이 계속되었다. 이윽고 마이클 스콧이 무겁게 입을 열었다.

"딸에 대해서는 간섭하지 않기로 하고 있지요. 딸에게는 자기 나름대로의 생활 방법이 있을 테니까요. 그러나 나로서는 도무지 맥거번이 마음에 들지 않았습니다. 그 작자는 살이 보들보들한 허영만 찾는 녀석이라 아무짝에도 쓸모가 없는 친구였지요. 나는 하나에서 열까지 그를 믿지 않았소. 아이리스한테도 주의를 주었지만, 딸은 도무지 말을 듣지 않았습니다. 아무튼 여자아이들에게 흔히 있는 일이지만 홀딱 반했던 모양이에요. 그는 생각 밖으로 오래 머물러서 나한테 빚까지 졌답니다."

그가 불쾌한 듯이 말했다.

"5주일 분 방값을 말입니다. 왜 어물어물하고 있었는지, 왜 주머니에 한푼도 가지고 있지 않았는지 그건 알 수 없지만……."

“그것은 아무래도 좋습니다.” 엘러리가 귀찮은 듯이 말했다. “그리고 로저 보엔은 어땠습니까, 아가씨?”

“저희는 함께 자랐어요.” 아이리스는 역시 나직한 목소리로 말했다. 그리고 갑자기 머리를 번쩍 쳐들었다. “여기서는 모든 것이 그야말로 판에 박힌 것처럼 정해져 있어요. 아마 저는 그게 무척 싫었던가 봐요. 그리고 로저가 사사건건 간섭하는 것도 싫었어요. 그이는 맥거번 씨에 대해 진짜로 화를 내고 있었어요. 언젠가 몇 주일 전에는 저기 저 객실에서 말다툼을 하고 있었어요. 우리는 이 포치에 앉아 있었고요…….”

잠시 동안 또 침묵이 흘렀다.

이윽고 엘러리는 상냥하게 말했다.

“그래서 아가씨는 로저가 그 사람을 쏘았다고 생각하오?”

아이리스는 엘러리 쪽으로 미칠 것 같은 눈을 들었다. “아니오, 전 절대 그런 것은 믿지 않아요. 로저는 아니에요. 그이는 화를 냈어요. 하지만 그것뿐이에요. 그냥 말로만 그랬을 뿐이지, 본심은 아니었을 거예요.”

그리고는 모두들 당황하도록 목멘 소리로 흐느껴 울기 시작했다. 마이클 스콧은 삶은 문어처럼 새빨개졌고, 앤소니 신부는 안절부절 못하는 눈치였다. 다른 사람들도 어쩔 줄 몰라하고 있었다.

“미, 미안해요.” 아이리스가 말했다.

“그렇다면 아가씨는 누가 그랬다고 생각하지요?” 엘러리는 부드럽게 물었다.

“퀸 씨, 저는 모르겠어요.”

“다른 분들은?” 모두들 머리를 저었다. “한데 프링글 씨, 맥거번의 방은 흉포한 범죄가 있던 날 밤 당신이 조사했을 때의 상태 그대로 보존되어 있는 것으로 알고 있습니다만 시체는 어떻게 되었습니까 ? ”

“예.” 검시관이 대답했다. “검시를 한 뒤 물론 검시 재판을 위해
보존해 두었지요. 그러고 나서 시체를 인수해 갈 사람을 찾아보았습
니다만, 친구 하나 나타나지 않더군요. 뉴욕의 화실에 남겨 놓은 약
간의 물건밖에는 아무것도 없었어요. 그래서 내 손으로 처리해서 코
르시카의 새 묘지에다 매장했습니다. ”

“여기 방 열쇠가 있습니다. ” 서장은 천천히 일어서면서 숨이 답답
한 것처럼 말했다. “나는 지금부터 저쪽 기슭 마을 쪽으로 가야 합니
다. 도드 의사가 무슨 질문이든지 대답해 드릴 수 있을 걸로 믿습니
다. 어떻게 해서든지 빨리…….”

서장은 체념한 듯이 말을 끊더니, 포치에서 비틀거리면서 걸어 나
갔다.

“신부님도 안 가시겠습니까 ? ” 서장은 돌아보지도 않고 중얼거리
듯이 말했다.

“그러지요. ” 앤소니 신부는 대답했다. “퀸 씨, 부디 뭐든지 물어
보십시오, 잘 아시겠지만…….”

서장을 따라 천천히 시멘트 바닥을 내려가는 신부의 야윈 어깨는
힘없이 처져 있었다.

“실례지만 누가 시체를 발견했습니까 ? ” 나직한 목소리로 엘러리
가 물었다.

엘러리는 남은 사람들과 함께 집 안의 서늘하고 어두운 층계를 올
라갔다.

“나요. ” 검시관이 한숨을 쉬며 말했다. “나는 벌써 2년째 마이클
의 집에 하숙을 하고 있지요. 스콧 부인이 돌아가신 뒤로 줄곧 늙은
두 홀아비가 같이 사는 셈이지요. 안 그런가, 마이클 ? ”

두 사람은 한숨을 쉬었다.

"3주일쯤 전 태풍이 휘몰아치던 날 밤이었지요. 심한 천둥과 함께 비가 내렸는데, 당신도 기억하고 있지요? 나는 방에서 책을 읽고 있었습니다. 자정쯤이었어요. 나는 잠자리에 들기 전에 2층 복도에 있는 화장실에 가느라고 맥거번의 방 앞을 지나갔는데, 문이 활짝 열린 채 전등이 켜져 있지 않겠어요. 그 사람은 문 쪽을 향해 앉아 있더군요."

검시관은 두 어깨를 움츠렸다.

"나는 그가 죽었다는 것을 알았지요. 심장에 총을 맞고 말입니다. 파자마에 피가…… 나는 곧 마이클을 깨웠습니다. 아이리스도 우리들의 소리를 듣고 달려왔지요."

모두들 계단 꼭대기에서 걸음을 멈추었다. 엘러리는 아이리스가 숨을 몰아쉬고 마이클이 헐떡이는 소리를 들었다.

"죽은 뒤 시간이 많이 지나 있었습니까?"

엘러리는 검시관이 손가락질한 닫혀 있는 문 쪽으로 걸어가면서 물었다.

"바로 몇 분 뒤였던가 봅니다. 아직 몸이 따뜻했으니까요. 즉사했던 거지요."

"내 상상으로는, 태풍 때문에 총소리를 아무도 못 들었을 겁니다. 상처는 한 군데뿐이었을 거고요." 도드 의사는 혼자 고개를 끄덕여 보였다. "아, 이 방이군요."

엘러리는 프링글한테서 받은 열쇠를 구멍에 넣고 한 바퀴 돌렸다. 그리고 몸으로 밀어 문을 열었다. 아무도 말 한 마디 하지 않았다.

방 안에는 햇빛이 가득했다. 갓난아기처럼 폭력 같은 것과는 관계가 없어 보였다. 방은 무척 컸다. 엘러리가 묵고 있는 방과 똑같았다. 가구도 엘러리의 방에 있는 것과 아주 똑같았다. 침대도 같았고, 그것은 두 개의 창문 중간인 똑같은 장소에 놓여 있었다. 방 한가운데 있는 탁자와 골풀로 엮은 등받이가 달린 등나무 의자도 엘러리의 방에 있는 것을 그대로 옮겨 놓았다고 해도 좋을 만큼 똑같았다. 카펫, 책상, 다리가 높은 옷장…… 그런데 옷장의 위치는 달랐다.

"방마다 똑같이 꾸며져 있습니까?" 엘러리가 나직하게 물었다.

마이클 스콧은 굵직한 눈썹을 들었다.

"그렇습니다. 내가 이 영업을 시작하기 위해 쓰러져 가는 집을 하숙집으로 개조했을 때 올버니의 어느 파산한 가게에서 잔뜩 사들였지요. 똑같은 물건만 말이죠. 그렇기 때문에 방마다 꾸밈새가 같답니다. 그런 것을 왜 물으시지요?"

"별 특별한 이유는 없습니다. 그냥 흥미를 느꼈을 뿐입니다."

엘러리는 입구 문 옆에 기대서서 담배를 꺼내면서, 그 사이에 침착하지 못한 잿빛 눈으로 현장을 살피고 있었다. 조금도 격투한 흔적 같은 것은 없었다. 문 바로 옆에 탁자와 등의자가 있고, 의자는 문을 향해 놓여 있었다. 직선으로 문과 의자를 연결하는 방 저쪽 편에는 다리 높은 구식 옷장이 벽에 붙여져 놓여 있었다.

엘러리의 눈은 또 가늘어졌다. 그리고 돌아보지도 않고 말했다.

"저 옷장 말인데요, 내 방의 것은 두 개의 창문 중간에 있지요."

뒤에서 아이리스의 부드러운 숨결이 들렸다. "하지만 아버지, 옷장은 거기 없었어요. 맥거번 씨가 살아 있었을 때는요."

"거 이상한데." 마이클이 깜짝 놀라며 중얼거렸다.

"저 옷장은 사건이 있던 날 밤에도 지금 저 자리에 있었습니까?"

"네, 그랬어요." 아이리스는 의아한 듯이 대답했다.

"틀림없이 있었습니다. 나도 지금 생각나는군요." 검시관도 미간을 모으며 말했다.

"좋습니다." 엘러리는 심드렁하게 말하고는 문에서 몸을 떼었다.

"무슨 단서가 되겠지요."

엘러리는 성큼성큼 옷장 쪽으로 걸어가서 몸을 구부리고 옷장을 힘껏 잡아당겨 벽에서 옷장을 끌어냈다. 그리고 옷장 뒤로 가서 무릎을 꿇고는 벽을 한 치 한 치 열심히 점검했다. 그러다가 딱 멈추었다. 벽돌 널판지에서 약 1미터쯤 위쪽의 벽면에 괴상하게 움푹 파인 곳을 발견한 것이다. 그것은 지름이 0.7센티미터도 못 되는 거의 원형으로서, 0.2센티미터쯤 벽이 패어져 있었다. 벽 가루가 떨어져 바닥에 흩어져 있는 것이 보였다.

엘러리는 일어섰을 때 실망한 듯한 표정을 하고 있었다. 그러고 나서 문으로 되돌아왔다. "별것 없군요. 살인이 있던 날부터 아무것도 손대지 않은 건 확실하지요?"

"그것은 내가 보증합니다." 마이클이 말했다.

"흐음, 아직도 맥거번의 소지품들이 여기 있는 것 같군요. 프링글 서장님께서는 살인이 있던 날 밤 이 방을 철저히 수색하셨겠지요, 도드 씨?"

"물론이지요."

"하지만 아무것도 발견하지 못했습니다." 마이클이 불만스럽게 말했다.

"틀림없이 아무것도 없었나요?"

"아무럼요. 서장이 조사하고 있는 동안 우리 모두 여기 있었는걸요, 퀸 씨."

엘러리는 빙긋 얼굴에 웃음을 짓고서 특별한 흥미를 갖고 열심히 방 안을 조사하고 있었다. "트집을 잡으려고 그러는 건 아닙니다, 스콧 씨. 그럼, 나는 이만 내 방으로 물러가서 이 성가신 사건을 좀 생각해 보기로 할까요. 이 열쇠는 내가 맡아 두겠습니다, 도드 씨."

"좋습니다, 뭐든 부탁하실 일이 있으시면……."

"지금 당장은 없습니다, 하지만 무슨 일이 있을 때, 연락은 어디로 하면 될까요 ? ”

“메인 거리에 있는 내 장의사로 연락하십시오. ”

“알겠습니다. ” 엘러리는 어딘가 멍하니 피곤한 듯이 웃고는 문을 잠그고 조용히 복도를 걸어갔다.

방은 시원하고 기분이 좋았다. 엘러리는 침대에 누워서 머리 밑에 깍지 낀 손을 괴고 생각에 잠겼다. 집 안은 적막하리만큼 조용했다. 창 밖에서는 울새가 지저귀고 꿀벌이 붕붕거리고 있었다. 그뿐이었다. 바람에 흔들리는 커튼 사이로 향기로운 산들바람이 언덕에서 흘러왔다.

엘러리는 복도 층계참에서 한 번 아이리스의 가벼운 발소리가 나는 것을 들었다. 그리고 또 아래층에서 마이클 스콧이 떠드는 소리를 들었다.

엘러리는 담배를 피우면서 20분쯤 누워 있었다. 그러다가 그는 갑자기 침대에서 벌떡 일어나 문 쪽으로 뛰어갔다. 그리고 문을 빠끔히 열고 귀를 기울였다. 사람이 있는 것 같지는 않았다. 엘러리는 조용히 복도로 나갔다. 살인이 있었던 방의, 잠가 놓은 문 앞으로 다가가 자물쇠를 열고 안으로 들어가 다시 문을 잠갔다.

“만일 이 부조리한 세상에 어떤 의미가 있다고 한다면……. ”

엘러리는 중얼거리면서 발을 멈추었다가 다시 종종걸음으로 맥거번이 죽었을 때 앉아 있었던 의자로 다가갔다. 그리고 나서 바닥에 무릎을 꿇고, 골풀로 엮은 의자 등받이를 세세히 점검했다. 아무 이상도 없었다.

미간을 모으고 일어서서 엘러리는 주위를 왔다갔다하기 시작했다. 방 이 구석 저 구석으로 서성거렸다. 늙은 꼽추처럼 등을 웅크리고 쑥 아랫입술을 내밀고는 눈을 긴장하고 있었다. 가구 밑에 기어들기 위해 방바닥에 배를 깔고 엎드리기까지 했다. 적과 아군 진지 사이의 무인 지대에 잠입한 공병처럼 한 바퀴 침대 밑을 돌았다. 방바닥 조사는 완전히 끝났으나 아무 성과도 거두지 못했다.

엘러리는 얼굴을 찌푸리고 양복에 묻은 먼지를 털었다.

우울한 얼굴이 되어 다시 휴지통 속에 있는 것을 집어 담다가 갑자기 엘러리의 얼굴이 확 밝아졌다.

"그래! 만일 그렇다면……."

그는 다시 문을 열고 방을 나갔다. 조심스레 재빨리 주위를 살피고 귀를 기울이면서 복도를 걸어갔다. 아무도 없었다. 그는 조용조용 방들을 수색하기 시작했다. 엘러리는 네 번째로 조사한 방 등의자에서, 추론한 결과 발견되리라고 생각했던 것을 찾아냈다. 그 방은 미리부터 엘러리가 어렴풋하게나마 그 사람의 방이라고 짐작했던 인물의 방이었다.

엘러리 퀸은 조심스레 방을 원래대로 정리해 놓고 자기 방으로 돌아갔다. 세수를 하고 넥타이를 고쳐 맨 다음 다시 한 번 양복에 솔질을 했다. 그러고 나서 그는 꿈꾸는 듯 빙그레 웃음을 지으면서 아래층으로 내려갔다.

포치에서는 갠디 부인과 마이클 스콧 둘이서 심심풀이로 휘스트(카드놀이의 한 가지) 놀이를 하고 있었다. 엘러리는 혼자 속으로 웃음을 지으며 집 안쪽으로 걸어갔다. 그리고 아이리스가 커다란 동굴 같은 부엌에서, 큼직한 난로 위에서 매워 보였지만 맛이 좋을 것 같은 무엇인가를 젓고 있는 것을 발견했다. 그녀는 흰 앞치마를 두르고 뜨거운 열기로 얼굴이 빨개졌지만 그 태도는 대체로 즐거워 보였다.

"어머나, 퀸 씨 아니에요? 무슨 볼일이라도……."

아이리스는 손에 쥐고 있던 국자를 내려놓고, 진지하고 애원하는 듯한 눈으로 엘러리 쪽을 돌아보며 걱정스레 물었다.

"아가씨는 그렇게까지 그 사람을 사랑하고 있나요?" 엘러리는 아이리스의 아름다움에 넋을 잃고 바라보며 한숨을 쉬었다. "로저는 행복한 친구군요, 아이리스 양. 이래봬도 내가 아버지다운 마음씨를 가진 사람입니다. 아가씨가 그 사람을 그토록 사랑하고 있는 것을 보니 정말 내 마음이 갈가리 찢기는 것 같군요. 하지만 아무튼 일은 꽤 진척이 되었어요. 정말입니다. 그 젊은 미남도 오늘 아침에 비한다면 앞날이 훨씬 밝아졌소. 큰 발전을 이루었지요."

"그럼, 그분은 퀸 씨!"

엘러리는 길이 들어 반들반들한 부엌 의자에 앉아 식탁 위에 있는 사기 접시 속에서 설탕에 버무린 과자를 한 개 집어 와작와작 씹어 꿀꺽 삼켰다. 그러고는 눈을 크게 뜨고 싱긋 웃고 나서 또 한 개를 집었다.

"아가씨가 만든 건가요? 아주 맛있어요. 진짜 루크리셔어(정절의 본보기)인데! 아니면 페넬로페(그리스 신화에서 오디세우스의 아내. 정절을 지켰음)인가? 내가 말하고 싶은 것은……. 그래요, 난 아가씨에게 그만큼 감탄하고 있소. 만약 이것이 아가씨 요리 솜씨의 견본이라고 한다면……."

"이건 과자인걸요." 아이리스는 별안간 앞으로 뛰어나오더니 얼떨떨해 있는 엘러리의 손을 덥석 잡고서 자기 가슴에다 대었다. "퀸 씨, 만일 퀸 씨께서 할 수 있으시다면…… 해 주실 수 있으시다면…… 저는 제 자신도 모르고 있었어요. 제가 이토록 로저를 사랑하고 있다는 걸 여태껏, 여태껏……. 감옥에 들어갈 때까지……."

아이리스는 몸부림쳤다.

"전 뭐든지 하겠어요. 무슨 일이든지……."

엘러리는 눈을 깜박깜박했다. 그리고 칼라를 늦추며 애써 무관심한 체하고 조용히 아이리스의 손을 놓았다.

"그렇고말고요, 아가씨의 기분은 잘 알아요. 하지만 나한테는 두 번 다시 이러지 마시오. 어쩐지 하느님이라도 된 것 같아 식은땀이 납니다."

엘러리는 이마를 닦았다.

"이야기할 게 있는데 아이리스 양, 잘 들어요. 아가씨가 할 수 있는 일이 꼭 한 가지 있소."

"무엇이든지."

아이리스는 얼굴을 빛내며 엘러리를 쳐다보았다. 엘러리는 일어서서 먼지 하나 없는 부엌 마루를 걷기 시작했다.

"새뮤얼 도드 씨는 직무에 대단히 충실하다고 들었는데, 틀림없겠지요?"

아이리스는 동그랗게 눈을 떴다.

"새뮤얼 도드 씨 말인가요? 어머나, 어째서 그런 말씀을…… 그분은 자기 일에 무척 성실해요. 당신이 알고 싶은 것이 그 일이라면……."

엘러리는 씁쓸하게 웃었다.

"그런 줄 알고 있었소. 일이 번거로워지겠는데. 하지만 어찌 되었든 현실은 어쩔 수가 없소. 안 그렇소? 그래서 말인데, 이 추악한 지상에 여태껏 이토록 아름다운 분은 한 번도 내려온 적이 없었을 만큼 아름다운 여신인 아가씨에게는 대단히 미안한 일이지만, 오늘 밤 그 새뮤얼 도드 선생으로 하여금 잠시 그 임무를 잊어버리게끔 유혹해 주었으면 하는데, 어떻겠소?"

아이리스의 까만 눈동자에 분개의 빛이 언뜻 스쳤다.

"어머나, 퀸 씨."

"글쎄, 그러니까 아가씨에게 꼭 알맞은 일이오. 그렇다고 대담한 짓을 해 달라는 것은 아니오. 과자를 하나 더 먹겠소."

엘러리는 2개를 더 집었다.

"그 사람과 오늘 밤 영화 구경을 가지 않겠소? 도드 씨가 집에 계시면 일이 번거로워지기 때문에 그럽니다. 아무튼 오늘 저녁에 집에서 내쫓지 않으면 내 일을 방해할지도 몰라서 그러는 거요."

"새뮤얼 도드 씨라면 제가 하자는 대로 뭐든 다 들어 줘요." 여자는 더할 수 없이 냉정하게 말했다. 그리고 발갛게 물들었던 볼의 붉은 기도 사라져 가고 있었다. "하지만 전 무슨 이유로 그렇게 하라고 하시는지 이해가 안 가요."

"그건 말이오." 엘러리는 과자를 한 입 가득 물고 우물거리면서 말했다. "그것은 내가 원하기 때문이오. 나는 오늘 저녁에 도드 씨의 권위를 짓밟으려는 거요. 세상없어도 해야 할 일이 있소. 좀 까다로운 정식 서류가 없으면 그 일은 분명히 불법 행위지요. 범죄 행위까지는 아니더라도 말이오. 도드 씨가 협력만 해 주신다면 괜찮겠지만, 그에 대해 내가 내린 성격 판단이 맞는다면 협력해 줄 것 같지가 않기에 그렇소. 그렇지만 모르고 있다면 그분이나 나나 이른바 양심에 거리낄 게 없을 거요."

아이리스는 엘러리를 냉정하게 저울질하고 있었다. 엘러리는 똑바로 쳐다보는 아이리스의 눈길에 좀 얼떨떨했다.

"그렇게 하면 로저를 위해 도움이 될까요?"

"물론이오. 얼마나 도움이 될지 모를 만큼." 엘러리는 열정을 담아 말했다.

"그럼 하겠어요."

이렇게 말하더니 아이리스는 갑자기 눈을 내리깔고 앞치마를 만지작거리기 시작했다. "그럼, 부엌에서 나가 주시겠어요, 엘러리 퀸 씨? 지금부터 저녁 준비를 해야겠어요. 그리고 퀸 씨는……"

아이리스는 난로 쪽으로 가서 국자를 집어들었다.

"정말 멋진 분이라고 생각해요."

엘러리 퀸은 황홀하여 얼굴을 붉히고 서둘러 물러갔다.

엘러리가 망으로 된 창문을 열고 내다보니 갠디 부인은 보이지 않았다. 그리고 마이클 스콧이 말없이 앤소니 신부와 포치에 앉아 있었다.

"마침 잘됐군. 두 분이 함께 계시는군요." 엘러리는 유쾌한 듯이 말했다. "몸이 편찮은 갠디 부인은 어디 가셨나요? 그 휠체어로 어떻게 계단을 올라가지요?"

"계단은 올라가지 않습니다. 부인의 방은 아래층에 있으니까요." 마이클이 대답했다. "한데 무슨 일이지요, 퀸 씨?"

마이클의 눈은 초췌해 있었다.

앤소니 신부는 매우 진지한 표정으로 엘러리를 찬찬히 보고 있었다.

엘러리는 얼굴이 갑자기 긴장되었다. 흔들의자에 앉아 있던 그는 두 사람 쪽으로 의자를 바짝 끌어당겼다. 그러고 나서 조용히 말했다.

"신부님, 무엇인가가 저에게 은밀히 암시를 해 주고 있습니다만, 신부님께서는 인간이 만든 법률보다도 더 숭고한 진리를 섬기고 계십니다. 성심 성의껏 봉사하고 계시지요."

늙은 신부는 잠시 엘러리를 찬찬히 바라보았다. "나는 법률은 잘 모릅니다, 퀸 씨. 나는 한 분의 주이신 예수 그리스도, 우리를 위해 십자가에 못박히신 그분을 섬기고 있지요."

엘러리는 말없이 이 말을 생각하고 있었다. 그러다가 이윽고 입을 열었다.

"마이클 씨, 당신은 아까 벨로의 전투에 참가했다고 하셨지요? 그렇다면 죽음 같은 건 조금도 두렵지 않겠군요?"

그러자 튼튼하게 생긴 사나이의 매서운 눈이 엘러리의 눈에 파고들었다.

"들어보십시오, 퀸 씨. 나는 제일 친한 친구가 내 눈앞에서 두 동강이 나는 것을 보았소. 이 손으로 전우의 창자까지 쓸어담아야 했지요. 나는 내 앞에 지옥을 다발로 묶어 가져온다 해도 무섭지 않소. 직접 지옥에 다녀온 사람이니까요."

"그럼 좋습니다." 엘러리는 부드럽게 말했다. "정말 매우 좋습니다. 아라미스와 포르토스, 그리고 건방진 말씀입니다만, 제가 달타냥(뒤마의 《삼총사》에 나오는 인물)이라고 해 두십시다. 좀 억지 같은 느낌이 있습니다만, 뭐 어떻습니까. 신부님, 스콧 씨!"

신부와 아이리스의 아버지는 엘러리의 입술을 주시하고 있었다.

"오늘 밤 무덤 파는 일을 도와주시지 않겠습니까?"

성(聖) 바르프르기스 밤의 축제(독일의 전설로, 5월 1일 전날 밤 마녀들이 하르츠 산에 모여서 마왕과 술잔치를 벌인다)로부터 여러 달이나 지났지만, 그럼에도 그날 밤 마녀들은 미친 듯이 춤을 추고 있었다. 마녀들은 무시무시한 산허리의 어두운 달빛 아래에서 미친 듯이 춤을 추며, 말없이 늘어선 묘석 위를 스치는 바람 속에서 비명을 지르며 큰 소리를 내고 있었다.

엘러리 퀸은 그날 밤 자신이 그 세 사람 중 한 사람이라는 것에 대해 꽤 큰 기쁨을 느끼고 있었다. 묘지는 코르시카 변두리에 있었으며, 철책이 둘러쳐져 있고 울창한 나무들로 에워싸여 있었다. 얼음같이 찬 바람이 세 사람의 머리 위에 죽음을 휘몰아 붙이고 있었다.

떼 지어 있는 묘석들은 산허리의 지표에서 마치 바람에 바래 허옇

게 된 송장 뼈처럼 어렴풋이 반짝이고 있었다. 성난 듯한 먹구름이 달을 반쯤 가리고 있었으며, 나무들은 쉴 새 없이 흐느껴 울고 있었다. 그렇다, 마녀들이 미친 듯 춤추는 광경을 상상하기에는 아무런 수고도 필요치 않았다.

세 사람은 본능적으로 묵묵히 바싹 붙어서 걸어가고 있었다. 망령을 조금도 개의치 않는 앤소니 신부는 앞장서 달리는 큰 배처럼 심상치 않은 공기를 가르면서 가슴을 펴고 꿋꿋하게 수단 자락을 휘날리며 걸어가고 있었다. 그 표정은 어둡고 근심스러워 보였지만, 아주 침착했다. 엘러리와 마이클 스콧은 삽, 곡괭이, 밧줄, 그리고 커다란 보퉁이 하나를 들고 무거워 허덕이면서 그 뒤를 따랐다. 꿈틀거리고 속삭이는 듯하며, 그림자에 에워싸인 컴컴한 산중턱에는 살아 있는 것이라고는 이 세 사람 말고는 아무것도 없었다.

맥거번의 무덤은 묘지 중심부에서 조금 떨어진 곳에 있었다. 쓸쓸한 언덕의 막바지라 독수리가 서식할 것 같은 곳이었다. 무덤의 봉분은 아직 새 흙이었다. 그곳에 누워 있는 시체의 표시로서는 가느다란 막대기가 세워져 있을 뿐이었다. 두 사나이는 여전히 입을 다문 채 얼굴을 긴장시키고 곡괭이질을 시작하였으며, 앤소니 신부는 주위를 경계하고 있었다. 달은 구름 사이로 성난 듯이 들락거리고 있었다.

차츰 단단하게 쌓였던 흙이 물러지자, 두 사람은 곡괭이를 버리고 삽으로 흙을 팠다. 두 사람 다 옷 위에 헌 작업복을 걸치고 있었다.

"이제야 알겠습니다. 시체 도둑들의 심정을 말입니다. 신부님, 신부님께서 곁에 계시니까 얼마나 든든한지 모르겠습니다. 저는 되지 못한 상상을 잘하는 편이라서요."

엘러리는 무덤 옆에 수북이 쌓인 흙더미 옆에서 잠시 일손을 쉬면서 나직한 목소리로 말했다.

"퀸 씨, 아무것도 두려워할 것 없어요. 단순한 시체니까요."

노신부는 나직한 목소리로 좀 언짢은 듯이 말했다.

엘러리는 몸을 떨었다. 스콧이 투덜거렸다.

"빨리빨리 합시다."

마침내 두 사람의 삽은 '덜커덕' 하는 소리를 내며 목재에 부딪쳤다.

엘러리는 어떻게 해냈는지 생각이 나지 않았다. 도저히 이야기로 다 쓸 수 없는 작업이었다. 작업이 끝나기 훨씬 전부터 엘러리는 땀으로 범벅되어 서늘한 바람이 고드름처럼 살갗을 찔렀다. 악몽 속 환영처럼 온몸이 산산이 흩어지는 듯한 느낌이 들었다. 스콧이 혼자서 묵묵히 작업을 계속하고 있는 동안 엘러리는 그 옆에서 숨을 헐떡거렸고, 앤소니 신부는 무뚝뚝하게 지켜보고 있었다.

문득 깨닫고 보니 엘러리는 파헤친 무덤 옆에서 밧줄을 스콧과 마주 잡아당기고 있었다. 길쭉하고 무거운 시커먼 덩어리 같은 것이 구덩이 밑에서 마치 살아 있는 듯 위태위태하게 흔들리며 올라왔다. 마지막으로 안간힘을 쓰자 그것은 구덩이 옆에 '쿵' 하고 소리를 내며 내려졌는데, 엘러리는 너무나 무서워서 정신이 아찔했다. 땅바닥에 엉덩방아를 찧고 주저앉아 엘러리는 담배를 더듬었다.

"난 한숨 돌려야겠군."

엘러리는 나직한 소리로 말하고 정신없이 담배를 피우기 시작했다. 스콧은 태연하게 삽에 기대 서 있었다. 앤소니 신부만이 소나무 목재로 된 관 옆으로 다가가서, 안전하게 관을 끌어당겨 위치를 바로잡고 부드러운 손으로 천천히 뚜껑을 열기 시작했다.

엘러리는 넋 나간 사람처럼 이 노인을 지켜보고 있다가 천천히 일어서서 담배를 내던지고 입 속으로 욕지거리를 한 마디 하고는 신부의 손에서 곡괭이를 뺏어 들었다. 그리고 힘껏 한 번 치니 관 뚜껑이 부서졌다.

스콧이 두툼한 입술을 꾹 다물고 앞으로 걸어갔다. 그는 튼튼한 장갑을 끼고 있었다. 그리고 시체 위에 몸을 구부렸다. 앤소니 신부는 뒤로 물러나서 피곤한 눈을 감았다. 엘러리는 멀리 재스민 거리에서 일부러 가져온 커다란 보퉁이를 부지런히 풀어, 〈코르시카 콜〉 신문 편집장에게서 몰래 빌려 온 삼각대에 부착된 커다란 사진기를 꺼냈다. 그리고 뭔가 만지작거리고 있었다.

"스콧 씨, 있습니까? 있어요?"

엘러리가 은근한 목소리로 말했다.

"있는데요, 퀸 씨."

튼튼한 몸집의 사나이가 또렷하게 말했다.

"하나뿐입니까?"

"하나뿐입니다."

"뒤집어 봐 주시오."

잠시 뒤 엘러리는 또 말했다.

"있습니까?"

"있습니다."

스콧이 대꾸했다.

"하나뿐입니까?"

"네."

"내가 있음직하다고 한 곳에 말입니까?"

"그렇소."

엘러리는 무엇인가 머리 위로 높다랗게 들어올려 한 손으로 쥐고, 카메라의 렌즈를 흙투성이 관 속에 누워 있는 물체에 향하더니 떨리는 손으로 불끈 쥐었다. 그러자 '펑' 하는 소리와 함께 도깨비불을 연상시키는 새파란 섬광이 연옥의 불길처럼 산등성이를 잠시 환하게 비추었다.

엘러리는 일손을 멈추고 삽에 몸을 기대며 말했다.

"이야기하기로 하지요."

마이클 스콧은 넓은 등을 구부리고 한결같이 일을 계속하고 있었다. 앤소니 신부는 다시 카메라를 싼 보퉁이 위에 걸터앉아 두 손으로 늙은 얼굴을 가리고 있었다.

"이야기하지요." 엘러리는 담담하게 말했다. "참으로 놀라우리만큼 교묘한 사건이라, 그 계략이 발각되었다는 것은…… 신부님, 역시 이 세상에 신은 있는 모양입니다.

맥거번 씨 방의 옷장이, 흉포한 범행이 벌어졌다고 추정되는 시간에 늘 있던 장소에서 움직여졌다는 것을 발견했을 때, 저는 범인이 이것을 움직였을지도 모른다는 생각이 들었습니다. 만일 그렇다면 거기에는 반드시 이유가 있었을 것입니다. 그래서 옷장을 한쪽으로 밀어보았더니 과연 벽판자로부터 약 1미터 위 벽에 조그맣게 파인 곳이 발견되었습니다. 그 파인 곳과 그 앞에 놓인 옷장은 두 가지 것을 연결하는 직선상에 있었습니다. 그러니까 맥거번이 총을 맞았을 때에 앉아 있었다고 생각되는 등의자와, 범인이 방아쇠를 당겼을 때 서 있었을 것이 틀림없는 문을 연결하는 직선입니다. 이건 우연의 일치일까요? 아닙니다. 그렇게 생각되지는 않았습니다.

저는 당장 그 파인 곳이 총탄에 의해 만들어진 것일지도 모른다는 것을 알았습니다. 파인 곳이 얕은 점으로 보아 힘을 잃은 총알입니다. 그리고 또 범인이 서 있었고 피해자가 앉아 있었다고 한다면 총알은 심장을 관통했을 겁니다. 의자에서 몇 미터 떨어진 뒤쪽 벽의 파인 곳이 범인이 쏜 총알로 생긴 것이라고 한다면 분명히 바로 내가 발견한 곳 언저리에 흔적이 생길 것이고, 탄도는 약간 아래로 향해질 겁니다."

흙덩이가 소리를 내며 관 위로 굴러떨어졌다.

엘러리는 삽을 쥐면서 이상한 어조로 말을 이었다.

"또 명백한 것은 만일 벽에 구멍을 만든 그 맥없는 총알이 맥거번의 몸을 관통했다고 한다면, 그 사람이 앉았던 의자 등받이에도 구멍이 뚫렸을 것입니다. 저는 그래서 의자를 조사했습니다만 총알 자국은 없었습니다. 그렇다면 벽에 자국을 낸 총알은 맥거번의 몸을 관통한 것이 아니라 빗나간 총알이었다고 생각할 수도 있습니다.

다시 말해서 그 폭풍 심하던 날 밤에 두 방의 총이 발사되어 한 방은 몸속에 남고 또 한 방은 벽에 자국을 냈다는 것입니다. 그런데 방 안을 샅샅이 세밀하게 조사했다는 여러분들의 증언이 있었지만 제2의 총알이 발견되었다는 말은 전혀 없었습니다. 저도 방바닥을 완벽히 조사했습니다만, 헛일이었습니다. 제2의 총알이 그곳에 없다고 한다면, 옷장을 움직여 벽의 구멍을 가렸을 때에 범인이 가져간 게 틀림없습니다."

엘러리는 숨을 돌리고 어두운 얼굴로, 덮여 가는 무덤 구덩이를 바라보고 있었다.

"어째서 범인은 한 개의 총알은 가져갔으면서 중요한 쪽, 그러니까 피해자의 몸속에 남아 있던 총알은 그대로 놓아두었을까요? 이건 좀 이상한 일입니다. 그와 함께 또 뜻이 있는 일이라고도 말할 수 있습니다. 그러니까 처음부터 두 개의 총알 따위는 없었고, 쏜 것은 단지 한 방뿐이었다는 것입니다."

산허리에서는 마녀가 춤을 추며 어둠 속에서 떨고 있었다.

엘러리는 피곤한 듯이 뒷말을 이었다.

"그래서 저는 그 가정 위에서 생각을 해보았습니다. 단 한 방밖에 발사되지 않았다고 하면 그것은 맥거번을 죽인 총알로서, 그 친구의 심장을 뚫고 등을 빠져나가 의자 등받이까지 뚫고 방을 가로질러가, 그 흔적이 발견된 벽에 부딪쳐 힘을 잃고 바닥에 떨어졌던 것입니다. 그렇다면 어째서 맥거번의 의자에는 총알 자국이 없었을까요?

그 이유는 한 가지밖에 없습니다. 그 의자는 맥거번의 것이 아니었기 때문입니다. 범인은 총알이 피해자의 몸속을 관통했다는 사실을 은폐하기 위해 이미 어떤 일을 하고 있었던 것입니다. 다시 말해 옷장을 옮겨 놓았습니다. 그리고 그 밖의 일을 해서 안 된다는 이유는 없지 않겠습니까? 그래서 의자까지 바꿔치기했던 것입니다. 스콧 씨, 댁의 방들에는 모두 똑같은 물건들이 놓여 있더군요. 범인은 맥거번의 의자를 끌어다가 자기 방에 갖다 놓고 자기 것과 맥거번의 의자를 바꿔치기한 것입니다. 만일 등받이에 구멍이 뚫린 등의자를, 의자에 앉아 있는 사람의 심장을 관통했을 경우에 생기리라고 가정되는 곳에 구멍이 뚫려 있는 등의자를 발견할 수 있다면 여기까지의 저의 추리가 옳다는 것이 실증되는 셈입니다. 그런데 저는 그것을 발견했습니다. 스콧 씨, 댁의 어느 한 방에서 말입니다. ”

파헤쳐졌던 흙들은 다시 언덕 면과 같이 평평해지고, 나머지는 봉분 흙이 약간 남아 있을 뿐이었다. 앤소니 신부는 흐릿한 고뇌에 찬 눈으로 엘러리를 보고 있었다. 한순간 먹구름이 달을 가려 세 사람은 칠흑 같은 어둠에 싸였다.

“범인은 왜 사용한 총알을 숨기려 했을까요? ” 엘러리는 나직한 목소리로 말했다. “거기에는 단 한 가지 이유밖에 없습니다. 총알이 발견되어 조사당하는 것이 두려웠던 겁니다. 그러나 총알은 발견되어 조사 되었습니다. ”

구름은 화난 듯이 흩어지고 또다시 달이 비치기 시작했다.

“그렇다면 발견된 총알은 진짜가 아니었다는 말이 됩니다. ”

작업이 겨우 끝났다. 봉분은 달빛에 둥긋하게 떠올라와 있었다. 앤소니 신부는 넋 나간 사람처럼 조그만 나무 막대기 묘표를 봉분에 찔러 세웠다. 마이클 스콧은 허리를 펴고 벌떡 일어나 이마의 땀을 닦았다.

"진짜가 아니라고 하면?" 스콧이 목쉰 소리로 말했다.

"진짜가 아니었습니다. 그럼, 발견된 그 총알이 해낸 역할은 무엇이었는가? 두말할 것도 없이 로저 보엔을 살인범으로 몬 거지요. 그 총알은 보엔의 38구경 자동 권총이라고 실증되었습니다. 그러나 만일 그것이 진짜가 아니었다고 한다면 보엔은 누군가에 의하여 억울한 누명을 뒤집어쓴 게 됩니다. 그는 보엔의 방 감시가 엄중해서 그의 자동 권총을 훔쳐내지는 못했지만, 전에 보엔이 사냥터에서 자동 권총을 쏘았을 때 몰래 주워 두었던 총알을, 말하자면 애매한 총알을 맥거번 살해에 실제로 사용된 총알인 것처럼 꾸몄던 것입니다."

엘러리의 목소리는 쩌렁쩌렁했다.

"범인의 총에서 발포된 총알에는 물론 보엔의 총알과는 다른 탄흔이 있으므로 거기서 꼬리가 잡히게 됩니다. 범인이 자기가 쏜 총알을 그대로 내버려두었다가 발견되는 날에는 감식 결과 보엔의 38구경에서 발사된 것이 아니라는 게 밝혀질 뿐만 아니라, 그 간계가 당장에 드러나게 되고 맙니다. 그래서 범인은 맥거번을 죽인 그 총알을 가져가고 벽에 난 구멍을 숨긴 다음 등의자를 바꿔치기해야 했던 것입니다."

"그렇지만" 스콧이 괴상한 신음 소리를 내며 물었다. "그 멍텅구리 녀석은 어째서 의자를 그냥 내버려두고, 벽의 구멍이 눈에 띄도록 해 놓지 않았을까요? 어째서 자기 총알을 가져가고 대신 보엔의 총알을 그 자리에 떨어뜨려 놓지 않았을까요? 그렇게 하는 편이 훨씬 더 간단했을 텐데, 그리고 총알이 몸을 관통했다는 사실을 구태여 감출 필요도 없었을 거라고 생각됩니다만……. ”

“당연한 의문입니다. ” 엘러리는 조용히 말했다. “범인은 어째서 그렇게 하지 않았는가? 그렇게 하지 않은 것은 틀림없이 그렇게 할 수 없었기 때문일 겁니다. 범인이 이 흉포한 범행을 저질렀을 때는 주워 두었던 보엔의 헌 총알을 갖고 있지 않았던 거지요. 살인을 했을 때는 범인이 그걸 딴 데다 두어서 갑자기 써먹지를 못했던 겁니다. ”

“그렇다면 범인은 총알이 맥거번의 몸을 보기 좋게 관통하리라고는 생각지 않았던 셈이군요. ” 스콧이 소리치며 굵다란 팔을 휘둘러서, 그 그림자가 맥거번의 보기 흉한 무덤 위를 가로질러 이리 뛰고 저리 뛰었다. “그러니까 녀석은 나중에 그 총알과 보엔의 총알을 바꿔치기할 수 있으리라고 생각한 모양이군요. 죽인 뒤에, 경찰의 조사가 끝난 뒤에……. ”

“그렇습니다. 바로 그렇습니다……. ” 엘러리는 중얼거리듯이 말했다.

투명하리만큼 하얀 옷에 몸을 감싼 유령이 컴컴한 땅 위에 닿을락 말락 떠오르더니 세 사람 쪽을 향해 산허리를 줄달음쳐 달려왔다. 앤소니 신부가 벌떡 일어섰다. 이 세상 사람 같지 않을 만큼 키가 커 보였다. 엘러리는 삽자루를 꽉 움켜쥐었다.

마이클 스콧이 거칠게 소리쳤다.

“아이리스, 웬일이냐? ”

아이리스는 미친 듯이 엘러리에게로 달려와 숨이 턱에 찬 소리로 말했다.

“퀸 씨! 모두들 이리로 오고 있어요. 보았어요. 누군가가 퀸 씨와 아버지와 앤소니 신부님이 삽을 들고 이리로 오시는 걸 보았어요.

프링글 서장님이 새뮤얼 도드 씨를 데리러 왔더군요. 그래서 저는 뛰어서…….”

“고맙소, 아이리스 양.” 엘러리가 부드럽게 말했다. “아가씨는 여러 가지 미덕을 가지고 있는데, 그 가운데 용기도 포함되어 있군요.”

그러나 엘러리는 움직이려고 하지 않았다.

“도망칩시다.” 마이클 스콧이 나직한 목소리로 말했다. “나는 아무래도…….”

“이것을 범죄라고 할 수 있을까요?” 엘러리는 중얼거리듯이 말했다. “축복된 사자와 교령(交靈)을 구하는 일이…… 아니, 나는 기다리겠습니다.”

그림자 두 개가 나타나 인형이 춤추고 있는 것처럼 보이기 시작하더니, 이윽고 점점 커져서 미친 사람처럼 언덕을 기어 올라왔다. 첫번째 그림자는 크고 뚱뚱하였으며 손에서 무엇인가 둔중한 것이 번쩍거리고 있었다. 그 뒤에서 몸집이 작고 살결이 흰 사나이가 기를 쓰며 오고 있었다.

“마이클!” 프링글 서장이 권총을 휘두르면서 소리를 버럭 질렀다. “신부님! 그리고 퀸 씨! 이게 대체 무슨 짓입니까? 다들 정신이 돌았소? 무덤을 파헤치다니.”

“다행이군.” 검시관이 헐떡이면서 말했다. “아직 파지는 않았군. 우리가 늦진 않았어.”

검시관은 봉분과 도구들을 구원이라도 받은 것처럼 바라보았다.

“퀸 씨, 당신은 이런 짓을 하는 것이 위법이라는 것쯤은 아실 텐데요…….”

“프링글 서장.” 엘러리는 앞으로 걸어 나가 잿빛 눈으로 검시관을 빤히 보면서 안됐다는 듯이 말했다. “서장님은 이 사람을 계획적인 맥거번 살해 및 로저 보엔에게 누명을 씌운 죄목으로 체포하셔야 합니다."

　포치는 보라색 그림자로 감싸여 있었다. 달은 이미 오래 전에 지고 코르시카 마을은 깊은 잠에 빠져 있었다. 단지 아이리스의 흰 가운이 아련하게 빛나고, 마이클 스콧이 피우는 파이프가 빨갛게 타올랐다 꺼졌다 하고 있었다.

　"새뮤얼 도드가……." 마이클은 신음하듯이 말했다. "내 딴에는 새뮤얼 도드를 잘 알고 있다고 생각했었는데……."

　"오, 신부님!" 아이리스는 신음하면서 곁에 있는 흔들의자 위의 앤소니 신부 손을 더듬었다.

　엘러리는 피곤한 듯이 말하였다. 발은 난간 위에 얹혀 있었다. "도드 말고는 있을 수가 없었지요, 스콧 씨. 당신이 범인은 나중에 총알을 바꿀 수 있으리라 생각하고, 설마하니 쏜 총알이 보기 좋게 맥거번의 몸을 관통할 줄은 몰랐을 거라고 말씀하신 건 정말 정곡을 찌른 의견이었습니다. 범인이 발포 전에 예상했던 대로 총알이 몸 속에 남아 있었다고 한다면, 그 몸속의 총알을 바꿔치기할 수 있는 사람이 누구겠습니까? 도드 씨 말고는 없습니다. 살인 사건에 따르기 마련인 검시를 하는 것은, 검시관이기 때문입니다. 또 총알이 맥거번의 몸을 관통했다는 사실을 숨길 수 있는 자가 있다고 하면, 그게 누구겠습니까? 매장을 위해 시체를 처리하는 장의사 도드 말고는 없습니다.

　총알이 맥거번의 몸속에 남아 있었다고 증언한 사람이 누구였습니까? 검시를 한 검시관인 도드뿐이었습니다. 만일 그 사람에게 거리끼는 점이 없었다면 어째서 그런 거짓말을 했을까요? 보엔의 총알을 증거품으로 갖고 나온 것이 누구였습니까? 그것을 피해자의 심장에서 꺼냈다고 주장한 도드뿐이었습니다."

아이리스는 조그맣게 흐느껴 울고 있었다.

"증거가 있느냐고요? 얼마든지 있습니다. 도드는 이 집에서 사니까 그날 밤 맥거번의 방에 접근하는 건 아무것도 아니었지요. 시체를 발견한 것도 도드였으니 아무에게도 방해받지 않고 얼마든지 하고 싶은 대로 할 수 있었지요. 도드는 검시관으로서 사망 시간을 추정하였습니다. 실제로 살인이 일어났던 시간보다 조금 늦추어서, 옷장을 움직이고 의사를 바꿔치기하는 데에 소요된 시간을 속일 수가 있었던 것입니다. 도드는 로저 보엔과 함께 가끔 토끼 사냥 갔던 사실을 스스로 인정하고 있습니다. 따라서 보엔의 헌 총알, 보엔이 쏘아 맞히지 못한 총알을 줍는 것은 쉬운 일이었습니다. 도드는 검시관이기 때문에 전문 지식이 있었지요. 총알의 탄흔을 생각할 만한 전문적 지식을 가지고 있었습니다. 도드는 검시관이었기 때문에 탄도학적 지식을 가지고 있어서, 탄흔을 조사하기 위한 현미경도 갖추고 있었습니다.

그리고 나는 증거를 발견했습니다. 등받이에 총알 자국이 난 등의자를 내가 발견한 곳은 도드의 방이었습니다. 그리고 가장 중요한 점은, 맥거번의 시체를 발굴해서 흉부에 난 하나의 탄환 자국과 등에 그것이 빠져나간 구멍을 발견할 수만 있다면, 도드는 정식 보고서에 허위 신고를 한 것이므로 저의 추리가 전적으로 옳았다는 것이 입증된다는 것을 제가 알았다는 겁니다. 우리는 시체를 발굴했는데, 과연 등에는 총알 구멍이 있었습니다. 저의 증거 사진은 도드를 전기 의자로 보내게 되겠지요."

"엘러리 씨, 당신이 신이 있다고 말한 것은?" 앤소니 신부가 어둠 속에서 조용히 말했다.

엘러리는 한숨을 쉬었다.

"전 도드가 쏜 총알이 맥거번의 몸을 관통했다는 사실 자체가 어쩐지 신이 있기 때문이 아니었나 생각하고 싶습니다. 만일 총알이 도드가 얘기했던 대로 맥거번의 심장에 머물러 있었다면 벽에는 구멍도 나지 않았을 것이고, 의자에도 물론 구멍이 나지 않았을 것입니다. 따라서 시체를 발굴해야 할 이유도 없었겠지요. 도드는 검시 후 보엔의 총알을 꺼내 놓고 맥거번의 몸속에서 나온 것이라고 주장했겠지요. 실제로 그렇게 했잖습니까. 그리고 보엔은 더할 나위 없이 불행한 청년이 되었겠지요."

"도드 씨가 그런 짓을 하시다니……."

두 손으로 얼굴을 가리고 아이리스가 소리쳤다.

"저는 어렸을 적부터 무척 오랫동안 그분을 알고 있지요. 늘 조용하고 다정하고 그야말로…… 정말이지……."

엘러리는 일어섰다. 캄캄한 포치에 구두 소리가 났다. 엘러리는 희끄무레하게 떠오른 아이리스의 모습 위로 몸을 구부리고, 두 손으로 그 턱을 받쳐들듯이 하여 무어라 말할 수 없이 기묘한 사모의 정을 담아 전혀 보이지 않는 얼굴을 빤히 보고 있었다.

"아가씨같이 아름다운 분은 참으로 위험한 하늘의 선물입니다. 그 온후한 도드는 한 사람의 경쟁 상대를 제거하기 위해 맥거번을 죽이고 또 하나의 경쟁 상대를 없애기 위해 보엔에게 살인 누명을 씌우려 했던 겁니다."

"경쟁 상대라고요?" 아이리스는 숨을 삼켰다.

"경쟁 상대라고? 괘씸한 녀석 같으니." 스콧이 버럭 소리를 질렀다.

"엘러리 씨, 당신 눈은" 앤소니 신부가 속삭였다. "아주 훌륭합니다."

"희망은 영원히 통할 수도, 또 죽음을 초래할 수도 있습니다." 엘러리는 조용히 말했다. "새뮤얼 도드는 아가씨를 사랑하고 있었습니다."

티크 담뱃갑의 모험

뉴욕 시 서 87번 거리에 있는, 가죽과 목재로 꾸며진 가정적 분위기인 퀸의 아파트 방에는, 이따금 시맨 카터 씨보다도 더 색다른 방문객들이 들렀으나, 확실히 이 인물만큼 침착성 없는 손님도 없었다.

엘러리 퀸은 난로 쪽으로 긴 다리를 뻗으며 재미있다는 듯이 말했다.

"정말이지, 카터 씨. 그건 대단한 착각입니다. 난 탐정이 아니에요. 우리 집에서 탐정은 아버지뿐입니다. 공식적으로 말하자면 당신과 마찬가지로 나도 범죄를 수사할 권한 따윈 전혀 없습니다."

"바로 그 점이 중요합니다, 퀸 씨."

카터는 얼룩돌 같은 큰 눈망울을 굴리면서 쌕쌕 숨가쁜 소리를 내면서 말했다.

"우리는 경찰을 원하는 게 아니에요. 비공식적인 조언이 필요합니다. 당신이 필요해요, 퀸 씨. 당신이 그 괴이한 도난 사건을 처리해 주셨으면 해서 찾아온 겁니다. 그게 아니라면 당신을 찾아올 필요도 없지요. 고딕 암 아파트에 대해 나쁜 소문이라도 나돌게 되면

큰일이거든요, 퀸 씨. 우리 아파트는 훌륭한 사람들이 애용하고 있는 최고급 시설이기 때문에…….”

“하지만 카터 씨.” 엘러리는 언제나처럼 태평하게 담배를 피우면서 말했다. “경찰에 신고하셔야 합니다. 그 아파트에서는 지난 몇 달 동안 도난 사건이 5건이나 발생하지 않았습니까. 그것도 다 보석으로, 저마다 다른 층 사람들이 모두 당하고 있지 않습니까? 바로 이틀 전에 일어난 도난 사건에서는 다이아몬드 목걸이를, 그 아파트에서 제일 오래 사신, 몸이 불편한 말로리 부인의 침실 벽 금고에서 도난당했잖습니까…….”

“말로리 부인은” 카터는 문어처럼 꿈틀거리면서 몸을 떨었다. “늙어서 신경질이 많은 소름끼치는 인물입니다. 경찰을 불러라, 보험회사에 통지를 해라, 소란을 피우는 통에 저희들도 쩔쩔매고 있는 중입니다.”

“내 생각엔” 엘러리는 상대의 떨고 있는 울퉁불퉁한 볼을 날카로운 눈으로 보면서 말했다. “카터 씨, 경찰에 알리지 않으면 큰코 다칠 겁니다. 당신은 아무것도 아닌 일을 가지고 엉뚱한 소란을 피우고 있는 거예요.”

전화벨이 울렸다. 퀸의 집에서 모든 일을 맡아 보고 있는 주나가 침실로 뛰어 들어가 전화를 받았다. 주나는 이내 문으로 조그만 집시 머리를 불쑥 내밀었다.

“전화예요, 퀸 경감님한테서 왔는데, 아주 급하신 모양이에요.”

“실례하겠습니다.” 엘러리는 무뚝뚝하게 말하고 침실로 들어갔다.

이윽고 침실에서 나왔을 때는 엘러리의 갸름한 얼굴에서 지금까지의 즐거웠던 표정이 사라지고 없었다. 실내복을 벗고 단정하게 외출복으로 갈아입고 있었다.

“말씀드리면 틀림없이 놀라시겠지만,” 그는 단조로운 목소리로 말했다. "사실이란 소설보다도 더 기이하군요, 카터 씨. 놀라운 우연의 일치예요. 말로리 부인의 아파트는 몇 층인가요?"

시맨 카터 씨는 크게 울리며 흔들리는 화산의 산허리처럼 떨고 있었다. 조그만 눈이 유리알처럼 빛났다.

"아니!" 그는 날카롭게 소리치며 느릿느릿 일어섰다. "대체 무슨 일입니까? 말로리 부인은 아파트 16층 F호에 살고 있습니다."

"F호라니 천만 다행이군요. 그런데 카터 씨, 중대한 뉴스를 지워버리려고 애쓰는 당신의 노력도 실패로 끝나고 말았습니다. 사태는 나의 부족한 서비스를 필요로 하는군요. 우리는 지금부터 도난 사건보다도 더 중대한 범죄 현장으로 출동하려 합니다. 아버지 퀸 경감으로부터 온 연락으로는 고딕 암 아파트 16층 H호에서 한 남자가 발견됐답니다. 간단하게 말하면, 살해된 거지요."

엘러리와 관리인은 고속 엘리베이터를 타고 16층으로 올라갔다. 두 사람은 빌딩 서쪽 복도에 내렸다. 홀을 둘로 나누는 중앙 복도로 나가니 거기서 동쪽 복도 엘리베이터의 청동 문이 보였다. 카터는 젤라틴으로 된 괴물처럼 뚱뚱하게 살찐 몸을 덜덜 떨며 오른쪽으로 안내했다. 어느 한 문 앞에 이르니, 형사 하나가 휘파람을 불며 서 있었다. 금색 글씨로 'H'라고 씌어진 문은 닫혀 있었다. 카터가 문을 열었고 두 사람은 안으로 들어갔다.

들머리의 작은 방의 열어젖힌 문을 통해 큰 방이 보였는데, 그곳에는 사람들이 잔뜩 있었다. 엘러리는 정복 경찰 곁을 지나 아버지에게 ——쥐색 날개를 가진 밝고 작은 눈을 한 새처럼 생긴 인물에게—— 고개를 끄덕여 보이고는, 작은 탁자같이 방 복판에 놓여 있는 팔걸이 의자에 꼼짝도 않고 앉아 있는 사람을 찬찬히 바라보았다.

"교살입니까?"

"그래." 퀸 경감이 말했다. "같이 온 분은 누구냐, 엘러리?"

"이 아파트 관리인 시맨 카터 씨입니다."

엘러리는 카터가 자기네 집을 방문한 목적을 설명했다. 그러는 동안에도 눈은 계속 주위를 둘러보고 있었다.

"카터 씨, 이 죽은 사람은 누군가요?" 경감이 물었다. "아무도 모르는 모양인데."

카터는 커다란 코끼리 발 같은 한쪽 발에서 다른 한쪽 발로 몸무게를 옮겼다.

"누, 누구냐고요? 르복 씨지 누구겠습니까!" 카터는 더듬거리면서 말했다.

모닝코트를 입고 깃의 단추 구멍에 꽃을 꽂은 멋쟁이 젊은이가 조심스레 헛기침을 했다. 모두는 고개를 돌려 그를 보았다.

"르복 씨가 아닙니다, 카터 씨. 뒤에서 보면 똑같지만요."

그는 겁먹은 태도로 말했다. 그의 점잔빼는 입술은 공포로 새파래져 있었다.

"이 사람은 누군가요?" 엘러리가 물었다.

"풀리스입니다. 내 조수지요." 관리인은 나직한 목소리로 말했다.

"정말 그렇군, 풀리스, 자네 말이 옳아."

카터는 시체가 잘 보이도록 팔걸이 의자를 빙글 돌렸다.

얼굴이 불그스름하고 몸차림이 단정한 키 큰 사내가 불쑥 방으로 들어섰다. 손에는 검은 가죽 가방을 들고 있었다. 아파트 전속 의사인 유스터스는 가방을 의자 옆에 놓고 시체를 살피기 시작했다.

엘러리는 경감을 방 한쪽으로 데리고 갔다.

"뭐 좀 알아냈습니까?" 엘러리가 낮은 목소리로 물었다.

경감은 코담배를 듬뿍 코에 밀어 넣고는 빨아들였다.

"아무것도 없어. 완전히 수수께끼야. 시체는 1시간쯤 전에 우연히 발견되었어. 중앙 복도를 끼고 맞은편 아파트 C호에 살고 있는 여자가 볼일이 있어서 이 두 칸짜리 아파트에 혼자 살고 있는 존 르복을 만나러 왔던 거야. 적어도 그 여자는 그렇게 말하고 있어.”

경감은 이렇게 말하면서 은발의 젊은 여자 쪽으로 머릿짓을 해 보였다.

그 여자의 공들여 화장한 얼굴은 눈물로 엉망이 되어 있었다. 여자는 경관의 경호 아래 방 맞은편에 쓸쓸히 앉아 있었다.

“저 여자 이름은 빌리 함즈, 로마 극장의 시시한 희극에서 처녀 역을 맡고 있는 여배우지. 여러 모로 조사한 끝에 저 여자가 지난 두어 달쯤 르복의 상대였다는 것을 겨우 알았어. 고맙게도 저 여자의 하녀가 말하기를, 저 여자와 르복은 2, 3주일 전에 다투었다더군. 남자가 더 이상 여자의 방세를 내주지 않겠다고 한 모양이야.”

“재미있는 친구들이군요, 그래서요?” 엘러리가 물었다.

“여자는 아무것도 모르고 이 방에 들어왔던 거야. 방이 어둠침침했던 모양이지. 탁자 위 램프에 작은 불이 켜져 있었을 뿐이니까. 여자는 이 친구가 자고 있는 줄 알고 흔들어 보았더니 그건 르복도 아니었고, 게다가 죽어 있더라는 거야. 흔해 빠진 줄거리지. 여자가 기겁을 해 소리를 지르자 많은 사람들이 우르르 달려온 거야. 저기 있는 이웃 사람들이.”

엘러리가 보니 다섯 사람이 빌리 함즈의 의자 곁에 모여 있었다.

“모두 이곳에 사는 사람들이지. 저 나이 먹은 두 사람은 오킨즈 부부인데, 홀 맞은편 A호에 살고 있어. 오킨즈 부부 옆에 상을 찌푸리고 있는 사람은 보석상 벤저민 슐리로 아파트 B호에, 그 밖에 둘은 포레스터 부부로 남편은 시내에서 무언가 아리송한 장사를 하고 있는데, 빌리 함즈의 옆방인 D호에 살고 있지.”

“저 사람들한테서 뭐 좀 알아내셨습니까?”

"아니, 실마리 하나 잡지 못했다." 경감은 회색 콧수염 끝을 잘근 거리고 있었다. "르복은 아침에 나가서 아직도 돌아오지 않았어. 꽤 나 바람둥이라 여자 관계로 소문이 자자한 모양이야. 한 하녀의 말로 는 포레스터 부인과도 가까이 지내는 사이였던 모양이더군. 그녀는 꽤 미인이지? 하지만 딴 사람들과는 아무 관계도 없었던 것 같아."

경감은 어깨를 한번 움츠리더니 다시 말을 이었다.

"서너 가지 쓸모 있는 말들도 있지. 르복은 직업이 없는데 아무도 그 수입원은 모르고 있어. 아무튼 당장은 그에 대해서 흥미가 없 다. 행방을 찾고는 있지. 해그스트롬이 그쪽을 맡고 있어. 그런데 이 아파트 주민들 가운데 아무도 이 교살된 사람이 누군지를 모르 고 있어. 본 일도 없다는 거야. 소지품에도 신원을 알 수 있는 것 이 하나도 없고."

유스터스 의사가 검시를 끝내고 일어섰다. 그리고 경감에게 눈짓을 했다. 퀸 부자는 의사 쪽으로 되돌아갔다.

"뭐 좀 알아냈습니까?" 경감이 물었다.

"뒤에서 목이 졸렸군요. 한 시간 조금 더 됐어요. 지금 상태로 말 할 수 있는 건 그뿐입니다." 의사가 대답했다.

"그것만으로도 도움이 되지요."

엘러리는 죽은 사람이 앉아 있는 옆의 작은 탁자 쪽으로 다가갔다. 탁자 위에는 사나이가 지녔던 물건들이 놓여 있었다. 허름한 싸구려 지갑 속에는 57달러와 동전 몇 개가 들어 있었다. 조그만 자동 권총, 예일 열쇠 하나, 석간 신문 〈뉴욕〉 한 부, 로마 극장의 구겨진 프로 그램과 그날 날짜의 입장권이 반 조각, 더러운 손수건 두 장, 표지에 고딕 암 아파트의 광고가 인쇄된, 접었다 폈다 하는 새 성냥, 반들거 리는 녹색 담뱃갑은 위쪽의 은종이와 파란 봉인이 반만 찢어져 있었 는데, 담뱃갑은 새것이고 모양도 쭈그러져 있지 않았으나 알맹이는 4

개비밖에 없었다.

그다지 도움이 될 것 같지도 않았다.

엘러리는 작은 열쇠를 집어들며 경감에게 물었다.

"이건 확인해 보셨습니까?"

"그래, 이 아파트 열쇠다."

"복제한 것입니까?"

시맨 카터는 엘러리의 손에서 떨리는 손으로 열쇠를 받아들고 이리저리 만져 보며 겁에 질려 있는 풀리스와 몇 마디 주고받더니 다시 엘러리에게 돌려주었다.

"이건 원래 열쇠요, 퀸 씨. 복사한 것이 아닙니다."

그는 떨리는 목소리로 말했다.

엘러리는 열쇠를 탁자 위에 던졌다. 엘러리는 날카로운 눈으로 주위를 두리번거리기 시작했다. 탁자 밑에서 작은 금속제 휴지통을 발견하고 엘러리는 그것을 끄집어냈다. 휴지통은 깨끗했으며, 은종이와 파란 종이를 뭉친 것과 구깃구깃한 셀로판 포장지 말고는 아무것도 들어 있지 않았다. 엘러리는 곧 탁자 위의 담뱃갑과 비교해 보았다. 은종이와 파란 봉인이 있는 종이 조각을 펴 보니, 그것이 담뱃갑 위를 찢어 구멍과 꼭 맞는다는 것을 알 수 있었다.

경감은 엘러리의 열성있는 태도를 보고 싱긋 웃었다.

"그렇게 애쓰지 않아도 된다. 이 친구는 한 시간에서 한 시간 반쯤 전에 아래층 휴게실로 들어와 프런트에서 그 담배를 산 거야. 물론 성냥도 거기서 얻었고, 그리고 위로 올라온 거지. 엘리베이터 보이가 16층에서 내려 주었는데, 그것이 이 사람을 마지막 본 것이고 그 뒤로는 아무도 본 사람이 없어."

엘러리는 눈살을 찌푸리며 말했다.

"이 사람을 죽인 녀석은 빼고 말이겠지요. 그런데 아버지, 이 담뱃갑 속을 보셨습니까?"

"아니, 안 보았다. 왜 그러냐?"

"보셨으면 속에 담배가 4개비밖에 없다는 것을 아셨을 겁니다. 이
건 아주 의미심장하다고 생각하는데요."

엘러리는 더 이상 아무 말도 하지 않고 태평스레 방 안을 거닐기
시작했다. 방도 넓고 가구들도 애호가들이 좋아할 만한 것들뿐이었
다. 그러나 엘러리는 존 르복의 실내 장식에는 아무 흥미도 갖지 않
았다. 그는 재떨이를 찾고 있었다. 여기저기 크고 작은 여러 모양의
재떨이가 놓여 있었다. 어느 것이나 모두 깨끗했다. 엘러리의 눈길이
바닥을 향했다가 찾는 것이 눈에 띄지 않는 듯 다시 수평으로 들어올
려졌다.

"저 문은 침실로 통하고 있습니까?"

엘러리는 방 동남쪽 구석에 있는 문을 가리키며 물었다. 경감이 고
개를 끄덕이자 엘러리는 방을 가로질러 이내 사라졌다.

새로 온 그룹——경찰의 사진사, 지문 담당, 뉴욕 주 검시관보—
—들이 엘러리가 나가고 난 거실로 우르르 들어왔다. 엘러리는 플래
시를 터뜨리는 둔중한 소리와, 16층에 사는 사람들에게 재신문을 하
느라 다그쳐 묻는 노경감의 목소리를 들었다.

엘러리는 침실을 둘러보았다. 침대에는 커버가 있고 비단 휘장이
쳐졌으며, 술 장식이 달려 있었다. 바닥에는 푹신한 중국 카펫이 깔
려 있었다. 화려하고 아름다운 가구들은 단순한 그의 눈을 아프게 했
다.

엘러리는 출입구를 찾았다. 문이 3개 있었다. 하나는 방금 거실에
서 열고 들어온 것, 하나는 오른편에 있으며 서쪽 복도로 통하고 있
었다. 또 하나는 왼편에 있었다. 엘러리는 그 문의 손잡이를 돌려 보
았다. 잠겨 있었지만 열쇠 구멍에 열쇠가 꽂혀 있었다. 열어 보니 그

방은 건축상으로는 르복의 침실과 똑같은 구조였으나, 가구는 하나도 없었다. 다시 살펴보니 빈 거실과 아무것도 없는 대기실이 딸려 있다는 것을 알 수 있었다. 이것은 엘러리가 생각하기에 아파트 G호로서 분명히 빈 방이었다. 엘러리는 곧 G호로 통하는 문은 모두 잠겨 있지 않다는 것을 알았다.

엘러리는 한숨을 쉬고 르복의 침실로 돌아와 잠그고 열쇠는 그대로 놓아두었다. 그리고 충동적으로 걸음을 멈추고 손수건을 꺼내어 말끔히 손잡이를 닦았다. 그리고 곧바로 옷장으로 가서 그 속의 옷걸이에 걸려 있는 수많은 양복 주머니 속을 일일이 차근차근 조사하기 시작했다. 외투, 양복, 모자 등이 잡다하게 걸려 있었다. 엘러리는 무척 괴상한 일을 하고 있었다. 가루로 되어 있는 것 말고는 전혀 흥미가 없는 것 같았다. 주머니를 뒤집어서 솔기와 접힌 곳의 먼지 찌꺼기를 조사하고 있었다.

"담뱃가루는 하나도 없군. 재미있어…… 그런데 대체 어떻게 된 걸까?"

그는 혼잣말로 중얼거렸다.

그런 다음 엘러리는 차근차근 모든 주머니와 옷을 원래 상태대로 해 놓고 옷장 문을 닫고 나서 서쪽 복도로 난 문 쪽으로 갔다. 그것을 열고 밖으로 나가 서둘러 복도를 건너 르복의 바깥문 곁으로 갔다. 사진사, 지문 담당, 벨리 경사, 키가 크고 깡마르며 음울한 표정의 의무 검사관보 프라우티 의사 등이 엘리베이터 가까이에 서서 조용히 이야기를 주고받고 있었다.

엘러리는 아파트 H호 앞에서 감시하고 있는 형사——이 사람은 아직도 휘파람을 불고 있었다——에게 인사를 하고 대기실로 들어가서 아까처럼 붙박이장 안에 걸려 있는 옷들의 주머니를 모두 조사했다. 그 표정으로 보아 결과는 실망스러운 것인 듯했다.

거실에서 떠들썩한 소리가 들려오자 붙박이장 문을 재빨리 닫았다.

"르복 씨, 협력해 주는 게 좋을 거요."

경감의 목소리가 들렸다.

엘러리는 서둘러 거실로 들어갔다. 아파트 사람들 중에는 이미 돌아간 사람도 있고, 형사의 감시를 받으며 저마다의 방으로 돌아가는 사람도 있었다. 이 극의 주요 등장 인물 중에서 남아 있는 것은 시맨카터와 유스터스 의사뿐이었다. 그러나 새로 온 이가 하나 있었다. 몸집이 작고 말랐으며 볼이 꺼진 멋쟁이로서 모래 색깔 머리와 푸른 눈을 하고 있었다. 그는 죽은 사람을 내려다보았다. 그의 면도를 한 턱이 우스우리만큼 덜덜 떨렸다.

"누구시죠?"

엘러리가 부드럽게 물었다.

사내는 고개를 돌려 얼빠진 표정으로 엘러리를 보았으나, 다시 시체 쪽으로 얼굴을 돌렸다.

"존 르복 씨다." 경감이 말했다. "이 방 주인이지. 겨우 찾았어. 해그스트롬이 연행해 왔어. 그리고 의자에 있는 저 친구의 신원도 알았다."

엘러리는 빤히 존 르복의 얼굴을 보고 있었다.

"르복 씨, 댁의 친척입니까? 무척 많이 닮은 것 같은데."

"그렇습니다." 르복은 정신을 가다듬자 쉰 목소리로 말했다. "제 동생입니다. 동생은 오늘 아침 과테말라에서 이곳에 도착했는데, 엔지니어였습니다. 벌써 3년째 못 만났었지요. 도착하자마자 제가 있는 클럽으로 찾아왔었지요. 그런데 제가 약속이 있어서 아파트의 열쇠를 주었더니, 동생은 영화라도 구경하고 오후 늦게 아파트로 오겠다고 그랬지요. 그래서……."

르복은 어깨를 펴고 크게 숨을 들이마셨다. 그러자 대리석같이 파란 눈에 얼마쯤 생기가 돌아왔다. "저는 정말 도무지 영문을 모르겠습니다."

"르복 씨," 경감이 물었다. "동생에게 적이 있었나요?"

모래 색깔 머리의 사내는 탁자 가장자리를 움켜잡고 힘없이 말했다.

"전 모릅니다. 해리는 편지에 그런 말을 전혀 써 보내지 않았으니까요."

엘러리가 끼어들었다.

"르복 씨, 이 탁자 위에 있는 것을 한번 살펴봐 주십시오. 이건 당신 동생의 주머니에서 나온 것들입니다. 있어야 할 게 없어진 건 없습니까?"

그는 탁자 위를 보았다. 그리고 고개를 저었다. "저는 모르겠습니다."

엘러리는 르복의 팔을 건드렸다. "르복 씨, 동생의 담뱃갑이 없어지지 않았습니까?"

르복은 흠칫했다. 그리고 그 흐릿한 눈에 어떤 호기심 비슷한 것이 떠올랐다. 경감은 놀라서 우뚝 서 있었다.

"담뱃갑이라고? 웬 담뱃갑이냐, 엘러리? 그런 것은 보이지 않던데."

"바로 그 점입니다. 어떻습니까, 르복 씨?"

엘러리는 조용히 말했다.

르복은 바짝 마른 입술을 축였다.

"지금 그 말씀을 듣고 보니 그렇군요." 그는 애를 쓰면서 말했다. "제가 미처 깨닫지 못한 것을 당신이 어떻게 아셨는지는 모르겠습니다만, 정말 저는 까맣게 잊고 있었습니다. 3년 전에 해리가 미국을 떠나 과테말라로 갈 때에 제게 똑같은 담뱃갑 2개를 보인 적이 있었습니다. ”

르복은 윗옷 안주머니를 더듬어 얄팍하게 생긴 거무스름한 담뱃갑을 꺼냈다. 동양식 무늬가 정교하게 은으로 새겨져 있었는데, 조그마한 은 도막 하나가 빠져 달아나고 없었다.

엘러리가 눈을 빛내며 담뱃갑을 열어 보니 속에 담배 대여섯 개비가 들어 있었다. 엘러리는 자신이 대단한 담배 애호가였기 때문에 자연히 담뱃갑에 대해서도 깊은 애착을 가지고 있었다.

기어들어가는 목소리로 르복은 말을 이었다.

“해리의 친구가 방콕에서 그 담뱃갑을 2개 보내 온 것입니다. 세계에서 제일가는 티크는 아시다시피 동인도 제도에서 납니다. 해리가 제게 그것을 하나 주길래 전 그때부터 계속 지니고 있습니다. 하지만 퀸 씨, 어떻게 그것을 아셨지요 ? ”

엘러리는 뚜껑을 ‘찰칵’ 닫아 르복에게 담뱃갑을 돌려주었다. 그리고 웃으며 말했다.

“그런 것을 알아내는 게 우리 직업이지요. 사실 나의 지식에는 수수께끼 같은 점은 손톱만큼도 없습니다. ”

르복은 담뱃갑을 소중하게 주머니에다 넣었다. 마치 보물이라도 다루듯이. 그때 두런두런하는 소리가 대기실에서 들리더니 흰 가운을 입은 두 명의 인턴이 들어왔다. 경감이 고개를 끄덕이자 그들은 들것을 펴놓고 팔걸이 의자에서 죽은 사람을 안아 일으켜 아무렇게나 캔버스 위에 굴리고는 담요를 덮고, 갓 잡은 쇠고기라도 다루듯이 들고 가 버렸다.

존 르복은 탁자 가장자리를 움켜잡았다. 얼굴이 더욱 창백해지더니 숨을 몰아쉬며 맥없이 바닥에 쓰러지려고 했다.

“유스터스 선생, 프라우티 선생, 이리로 좀 와 주시오, 빨리 ! ”

경감은 이렇게 소리쳐 놓고 엘러리와 함께 뛰어나가 기절하려는 사나이를 부축하였다.

프라우티 의사가 달려왔을 때, 유스터스 의사는 이미 가방을 열고 있었다.

르복은 나직한 소리로 고통스러운 듯이 말했다.

"양해해 주십시오. 너무 놀라서…… 저렇게 실려 가는 것을 보니 …… 불쌍한 해리…… 진정제를 놔주세요. 기운을 차릴 수 있게."

프라우티 의사는 코를 킁킁거리며 밖으로 나갔다. 유스터스 의사가 병을 꺼내어 르복의 코 밑에서 그것을 흔들었다. 콧구멍이 벌름거리더니 르복은 희미하게 웃었다.

"자……." 엘러리는 자신의 담뱃갑을 꺼내면서 말했다. "한 대 피우시오. 안정될 겁니다."

그러나 르복은 머리를 내젓고 담뱃갑을 밀어냈다.

"이제 괜찮습니다." 그는 숨가빠하면서 일어서려 애쓰고 있었다.

"이거 실례했습니다."

엘러리는 얼굴에서 폭포 같은 땀을 흘리면서 눈먼 하마처럼 탁자 곁에 서 있던 관리인 카터에게 말했다.

"카터 씨, 이 방 청소를 하는 분을 불러 주시오. 지금 곧."

뚱뚱한 사내는 고개를 끄덕이더니 그 젤리 같은 다리로 부리나케 거실에서 비틀거리며 나갔다. 벨리 경사가 불쑥 들어오더니 못마땅한 듯이 카터를 노려보았다. 엘러리는 아버지를 힐끗 보며 대기실 쪽으로 턱짓을 했다.

그러자 노경감이 말했다.

"르복 씨, 당신은 여기서 잠시 쉬도록 하시오. 우리는 곧 돌아올 테니까."

엘러리는 경감과 함께 대기실로 나오자 조심스럽게 거실과 통하는 문을 닫았다.

“대체 어쩌자는 거냐 ? ”

경감이 불만스러운 듯이 말했다.

“기다리세요. ”

엘러리는 싱긋 웃으며 말했다.

그리고 뒷짐을 지고 돌아다니기 시작했다. 까만 제복을 입은 몸집이 작고 단정한 흑인 여자가 종종걸음으로 방문 앞으로 왔다. 그녀의 얼굴은 파랗게 겁에 질려 있었다.

“들어와요. 당신이 매일 이 방을 청소합니까 ? ”

엘러리가 물었다.

“네. ”

“오늘 아침에도 보통 때처럼 청소를 했나요 ? ”

“네. ”

“재떨이 안에 재가 있었습니까 ? ”

“아니오. 르복 씨 방에는 손님이 오신 날 말고는 재가 없습니다. ”

“틀림없지요 ? ”

“성호라도 긋겠습니다. ”

여자는 서둘러 물러갔다.

경감이 말했다.

“난 도무지 영문을 모르겠구나. ”

엘러리는 무관심한 척하던 태도를 바꾸어 아버지의 호리호리하고 작은 몸을 끌어당겼다.

“들어보십시오. 우리가 필요로 하는 것은 그 청소부의 증언입니다. 아주 미묘한 상황이에요, 아버지. 아무튼 저의 추리를 들어보세요.

해리 르복의 주머니에서 담배가 나왔습니다. 그 담뱃갑이 새것이라는 것, 이리로 올라오기 직전에 샀다는 것, 휴지통에 있던 은종이와 푸른 봉인 종이 조각이 담뱃갑의 것과 완전히 일치한다는 것,

셀로판 포장지와 담뱃갑이 아직 찌그러져 있지 않았다는 것 등으로 무언가를 알 수 있습니다. 해리 르복은 여기 올라와서 형을 기다리고 있었습니다. 저 팔걸이 의자에 문을 등지고 돌아앉아 있었던 것입니다. 담배는 피우지 않았습니다. 아무 데도 재가 없었고 꽁초도 보이지 않았으니까요.

그런데 담뱃갑은 새것이었는데도 속에는 4개비 밖에 남아 있지 않았습니다. 한 담뱃갑에 20개비가 들어가는데, 나머지 16개비는 어떻게 되었을까요? 첫 번째 가능성은 살인범이 담뱃갑에서 빼내어 가져갔다는 것입니다. 그러나 이건 심리적으로 성립되지 않습니다. 범인이 피해자의 새 담뱃갑에서 담배를 빼낸다는 것은 상상도 못할 일입니다. 두 번째 가능성은, 르복 자신이 범인에게 습격당하기 전에 담뱃갑에 넣기 위해 담뱃갑을 뜯은 것은 아닐까 하는 점입니다. 이거라면 없어진 담배의 개비 수도 설명이 됩니다. 그렇습니다. 저는 엔지니어인 해리 르복이 없어진 16개비의 담배를 그의 담뱃갑에 담았다고 확신합니다.

그렇다면 담뱃갑은 어디로 갔을까요? 분명히 없어진 이상 범인이 가져간 게 틀림없습니다. 그렇다면 어떻게 됩니까? 담배 자체는 금방 산 것이라 절도의 대상이 될 수 없습니다. 그렇다면 담뱃갑이 절도의 목적이었음이 틀림없습니다."

퀸 경감은 아들의 말을 하나하나 생각하며 고개를 끄덕였다. 그리고 늙은 입술을 오므리고 말했다.

"그런데 왜일까? 담뱃갑 속엔 비밀 용수철이나 은밀한 걸 넣어 둘 만한 구석진 데가 있을 까닭이 없고, 뚜껑은 나무가 너무 얇아서 중국 사람의 한숨 소리 하나도 숨겨 둘 수가 없을 텐데……."

"왜 훔쳤는지, 아버지는 그 이유를 모르시는군요. 하지만 도둑맞은 것만을 틀림없습니다. 그런데 존 르복 말입니다만, 이 사람에 대해서는 세 가지 심리적 징후가 있습니다. 좀더 쉽게 설명해 드리지요. 우선 청소부의 증언입니다. 이 방은 손님이 오는 때 말고는 한 번도 담배 꽁초나 담뱃재가 없었습니다. 이것은 담배를 피우지 않는다는 뜻입니다. 그렇지요, 아버지? 존 르복이 반쯤 실신했을 때 진정제를 요구했지만 제가 내민 담배는 거절했습니다. 이것도 담배를 피우지 않는 증거가 아니겠어요?

바로 그렇습니다. 담배를 피우는 사람은 감정적으로 긴장되었을 때 거의 무의식적으로 담배에 손을 내미는 법이지요. 담배는 니코틴 중독 환자의 신경 안정제니까요. 그리고 세 번째, 존 르복의 옷장 속에 있는 어느 옷 주머니에도 담배 가루가 없었습니다. 아버지는 제 윗옷 주머니를 보신 적이 있으십니까? 솔기에 언제든지 담배 가루가 묻어 있어요. 그런데 존 르복의 옷에는 하나도 없거든요. 담배를 피우지 않는다는 증거겠지요. 아버지, 이 질문에 어떻게 대답하시겠어요?"

"그래, 그 사람은 담배를 피우는 사람이 아니었어. 그런데 왜 담배를 담은 담뱃갑을 가지고 다닐까?"

경감이 부드럽게 말했다.

"그 점입니다. 우리는 아까 그가 살해되었을 때 담뱃갑을 도난당했다고 추정했지요? 그런데 존 르복은 담배도 피우지 않으면서 담뱃갑을 가지고 있었습니다. 그럼, 존이 우리에게 보인 담뱃갑은 살해된 동생의 것이라고 생각하는 게 아마도 타당, 아니, 가장 타당할 것입니다."

"그렇다면 그가 해리를 죽인 게 되는데, 그렇지만 그 담뱃갑에는 담배가 16개비나 들어 있지 않았어, 엘러리. 그리고 그 속에 들어 있던 4개비도 담배 이름이 다른 것이었지."

경감이 중얼거리듯이 말했다.

"바로 그 점입니다. 그 멋쟁이는 기술자 동생이 산 담배는 버리고, 수와 종류가 다르게 바꿔 넣었는지도 모릅니다. 그렇다고 그게 틀림없다는 건 아닙니다. 하지만 지금 상태로는 형에 대한 혐의가 꽤 짙습니다. 만일 그가 동생을 죽인 범인이라고 한다면, 그 두 개의 티크 담뱃갑에 대한 이야기는 조작한 것으로 몸수색이라도 당해서 자기가 티크 담뱃갑을 가지고 있는 게 발견되었을 경우, 그것을 설명하기 위해 임기응변으로 생각해 낸 것이겠지요."

대기실 문을 노크하는 소리에 퀸 부자는 고개를 돌렸다. 노크한 사람은 유스터스 의사였다. 옆 거실과 통하는 문을 비스듬히 열어 놓은 채로 의사가 나왔다.

"방해를 해서 죄송합니다. 다른 환자를 진찰해야 하거든요."

유스터스 의사는 사과를 했다. 경감은 엄숙한 목소리로 단호하게 말했다.

"언제든지 연락을 할 수 있도록 해주시면 좋겠소. 지금 막 존 르복을 경찰 본부로 연행해서 얘기를 들어보기로 결정이 났으니까, 유스터스 씨의 직무상 증언도 필요합니다."

유스터스 의사는 눈을 동그랗게 뜨고는 어깨를 움찔했다.

"르복을? 그러세요? 아무튼 내 일이 아닌 것 같군요. 난 2층 진찰실에 있든가, 아니면 가는 곳을 알 수 있도록 프런트에 말해 두지요. 필요할 때는 언제든지 오겠습니다, 경감님."

의사는 고개를 끄덕이며 나갔다.

경감이 거실 쪽으로 돌아가려 할 때 엘러리가 말했다.

"위협하지 않는 게 좋을 것 같습니다. 저의 논리는 바다의 신 트리톤의 턱수염보다도 더 많은 빗물이 샐지도 모르니까요."

두 사람이 문을 열고 거실에 들어가니, 벨리 경사 혼자서 죽은 사람이 앉았던 의자에 앉아 탁자에 다리를 걸치고 있었다.

"르복은 어디 있지요?"

엘러리가 재빨리 물었다.

그러자 벨리는 하품을 했다. 그 입은 에나멜 테를 두른 빨간 동굴 같았다.

"조금 전에 침실로 들어갔는데요." 그가 입을 우물우물하며 말했다. "별 지장 없을 줄 알았습니다만."

부장은 이렇게 말하며 닫힌 침실 문을 가리켰다.

"오, 이런 멍텅구리 같으니!"라고 외치면서 엘러리는 재빨리 방을 가로질러 뛰어갔다. 그리고 침실 문을 확 열었다. 방 안은 텅 비어 있었다.

경감은 복도에 나가 소리를 질렀다. 벨리 경사는 얼굴을 포도주처럼 새빨갛게 해 가지고 펄쩍 뛰어 일어섰다. 경보가 울리고 경관들이 이 잡듯이 홀을 뒤지기 시작했다.

아파트 A호에서 오킨즈 부부가 흰 머리를 내밀었다. 빌리 함즈는 레이스가 달린 슈미즈 바람으로 중앙 복도로 뛰어나왔다. 마녀 같이 생긴 노파 하나가 휠체어를 타고 아파트 F호 문에서 나오자, 두 형사가 제기랄, 하며 뛰어가 허둥지둥 그 휠체어의 서투른 조작을 도왔다. 그 광경은 마치 필름을 빨리 돌린 희극 영화 같았다.

엘러리는 벨리 경사의 뜻하지 않은 실수를 나무라고 있을 겨를도 없었다. 서쪽 복도에 있는 형사들 말에 의하면 존 르복이 침실 서쪽 문으로는 나가지 않았다는 것을 알았다. 엘러리는 동쪽 문, 그러니까 빈방으로 통하는 문으로 뛰어 되돌아갔다. 엘러리가 아까 열쇠 구멍에 꽂아 놓은 채로 두었던 열쇠가 보이지 않았다. 조용히 손잡이를 건드리지 않도록 해서 돌려 보았다. 꼼떡도 하지 않았다.

"동쪽 복도다!" 엘러리는 소리 질렀다. 저쪽 문이 열려 있어!"

엘러리는 경관들에 앞서서 르복의 아파트를 뛰쳐나가 중앙 복도 모퉁이를 돌아 동쪽 복도를 뛰어가, 자물쇠가 채워져 있지 않은 문을 열고 아파트 G호의 침실로 뛰어들었다. 모두들 구르다시피 하여 방으로 몰려 들어가 걸음을 멈추었다.

존 르복은 모자도 외투도 걸치지 않은 채 바닥에 길게 뻗어 있었다. 틀림없이 폭력에 의해 죽음을 당한 것이다. 그는 몸을 경련시킨 채 뻣뻣하게 굳어 있었다. 그는 교살당했다.

그것을 발견한 순간 엘러리는 입을 벌리고 물에 빠진 사람처럼 헐떡거렸다. 용의자가 살해된 것이다. 이윽고 엘러리는 벨리 경사가 서 있는 침실 문으로 다가가——그 문은 르복의 침실로 통하고 있었다——그 안으로 사라졌다.

엘러리의 눈이 그 문 쪽으로 돌려지더니 갑자기 가늘어졌다. 지금 보니, 마지막으로 보았을 때 아파트 서쪽 열쇠 구멍에 꽂혀 있던 열쇠가 아파트 G호의 열쇠 구멍에 꽂혀 있었다. 그는 주의 깊게 열쇠를 돌려 살그머니 방에서 빠져나갔다.

엘러리는 중앙 복도로 나가 지문 담당자를 발견하고, 그를 데리고 르복의 침실을 거쳐 두 아파트 사이에 있는 문제의 문으로 돌아왔다.

"이 문 손잡이를 조사해 주십시오."

엘러리가 부탁했다.

지문 담당자는 작업에 착수했다. 엘러리는 열심히 지켜보고 있었다. 그의 작업에 따라 손잡이에 뿌려진 흰 가루 속에서 뚜렷하게 몇 개의 지문이 나타났다. 사진 기사가 와서 지문 사진을 찍었다.

모두들 아파트 G호의 빈 침실에 모였다. 의사들이 일단 검시 작업을 끝내고 경감과 나직한 소리로 무슨 말을 주고받고 있었다. 엘러리는 죽은 존 르복의 손가락을 가리켰다.

지문 담당자는 먼지투성이 마룻바닥에서 몸을 일으키자, 10개의 지문 잉크가 묻어 있는 흰 카드를 휘두르고 있었다. 그러고 나서 문제의 문으로 가서 문을 열고 르복의 침실 쪽 문 손잡이에서 채취된 지문과 죽은 사람의 것을 비교해 보았다. 그리고 '오케이' 하고 말했다.

"죽은 사람의 지문은 이 손잡이의 것과 똑같습니다."

엘러리는 한숨을 쉬었다.

엘러리는 심한 격투를 하다가 갑자기 화석이 된 것 같은 존 르복의 시체 곁에 무릎을 꿇고 그의 윗옷 안주머니를 찾았다.

엘러리는 생각에 잠겨 티크 담뱃갑을 보고 있었다.

"나는 이 바람둥이 선생에게 빌어야겠는걸. 이 친구가 말한 대로 담뱃갑은 2개 있습니다. 이건 좀 전에 보여 준 것과는 다른 겁니다."

경감은 어안이 벙벙한 것 같았다. 먼저 보여 준 티크 담뱃갑의 은세공에는 은 도막이 떨어진 곳이 있었는데, 지금 엘러리가 들고 있는 담뱃갑은 은세공 장식이 완전했다.

엘러리가 말했다.

"결론은 아주 확실합니다. 존 르복을 죽인 사람이 누구이든, 그는 안주머니의 담뱃갑이 목적이었던 것입니다. 이렇게 되고 보니 모든 게 확실해졌군요. 범인은 이 방에서 존 르복을 목 졸라 죽였을 때 그의 시체에서 담뱃갑을 훔친 거지요. 그리고 앞서 동생 해리의 시체에서 훔친 담뱃갑에다가 존의 담뱃갑 속에 들어 있던 것과 같은 종류의 담배 4개비를 넣어서 그것을 존의 시체 윗옷 주머니 속에 넣어 놓는——우리들 눈을 속여 존의 담뱃갑인 것처럼 알게 만들려고 했던 것이죠——아주 교묘한 방법이긴 했지만 존의 담뱃갑은 은세공이 떨어지고, 동생의 담뱃갑은 그렇지 않았기 때문에 실패를 한 것입니다. 범인은 아마 그 차이를 몰랐겠지요."

엘러리가 모두들 쪽으로 몸을 돌리고 손을 들었으므로 다들 입을 다물었다.

"여러분, 범인은 제 꾀에 빠진 겁니다. 운이 다 된 거지요. 여러분께서도 주의해 주십시오. 그 동안 나도 현장을 살피고 나서 설명하겠습니다. 카터 씨, 이제 두려워할 것 없습니다. 관리인으로서 당신의 걱정거리는 해소된 걸로 믿어 의심치 않습니다."

엘러리는 시체 옆에 서 있었으나 그 마른 얼굴에는 표정이 없었다. 모두들 멍청한 눈으로 엘러리를 보고 있었다. 문 앞에 있던 형사들은 엘러리의 신호로 자리를 비켰다. 대신 오킨즈 부부, 슈미즈 차림의 빌리 함즈, 잿빛 얼굴을 한 보석상인 슐리, 아파트 D호의 포레스터 부부, 그리고 휠체어를 탄 말로리 부인까지 방 안으로 우르르 몰려들어왔다.

"이 사건으로부터 불가피하게 두서너 가지 추리를 생각할 수 있습니다."

엘러리는 무뚝뚝한 강의조로 말을 시작했다. 누구를 보는 것도 아니고, 시체가 된 존 르복의 목을, 울혈된 혈관을 향해 말하고 있는 것 같았다.

"최초의 피해자 시체에서 도난당한 물건은 티크 담뱃갑이었습니다. 그것은 첫 번째 살인 목적이 그 담뱃갑에 있었다는 것을 뜻합니다. 그리고 지금 존 르복 씨가 제2의 피해자로 살해되었습니다. 그의 티크 담뱃갑이 도난당한 대신 첫 번째 피해자의 갑이 주머니에 들어 있었습니다. 따라서 결론은, 두 개의 담뱃갑을 바꿔치기할 수 있는 사람이 바로 첫 번째 피해자의 담뱃갑을 훔친 자이며 살인범이라는 것입니다. 그러니까 해리와 존 두 사람 다 같은 범인에 의해 교살된 것입니다. 두 개의 범죄에 한 명의 범인, 이것이 기본 추리입니다.

그럼, 해리 르복은 어째서 살해되었을까요? 그것은 범인이 해리를 존으로 착각했기 때문인데, 범인은 그를 교살하고 티크 담뱃갑을 살펴볼 때까지 이 착각을 깨닫지 못했던 것입니다.

'범인이 어째서 잘못 알았느냐' 하는 것은 충분히 이해가 갑니다. 첫 번째 희생자는 뒤에서 목이 졸려 있습니다. 언뜻 보기에 동생 해리는 형을 꼭 닮아 있더군요. 범인은 틀림없이 두 사람의 르복이 있다는 걸 몰랐던 것입니다. 그러니까 지금 여기에 있는 동생의 담뱃갑은, 이 범죄와는 본질적으로 아무런 관련도 없는 것입니다."

엘러리는 몸을 구부려 앞으로 내밀었다.

"그러나 이 점을 잘 주의해야 합니다. 즉 티크 담뱃갑 자체는 둘 다 속에 아무것도 숨길 수가 없습니다. 이를테면 물건을 비밀스레 숨길 데가 없었다는 점입니다. 그렇다면 범인이 필요로 한 것은 담뱃갑 자체가 아니라 그 내용물이었던 것입니다. 담뱃갑의 내용물은 무엇이겠습니까? 두 개의 담뱃갑 속에 든 것이 무엇이겠습니까? 담배 아닌 다른 물건일 수가 없습니다. 그러나 단지 담배가 목적이었다면 어째서 살인까지 저질러야 했을까요? 분명히 담배 그 자체가 목적은 아니었습니다. 하지만 그 담배 속에 무엇인가가 숨겨져 있었다고 한다면, 담배를 빼내고 그 속에 은밀하게 무엇인가를 숨기고 다시 담배를 채워 두었다고 한다면, 우리는 구체적인 결론에 도달합니다."

엘러리는 가슴을 펴고 숨을 깊이 몰아쉬었다.

"당신이 말로리 부인입니까?"

엘러리는 휠체어에 앉아 있는 환자에게 물었다.

"네."

여자가 대답했다.

"바로 이틀 전에 부인께서 다이아몬드 목걸이를 잃어버리셨지요?

다이아몬드의 크기는 얼마만했습니까?"

"작은 완두콩만하지요. 2만 달러나 하는 비싼 물건이니까요."

말로리 부인은 목소리를 높여 말했다.

"작은 완두콩쯤이라. 흐음, 그야말로 가정 주부다운 표현이군요, 말로리 부인. 차츰 이야기의 줄거리가 서는군요. 나는 존 르복의 담배가 무슨 값비싼 물건의 은닉 장소가 아니었나 합니다……. 예를 들면 말로리 부인의 값비싼 완두콩 같은 것 말입니다."

엘러리는 싱긋 웃었다.

모두들 갑자기 술렁거리기 시작하여 농가 마당의 가축들처럼 와글와글 떠들어댔다. 엘러리는 그들을 제지했다. 그리고 말했다.

"그렇습니다. 우리는 여기서 여러분의 이웃 사람인 존 르복은 단순한 멋쟁이가 아니라 보석 도둑이 아니었나 하는 점에까지 도달한 셈입니다!"

"르복 씨가!"

시맨 카터가 질겁을 하여 소리쳤다.

"바로 그렇습니다. 퀸 경감께서는 이 바람둥이의 수입원을 포착하지 못하셨습니다. 이 사람은 지골로(기둥서방)였을까요? 그러나 지골로는 여자의 방세 같은 걸 치르지 않습니다. 그런데 보석 도둑이라면, 일단 조그만 수수께끼 하나는 풀리는 셈입니다."

빌리 함즈가 그 흰 목을 타조처럼 길게 하고 재채기를 했다.

엘러리는 말을 계속했다.

"그렇지만 존 르복은 다이아몬드를 숨긴 담배로 인해 살해되었다는 점을 명심해 주십시오. 존이 그 다이아몬드를 가지고 있었다는 것, 더구나 상상도 할 수 없는 곳에 숨겨 가지고 있으리라는 것을 알고 있었던 게 누구였을까요? 분명히 공범자 말고는 있을 수 없습니다. 바꾸어 말하면, 해리와 존의 살인범을 잡으면 존 르복의 절도

공범자도 함께 검거되는 셈입니다. ”

모두들 잠시 멍하니 느끼고 있던 안도감이 사라지고 또다시 공포로 바뀌었다. 모두 긴장하여 숨죽이고 있었다. 말로리 부인은 존 르복의 보랏빛 얼굴을 더할 수 없는 증오감을 담고 바라보고 있었다.

엘러리는 또 빙긋 웃었다. 장난꾸러기 같은 웃음이었다.

엘러리가 조용히 말했다.

“그러면 이 조그만 연극의 끝 막, 그러니까 제2의 살인 사건에 대한 경위를 듣기로 하겠습니다. 지미 ! 자네가 조사한 것을 말해 주게. ”

엘러리는 경찰 본부의 지문 담당자에게 말했다.

“여기 죽은 사람은 이 문의 맞은편, 이 사람의 침실이 있는 쪽에 지문을 남기고 있습니다. ”

“고맙네. 한데 여러분, 존 르복이 살해되기 직전에 내가 직접 그 침실 쪽 문, 그러니까 이 빈방으로 통하는 문의 손잡이를 닦아 놓았습니다. 묻어 있던 지문을 말끔히 닦아 놓았던 것입니다. 그러니까 몇 분 전에 르복 자신이 자기 침실에 들어갈 때 손잡이를 건드린 것이 됩니다. 다시 말해 존 르복은 이 빈방에 들어오려고 일부러 문을 열었던 것입니다.

존 르복은 도망가려고 했던 것일까요 ? 아닙니다. 첫째, 모자도 외투도 몸에 걸치고 있지 않았습니다. 또 도망갈 수 있으리라는 희망도 갖지 않았습니다. 비록 달아날 수 있었다 하더라도 도망을 가면 동생을 죽였다는 혐의를 받게 됩니다. 물론 존이 동생 살해에 대해서는 죄가 없었다는 건 나중에 자기 자신이 살해된 사실로도 명백합니다. 그렇다면 왜 존은 이 빈방에 들어왔을까요 ?

아까 옆에 있는 르복의 아파트 대기실에서 나는 경감님과 함께 서서 이야기를 나누고 있었습니다. 그때는 아직 존이 동생을 죽인 범인이 아닐까 생각할 만한 이유가 있었던 거지요. 존이 들어서는 안 된다 싶어, 나는 내 손으로 거실과 통하는 문을 닫아 두었습니다. 그런데 바로 그 유스터스 선생께서 빌딩 안에 있는 다른 환자를 진찰하기 위해 나오시다가 문을 반쯤 열어 두지 않았겠습니까. 이때가 바로 문이 열린 줄 모르셨던 경감께서 존 르복을 본부로 연행하여 '이야기를 듣고', 결국은 몸수색을 해서 철창 속에 집어넣겠다고 분명하게 말한 순간이었습니다. 실수였던 거죠. 벨리 경사, 그때 당신은 르복과 함께 거실에 있었지요? 경감님의 말씀이 들리던가요?"

벨리 경사가 뒤꿈치로 바닥을 차면서 나직한 목소리로 대답했다.

"확실히 들렸습니다. 존도 들었을 거라고 생각합니다. 그러고 나서 곧 일이 있어 침실에 가야겠다고 말했지요."

엘러리가 중얼거리듯이 말했다.

"그럼 증명은 끝입니다. 르복은 본부로 연행된다는 말을 듣고 순간 생각한 것입니다. 훔친 다이아몬드는 자신의 티크갑의 담배 속에 숨겨져 있으니까 몸 수색을 철저하게 당하는 날에는 발각될 게 틀림없다고. 르복은 그 담배를 처리해야 되었던 것입니다. 이것으로 빈방에 들어간 까닭은 아셨겠지요. 도망하기 위해서가 아니라 나중에 찾을 수 있게끔 담배를 어디에다 감추어 두기 위해서였던 겁니다. 그러니 말할 것도 없이 르복은 돌아올 작정이었던 겁니다.

하지만 존 르복이 그때 순간 유일한 은닉 장소였던 빈방을 이용해서 보석을 처리하려고 마음먹은 것은 범인이 어떻게 간파할 수 있었을까요? 유일하고도 가능한 것은 범인 역시 르복을 본부로 연행한다는 경감의 말을 듣고서, 르복도 그 말을 들었으리라 짐작하고 르복이 당장 어떤 수를 쓸 것인가 미리 알았을 경우입니다."

엘러리는 기분 나쁜 웃음을 머금고 몸을 구부려 앞으로 내밀었다.

긴 손가락이 갈고리 모양으로 구부러지며 몸이 긴장되었다.

"경감의 말을 들은 것은 단지 다섯 사람뿐입니다. "

단호한 어조로 말했다.

"경감 자신과 나, 벨리 경사와 살해된 존 르복, 그리고……. "

빌리 함즈가 쉿소리를 지르고 말로리 부인은 부상당한 앵무새 같은 소리를 질렀다. 이때 누군가가 동쪽 복도로 나가는 문을 향해 사람들을 헤치고 으르렁대듯이 하며 거침없이 나아갔다. 마치 미친 코끼리나, 피에 굶주린 야만인이나, 광포한 옛날 북구의 해적 같은 기세였다.

벨리 경사가 그 113킬로그램의 거구를 내던지다시피 하며 덤벼들었다. 심한 격투가 벌어지고, 경사의 억센 주먹이 바람을 가르고, 먼지 구름이 소용돌이를 이루었다. 엘러리는 말없이 우뚝 선 채 기다리고 있었다. 지금까지 벨리 경사의 이와 같은 활약을 수없이 보아 알고 있는 경감은 오직 한숨을 쉴 따름이었다.

"배반자인 악당이자 두 사람을 죽인 살인범입니다. "

경사가 상대를 완전히 눌러서 새빨간 오징어처럼 납작하게 만들었을 때 마침내 엘러리가 입을 열었다.

"이자는 자신이 도둑이라는 것을 알고, 또 살인자일지도 모른다고 의심하고 있던 존 르복을 처치해 버리고 싶었을 뿐만 아니라, 말로리 부인의 보석을 독차지하고 싶었던 겁니다. 아버지, 다이아몬드는 이 사람이 몸에 지니고 있든가, 가방 속에 넣고 있든가, 이 집 어딘가에 숨겨 두었을 겁니다. 문제는……. "

엘러리는 이렇게 말하고 담배에 불을 붙이더니 돌처럼 말이 없는 사람들의 응시 속에서 맛좋은 듯이 피웠다.

"요컨대 아주 간단하여, 엄밀하게 논리적으로 추구할 수 있는 성질의 것이었어요. 여러 가지 사실 그 자체가, 여기 지금 뒹굴고 있는 인물이야말로 유일한 범인임을 나타내고 있었습니다."

벨리 경사의 무쇠 같은 팔뚝 속에서 버둥거리고 있는 사내는 유스 터스 의사였다.

쌍두견의 모험

낮게 깔리는 듀센버그를 경쾌하게 몰아, 카드 곶 끝에 있는 마사 포도원에서 버저드 만을 따라 조용한 가로수 사이에 나 있는 흙먼지 길을 주행하면서, 몸이 야윈 키 큰 남자는 머리 위에서 윙윙대는 소금기 머금은 바람 속에서 무엇인가를 느끼고 몸서리를 쳤다. 이 근대적인 도로를 여행하는 사람들은 대개 비말——안개같이 떠오르는 작은 물방울의 미립자를 머금은 대서양 바닷바람을 쐬고서 몸을 떨고, 바다에 중독된 선조들의 피의 음산한 부르짖음에 불안함을 느끼게 마련이다.

그러나 오픈 카 속의 사나이를 몸서리치게 한 것은 피도 아니고 추억의 감정도 아니었다. 요괴처럼 울부짖는 바람은 이 사나이에겐 아무런 매력도 없었고, 살갗을 찌르는 비말은 전혀 유쾌하지 않았다. 피부가 따끔거리는 것은 사실이나, 틀림없이 그것은 얇은 외투를 입고 있어서 10월의 바람이 차가웠고 비말도 분명히 불쾌했기 때문이다. 뉴베드포드 교외의 황혼은 말할 수 없이 음울했고, 그림자들로 가득 차 있었다.

그 사나이는 큼직한 핸들 뒤에서 몸을 떨며 헤드라이트의 스위치를 켰다. 허름한 간판이 몇 미터 앞에서 또렷하게 떠올라, 사나이는 간판을 읽기 위해 속력을 늦추었다. 간판은 흔들거리는 쇠막대기에 경첩으로 고정시켜 놓았으나 바람 때문에 끼익끼익 소리를 내며 앞뒤로 흔들거렸다. 거기에는 머리가 둘 달린 기괴하게 생긴 짐승이 그려져 있었다. 아마 그 짐승이 무엇인지 그 페인트 그림을 그린 이름 없는 화가조차도 그 종류를 판단 못 했을 게 틀림없다. 괴물 밑에는 이런 글이 씌어 있었다.

쌍두견(雙頭犬)
(호세이 선장 경영)
방——2달러부터.
장기 체재——휴게 환영함
자동차 여행자에게는 쾌적한 현대적 객실과 차고 있음.

'숙소 주인이 케르베로스(지옥문을 지키는 개)라 할지라도 이런 날 밤은 견딜 수 있겠지.'

쓴웃음을 지으며 사나이는 이렇게 생각하고, 양편에 나무들이 늘어선 자동차 통로로 차를 몰아 녹색 덧문이 모자 차양처럼 뚜렷하게 도드라진, 산뜻하게 흰 칠이 된 큼직한 건물 앞에서 차를 멈추었다. 빈 터 위에서 비치는 눈부신 조명등 속에서 그 네모난 건물을 찬찬히 뜯어보니, 여관은 꽤 넓은 부지를 점령하고 있었다. 안채의 양쪽에는 자동차 통로가 있고, 그 통로에서 어두컴컴한 안쪽을 살펴보니 여러 개의 작은 객실과 커다란 별관 건물이 하나 보였다. 그 건물은 차고 같았다. 여관은 옛 영국식 풍취가 있었으며 옆의 현대적인 객실과는 조화가 되지 않는 느낌을 주었다. 바깥문 위에서는 오래되어서 찌그러진 엄청나게 큰 선박용 랜턴이 삐그덕 소리를 내며 불빛을 던지고 있었다. 그것은 본디의 정취를 얼마쯤 잃은 듯했다.

"생각했던 것보다 더 심할지도 모르겠군." 남자는 중얼대면서 경적을 울렸다. "누구 없습니까!"

꽤 큰 그 목소리에 묵직한 나무문이 지체없이 열렸다. 해군 사관복 차림으로 무척 경쾌해 보이는 젊은 여자가 놋쇠 랜턴 아래로 나왔다.

"아," 남자는 한숨을 쉬며 말했다. "농부의 딸이로군. 그럼, 내가 잘못 찾아든 모양이지. 이 아가씨가 호세이 선장일까. 선장님, 이 지독한 날 밤에 지긋지긋하도록 지쳐 있는 나그네에게 먹을 것을 주고 방을 빌려 줄 수 있겠습니까? 저쪽 간판에 그려진 생기다 만 케르베로스 그림은 별로 신통치 않습니다만."

"영업은 하고 있습니다. 말씀하시는 것이 그런 뜻이라면요." 젊은 여자는 또렷한 교양 있는 말투로 대답했다. "그리고 저는 호세이 선장이 아닙니다. 그분의 딸이에요. 자, 내리시지요. 손님 차는……."

여자는 먼지를 뒤집어쓴 낡은 듀센버그를 보자 생긋 웃었다.

"타고 오신 차는 차고에 넣도록 일러두겠어요."

남자는 추위에 떨면서 자갈 위로 내려섰다. 그러자 어디선가 작업복을 입은 기름투성이 남자가 어슬렁거리며 나오더니 말없이 차에 탔다.

"아이작, 차를 주차해 주세요." 젊은 여자가 지시했다. "짐은?"

"바다에서 이리로 오는 길에 어디선가 잃어버린 모양이에요. …… 아니, 이거 다행인데! 있었군요." 키 큰 사내가 말하고 나서 껄껄 웃으면서 낡은 여행 가방을 차에서 끄집어냈다. "안내해 주실까요, 카론(그리스 신화에 나오는 나루터 뱃사공) 씨. 내 말을 잘 부탁해요 …… 오, 쾌적한 공기를 더럽히고 있었던 건 저 대구였군요. 전혀 모르고 있었지요."

"오늘 저녁은 손님이 많아서 본관 쪽에는 방이 없습니다. 객실로 가 주셔야겠어요. 마침 하나 빈방이 있으니까요."

젊은 여자가 간단하게 말했다.

불꽃이 흔들거리는 랜턴 밑에서 사나이는 걸음을 멈추고 정색하며 말했다.

"호세이 양, 아무래도 이 댁 분위기는 빈말로도 마음에 든다고는 할 수가 없군요. 유령이라도 살고 있는 게 아닙니까? 덕스베리에서 이리로 오는 동안 내내 끈적끈적한 손끝이 목덜미를 쓰다듬고 있는 느낌이 들더군요. 그런데 만찬은?"

자세히 보니 호세이 양은 젊고 아름다운 처녀로서, 머리는 갈색이고 입술에는 립스틱 자국도 없었다.

그녀가 화를 냈다.

"별소리를 다 들어보겠군요."

"그러지 마시고," 사나이가 부드럽게 말했다. "아가씨, 손님에게 불평하는 게 아니오. 저녁식사라고 말했더라면 좋았을 걸 그랬군요. 저녁식사라고 하면 괜찮겠지요?"

그녀는 갑자기 입매를 부드럽게 했다.

"이제 그만 되었어요. 손님은 좀 괴짜시지만 좋은 분 같군요. 하지만 제가 화가 난 것은 그 '생기다 만' 케르베로스에 대한 농담 때문이었어요. 케르베로스에게는 머리가 둘 있지 않아요? 확실히 그 그림을 잘 그렸다고는 할 수 없지만……."

"뉴베드포드의 학자시군요, 아가씨는. 여러 가지 문헌의 변덕에 의하면 케르베로스는 세 개의 머리를 가졌다고도 하고 50개의 머리, 100개의 머리를 가졌다고도 합니다만 두 개라는 말은 들어 본 적이 없는데요."

"그러세요? 저는 학교에서 그리스 어를 전공한 적이 있습니다만

…… 머리가 둘인 줄로만 알고 있었어요. 안 들어오시겠어요?" 호세이 선장의 딸이 말했다.

두 사람이 들어간 큰 방은 연기가 자욱하고 떠들썩하게 지껄여대는 사람들로 가득했다. 그들이 여행자들이라는 것을 이내 알아차리고 사나이는 지긋지긋한 생각이 들었다. 오래된 가구들 중 어떤 것은 매우 아름다워, 난폭하게 아무렇게나 다루기에는 아까울 정도였다. 놋쇠로 된 타구와 잉크와 졸졸 흐르는 펜 시대의 분위기를 풍기는 책상 하나가 방 한쪽 구석을 장식하고 있었고, 백발에 맑은 눈을 하고 어딘지 인자한 표정의 키 크고 말랐으며 뺨이 붉은 노인이 거기에 앉아 있었다. 노인은 놋쇠 단추가 달린 빛바랜 감색 윗옷을 입고 있었다.

키 큰 여행자가 여행 가방을 리놀륨 바닥에다 내려놓자 젊은 여자가 새침하게 말했다.

"이분이 전에 선원이셨던 호세이 선장이세요."

"안녕하십니까, 호세이 선장." 키 큰 사나이가 말했다. "아마 호세아(구약에 나오는 인물)를 부르기 쉽게 해서 이름을 붙이신 모양이지요?"

"그런가 봅니다." 주인은 살짝 웃더니 커다랗고 뻣뻣한 손을 내밀었다.

"어서 오시오. 내 딸 제니하고는 먼저 만나신 모양이지요. 두 사람이 이야기하는 소리가 들리더군요. 제니가 하는 소리를 너무 탓하지 마십시오, 손님. 제니는 배운 게 좀 있어서요. 그래서 무척 예리하답니다. 저기 저 래드클리프란 녀석이 잭나이프를 닦으면서 말하고 있듯이 말입니다."

선장이 자랑스러운 듯이 말하자 제니는 얼굴이 빨개졌다. 그러자 젊은 남자가 말했다.

"부러운데요. 나도 학교에서 그리스 어를 배워야겠군요."

이렇게 말하고 남자는 프런트로 갔다. 그리고 피곤에 지친 손으로 숙박부에 서명을 했다. "그럼, 세수라도 하고 맛좋은 음식을 배불리 먹도록 할까요."

제니는 숙박부를 들여다보았다. 그리고 동그랗게 눈을 뜨고 소리쳤다. "어머나, 설마 손님께서……."

"이래서" 엘러리는 한숨을 쉬었다. "유명하다는 건 곤란하단 말씀이야. 설마 이웃에서 살인이 있었다느니 하는 말은 마십시오. 하기야 내가 볼 때 이 부근의 분위기는 특별히 비극이라도 일어날 것처럼 보이긴 합니다만. 참으로 토마스 하디의 작품 같군요. 난 살인 사건으로부터 도망쳐 나왔습니다. 충실한 나의 로시난테(돈키호테의 애마)를 타고 뉴잉글랜드에서 휴양을 할까 하고 달려왔지요."

"그런데 손님이 정말로 그 엘러리 퀸 씨세요? 여러 가지 어려운 사건을 해결하신……."

"쉿, 조용히, 조용히." 엘러리는 당황해서 말했다. "아닙니다, 나는 영국 왕세자인 데이비예요. 아버지 조지의 허락을 받아 남몰래 유람길에 오른 것이죠. 부탁이니 제니 양, 제발 좀 조심해 주시오. 다들 들으니까요."

"퀸 씨라고?" 호세이 선장이 싱글벙글 큰 소리로 말했다. "이거 정말 반갑습니다. 당신 이야기는 전부터 들어 알고 있다오. 잘 오셨습니다. 제니, 너는 마사한테 일러 서둘러 퀸 씨를 위해 드실 것 좀 마련하도록 해라. 우리는 아래에 있는 바에서 식사를 하도록 하십시다. 아무튼 나와 함께 저리로……."

"우리라니요?" 엘러리는 어리둥절해서 말했다.

"그렇소." 호세이 선장은 입을 조금 크게 벌리고 소리없이 자꾸 웃었다. "당신 같은 분은 좀처럼 뵐 수가 없지요, 퀸 씨. 그런데 최근에 내가 읽었던 사건이 뭐였더라……?"

계단 아래 놋쇠와 목조로 된 방에는 생선 요리와 맛좋은 맥주 냄새가 넘쳐흘렀다. 엘러리 퀸은 경의와 흥분이 뒤섞인 무수한 눈들의 초점에 서게 되었다. 그는 속으로 비교적 조용히 식사를 하게 해준 사람들의 마음씨를 가상히 여겼다. 굴, 대구 요리, 고등어 찜, 그리고 거품 이는 맥주, 애플파이, 커피가 식탁을 푸짐하게 장식했다. 엘러리는 그것들을 모조리 다 먹고 나서야 겨우 기운이 나기 시작했다. 집 밖에서는 바람이 울부짖고 요괴들이 서성대고 있을지도 모르지만, 방 안은 따뜻하고 사람들이 명랑하여 친밀감마저 느껴졌다.

진기한 사람들의 모임이었다. 호세이 선장은 뉴욕 명사의 방문에 대응하여 특별히 가려 뽑은 친구들을 모아 놓고 있었다. 그 중에는 바커라는 '철물'회사 외판원이 있었다. 그의 말을 들어보면 기계, 건축 용구, 시멘트, 생석회, 가정용품 등 무엇이든지 다 있다는 것이었다. 바커는 키가 크고 철사처럼 말랐으며, 날카로운 눈초리를 하고 직업적인 외판원답게 능란한 말솜씨를 가지고 있었다. 그리고 자기 몸처럼 가느다란 담배를 피우고 있었다.

하이먼이라는 땅딸막한 남자도 있었다. 이 사람은 심한 곰보에다가 한쪽 눈이 사팔뜨기여서 어쩐지 익살스러운 표정을 짓고 있었다. 하이먼은 '잡화상'인 모양인데, 바커와 농담을 주고받는 품으로 보아 마음이 맞는 친구인 듯, 두 사람이——하이먼의 말을 빌리면——'길을 떠나 있을' 때는 석 달에 한 번쯤 서로의 여행길이 교차되었다. 두 사람 다 저마다 속해 있는 회사의 남부 뉴잉글랜드 거래처를 담당하고 있었다.

그의 세 번째 친구는 의상만 입히면 롱 존 실버와 똑같아 보일 남자였다. 그 풍채에는 어딘지 해적을 연상케 하는 데가 있었다. 그리고 해적의 전통인 차갑고 푸른 눈을 하고 있었다. 처음에 엘러리가 그를 보았을 때 저도 모르게 입 속에 든 생선찜을 꿀꺽 삼켜 버렸다.

그는 의족을 달고 있었다. 지껄이는 말도 바닷사람의 은어가 섞여 있고 거칠었다.

"그렇다면 당신은 굉장한 탐정이시군요."

엘러리가 맛있는 파이의 마지막 한 조각을 따끈한 마지막 커피로 목구멍에 넘겼을 때, 라이 선장이라는 그 의족의 해적이 걸걸한 목소리로 말했다. "나는 당신 이야기를 처음 듣지만."

"무슨 소릴 하는 거야, 라이." 호세이 선장이 버럭 소리를 질렀다.

"아니, 괜찮습니다." 엘러리는 유유히 담배에 불을 붙이면서 말했다. "허물이 없어서 유쾌합니다. 호세이 선장, 나는 여기가 아주 마음에 듭니다."

제니가 옆에서 참견을 했다.

"아버지, 퀸 선생님은 우리 집 이름을 이상하게 여기세요. 퀸 선생님, 그건 저기 장식해 놓은 골동품에서 생각해 낸 이름이랍니다. 아버지의 옛 추억이 담긴 물건이지요."

엘러리는 그때 비로소 바 위에 못으로 고정시켜 놓은, 오래되어 금이 가고 비바람에 바랜 나무 조각이 있다는 것을 알았다. 그것은 밖의 길거리에서 흔들거리고 있던 간판에 그려진 괴물을 입체화한 것이다. 어딘지 개처럼 생긴 두 개의 머리가 하나의 털북숭이 목에 달려 있는, 개 비슷한 반신상이었다.

"우리 할아버지께서 가지고 계셨던 돛 세 개짜리 포경선 '케르베로스'의 이물 장식이지요." 호세이 선장이 사기 파이프의 담배 연기 너머로 북이 울리는 것 같은 목소리로 말했다. "여기서 우리가 이 영업을 시작했을 때, 제니가 간판으로 하기에 꼭 알맞겠다고 해서 말이지요. 그래서 내 딸이 '쌍두견'이라고 이름을 붙였습니다. 좋은 이름이지요?"

"개라고 하니 생각이 나는데," 그때 하이먼이 높은 목소리로 말했다. "퀸 씨에게 석 달 전에 여기서 있었던 사건을 들려 드리는 게 어떨까, 선장?"

"그게 좋겠어." 바커가 큰 소리로 말했다. "선장, 퀸 씨에게 그 이야기를 해보지그래." 바커는 연신 결후를 꿈틀거리면서 엘러리 쪽으로 몸을 돌렸다. "그 일은 이 영감의 신상에 일어난 가장 재미있는 이야기 가운데 하나랍니다. 정말이지 이 여관이 발칵 뒤집힌 소동이지요."

"개에 대한 이야깁니까?" 엘러리가 낮은 목소리로 물었다.

"옳아!" 호세이 선장이 괴상한 목소리로 말했다. "까맣게 잊고 있었군. 터무니없는 범죄였지 뭡니까, 퀸 씨. 정면에서 바람이 내 돛으로 불어대고 있었지요. 그게 말입니다, 에에, 그러니까……."

"7월이었어." 바커가 재빨리 말했다. "자세히 기억하고 있지만, 그땐 하이먼과 내가 둘 다 여름이면 늘 하는 여행으로 이 집에 묵고 있었지요."

"정말이지, 그날 밤은 끔찍한 밤이었어." 뚱뚱한 하이먼이 나직한 소리로 말했다. "그때 일을 생각하면 머리끝이 쭈뼛쭈뼛해지는걸."

다들 묘하게 잠잠해져 버렸다. 엘러리는 호기심어린 눈으로 그 한 사람 한 사람을 둘러보았다. 제니의 산뜻하고 상쾌한 얼굴에는 기묘하게 불안한 기색이 떠올라 있었다. 라이 선장까지 우울해져 버리고 말았다.

이윽고 호세이 선장은 나직하게 이야기를 꺼냈다.

"그래요, 그 일이 일어난 건 바로 달이 이맘때쯤 되었을 때일 겁니다. 굉장한 날씨였지요, 퀸 씨. 오늘 밤같이 말입니다. 이 연안은 폭풍으로 풍랑이 심했지요. 천둥이 지옥 밑바닥에라도 빠진 것 같이 쳤어요. 내 기억으로는 그렇게 지독한 여름은 없었어요. 그래서 말이지요, 이곳 손님들은 다들 위층에서 쉬고 있었는데, 아이작이,

우리 집 잡일을 하고 있는 그 게으름뱅이 아아작이 밖에서 소리를 질러대지 않겠습니까. 자동차로 온 손님이 있는데, 그날 밤 식사를 하고 묵어가겠다는 거예요."

"그 기분 나쁜 작달막한 사람 일은 언제까지나 잊을 수가 없어요." 제니는 몸을 떨면서 말했다.

"지금 누가 이야기를 하고 있는 거냐, 제니? 나란 말이다." 선장이 다시 말을 이었다. "어쨌든 그날 밤 우리 집은 손님이 꽉 차 있었어요. 꼭 오늘 밤처럼 말이지요. 객실이 하나밖에 비어 있지 않았지요. 그 사람은 비에 흠뻑 젖어 물이 뚝뚝 떨어지는 몸으로 들어왔어요. 스웨터에 비옷 차림으로요. 그래서 비어 있던 객실에 묵기로 되었던 겁니다."

"그런데, 개는?" 엘러리는 한숨을 쉬었다.

"지금 그 이야기를 할 거랍니다, 퀸 씨. 그런데 말이죠, 그 사람은 아주 몸집이 작았는데 한눈에 집 안의 불빛이 무서운지 몹시 안절부절못해하는 것이 확실히 보이더군요. 게다가 꽤 신경과민이었고요."

"정말로 신경과민이었어." 하이먼이 조용히 말했다. "똑바로 당신을 보지도 못하더군. 아마 50살쯤 되었지? 지금 생각이 나는데, 어딘지 점원 티가 나는 사람이었어요."

"그 턱수염만 없으면 말이지." 바커가 기분 나쁜 듯이 말했다. "빨간 수염이었지요. 탐정이 아니라도 대번에 가짜 수염이라는 걸 알겠던데요."

"변장을 하고 있었나요?" 엘러리는 하품을 참으면서 말했다.

"그렇습니다, 퀸 씨." 호세이 선장이 말했다. "어쨌든 숙박계에는 존 모스라고 기입했는데, 아래서 식사를 마친 뒤 아이작을 앞세우고 제니가 방을 보여 주려고 데리고 갔지요. 그 뒤 일은 제니, 네가 퀸 씨에게 말씀드리려무나. ”

“기분이 매우 좋지 않은 사람이었어요. ” 제니는 떨리는 목소리로 말했다. “차를 아이작에게는 건드리지 못하게 하고 기어이 자기가 차고에 집어넣겠다는 거예요. 그리고 객실을 가르쳐 달라지 않겠어요 ? 제 안내를 받지 않으려는 거예요. 그래도 저는 그를 객실까지 데리고 갔죠. 그랬더니 그 사람은, 피곤해 보이기도 했지만, 저에게 상소리를 하지 않겠어요, 퀸 선생님. 전 ‘이 사람은 위험하구나’ 하고 느꼈지요. 그래서 이내 돌아왔어요, 아이작하고. 그리고는 저는 그 사람의 동태를 살폈습니다. 그랬더니 그 사람이 다시 몰래 차고로 되돌아가는 것이 보이더군요. 뭘 하는지 차고 속에 한참 있었어요. 그러다가 나오더니 객실로 돌아가 문을 잠갔어요. 문 잠그는 소리가 들렸지요. ”

제니는 잠시 말을 중단하고 쉬었다. 그리고 잠시 실로 이상한 긴장감이 연기가 자욱한 공기 속에 감돌았다. 엘러리는 왠지 졸음이 확 달아나고 말았다.

“그리고 나서 제가 차고에 들어가 보았지요. ”

“자동차 종류는 뭐던가요 ? ”

“낡은 다지였던 것 같아요. 차창의 커튼이 내려져 있었지요. 그런데 차를 다루는 사람의 태도가 하도 심상치 않아서……. ” 제니는 숨을 삼키고 기운 없이 빙긋 웃었다. “전 차고에 들어가서 제일 가까운 커튼에 손을 댔어요. 무서운 것일지라도 보고 싶은 호기심에서 말이에요. 그러다가 하마터면 호되게 손을 물릴 뻔하지 않았겠어요 ? ”

“호, 차 안에 개가 있었군요 ? ”

“그래요. ” 제니는 몸을 떨었다. “차고 문을 활짝 열어 놓았기 때문에 번갯불이 번쩍했을 때 저는 뭔가가 고무 커튼을 무는 바람에 얼떨결에 손을 뗐어요. 하마터면 비명을 지를 뻔했지요. 그런데 들리더군요, 으르렁거리며 나직하게 목을 울리는 짐승의 소리가요."

다들 이제는 죽은 듯이 조용해져 있었다.

"번갯불 빛으로 보니 커튼 구멍에서 시커먼 코끝이 나와 있는 게 보였어요. 두 개의 사나운 눈도 보였고요. 개였어요. 큰 개였어요. 그때 밖에서 소리가 나서 보았더니 거기에 빨간 수염을 한 그 남자가 있었어요. 저를 노려보며 중얼대고 있는 거예요. 저는 달아났어요."

"무리도 아니지요." 엘러리가 낮은 음성으로 말했다. "나도 그런 맹견은 별로 좋아하지 않는답니다. 아마 유약한 시대의 영향이겠지요. 그래서요?"

"새끼를 배고 있었던 게 아니었을까?" 라이 선장이 그때 불만스럽게 말했다. "그럴 때는 손을 못 대지. 매로 때리기 전에는 말이야. 나도 전에 큰 놈을 키워 봐서 잘 알아. 마스티프(개의 한 종류)였지만 말이야."

"잠자코 듣기나 하게, 라이." 호세이 선장이 언짢은 듯이 말했다.

"그때 자넨 여기 없었으니까 아무것도 모르잖나. 우리 제니는 겨우 개 한 마리를 가지고 겁낼 아이가 아니야. 미리 말해 두지만 보통 개가 아니었습니다, 퀸 씨."

"오, 그러시다면 라이 선장께선 그때 여기 계시지 않았습니까?" 엘러리가 물었다.

"그렇습니다. 그런 일이 있은 지 2, 3주일 지난 뒤에 왔지요. 그건 그렇고, 아직도 본론에 들어가지 않았군요. 제니가 도망쳐 들어오자, 물론 모두들 그놈 이야기를 했지요. 그리고 참 이상한 일이지만, 다들 그놈의 얼굴을 전에 어디선가 본 듯싶다는 거였습니다."

"정말입니까? 여러분들 모두가 말입니까?" 엘러리는 나직한 목소리로 물었다.

"그래요, 나 또한 어디선가 그놈의 얼굴을 틀림없이 본 것 같았어요." 잡화상이 중얼거리듯 말했다. "게다가 바커도 그러더군요, 나중에 둘이서……."

"조용히 좀 하게." 호세이 선장이 소리를 질렀다. "내가 지금 이이야기를 하고 있는 게 아닌가, 내가. 그래서 다들 잠을 자기로 했지요. 나하고 제니는 차고 뒤에 있는 조그마한 임시 건물인 저마다의 방으로 자러 갔습니다. 여기 있는 바커와 하이먼은 그날 밤 객실에서 자기로 되어 있었지요. 숙소의 방은 모조리 단체 여교사들에게 점령되어서 말입니다. 그래서 퀸 씨, 우리는 차고 뒤 방으로 가는 길에 그 모스의 객실을 잠깐 훑어보았는데, 중국 사람 나병원처럼 캄캄하더군요. 그러다가 새벽 서너 시쯤 되어서 한바탕 소동이 벌어지지 않았겠습니까."

"그런데 방으로 돌아가시기 전에 차를 살펴보셨습니까?" 엘러리가 물었다.

"물론 살펴보았지요. 그런데 뜻밖에도 개는 그림자도 없었어요. 차안에 개가 없더군요. 개 냄새가 나기는 했지만 말입니다. 제니가 공연한 짓을 해서, 그 모스란 작자는 개를 객실로 끌고 들어간 게 틀림없었지요."

"그 사람은 범죄자였겠지요?" 엘러리는 한숨을 쉬고 말했다.

"어떻게 그걸 아셨습니까?" 그러자 바커는 눈을 동그랗게 뜨고 큰 소리를 냈다.

"뭘요." 엘러리는 겸손하게 말했다. 그러면서 마음속으로 '공연한 참견을 했구나' 하고 후회했다.

"그렇습니다, 놈은 범죄자였어요." 호세이 선장이 힘주어 말했다. "어쨌든 내 이야기를 들어보십시오. 아직 일찍——그때까지도 컴컴했는데——아이작이 문을 두드려서 열어 보니, 비에 흠뻑 젖은,

눈초리가 날카로운 손님 두 분을 모시고 서 있더군요. 여전히 비는 억수같이 퍼붓고 있었지요. 간단하게 말씀드려서 그 두 분 손님은 우리 집에 묵고 있던 모스를 추격해 온 탐정이었던 겁니다.

사진을 보여 주어서 보니까, 물론 그 사진에는 수염이 없었지만 첫눈에 그라는 걸 알겠더군요. 탐정은 그가 빨간 수염을 붙이고 있다는 것도, 개를, 큰 경찰견을 몰고 다니는 것도 알고 있었어요. 개는 그놈이 보석을 훔쳐 가지고 도주하기 전부터 데리고 있었다는 군요. 시카고 교외 어딘가 살고 있었는데, 이웃 사람들이 가끔 그가 개를 데리고 산책하는 것을 보았다고요. "

엘러리는 정신이 번쩍 나서 자세를 고치며 말했다.

"호, 그러면 그가 지난 5월 시카고의 샤플레이 보석상에서 그 유명한 코모란트 다이아몬드를 훔친 보석 세공인 존 질레트였다는 말입니까? "

"그놈입니다. " 하이먼은 사팔뜨기 쪽의 눈까풀을 깜박거리며 말했다. "질레트였어요. "

"그 도난 사건이 있었을 때 신문에서 기사를 본 것은 기억하지만" 엘러리는 곰곰 생각에 잠기며 말했다. "별로 마음에 두지는 않았지요. 그래서요? "

"그 사람은 샤플레이 보석 가게에서 20년이나 일을 했어요. " 제니는 한숨을 섞어 가며 말했다. "차분하고 정직하며 부지런한 보석 세공사였는데, 그에게 무슨 마가 끼었는지 코모란트를 훔쳐 가지고 줄행랑쳐 버렸던 거예요. "

"10만 달러나 나가는 물건이었지요. " 바커가 중얼거리듯이 말했다.

"10만 달러! " 라이 선장이 불쑥 큰 소리를 내더니 의족으로 돌바닥을 '탁' 쳤다. 그리고는 의자에 다시 푹 주저앉아 파이프를 입에 찔러 넣었다.

"엄청난 돈이지." 호세이 선장은 고개를 끄덕였다. "탐정들은 질레트를 쫓아 전국을 추격했지만, 늘 아슬아슬하게 놓치곤 했지요. 하지만 개 때문에 결국은 꼬리가 잡히고 만 거죠. 사람들이 데드햄에서 개를 몰고 다니는 걸 보았다니까요. 뒤에 탐정들한테서 여러 가지 이야기를 많이 들었지요. 어쨌든 내가 탐정들을 그의 객실로 안내하여 그를 습격했습니다. 그런데 글쎄, 그놈이 탐정들이 하는 이야기를 엿들었던지 그만 달아나고 말았지 뭡니까."

"차는 안 가져갔습니까?" 엘러리가 물었다.

"가져가려 해도 가져갈 수도 없었지요." 호세이 선장이 말했다. "위험해서 말입니다. 차고가 바로 내 방 가까이에 있는데다가 탐정들이 나와 이야기를 하고 있었으니까요. 그래서 객실 뒤 숲으로 해서 달아났던 모양입니다. 탐정들은 분해서 펄펄 뛰었지요. 억수같은 비가 퍼부어서 발자국도 없었으니 감쪽같이 달아난 거지요. 아마 거룻배를 훔쳤거나 항구에다 숨겨 두었거나 해서 내러갠세트 만 쪽으로 갔든가 포도원 속으로 숨어들었던 모양입니다. 끝내 발견되지 않았습니다."

"자동차 말고는 뭐 남아 있는 물건이 없었습니까?" 엘러리는 나직한 목소리로 물었다. "이를테면 소지품이라든가 다이아몬드라든가……."

"천만의 말씀." 바커가 언짢은 듯이 말했다. "그가 어떤 놈인 줄 아십니까? 바보라도 되는 줄 아십니까? 호세이 선장 말대로, 아주 깨끗이 달아나고 말았어요."

"단," 제니가 끼어들었다. "개만 남겨 놓고."

"아무튼 상당한 놈이었던 모양이군요." 엘러리는 낄낄 웃었다.

"경찰견만 남겨 놓고 갔다니, 개는 발견되었나요?"

"탐정들이 개를 발견했지요." 호세이 선장이 얼굴을 찌푸리며 말했다. "객실을 덮쳤을 때 굵고 튼튼한 사슬이 난로의 로스구이 틀에 매어져 있었지만, 개는 없고 이중으로 된 사슬뿐이었습니다. 개는 나중에 탐정들이 50미터쯤 떨어진 숲 속에서 발견했는데, 죽어 있었지요."

"죽어 있다니, 어째서요? 그건 또 무슨 말이지요?" 엘러리는 다급하게 물었다.

"머리통이 깨졌는데, 정말 눈뜨고 볼 수 없는 광경이었습니다. 암캐였지요. 피범벅, 흙범벅이었어요. 탐정들 말로는 거치적거리니까 질레트가 막판에 가서 죽인 거라고 하더군요. 데리고 다니다가 위험해졌던 거지요. 개의 시체는 탐정들이 가지고 갔습니다."

"굉장한 소동이었겠군요." 엘러리는 빙긋 웃으며 말했다. "가엾게도! 그래서 제니 양은 아직도 그때 일을 잊지 못하는 모양이지요?"

젊은 여자는 몸을 떨었다. "그 무시무시한 개, 그 개의 일은 평생 잊지 못할 거예요. 그 뒤……"

"아니, 그 밖에 또 뭐가 있었습니까? 그건 그렇고, 자동차와 사슬은 어떻게 했습니까?"

"탐정들이 가지고 있습니다." 호세이 선장이 걸걸한 목소리로 말했다.

"그건 그렇고," 엘러리가 말했다. "그 사람들은 틀림없이 진짜 탐정들이었겠지요?"

이 말을 듣자 모두들 흠칫했다. 바커가 다급하게 말했다.

"물론이지요. 틀림없습니다, 퀸 씨. 멀리 보스턴에서까지 신문 기자들이 와서 탐정들의 사진을 찍어갔으니까요."

"음, 뭔가 모호한 생각을 하다가 그만……" 엘러리는 부드럽게 말했다. "그런데 제니 양, 제니 양은 방금 '그리고 그 뒤……'라고 하셨는데, 그 뒤 어떻게 되었지요?"

어색한 침묵이 흘렀다. 바커와 하이먼은 의아한 눈치였으나 두 선원과 제니는 얼굴이 파래졌다.

"무슨 일이 있었나?" 하이먼이 눈알을 굴리면서 날카로운 소리로 물었다.

"으음," 호세이 선장이 말했다. "바보 같은 신경증이라고 웃을지도 모르지만, 그 객실이 말이야. 그날 밤부터 아무래도 이상하거든."

"이것 보게," 그러자 바커가 낄낄 웃었다. "오늘 저녁에 내가 그 방에서 자기로 되어 있어, 선장. 무슨 뜻이야. 이상하다는 게?"

제니가 불안한 듯이 말했다.

"정말, 이상해요, 아버지 말씀대로요. 퀸 선생님, 7월의 그날 밤부터 그 방에서는 무척 이상한 일이 일어나고 있지요. 뭐, 뭐라 하면 좋을까…… 꼭 유령이라도 돌아다니는 것처럼."

"유령?" 하이먼은 안색이 하얗게 변하며 기겁을 하여 의자에 파고들었다.

"뭘 그러세요." 엘러리는 웃으면서 말했다. "그건 제니 양의 지나친 신경과민이 아닐까요. 유령 따위는 영국의 오래된 성 같은 데나 있는 줄 알고 있는데요."

"얼마든지 웃고 싶은 대로 웃으시오." 어두운 표정으로 라이 선장이 말했다. "난 이 눈으로 한 번 유령을 본 적이 있지요. 1893년 겨울, 하테라스 앞바다에서였소만."

"여보게, 쓸데없는 참견은 하지 말게." 호세이 선장이 짜증스러운 듯이 말했다. "퀸 씨, 나는 하느님을 두려워하는 사람입니다. 한밤중의 바다를, 제 아무리 무서운 귀신이 바다를 돌아다닌다 해도 끄떡하지 않는 사람이오. 그런데…… 그래요, 참으로 이상하단 말씀이오."

선장이 고개를 갸웃하였을 때, 갑자기 굴뚝으로부터 한 줄기 세찬 바람이 휘몰아쳐 들어와 난로의 재를 날리게 했다.

선장은 천천히 되풀이 말했다.

"정말 이상하단 말씀이오. 그날 밤 뒤로 꼭 두 번 그 객실을 사용했는데, 다들 묘한 소리가 난다는 겁니다."

바커는 조롱하듯 말했다. "여보게, 선장, 놀리지 말게."

"놀리다니, 무슨 소리야. 제니, 네가 여러분한테 이야기를 해 드려라."

"하룻밤 제가 직접 시험을 해보았어요." 제니는 목소리를 죽이고 말했다. "퀸 선생님, 전 이래뵈도 웬만큼 머리를 갖추고 있다고 자부하고 있거든요. 객실은 방이 두 칸으로 되어 있는데, 불평을 하는 손님의 말대로라면, 침실 쪽에서 잠을 자려는데 무슨 소리가, 거실 쪽에서 무슨 소리가 들린다는 거예요. 그런데 제가 그 방에서 자던 날 밤에도 그랬어요. 저 또한 들었어요."

"소리를 들었다고요?" 엘러리는 미간을 찌푸렸다. "어떤 소리던가요?"

"오!" 제니는 머뭇거리고 있다가 참을 수 없는 듯이 어깨를 움츠렸다. "울음 소리였어요. 신음 소리, 중얼거리는 소리, 흐느끼는 소리, 사각사각하다가 투덕투덕하다가 갈그작거리는 소리 같기도 하고…… 저는 도무지 뭐라 표현해야 좋을지 모르겠습니다만, 아무튼……."

제니는 몸을 떨었다.

"사람이 내는 소리는 아니었어요. 그야말로 온갖 소리가 다 나는 거예요. 마치 유령들의 집회 같았어요."

제니는 엘러리의 비웃는 듯한 눈길을 보고 빙긋 웃었다.

"바보같은 여자라고 생각하시겠지요? 하지만 선생님도 그 사각사각하는 소리를 들으신다면 틀림없이 기분이 이상해지실 거예요."

"그 소리가 한창 들리고 있을 때에 유령이 나타난 현장을 살펴본 적이 있습니까?" 엘러리가 퉁명스럽게 물었다.

제니는 침을 꼴깍 삼켰다.

"꼭 한 번 살그머니 내다보았어요. 캄캄해서 아무것도 보이지 않더군요. 문을 여는 순간 소리는 딱 멎어 버리고 말았어요."

"그 뒤 또 소리가 났습니까?"

"그 이상 기다려 볼 용기도 없었어요." 제니는 몸을 떨면서도 웃는 얼굴로 말했다. "저는 침실 창문으로 뛰쳐나와서 살아 있는 세계로 정신없이 돌아왔답니다, 퀸 선생님."

"음," 바커가 교활해 보이는 눈을 가늘게 뜨고 말했다. "언제나 내가 하는 말이지만, 이 지방 사람들은 가방 하나에 가득 담은 소설보다도 더 많은 상상력을 가지고 있답니다. 글쎄요, 나는 웬만한 소리에 잠을 못 이루거나 그러지는 않습니다만, 그런 소리가 난다면 무엇 때문에 소리가 나고 왜 그러는 건지 그 원인을 찾아내고야 말겠소."

"바커 씨, 나하고 방을 바꿀까요?" 엘러리는 나직하게 말했다.

"나는 늘 심한 공포심과 깊은 호기심을 가지고 있지요, 유령에 대해서. 그런데 아직 한 번도 본 적이 없거든요. 어떻습니까?"

"아니, 되었소." 바커는 소리 내어 웃으면서 일어섰다. "퀸 씨, 아마도 영혼을 믿지 않는 점에서는 내가 세계 제일일 것이오. 그리고 깜찍하고 조그만 32구경 콜트를 갖고 있거든요."

바커는 빙긋 웃음을 머금었다. "난 철물점을 하고 있습니다만 예로부터 총알 좋아하는 괴물이 있다는 말은 들어보지 못했습니다. 그럼, 안녕히 주무십시오."

"그래요?" 엘러리는 한숨을 쉬었다. "그렇게 말씀하신다면 할 수 없지요. 유감이군요. 유령을 만나보고 싶었는데 말입니다. 사슬을 덜거덕대고 지저분한 바다풀을 끌고 다니는…… 그렇다면 나도 잠이나 자러 가지요. 그런데 호세이 선장, 유령이 나돌아다니는 건 그 질레 트가 묵었던 객실뿐입니까?"

"그렇지요, 그 방뿐입니다." 여관 주인은 무뚝뚝하게 대답했다.

"손님이 없을 때에도 소리가 납니까?"

"아니오, 이틀 밤을 지켜보았는데, 아무 일도 없었습니다."

"그것도 묘하군요." 엘러리는 잠시 생각에 잠기며 손톱을 깨물었다. "그럼, 제니 양. 그리고 여러분, 먼저 실례하겠습니다."

"잠깐만!" 하이먼이 허둥지둥 의자에서 일어서며 말했다. "그 뒤뜰을 혼자서 지나가는 것은 질색입니다. 이 어린이를 기, 기다려 주시오."

뒤뜰은 한적한 곳이었다. 세 사람이 식당에서 통하는 뒷 계단을 내려가 밖으로 나가자, 으스스하고 황량한 기운이, 마치 온몸을 내리치는 듯 가슴을 때렸다. 마치 먼 길을 뛰어온 것 같은 하이먼의 목쉰 숨소리가 엘러리에게 들려왔다. 창백한 달이 떠 있었다. 그것이 동반자들의 얼굴을 비추기 시작했다. 하이먼은 몸을 잔뜩 도사리고 겁을 먹고 있었다. 바커는 재미있어하면서도 얼마쯤 조심하고 있었다. 밤도 깊어서 어느 객실이고 대부분 다 캄캄하고 조용했다. 세 사람은 어깨를 나란히 하여 본능적으로 바짝 다가서며 자갈길을 걸어갔다. 객실 위 나무들 사이로 쉴 새 없이 바람이 휘몰아치고 있었다.

"잘 자요."

느닷없이 하이먼이 이렇게 말하더니 객실로 뛰어 들어갔다. 안에서 '덜거덕' 하고 문 잠그는 소리가 들렸다. 그리고 나서 뚱뚱보 출장 판매인이 허둥지둥 창문을 닫고 있는지 덜컹거리는 소리가 들렸다. 그리고 노란 불빛이 환하게 하이먼의 방에 비쳤다.

"저 친구 어지간히 겁이 났던 모양이지요." 바커가 앙상한 어깨를 흔들며 웃었다. "그런데 퀸 씨, 여기가 괴담의 방이랍니다. 그런 터무니없는 소리를 들어보신 적이 있습니까? 늙은 선원들이란 다 똑같이 미신쟁이들이라 어쩔 수가 없다니까요. 하지만 제니한테는 놀랐는데요. 꽤 교육을 받은 여자인데도……."

"바커 씨, 괜찮겠습니까? 나하고 방을……." 엘러리는 이렇게 말을 꺼냈다.

"아니오, 걱정 마십시오. 견본 가방 속에 4분의 1리터짜리 라이 술병 하나가 들어 있어요. 그건 귀신 물리치는 데는 첫째가는 묘약이지요." 바커는 목구멍 속으로 껄껄 웃었다. "그럼, 퀸 씨, 안녕히 주무십시오. 푹 주무시고 귀신한테 물어뜯기지 않도록 하십시오."

바커는 어깨를 으쓱 하고 어딘지 음산한 느낌이 드는 휘파람을 불며 천천히 자기 방 쪽으로 사라졌다. 얼마 안 있어 전등불이 환하게 켜지고 그 앙상한 모습이 바깥 창에 비치더니 커튼이 내려졌다.

'어둠 속에서 휘파람이라,' 엘러리는 생각했다. '그것만으로도 저 친구 꽤 배짱이 센데.'

엘러리는 어깨를 움찔하고 피우던 담배꽁초를 내던졌다. 내가 알 바 아니다. 그 어떤 자연 현상이다. 틀림없이 굴뚝을 휘몰아치는 바람이 흐느끼는 소리, 쥐가 갉아대는 소리, 헐거워진 창틀이 덜거덕대는 소리, 그것이 유령의 정체다. 내일이면 이런 일은 깡그리 잊어버리고 뉴베드포드의 친구 집으로 향하고 있을 것이다.

엘러리는 자기 객실 문에 착 달라붙었다.

누군가가 여관 뒤뜰 어둠 속에 서서 지켜보고 있었다.

엘러리는 살금살금 몸을 구부리고 객실 벽을 따라 본관 쪽으로 나갔다. 자신의 비밀스러운 행동이 얼마나 어리석은지를 깨닫기도 전에 벌써 고양이처럼 그 꼼짝도 하지 않는 감시자 쪽으로 나가고 있었다. 제정신이 들어 후회했을 때는 이미 늦어 버렸다. 감시하고 있는 자는 엘러리를 엿보고 있었던 것이다. 그것은 잡일을 하는 아이작이었다.

"한숨 돌리러 나왔소?" 엘러리는 새 담배를 더듬으면서 부드러운 목소리로 물었다.

상대방 사내는 아무 대꾸도 하지 않았다. 엘러리는 또 말했다.

"음…… 그런데 아이작 영감님, 상관없는 말을 묻는 것 같지만, 객실을 쓰지 않을 때는 늘 창을 닫아 놓나요?"

활처럼 휜 넓은 어깨가 사람을 얕보는 듯 움찔했다.

"그렇습니다."

"잠가 놓나요?"

"아니오."

사내는 천둥같이 무겁게 쉰 늙은이의 목소리로 대꾸했다. 그리고 어둠 속에서 나오더니 엘러리의 팔을 덥석 쥐었다. 그 힘이 너무 세어서 손에서 담배가 떨어지고 말았다.

"난 아까 당신들이 식당에서 웃어젖히며 조롱하고 있는 소리를 들었소. 잘 말해 두겠소만, 너무 그렇게 비웃는 게 아니오. 하늘에도 땅에도 학문으로는 어림도 없는 것이 얼마든지 있지요, 아멘."

이렇게 말하고 아이작은 홱 돌아서서 가버렸다.

엘러리는 어처구니가 없어 화난 듯한 눈으로 아무것도 없는 어둠을 바라보고 있었다. 그리스 어를 공부한다는 여관집 딸, 셰익스피어를 인용하는 늙어빠진 시골 노인, 대체 여기서는 무슨 일이 벌어지고 있단 말인가? 그러다가 엘러리는 쓸데없는 공상에 잠겨 있는 자신의 어리석음을 나무라며 성큼성큼 객실 쪽으로 되돌아갔다. 그러나 그답지 않게 살갗에 스미는 바람에 몸을 부르르 떨며, 쥐죽은 듯 조용한 숲 속에서 들려오는 더할 수 없이 자연스러운 밤의 속삭임에 머리 가죽이 근질근질해져 왔다.

멀리서 무슨 외침 소리가 들려왔다. 가느다랗고 필사적인, 지옥에 떨어진 영혼의 소리. 또다시 외침 소리가 들렸다. 세 번, 네 번.

엘러리 퀸은 침대에서 일어나 앉아 온몸에 식은땀 범벅이 되어 모든 신경을 귀에 모아서 듣고 있었다. 객실도 침실도, 캄캄한 바깥 세계도 정적 바로 그것이었다. 꿈이었을까?

엘러리는 앉은 채로 몇 분 동안 귀기울이고 있었는데, 그것은 몇 시간이나 된 듯 길게 느껴졌다. 그러다가 더듬더듬 시계를 집어들었다. 야광판은 희미하게 1시 25분을 가리키고 있었다.

정적 바로 그 속에 있는 무엇인가가 엘러리를 침대에서 끌어내어 옷을 입게 하고 객실 문 쪽으로 가게 했다. 나무와 나무 사이의 공간 일대는 칠흑처럼 어두웠다. 달은 이미 오래 전에 지고 없었다. 바람은 어딘지 잃어버린 시공 속에 녹아들어, 밖은 춥기는 하였지만 죽은 듯이 조용하였다. 외침 소리, 확실히 바커의 객실에서 들려온다는 확신이 높아졌다.

단단한 땅에 엘러리는 구두 소리를 높이며 바커의 방문 앞으로 가서 노크를 했다. 대답이 없었다. 또 노크를 했다.

등 뒤에서 나직하지만 긴장된 남자의 목소리가 났다.

"당신도 들으셨군요, 퀸 씨."

고개를 돌리고 보니 어깨 뒤에 호세이 선장이 바지에 슬리퍼를 끌고, 헐렁한 스웨터 차림으로 서 있었다.

"그렇다면 내가 잘못 들은 것이 아니었군요."

엘러리가 중얼거렸다.

또 문을 두드렸으나 역시 대꾸가 없었다. 문을 열려고 해보았으나 잠겨 있었다. 엘러리는 호세이 선장을 보았고 노인은 엘러리를 보았다. 그러다가 호세이 선장이 앞장서서 말없이 숲으로 향한 객실 뒤쪽으로 돌아갔다. 바커의 거실 뒤 창문에는 가리개가 내려져 있었으나 열려져 있었다. 호세이 선장은 가리개를 한쪽으로 밀어붙이고 캄캄한 방을 손전등으로 비추었다. 두 사람은 흠칫하여 숨을 삼켰다.

파자마 위에 실내복을 걸치고, 뼈만 남은 맨발에 슬리퍼를 신은 바커의 앙상한 몸이 방 한복판 카펫 위에 나동그라져 있었다. 틀림없이 폭력에 의해 죽어, 펴다 만 주머니칼처럼 무참한 모습으로 몸을 꼬부리고 있었다.

어떻게 다른 사람들이 이것을 알았는지, 아무도 물어 보려는 사람이 없었다. 죽음이 재빨리 사람들의 의식 속에 파고들어서 날갯짓을 한 것이 틀림없다.

엘러리가 시체 곁에서 일어섰을 때는 제니도, 아이작도, 하이먼도, 모두 문 앞에 와 있었다. 호세이 선장이 문을 열었다. 모두의 뒤에서 독수리 같은 얼굴을 한 라이 선장이 안을 들여다보았다. 정도는 달랐지만 다들 잠옷 바람에 가까웠다.

"죽은 지 몇 분밖에 되지 않았소." 엘러리는 길게 뻗친 시체를 내려다보며 나직한 목소리로 말했다. "아까 그 소리는 바커의 마지막 외마디 소리였음이 틀림없어요."

엘러리는 담배에 불을 붙인 뒤 창가로 가서 창틀에 기대선 채 고개를 숙이고 담배를 피우며 무엇인가를 보고 있었다. 아무도 입을 열지 않았고, 움직이려고도 하지 않았다. 불과 몇 시간 전만 해도 살아서 웃고 숨을 쉬며 농담을 하고 있었던 사람이 이제는 죽어 버렸다. 기막힌 일이었다.

또한 이상한 것은 시체를 중심으로 한 카펫의 아주 적은 부분을 빼고는, 방 안이 전혀 어지럽혀져 있지 않았다. 한쪽 구석에는 여러 크기의 묵직한 서랍이 달린 두 개의 대형 트렁크가 둘 다 열린 채로 놓여 있었다. 속에는 바커의 상품 견본이 들어 있었다. 물건들은 단정하게 있어야 할 곳에 있었다. 시체 둘레의 카펫만이 쭈글쭈글해져 있었는데, 그곳에서 격투라도 벌어진 듯했다. 방 자체에는 관계가 없는 파괴의 흔적 하나가 몇 미터 앞에 뒹굴고 있었다. 유리며 전구가 깨진 손전등이었다.

시체는 반쯤 위를 보고 쓰러져 있었다. 두 손은 누군가에게 목이라도 쥔 것처럼 앞터진 파자마 윗옷의 깃을 움켜잡고 있었다. 그러나 교살은 아니었다. 사인은 출혈이었다. 고통스러운 듯이 머리를 뒤로 젖히고 있는 것을 보아도 알 수 있었다. 목 부분이 찢기어 경동맥이 무참하게 푹 파여 두 손이며 파자마, 카펫이 끈적끈적한 피로 물들어 있었다.

"아!"

하이먼은 목멘 소리로 외치더니 두 손으로 얼굴을 가리고 흐느껴 울기 시작했다. 다시 선장이 중얼대면서 하이먼을 난폭하게 밖으로 밀어냈다. 뚱뚱보 사내가 자기 객실 쪽으로 비틀거리며 돌아가는 소리가 들렸다.

엘러리는 방으로 들어올 때 기어 넘은 창문 가리개 너머로 담배를 내버리고, 바커의 견본이 든 트렁크 옆으로 갔다. 모든 서랍을 다 열어 보았다. 그러나 아무것도 없어진 것은 없고 망치, 톱, 끌, 전기 도구, 시멘트와 생석회, 석고류의 견본 등이 질서정연하게 놓여져 있었다. 트렁크에 아무 이상이 없는 것을 보자 엘러리는 조용히 침실로 들어갔다. 그는 곧 되돌아왔는데, 뭔가 생각하고 있는 눈치였다.

"어떻게 하는 겁니까? 이런 사건이 생겼을 때는 어떻게 해야 하지요?" 호세이 선장이 쉰 목소리로 물었다.

세월에 바랜 그 얼굴은 축축한 잿빛으로 변해 있었다.

"퀸 선생님, 이렇게 되면 유령을 어떻게 생각하시지요?" 제니는 입속 웃음을 웃었지만, 얼굴은 공포로 떨리고 있었다.

"자, 진정들 하십시오." 엘러리는 나직하게 말했다. "선장님, 우선 경찰에 신고를 해야겠지요. 그것도 한시라도 빨리. 살인이 벌어진 건 바로 몇 분 전입니다. 틀림없이 범인은 아직 이 근처에 있을 겁니다."

"오, 정말 그럴까요?" 라이 선장이 걸쭉한 목소리로 말하며, 의족을 끌고 방으로 들어왔다. "여보게, 호세이. 뭘 꾸물대고 있는 거야."

"나는……." 노선장은 멍하니 머리를 내젓고 있었다.

"범인은 뒤쪽 창문으로 달아났습니다." 엘러리는 조용히 말했다.

"아마 내가 처음에 앞문 두드리는 소리를 들었던 모양이지요. 흉기를 가지고 달아났습니다. 그 증거로 피가 흐르는 흉기가, 저기 저 창틀에 핏자국이 조금 묻어 있소."

그 어조에는 좀 묘한 울림이 있었다. 조소와 불안이 뒤섞인 것 같은.

호세이 선장은 무거운 발걸음으로 방을 나갔다. 라이 선장은 머뭇거리고 있다가 그 또한 친구의 뒤를 쫓아 성큼성큼 나갔다. 아이작은 말없이 선 채 시체를 내려다보고 있었다. 그러나 제니의 앳된 볼에는 핏기가 되살아나고 눈은 맑은 빛을 되찾기 시작했다.

"퀸 선생님, 흉기는 무엇일까요?" 제니는 작지만 또렷한 어조로 물었다. "이렇게 끔찍한 상처를 낸 것이라면."

엘러리는 정신이 번쩍 들었다. "네? 뭐라고 하셨지요?" 그러고 나서 그는 빙긋 웃었다.

"바로 그게" 엘러리는 무뚝뚝하게 말했다. "문제입니다. 예리하고 톱날 같은 것, 뭔가 무서운 연장인 모양입니다. 상식으로 생각할 수 없는 그런 무엇이겠지요."

제니는 동그랗게 눈을 뜨고, 엘러리는 어깨를 움찔했다.

엘러리는 말을 이었다.

"이건 기묘한 사건입니다. 내 생각으로 틀림없이……."

"그렇지만 선생님께선 바커 씨에 대한 것은 아무것도 모르시잖아요?"

"지식이란 말입니다, 아가씨." 엘러리는 진지하게 말했다. "에머슨도 지적하였듯 공포의 해독제지요. 그리고 또 촉매제를 필요로 하지 않습니다."

엘러리는 잠시 말을 끊었다.

"제니 양, 이건 유쾌한 게 못됩니다. 아가씨는 어째서 방으로 돌아가지 않아요? 아이작 영감이 남아서 내 일을 거들어 줄 겁니다."

"그러면 지금부터 선생님은……." 제니의 눈에는 또 공포의 빛이 감돌기 시작했다.

"조사해 볼 게 있소. 자, 돌아가 주시오."

제니는 묘한 한숨을 쉬고는 등을 돌리고 나갔다. 아이작은 마치 낡은 배처럼 꼼짝도 하지 않고 여전히 시체를 내려다보고 있었다.

"아이작." 엘러리는 기운차게 말했다. "멍청히 서 있지만 말고 좀 거들어 주시오. 이 사람을 좀 움직여야겠소."

아이작은 그제야 제정신으로 돌아왔다.

"내가 말했던 대로……."

쉰 목소리로 아이작은 말하다가 이내 다시 입을 다물어 버렸다. 그는 화라도 난 듯 어슬렁어슬렁 걸어나왔다. 두 사람은 말없이 벌써 차가워지기 시작한 시체를 들어 침실로 날랐다. 침실에서 되돌아 나오자 아이작은 딱딱한 갈색 덩어리를 꺼내어 한 조각 입으로 베어 물었다. 그리고 아무 흥미도 없다는 듯이 천천히 씹고 있었다.

"보아하니 분실된 것도, 도난당한 것도 없는 것 같군. 좋아, 확실히 전망이 좋아." 스스로를 타이르는 듯 엘러리는 중얼거렸.

아이작은 아무런 표정도 없이 엘러리를 쳐다보고 있었다. 엘러리는 고개를 설레설레 내저으면서 방 한가운데로 갔다. 무릎을 꿇고 바커의 시체가 있던 곳의 카펫을 살펴보았다. 시체가 누워 있던 곳은 한 군데만 반드러워져 있고, 바다 속 섬처럼 흐트러진 카펫의 주름살로 에워싸여 있었다. 엘러리의 눈이 가늘어졌다. 이런 일이 있을 수 있을까. 엘러리는 얼마쯤 흥분하여 차근차근 카펫을 살폈다. 역시…….

"아이작."

시골 노인은 어슬렁거리며 앞으로 걸어 나왔다.

엘러리는 손가락질하며 말했다.

"이게 대체 어째서 생겼소?"

시체가 누워 있던 곳의 카펫 털이 죄 닳아서 떨어지고 없었다. 자세히 살펴보니 이상하게 긁힌 자국 같은 것이 있고, 오랜 시간에 걸쳐서 계속적으로 갉아낸 것 같았다. 보면 금방 알 수 있는 일이지만, 그곳만 털이 닳아 빠져 있는 것이었다.

"모르겠는데요."

아이작은 통명스럽게 말했다.

"이 부근 객실 청소는 누가 하지요?"

엘러리는 또렷하게 물었다.

"내가요."

"전에 이걸 눈치채지 못했나요? 이 닳은 자국을?"

"알았지요."

"언제쯤, 그게 언제였소? 언제 처음 알았소?"

"글쎄요. 한여름쯤이었을 겁니다."

엘러리는 기뻐서 펄쩍 뛰었다.

"신나는군. 뜻밖의 수확이야. 이제 이야기가 들어맞는군."

아이작은 사발 같은 눈을 뜨고 갑자기 미치기라도 한 것 같은 엘러리를 바라보았다.

엘러리는 입 속으로 중얼거렸다.

"다른 모든 것은 단순한 생각에 지나지 않아, 구름 잡는 이야기였지만, 이것만은……."

엘러리는 입을 꽉 다물었다.

"아이작, 이 집에 무기 같은 건 없나요? 권총이나 엽총, 아무거나."

아이작은 불쑥 한 마디 했다.

"글쎄요, 호세이 선장이 낡은 권총을 갖고 있지요."

"좀 빌려다 주시겠소. 그리고 기름이 쳐져 있는지, 장전이 돼 있는지, 금방 쓸 수 있는지 어떤지 알아봐 주시오. 서둘러야겠소. 그리고 아무도 여기로 가까이 와서는 안 된다고 일러주시오. 접근해서는 안 돼요. 떠들어서도 안 되고, 방해를 해서도 안 돼. 경찰만은 예외지만, 알겠소?"

"알았습니다."

작은 목소리로 말하더니 아이작은 가 버렸다.

그제야 무언가 공포 같은 것이 엘러리의 눈에 나타났다. 창문 쪽으로 몸을 돌리고 한 발 걸어 나가다가 이내 걸음을 멈추고 머리를 내젓고는 난로 쪽으로 서둘러 갔다. 거기서 묵직한 쇠부지깽이를 발견했다. 신경질적으로 그것을 집어들자 침실로 뛰어들어가서 문을 반쯤 닫았다. 그리고는 아이작의 무거운 발소리가 밖에서 들릴 때까지 그대로 조용히 있었다.

그러다가 거실로 해서 밖으로 뛰어나가 아이작의 손에서 큼직한 구식 권총을 뺏어 들자 하인을 돌려보내 놓고서, 총에 장전이 되어 있는지 방아쇠가 괜찮은지를 확인하고 거실로 되돌아왔다. 그러나 그때는 한층 더 확신을 가지고 행동하고 있었다. 카펫의 닳아빠진 자리 곁에 무릎을 꿇고, 권총을 발치에다 놓고 재빨리 카펫을 쳐들어 마룻

바닥을 드러냈다. 그리고 한참 동안 마루를 찬찬히 살폈다. 잠시 후 카펫을 원래대로 해 놓고 다시 권총을 집어들었다.

　엘러리는 15분쯤 뒤에 문 앞에서 그들을 만나자 입술에 손가락을 갖다 댔다. 그들이란 세 명의 튼튼하고 날카로운 생김새의 뉴잉글랜드 사람들로서, 모두 권총을 뽑아 들고 있었다. 둘레의 모든 객실에는 불이 켜지고 사람들은 신기한 듯이 밖을 내다보고 있었다.
　엘러리는 불만스럽게 말했다.
　"에이, 바보 같은 노인! 저 사람들에게 안심하라고 일러주세요, 소리를 질러서."
　그런 다음 엘러리는 지휘자인 듯한 낯선 사람에게 속삭였다.
　"당신들은 경찰에서 오신 분들이지요?"
　"그렇습니다. 나는 벤슨입니다." 상대방 남자는 걸걸한 목소리로 말했다. "꼭 한 번 당신 아버님을 뵌 적이 있지요."
　"그런 건 지금 아무래도 좋습니다. 저 사람들에게 우선 전등을 끄고 아주 조용히 하도록 일러주세요, 아셨습니까?"
　경관 하나가 달려갔다.
　"자, 안으로 들어와 주실까요. 그리고 부탁입니다만, 소리 나지 않도록 해주시오."
　"그런데 시체는 어디 있습니까?" 뉴베드포드의 경관이 물었다.
　"침실에 있소. 아무데도 가지 않습니다." 엘러리는 화난 듯이 말했다. "아무튼 들어와 주시오."
　엘러리는 경관들을 재촉해서 거실로 들여놓자, 조심스레 문을 닫고 한 구석으로 그들을 몰아 놓은 다음 전등 스위치를 껐다. 방은 흐릿해지더니 이윽고 그 빛도 사라져 없어졌다.
　"무기 준비는 되어 있습니까?" 엘러리는 나직한 목소리로 물었다. "이 사건에 대해서는 어느 만큼 알고 계시지요 ? "

"글쎄요, 호세이 선장으로부터 바커에 대한 것과 그 괴상한 소리에 대해 전화 보고를 받았을 뿐이라서……. " 벤슨이 조그만 소리로 말했다.

"좋습니다. " 엘러리는 조금 앞으로 몸을 구부리고, 아무것도 보이지는 않았지만 계속해서 방 한가운데를 지켜보고 있었다. "나의 추리가 맞는다면 몇 분 뒤에 곧 만나게 될 겁니다. 바커를 죽인 범인을. "

두 경관은 숨을 삼켰다.

"어째서지요 ? " 벤슨이 나직하게 말했다. "난 도무지 모르겠는데요, 어떻게……. "

"조용히. "

모두들 영원히 기다려야 할 것 같았다. 아무 소리도 없었다. 그러고 있는 동안 엘러리는 뒤에 있는 경관 하나가 부스럭대며 입 속으로 중얼거리는 소리를 들었다. 그리고는 또 귀가 찡하도록 조용해졌다. 정신을 차리고 보니 큼직한 권총 개머리판을 쥐고 있는 손바닥에 땀이 흠씬 배어 있었다. 엘러리는 허벅지에다가 살그머니 손을 문질렀다. 눈은 캄캄한 방 보이지 않는 한가운데에 못박힌 채였다.

그곳에 얼마 동안을 움츠리고 있었는지 아무도 몰랐다. 그러나 영원 같은 시간이 흐른 끝에 무엇인가를 의식했다. 방 안에서 무엇인가를, 실제로 물리적인 소리를 들은 것은 아니었다. 소리는 아니었지만, 그런데도 그들 귀에는 우레 소리보다도 더 크게 울려 퍼졌다. 무엇인가가, 누군가가 방 한가운데에…….

모두 저도 모르게 침을 삼켰다. 거의 알아들을 수 없는 기분 나쁜 흐느끼는 듯한 신음 소리가, 얼음을 갉아대는 듯한 갈그작거리는 이상한 소리와 함께 들려왔다.

엘러리의 뒤에 있던 신경과민인 경관이 자제심을 잃었다. 그는 저도 모르게 공포에 찬 비명을 질렀다.

"이런 바보 같은 사람 봤나!"라는 외침과 함께 엘러리는 권총의 방아쇠를 당겼다. 방 안의 보이지 않는 괴한의 정체를 더듬으며 두 번 세 번 연거푸 쏘았다. 방은 연기가 자욱하여 매캐해졌다. 다들 연기에 목이 메어 기침을 했다. 그때 사람의 소리라고는 할 수 없는 길게 끄는 듯한 비명 소리가 들렸다. 엘러리는 쏜살같이 뛰쳐나가 전등을 켰다.

방은 비어 있었다. 그러나 수많은 새로운 핏자국이 열려 있는 창가까지 이어져 있고, 가리개가 아직도 흔들리고 있었다. 벤슨은 부하를 거느리고 창문으로 뛰쳐나갔다.

그와 함께 문이 홱 열리며 놀란 눈들이 방 안을 들여다보았다. 호세이 선장, 제니 아이작이었다.

"들어오십시오, 들어오세요." 엘러리는 지친 듯한 목소리로 말했다. "범인은 중상을 입고 숲 속으로 달아났습니다. 잡는 건 시간 문젭니다. 끝까지 달아나지는 못할 테니까."

가까이에 있는 의자에 엘러리는 털썩 주저앉아 담배를 더듬었다. 눈가에는 긴장으로 인해 주름이 생겼다.

"그런데 누가? 어떻게?"

엘러리는 귀찮은 듯이 손을 내둘렀다. "매우 간단한 이야기요. 그렇지만 좀 색다른 사건이지요. 몹시 색다른. 이런 괴상한 사건은 처음입니다."

"알고 계시겠지요, 범인이 누군지……." 제니는 가슴을 두근대며 말했다.

"물론입니다. 그리고 모르는 부분도 연결할 수가 있습니다. 그렇지만 그 전에 해 둬야 할 일이 있습니다. 나는……." 엘러리는 일어섰다. "제니 양, 아가씨는 또 한 번 충격을 견뎌낼 수 있겠습니까?"

제니의 얼굴이 새파래졌다. "그러시다면, 퀸 선생님……. "

"당신 같으면 괜찮겠지요, 호세이 선장. 손을 좀 빌려 주시지 않겠습니까? " 엘러리는 바커의 견본이 든 트렁크가 있는 데로 가서 두 개의 끌과 도끼 하나를 꺼냈다.

호세이 선장은, 무슨 일인지는 모르지만 노려보고 있었다.

"자, 선장. 위험은 이제 없습니다. 그 카펫을 들쳐 주십시오. 보여 드리고 싶은 것이 있습니다. "

노인이 고개를 끄덕이자 엘러리는 끌을 건네주었다.

"못을 뽑아 마루를 들치는 겁니다. 조심해서 합시다. 마루를 못 쓰게 해서는 안 될 테니까요. "

엘러리는 또 하나의 끌을 손에 들자 마루 반대편으로 가서 일을 시작했다. 한참 동안 두 사람은 말없이 끌과 도끼를 가지고 마루의 못을 죄다 뽑았다.

"뒤로 물러나 주십시오. "

엘러리는 조용히 말하고 몸을 굽혀 한 장 한 장 마루를 떼기 시작했다. 제니는 저도 모르게 비명을 지르며 아버지의 널찍한 가슴에 얼굴을 묻었다.

마루 밑 객실의 토대인 자갈 섞인 흙 위에는 희끄무레하게 흐트러지고 무시무시하게 모양이 허물어진, 어딘지 사람 같은 형태의 것이 누워 있었다. 뼈가 그 부근에 흩어져 있었다.

엘러리가 쉰 목소리로 말했다.

"여기 있는 것은 보석 도둑 존 질레트의 유해입니다. "

"존 질레트의? " 더듬거리면서 호세이 선장은 마루 밑을 들여다보았다.

"석 달 전에" 엘러리는 한숨을 쉬었다. 당신 친구 바커에게 살해된 겁니다. "

엘러리는 한 테이블에서 기다란 테이블 보를 벗겨 그것을 마루의 틈새 위에 덮었다.

엘러리는 모두들 넋을 잃고 잠자코 있는 가운데 나직하게 말했다.

"아시는 것처럼, 7월 어느 날 밤 질레트가 여기 와서 묵어가겠다고 했을 때 여러분께선 어딘지 낯익은 얼굴이라고 생각하셨다는데, 바커는 틀림없이 신문에서 사진을 보았기 때문에 그의 정체를 금방 알아보았던 것입니다. 그날 밤 바커도 객실 하나에 묵고 있었습니다. 물론 바커는 질레트가 코모란트의 다이아몬드를 가지고 있다는 걸 알고 있었습니다. 그래서 그는 손님들이 잠들기를 기다렸다가 이 방에 침입하여 질레트를 죽인 겁니다. 바커는 직업 때문에 여러 가지 연장을 가지고 있는데다가 생석회까지 가지고 있어서, 카펫 밑의 마루를 떼어내고 질레트의 시체를 넣은 뒤 생석회를 뿌려 자연적으로 살의 소멸 작용을 촉진하고 부패의 악취를 없애서 시체가 발각되지 않도록 한 다음 본디대로 마루에 못질을 한 것입니다…… 물론 이야기는 그뿐만이 아닙니다. 나는 추리로 범인의 신분을 캐냈는데, 캐내고 보니 모든 게 꼭 들어맞더군요."

"하지만" 호세이 선장이 속이 메슥거리는 듯한 소리로 숨가쁘게 말했다. "퀸 씨, 퀸 씨는 어떻게 그것을 알았지요? 그리고 누가……"

"두세 가지 단서가 있었습니다. 그럭저럭하는 동안 내가 그냥 막연하게 세우고 있던 가설을 뒷받침하는 어떤 것을 발견한 겁니다. 이야기를 쉽게 하기 위해 그 뒷받침이 되는 것부터 말씀드리지요."

엘러리는 뒤집혀진 카펫을 끌어당겨서 펼치고, 털이 빠진 부분이 보이도록 했다.

"이걸 좀 보십시오, 이 한 군데를 빼고는 카펫의 아무데도 이렇게 털이 닳아빠진 곳은 없습니다. 그리고 특히 또 주의해야 할 점은 바커가 습격당해 살해된 것이 바로 이 자리였다는 사실입니다. 그 증거로 이 한 군데의 카펫 말고는 아무데도 쭈그러져 있지도 않고 끌어당겨져 있지도 않습니다. 이것은 분명히 격투가 벌어졌던 자리를 나타내는 것입니다. 카펫의 특정 부분만 털이 닳았다는 점에 대해 무슨 다른 의견은 없습니까, 선장?"

"글쎄요." 노인은 더듬거리면서 말했다. "쥐어뜯으며 할퀸 것 같아서 어쩐지……."

열린 창문 밖에서 벤슨의 목소리가 났다. 그 목소리에는 사뭇 믿어지지 않는다는 듯한 울림이 있었다.

"퀸 씨, 찾았습니다. 숲 속에 죽어 있더군요."

모두들 창가로 우르르 밀어닥쳤다. 창 밑의 차가운 땅에는 벤슨의 손전등에 비쳐 거대한 경찰견 수컷 한 마리가 누워 있었다. 털은 거칠고 꾀죄죄하였으며, 머리에는 오래 전에 심하게 얻어맞은 것 같은 무참한 흉터가 있었다. 몸에는 두 군데 엘러리의 권총으로 뚫린 총구멍이 있었다. 그러나 총구멍의 피는 이미 말라 있었다.

조금 뒤 엘러리는 귀찮은 듯 다시 입을 열었다.

"그래서 말입니다. 퍼뜩 내 머리에 떠오른 것은 닳은 부분이 마치 긁힌 것처럼…… 그러니까, 긁었다가 나중에 쓸어 놓은 것같이 보인 점입니다. 손상된 형태로 미루어서 동물, 아마도 개의 짓이 아닌가 생각되더군요. 사람이 키우는 동물 중에서도 개는 특히 긁어대는 습성이 강하지요. 다시 말해 지난 여름날 밤에, 이 방에는 여러 차례 개가 나타나서 카펫의 이 부분을 긁어댄 게 아닐까 하는 생각이 들었던 겁니다."

"하지만 어떻게 그렇게 확신하실 수가 있었지요?" 제니가 항의했다.

"이 카펫뿐만이 아닙니다. 그 밖에도 뒷받침하는 게 있었지요. 이를테면 당신들이 말씀하시는 '유령' 소리도 그 가운데 하나입니다. 당신들의 설명으로 미루어 볼 때, 그것이 개로 인해서 나는 소리라는 것은 쉽게 상상이 갈 겁니다. 사실 아가씨도 사람이 내는 소리가 아니라고 말했지요? 아가씨는 '신음 소리 같기도 하고, 중얼대는 소리, 흐느끼는 소리, 사각사각하다가 투덕투덕하다가 갈그작거리는 소리 같기도 하고…… 저로서는 도무지 뭐라고 표현해야 좋을지 모르겠습니다만'하고 말한 걸로 기억합니다. 신음 소리, 중얼거림, 흐느끼는 소리라고 하면, 확실히 개가 고통이나 슬픔을 호소할 때의 소리니까 개라는 생각이 들면 금방 짐작이 가지 않습니까. 사각사각 투덕투덕은…… 개가 돌아다닐 때의 소리입니다. 갈그작갈그작은 무엇을 긁을 때…… 이 경우는 카펫입니다. 나는 이것이 중요한 점이라고 느꼈던 것입니다."

엘러리는 한숨을 쉬었다.

"그리고 유령이 객실을 찾아가는 데에 택한 시기는 문제가 있습니다. 내가 듣기로는 객실에 손님이 없을 때는 결코 나타나지 않았습니다. 보통 같으면 불량배들이 올 만한 때는 손님이 없을 때이지요. 어째서 유령은 객실에 손님이 있을 때만 나타났을까요? 아이작 영감 말로는 손님이 없을 때는 창을 꼭 닫아 둔다고 하더군요. 잠그지는 않고 그냥 닫아만 둔다고. 하지만 인간인 불량배라면 창문이 닫혀 있는 것쯤은 문제가 안 되겠지요. 마음만 먹으면 창문이 잠겨 있다 할지라도 침입할 것입니다. 이 또한 동물을 암시하고 있지 않습니까? 창문이 열려 있을 때밖에는 못 들어가는 거지요. 그러니까 객실에 손님이 들어서 그 손님이 거실 창문을 열어 놓는다든가 했을 때에만 들어갈 수 있었던 겁니다."

"옳아." 호세이 선장이 중얼거렸다.

"그 말고도 또 있습니다. 이 사건에서는 암캐 한 마리였다고 되어 있었습니다. 질레트가 데리고 온 거지요. 그러나 시카고의 탐정들이 객실을 덮쳐 질레트가 도망친 듯한 것을 발견했을 적에——바커는 그것을 계산에 넣고 있었습니다만——탐정들이 눈치만 챘더라면 개는 한 마리가 아니라 두 마리였다는 간접 증거를 보았을 것입니다. 튼튼한 이중 쇠사슬이 있었기 때문이지요. 무엇 때문에 사슬은 이중이었을까요? 아무리 억센 개라도 튼튼한 사슬 하나로 충분하지 않았을까요? 그렇다면 이건 또 한 마리의 다른 개, 살아남은 개가 있었다는 증거입니다.

아무도 두 마리의 개가 있었다는 건 몰랐지만, 사실은 질레트가 계속 두 마리의 개를 데리고 다녔다는 증거입니다. 또 한 마리의 다른 개가, 제니 양이 차고에서 손을 물릴 뻔한 개 뒤에 있었던 겁니다. 질레트는 개 때문에 꼬리가 잡힐까 두려워, 두 마리 다 객실로 데리고 가 거기에 매어 두었던 겁니다. 개는 매여 있었기 때문에 바커가 질레트를 죽이는 동안 꼼짝 못했던 거지요.

바커는 개 두 마리를 다 죽여 버릴 셈으로, 아마도 이 쇠부지깽이로 머리를 때린 게 틀림없습니다. 물론 개들은 짖고 으르렁댔겠지만, 그 소리는 그날 밤 세찬 빗소리와 우레 소리 때문에 들리지 않았던 것입니다. 바커가 나중에 마루청을 두드려 맞춘 망치소리도 마찬가지고요. 그리고 바커는 질레트가 개를 죽인 것처럼 보이게 하기 위해 개 두 마리의 시체를 뒤 숲 속으로 끌어다가 버린 겁니다. 그런데 수캐 쪽은 심한 상처를 입었을 뿐 죽지는 않았습니다. 보시는 것처럼 머리에 끔찍한 흉터가 있어서, 그것으로 바커가 개들을 어떻게 했는지 충분히 짐작이 갑니다. 수캐는 몸이 회복되자 어디론지 도망쳐 버렸지요. 그 이중으로 된 쇠사슬, 그날 밤의 우레와 비, 그리고 흉터. 이것으로 이야기의 줄거리는 놀랄 만큼 뚜렷해집니다.”

"하지만 어떻게……." 방금 객실로 들어온 하이먼이 말했다.

엘러리는 어깨를 움찔했다.

"의문은 많습니다. 우연히도 바커의 목에 난 상처 자체가 나의 개에 대한 설명을 뒷받침해 주었지요. 경동맥 위의 끔찍한 상처 말입니다. 그것은 개가 죽이는 방법이지요.

그러나 나는 자문자답하였습니다. 개는 틀림없이 이 부근에 있었을 텐데, 어째서 사람들 눈에 띄지 않았는가. 틀림없이 숲 속을 방황하며 야생 늑대같이 되어 작은 짐승을 잡아먹거나 쓰레기 같은 것을 주워 먹으며 살았을 것입니다.

또 어째서 끈질기게 이 객실로 돌아와서 카펫을, 하필이면 카펫을 긁어댔을까요? 답은 하나밖에 없습니다. 개가 그리워하는 무엇인가가 카펫 밑 바로 그 자리에 있었기 때문입니다. 그것은 아무래도 수캐의 짝이던 암캐는 아니었을 것입니다. 암캐는 죽어서 멀리 내버려졌기 때문이지요. 그렇다면 주인입니다. 주인은 질레트였습니다. 그럼 '질레트는 도망친 것이 아니라 마루 밑에 있다'라는 사실이 과연 있을 수 있을까요?

그러나 그것만이 유일한 해답이었습니다. 그리고 만일 마루 밑에 있다면 질레트는 죽어 있다는 얘깁니다. 그 뒤의 이야기는 간단합니다. 오늘 밤 바커는 몹시 이 객실에 집착하고 있었습니다. 바커는 카펫 있는 데로 가서 몸을 굽히고 카펫을 젖히려고 했던 겁니다. 개가 그것을 지켜보고 있다가 갑자기 창문으로 뛰어든 것이지요."

"그럼, 당신 생각은" 호세이 선장이 숨막히는 듯한 목소리로 말했다. "개가 바커를 알고 있었단 말입니까?"

엘러리는 보일락말락 웃었다.

"글쎄, 그건 어떨는지요. 나는 개에게 사람처럼 지능이 있다고는 생각하지 않습니다. 때로는 놀랄 말한 일도 해내기는 합니다만. 알고 있었다고 한다면, 바커가 질레트를 죽이던 날 밤에 개는 마비 상태로 누워 있기는 했지만 바커가 시체를 마루 밑에 넣는 것을 보고 있을 만큼의 의식은 있었겠지요. 그럴지도 모르고, 또는 단순히 딴 사람의 손이 주인의 무덤을 건드리려는 것을 보고 덤벼들었을 뿐인지도 모릅니다.

나는 어쨌든 바커가 질레트를 죽였다는 것을 알았습니다. 철물류가 들어 있는 견본 가방과, 시체에 생석회를 뿌렸다는 것을 나란히 놓고 생각하면 그 사이의 사정은 아주 뚜렷하고도 확실합니다. "

"하지만 퀸 선생님, 무엇 때문에 바커는 다시 이곳에 왔을까요? " 제니가 속삭이는 듯한 목소리로 말했다. "어리석기 짝이 없어요. 그리고 무척 냉혈하고. "

제니는 몸을 떨었다.

"거기에 대한 답은 생각건대" 엘러리는 나직한 목소리로 말했다. "매우 간단합니다. 한 가지 의견이 있습니다만……. "

모두가 있던 곳은 대기실이었다.

엘러리는 거실 쪽으로 갔다. 거실에서는 벤슨과 부하들이 마루 구멍 곁에 몸을 쪼그리고 망치와 끌을 가지고 마루 밑 지저분한 것을 걷어내고 있었다. "어떻습니까, 벤슨 씨 ! "

"있습니다, 분명히. " 벤슨이 큰 소리로 말하고 벌떡 일어서며 망치를 내던졌다. "퀸 씨, 당신 말대로군요. "

벤슨의 손에는 가공되지 않은 큼직한 다이아몬드가 쥐어져 있었다.

"그럴 줄 알았습니다. " 엘러리가 나직하게 말했다. "바커가 일부러 되돌아온 데에는 한 가지 이유밖에 없습니다. 시체가 교묘하게 숨겨져서 세상 사람들은 질레트가 살아 있는 줄로만 알고 있었으니까요.

　다시 말해 물건을 찾으러 온 것이었지요. 그러나 질레트를 죽였을 때에 바커는 그 물건을 빼앗아 갔을 게 아니냐는 의문이 생깁니다. 그렇다면 바커는 감쪽같이 속고 있었던 것입니다. 질레트는 보석 세공인이니까 도망치기 전에 약삭빠르게도 훔친 다이아몬드의 모조품을 만들어 두었던 거지요.

　바커가 훔친 것은 모조품이었습니다. 7월에 이곳을 떠난 뒤에 가짜라는 것을 알았을 때는 이미 때가 늦었던 거지요. 그래서 바커는 다음 번 출장 판매로 뉴베드포드까지 와서 마루 밑을 파게 될 때까지 기다려야만 했던 것입니다. 그런 까닭으로 카펫 위 그 장소에 몸을 구부리고 있을 때 개한테 습격당한 겁니다."

　잠시 입을 여는 사람이 없었다. 이윽고 제니가 조용히 말했다.

　"퀸 선생님, 선생님은 정말 멋진 분이세요."

　제니는 머리를 쓸어 올렸다. 엘러리는 문 쪽으로 천천히 걸어갔다.

　"멋지다고요? 이 사건에는 범인의 정체가 좀 색다르다는 것을 빼면 꼭 한 가지밖에 멋진 게 없소, 제니 양. 나는 언젠가 우연의 일치 현상에 대해 논문을 쓸까 합니다."

　"그게 무슨 뜻이지요?" 제니가 물었다.

　엘러리는 문을 열고 상쾌한 아침 공기에 가슴을 펴고, 가슴 가득 기분 좋은 바다 내음을 들이마셨다. 싸늘한 어두운 하늘에 첫 새벽빛이 비쳤다.

　엘러리는 조용히 웃었다.

　"이 여관의…… 이름."

유리 돔 시계의 모험

엘러리 퀸은 그 유명한 뉴욕 시 경찰 수사과 퀸 경감의 아들이라는 자신에게 주어진 권위 있는 입장에서 몇 백 가지 범죄 사건의 해결에 참여했으나, 그 가운데서도 그가 '유리 돔 시계의 모험'이라고 부른 것처럼 손쉬운 판정을 내린 사건은 없다고 늘 말하곤 했다.

퀸은 진지한 말투로 즐겨 말했다.

"너무 간단해서 수학에 기초 지식이 있는 고등학교 2학년 학생이라도 쉽게 풀 수 있는 방정식 같은 겁니다."

이렇게 말한 결과 퀸은, 훈련이 부족한 요즘 경찰의 신참 형사들은——아무튼 그들은 수학 지식이 초보 이하였으므로——그런 '간단한' 사건을 풀 수 있을 까닭이 없지 않느냐는 말을 곧잘 들었다. 퀸은 이 말에 대해 언제나 진지하게 대답했다.

"그렇다면 고쳐 말하지요. 이번에는 이렇게 표현을 바꾸겠소. 상식을 가진 사람이라면 누구나 그 범죄 사건을 해결할 수 있었을 것이라고 말입니다. 5 빼기 4는 1인 것과 같은 정도로 아주 초보적인 것입니다."

이 범죄 사건에 관계한——더구나 자진해서——사람들 가운데 범죄 수사관으로서는 무능하다 할 수 없는 퀸의 아버지 퀸 경감이 있었다는 것은 좀 안된 일이었다. 엘러리 퀸의 추리력은 일반인의 상식을 훨씬 웃도는 것이었으나, 그 뛰어난 두뇌를 갖고도 일의 진상 판단에 임해서는 종종 혼란을 초래했다. 더구나 다음에 나열하는 것 같은 요소로 이루어진 사건은 일반적으로 초보적이라고 말할 수 없을지도 모른다. 즉 이 사건에는 먼저 무엇보다도 순수한 자수정, 어딘지 수상쩍은 제정 러시아에서 온 망명자, 은으로 된 게임, 다섯 사람에게서 받은 생일 축사, 특히 '유리 돔 시계'라고 목록에 기록된 아메리카 초기의 골동품들의 요소가 포함되어 있었다. 언뜻 보기에, 사건은 어딘가 환상적이어서 미친 사람의 기분 나쁜 꿈처럼 느껴졌다. 바로 엘러리가 말하는 '상식'을 지닌 사람이라면 누구나 그렇게 생각하는 것이 당연할 것이다. 그러나 엘러리가 이 기묘한 여러 요소들을 순서를 정해서 그 수수께끼 하나하나를 '명쾌하게' 풀어 나가니——마치 누구나 다 복잡하고 기괴한 베일 속을 내다보는 그같은 천재성을 가지고 있다는 듯이 뽐내지도 않고 담담하게 설명해 나갔다. 그러자 퀸 경감도 벨리 경사도 다른 누구도 모두 그 명쾌함에 말 그대로 눈을 비비며 감탄하는 것이었다.

이 이야기는 살인 사건에 늘 따르기 마련인 시체를 갖고 시작된다. 그윽하게 사향 냄새가 풍기는 마틴 오어의 골동품 가게 둘레에 서서, 일찍이 마틴 오어였던 시체를 내려다보고 있는 사람들의 가슴을 맨 먼저 때린 것은, 사건이 너무도 처참하다는 점이었다. 퀸 경감은, 이번에는 그의 오랜 경험에 따를 생각이 없었다. 그가 망설이고 있었던 까닭은 사건 그 자체의 잔학성 때문이 아니었다. 경감으로서는 피가 낭자한 참상 따윈 처음 보는 일도 아니었고, 피를 보고 겁낼 사람은 더더욱 아니었다.

마틴 오어는 5번가의 조그만 골동품 가게 주인으로, 가게는 실물 진품의 보고였는데, 그 사람이 반들거리는 조그만 대머리를 무참하게 얻어맞고 피에 물들어 죽어 있었던 것이다. 이것이 실제 상황이기는 했지만, 이런 건 아무래도 좋았다. 흉기는 묵직한 문진으로, 피가 잔뜩 묻어 시체 곁에 있었으나 지금은 깨끗이 닦여 있었다. 그것으로 사건의 개요는 분명했다. 아니, 그보다도 사람들이 놀란 것은 오어가 살해된 방법이 아니었다. 범인에게 습격을 받은 뒤 다 죽어 가는 오어가 가게의 차디찬 콘크리트 바닥에서 죽음의 고통에 몸부림치면서도 그가 한 행동에 모두들 눈이 휘둥그레진 것이었다.

골동품상인 오어를 죽인 뒤 가해자가 가게로부터 내뺀 뒤의 일을 짜 맞추는 일은 매우 쉬웠다. 가게 한가운데쯤에서 얻어맞은 마틴 오어는 상처 입은 몸으로 2미터나 카운터를 따라가서——이것은 바닥의 핏자국으로 직접 알 수 있었다——초인적인 힘을 짜내 몸을 일으켜, 보석과 준보석을 넣어 둔 보관함에 손을 뻗어 얇은 유리를 힘없이 쥔 주먹으로 깨뜨리고, 그 속을 휘둘러서 아직 세공하지 않은 자수정을 왼손으로 단단히 움켜쥔 채 일단 바닥에 쓰러졌다가, 다시 고물 시계들이 죽 놓인 보관함을 스쳐 1.5미터 이상이나 기어서 돌로 된 받침대로 다가가 단 한 번 몸을 일으켜 그 위에 놓여 있던 반구형 유리 덮개가 달린 고물 시계를 일부러 끌어당겨서, 그 바람에 시계는 바닥에 굴러 떨어져 약한 덮개가 산산조각이 나버린 것이다. 그리고 그 자리에서 마틴 오어는 왼손 주먹 안에 자수정을 꽉 쥐고, 피에 물든 오른손을 마치 기도라도 드리는 듯이 그 시계 위에다 얹어 놓은 채 죽어 있었다.

기적적으로 바닥에 떨어진 시계의 부속은 망가지지 않았다. 가지고 있는 시계들을 모두 일제히 움직이게 해 두는 것이 마틴 오어의 미신

적이랄 수 있는 도락의 하나였다. 그리하여 그 음울한 일요일 아침, 마틴 오어의 시체를 둘러싼 사람들의 당황한 귀에는 반구형 유리 덮개가 사라져 버린 시계의 재각재각하는 소리가 상쾌하게 들려오고 있었다.

아주 이상하다고나 할까. 도무지 미칠 노릇이었다.

벨리 경사는 신음하듯 말했다.

"이런 일이 있을 수 있을까……."

뉴욕 시 의무 검사관보 새뮤얼 프라우티 의사는 검시를 끝내고 일어선 뒤 마틴 오어의 시체 엉덩이를——골동품상은 엎어져 있었다——가볍게 발로 쿡쿡 찔렀다.

"놀라운 노인인데." 프라우티는 상을 찌푸렸다. "예순이 다 돼 가는 나이인데, 정말 젊은이도 못 따라갈 체력을 가졌군. 대단한 저항력인데요. 머리와 어깨를 마구 뭉개놓았기 때문에, 범인도 죽은 줄 알고 가 버린 뒤에 이 노인은 이렇게 이 부근을 기어 다니는 동안 살아 있었던 거요. 웬만한 젊은이도 이 정도 맞으면 즉사해 버릴 텐데."

"선생님께서 그렇듯 감탄하시는 것을 보니, 저까지 몸서리가 쳐지는데요."

엘러리가 말했다.

엘러리는 약 30분 전에 퀸의 집 급사인 주나가 깨워서 달고 따뜻한 잠자리에서 일어났다. 경감은 이미 출근한 뒤였고, 엘러리에게 마음 내키면 뒤따라 나오도록 하라는 전갈만 남겨 놓았다. 엘러리는 범죄를 냄새 맡으면 언제든 마음이 내키는 편이었는데, 그날 아침 따라 아침을 먹지 않아서 무척 기분이 언짢았다. 그런 까닭에 택시를 타고 5번가를 통해 마틴 오어의 가게에 갔을 때, 이미 경감과 벨리 경사는 혼잡한 현장에서 비탄에 젖어 있는 노부인——마틴 오어의 늙은 아내——과 사투리가 심한 영어로 '옛공작 폴'이라고 자기를 소개한 잔뜩 겁을 먹은 키 큰 슬라브계의 남자를 신문하고 있었다.

자세히 말을 듣고 보니, 옛공작 폴은 니콜라스 로마노프의 많은 사촌들 가운데 한 사람으로 러시아 혁명 와중에 휩쓸렸다가 겨우 고국을 탈출해 뉴욕으로 와, 말하자면 사교적인 호기심의 대상으로서 그다지 신통찮은 생활을 하고 있다는 것이었다. 이 이야기는 1926년의 일로, 제정 러시아로부터 망명한 사람들이 아직도 이 민주주의 나라에서는 어쩐지 신기하게 여겨지던 때의 일이다. 엘러리가 나중에 지적했듯이, 이 사교적인 사건은 단지 1926년 3월 7일 일요일에 일어난 일로, 그때는 이 특별한 날짜에 무슨 중요성이 있는 것처럼 생각하는 것을 우습게 여길 정도였다.

"누가 시체를 처음 발견했죠?" 그날 처음 담배를 피우면서 엘러리가 물었다.

"여기 마틴 오어의 동업자와 이 부인입니다." 벨리 경사는 우람한 어깨를 으쓱하면서 말을 이었다. "공작인지 뭔지 모르지만, 이 사람은 같이 일을 했던 모양입니다. 살해된 영감의 끄나풀 같은 것이 되어, 오어는 이 사람이 손님을 데려올 때마다 커미션을 주었던 거죠. 데려온 손님이 많았던가 봅니다. 아무튼 여기 계신 오어 부인은 어젯밤에 남편께서 포커게임에서 돌아오지 않아 걱정이 되어서……."

"포커라고요?"

가무잡잡한 러시아 인의 얼굴이 갑자기 밝아졌다. "네, 그렇습니다. 아주 재미있는 게임이지요. 저도 이 놀라운 나라에 와서 처음 배웠답니다. 오어 씨와 저와 그리고 그 밖에 몇이서 매주 여기 모여 게임을 하고 있었습니다."

공작은 얼굴을 숙였는데, 공포의 빛이 어느 정도 다시 되살아났다.

그리고 시체를 흘끗 보더니 뒷걸음질을 쳤다.

"어젯밤에도 했나요?" 엘러리가 거친 목소리로 묻자 공작은 고개를 끄덕였다.

퀸 경감이 말했다.

"지금 다들 모이고 있는 중이다. 오어와 공작, 그 밖에 네 사람이 포커 클럽 같은 걸 만들어 저쪽 안방에서 매주 토요일에 만나 새벽까지 놀이를 하곤 했던 모양이야. 안쪽 방도 조사해 봤어. 카드와 칩이 있을 뿐 그 밖에는 아무것도 없었지. 오어가 집에 돌아오지 않아 걱정이 된 부인이 공작에게 전화를 걸었어. 공작은 40번가 부근 조그만 싸구려 호텔에 살고 있어. 그래서 공작은 부인한테 들러서 오늘 아침에 함께 이리로 온 거야. 그때 시체를 발견했다는군."

경감은 화가 난 듯한 태도로 마틴 오어의 시체와 사방에 흩어진 깨진 유리 조각들을 우울하게 보고 있었다. "엉망이군."

엘러리는 오어 부인을 쳐다보았다. 부인은 아직도 믿어지지 않는 듯, 카운터에 몸을 기대고 얼음처럼 창백해진 얼굴엔 눈물조차 흘리지 못한 채 남편의 시체를 내려다보고 있었다. 그러나 사실 눈에 보이는 것이라고는 거의 없었다. 프라우티 의사가 일요판 신문을 펴서 몸 위에 덮어놓았기에 고작해야 왼손——여전히 자수정을 꼭 쥐고 있는——이 보일 뿐이었다.

"정말 그렇습니다." 엘러리가 주저하지 않고 말했다. "뒷방에는 오어가 장부 정리를 하던 책상이 있을 것 같은데……."

"그래."

"오어의 시체엔 서류 같은 게 없었습니까?"

"서류라니?" 경감은 당황해서 되물었다. "아니, 왜? 아무것도 없던데……."

"연필이나 펜은?"

"없었어. 대체 넌 어째서 그딴 걸 묻는 거냐?"

엘러리가 대답하려는데, 쭈글쭈글한 갈색 파피루스 같은 얼굴을 한 키 작은 노인이 문을 밀고 들어왔다. 영락없는 몽유병자 같은 걸음걸이였다. 그는 시체와 그 주변의 핏자국을 찬찬히 살펴보았다. 그리고 도저히 믿어지지 않는다는 듯 네 번쯤 눈을 깜박거리더니 울음을 터뜨리고 말았다. 말라빠진 몸이 흐느낄 때마다 바르르 떨렸다. 오어 부인은 넋 빠진 상태에서 제정신으로 돌아오자 큰 소리로 외쳤다.

"오, 샘! 샘!"

부인은 방금 들어온 노인의 앙상한 어깨에 두 팔을 감고 노인과 함께 울음을 터뜨렸다.

엘러리와 경감은 얼굴을 서로 쳐다보았고, 벨리 경사는 당황하고 있었다. 이윽고 경감은 통곡하고 있는 남자의 가느다란 팔을 잡아 흔들었다.

"이제 그만 하시오. 대체 당신은 누구요?"

경감이 거친 목소리로 물었다.

노인은 오어 부인의 어깨로부터 눈물로 얼룩진 얼굴을 들고 여전히 울면서 말했다.

"샘 밍고, 샘 밍고라고요, 오어 씨 조수입니다. 누가……누가…… 오, 나는 믿을 수가 없어요."

노인은 또 오어 부인의 어깨에 얼굴을 파묻었다.

"할 수 없군. 실컷 울도록 내버려두는 수밖에." 경감이 어깨를 움찔하며 말했다. "엘러리, 넌 대체 어떻게 생각하니? 나는 손들었다."

엘러리는 대답 대신 눈썹을 치켜 올렸다. 한 형사에게 이끌려 얼굴이 창백한 남자가 부들부들 떨면서 바깥문에 나타났다.

"아놀드 파이크입니다, 경감님. 자고 있던 것을 덮쳐서 끌고 왔습니다."

파이크는 주걱턱에 건장한 몸집을 한 사내였다. 그는 완전히 풀이 죽어서 어쩔 줄 몰라하고 있었다. 마틴 오어의 유해가 덮여 있는 뭉툭한 무더기에 눈길을 박고 외투 단추를 채웠다 끌렀다 하고 있었다.

경감이 말했다.

"당신하고 또 다른 몇몇이 어젯밤 뒷방에서 포커를 한 걸로 아는데, 오어도 함께 말이오, 몇 시에 끝났나요?"

"12시 반이었습니다."

파이크의 목소리는 주정꾼의 소리처럼 갈피를 잡을 수 없었다.

"시작한 땐?"

"11시쯤이었습니다."

"기가 막히는군." 퀸 경감이 다그쳤다. "포커는 무슨 포커야, 가짜 놀이지. 누가 오어를 죽였소, 파이크 씨?"

파이크는 시체에서 눈을 뗐다. "그게 말이나 될 법한 소리입니까! 저는 모릅니다."

"모른다고? 당신들은 모두 친구잖아."

"그건 맞습니다."

"당신 직업은 뭐요, 파이크 씨?"

"주식 중개인입니다."

"그렇다면……." 엘러리가 말을 하다 말고 입을 다물었다.

세 남자가 형사 두 명에게 재촉을 받으며 가게 안으로 들어왔다. 세 사람 모두 두려움에 찬 얼굴로 오들오들 떨고 있었다. 모두들 잠을 자고 있다가 바삐 끌려오느라 부랴부랴 옷을 갈아입은 흔적이 역력했다. 세 사람은 가게로 들어오자마자 바닥의 신문지로 덮인 무더기와 핏자국과 어질러진 유리 조각들에 눈길을 못박았다. 세 사람 다 몸을 꼿꼿이 하고 어딘지 우스꽝스러운 모습이었는데, 어리벙벙해 있는 옛공작 폴과 마찬가지로 그들은 마치 돌로 변한 것 같았다. 다들 불의의 일격에 넋이 나가 있는 것이었다.

밝은 눈에 통통하고 키 작은 남자는 보석상을 하는 스탠리 옥스만이라고 이름을 댔다. 마틴 오어의 가장 오래된 친구였다며, 도저히 믿기지 않는다고 덧붙였다. 들어보지도 못한 끔찍한 사건이다, 마틴이 살해되다니, 도무지 짚이는 데가 없다, 마틴은 좀 괴짜라고 할 수 있을지 모르나 자기가──옥스만이──알고 있는 한 이 골동품상에게는 적이 없었다, 그리고, 그리고서, 그리고서…… 하며 잔뜩 긴장해서 차례를 기다리고 있는 다른 두 사람에겐 아랑곳없이 너절하게 지껄여댔다.

마르고 초라한 또 한 사람은 어딘지 전에는 스포츠맨이었던 듯한 구석이 있었다. 홀쭉한 배에 눈알이 누르스름했으나, 건강했던 젊은 시절의 모습이 아직 남아 있었다. 옥스만의 말에 따르면, 이 사람은 그들이 서로 다 잘 아는 친구로서 신문에 흥밋거리 기사를 쓰는 레오 거네이 기자였다. 나머지 한 사람은, 옥스만이 말하는 바에 따르면 J. D. 빈센트로서, 나중에 안 일이지만, 이 사람은 경감이 부드럽게 추켜 세워주자 뭐든지 술술 불었다. 아놀드 파이크와 마찬가지로 월가에서 살며, 직업이 무엇인지는 모르지만 '재주꾼'이었다. 빈센트는 노름꾼다운 야무진 얼굴을 한 땅딸막한 사내로, 거네이처럼 말주변이 없는 것 같았다. 그는 옥스만이 대변해 주는 것이 오히려 기쁜 듯 시멘트 바닥에 놓인 시체를 언제까지나 물끄러미 내려다보고 있었다.

엘러리는 한숨을 쉬고 따뜻한 침대를 생각하면서, 아침을 거른 빈속이 반항하는 것을 억누르며 일에 착수했다. 경감의 날카로운 질문과, 그 질문에 쩔쩔매며 대답하는 사내들의 말에 귀를 기울이면서. 엘러리는 핏자국을 따라 피해자가 보석이 든 보관함을 부순 곳까지 갔다. 보관함의 앞 유리는 깨져서 그 구멍 테두리는 톱날 같은 유리

침으로 둘려 있었는데, 내부에는 검은 벨벳을 바닥에 깐 한 다스 가량의 금속제 접시가 두 줄로 놓여 있었다. 각각의 접시에는 열 개 정도의 보석——가지가지 색깔을 띤 아름다운 보석과 준보석이 화려하게 배열되어 있었다. 특히 앞줄 중앙에 있는 두 개의 접시가 엘러리의 눈길을 끌었다. 한 접시에는 가공된 빨간색, 갈색, 노란색, 녹색 보석들이 담겨 있고, 또 한 접시에는 한 종류의 돌만 담겨져 있었는데 모두 반투명한 황록색에, 보관함이 깨진 곳에서 똑바른 선상에 있다는 것을 깨달았다.

엘러리는 잔뜩 겁을 먹은 조수 샘 밍고 곁으로 갔다. 밍고도 이제는 진정이 되어, 오어 부인 곁에 서서 어린아이처럼 그 손을 꼭 쥐고 있었다.

엘러리는 그를 툭 치며 '밍고' 하고 불렀다. 밍고는 흠칫하여 힘줄이 불거진 근육이 꿈틀하였다.

"놀라지 않아도 됩니다. 잠깐 나를 따라 와 주세요."

엘러리는 안심시키려는 듯이 웃고서 남자의 팔을 잡고 깨진 보관함 쪽으로 데리고 갔다. 엘러리가 말했다.

"마틴 오어는 무엇에 쓰려고 이런 하찮은 돌들을 수집했을까요? 루비나 에메랄드도 있기는 하지만, 다른 돌들은…… 오어는 골동품을 다루면서 보석도 취급하고 있었소?"

오어의 조수는 더듬거리면서 말했다.

"아닙니다. 하지만 오어 씨는 싸디싼 보석들을 좋아했지요. 본인도 싸구려 보석이라고 늘 말하곤 했지요. 좋아하는 물건이라 애지중지 다루고 있었어요. 대부분 탄생석들입니다. 조금은 팔렸지요. 하지만 물건은 다 갖추고 있습니다."

"빨간 반점이 있는 이 녹색 돌은 뭐지요?"

"블러드스톤(혈석)입니다."

"그럼, 이 접시에 있는 빨간색, 갈색, 노란색, 녹색 보석은?"

"모두 벽옥입니다. 흔한 것은 빨간색이나 갈색 또는 노란색입니다. 이 접시 안에 있는 녹색은 꽤 값나가는 것이지요. 블러드스톤은 벽옥의 일종입니다. 아주 아름답지요. 그리고……."

"아, 참, 오어가 손에 쥐고 있는 자수정은 어느 보석 접시에 들어 있던 거지요?"

엘러리는 다급하게 물었다.

밍고는 몸을 떨며 주름투성이 집게손가락으로 보관함 구석에 있는 뒷줄의 접시를 가리켰다.

"자수정은 모두 이 접시에 넣어 두었나요?"

"네, 보시는 바와 같이……."

"가게의 물건을 일단 살펴봐 주세요, 도난당한 것은 없는지." 경감이 다가오면서 큰 소리로 말했다.

"알겠습니다."

파이크의 조수는 조심스럽게 대답하고는 어슬렁어슬렁 가게 안을 걷기 시작했다. 엘러리는 주위를 둘러보았다. 안쪽 방으로 통하는 문은 오어가 습격당한 장소에서 8미터쯤 떨어져 있었다. 엘러리가 본 바로는, 가게 안에는 책상도 없었고 종이 한 장 눈에 띄지 않았다.

경감이 난처한 듯한 말투로 말했다.

"그런데 엘러리, 그럭저럭 실마리가 잡힌 것 같기도 한데 말이다. 어쩐지 난 기분이 좋지 않구나. 가까스로 그자들의 입을 열게 했다만, 매주 토요일 밤에 하던 포커를 12시 반에 끝냈다는 건 아무래도 좀 이상하다고 생각했지. 그랬더니 아니나 다를까, 싸움을 했다는 거야."

"누가 누구하고 싸움을 한 겁니까?"

"그렇게 서두를 것 없잖아. 그 주식 중개인 파이크야. 모두들 노름을 하면서 술을 마셨던 모양인데, 다들 잔뜩 열을 올리고 있었던 거지. 그런데 오어가 에이스, 킹, 퀸, 잭을 잡고 끗수를 천장 끝까지 끌어올렸어. 그러니까 파이크만 빼고 모두 기권을 해 버린 거야. 파이크는 6을 세 장 가지고 있었지. 그러자 오어는 돈을 몽땅 털어서 걸었다는군. 파이크는 배짱 좋게 뒤집으라고 했지. 오어는 껄껄 웃어대면서 손에 든 카드를 폈어. 두 끗이었던 거야. 그리고 판돈을 죄다 쓸어 가 버렸지. 파이크는 가졌던 돈을 몽땅 잃고 투덜거렸는데, 파이크와 오어가 말다툼을 벌였어. 주먹질까지 벌어지려는데 다른 사람들이 말리는 바람에 싸움은 끝났고, 그 통에 노름판도 끝나 버린 거야."

"다들 함께 돌아갔습니까?"

"으음, 하지만 오어만 어질러진 방을 치우기 위해 남아 있었다는구나. 다른 다섯 명은 밖으로 나가 얼마 동안 걷다가 헤어졌다는군. 그들 가운데 누구든지 되돌아와서 오어가 가게문을 닫기 전에 그 짓을 하려면 못할 것도 없지."

"그래, 파이크는 뭐라고 합니까?"

"그자가 무슨 소리를 하겠니. 물론 곧바로 집에 돌아가서 잤다는 거지."

"다른 사람들은요?"

"어젯밤 여기를 나간 뒤부터의 일은 아무것도 모른다는 거야. 어때요, 밍고? 없어진 것은 없나요?"

밍고는 기가 죽은 듯이 말했다. "다 그대로 있는 것 같은데요."

"나도 그럴 줄 알았소." 경감은 만족한 듯이 대답하더니 다시 말을 이었다. "이건 원한으로 저지른 범행이야, 엘러리. 난 그들과 좀더 이야기를 해봐야겠다. 넌 뭘 생각하고 있지?"

엘러리는 담배에 불을 붙였다.

"몇 가지 종잡을 수 없는 일들이지요. 다 죽어 가는 오어가 무엇 때문에 가게 안을 허우적대며 유리 돔 시계를 부수고 보석 보관함에서 자수정을 꺼내려고 했을까요. 아버지는 짐작가는 게 있으십니까?"

"바로 그거야." 경감의 얼굴에는 다시 당혹스러운 표정이 되살아났다. "그 점이 알쏭달쏭하단 말이야. 나는 아무래도…… 잠깐만."

경감은 기다리게 해 놓은 사람들한테로 바삐 되돌아갔다.

엘러리는 밍고의 축 늘어진 팔을 잡았다.

"기운을 내시오. 잠깐 그 망가진 시계를 봐 줘야겠소. 오어를 너무 겁내지 말아요. 죽은 사람이 물어뜯지는 않을 테니."

엘러리는 밍고를 시체 쪽으로 떠밀었다.

"이 시계 이야기를 좀 해주시오. 무슨 내력이라도 있는 건가요?"

"대수로운 건 아닙니다. 169년 전 것이지요. 특별히 비싼 것도 아닙니다. 볼록한 유리덮개가 씌워진 게 신기할 뿐이지요. 이 집에 반구형 유리 덮개가 씌워진 시계라고는 이것 하나뿐입니다. 단지 그뿐이에요."

엘러리는 코안경의 안경알을 닦아 코에 단단히 걸었다. 그리고 바닥에 떨어진 시계를 살펴보기 위해 몸을 구부렸다. 시계에는 검고 둥근 밑판이 달려 있고 높이는 23센티미터쯤 되었다. 너무 오래된 것이어서 몇 군데 흠이 나 있었다. 그 밑판 위에 기계가 장치되어 있어 재깍재깍 시간을 새기고 있었다. 반구형 유리 덮개는 검은 밑판 윗부분 둘레에 파인 홈에 끼워져서 완벽한 시계 뚜껑 노릇을 하고 있었다. 만일 볼록한 덮개가 깨지지 않았다면 시계의 전체 길이는 60센티미터 쯤 되었을 것이다.

엘러리는 일어섰다. 그 갸름한 얼굴에 곰곰히 생각하는 빛이 떠올랐다. 밍고는 얼이 빠진 불안한 낯으로 엘러리를 바라보았다.

"파이크, 옥스만, 빈센트, 거네이 또는 폴 가운데 누군가가 전에
이 시계를 가지고 있지 않았소?"

밍고는 고개를 가로저었다.

"아니오, 그 시계는 오랫동안 이 가게에 있던 것이지요. 팔리지 않
은 물건입니다. 그 신사분들이 탐낼 까닭이 없습니다."

"그렇다면 다섯 사람 중 아무도 이 시계를 사려고 하지 않았다는
말이오?"

"네, 물론이지요."

"좋소, 고맙소."

밍고는 이제는 해방되었구나 하고 느꼈다. 잠시 머뭇거리며 발을
꼼지락거리고 있었다. 그러다가, 말없이 서 있는 미망인 곁으로 가
그 옆에 섰다.

엘러리는 시멘트 바닥에 무릎을 꿇고, 자수정을 쥐고 있는 시체의
손가락을 애써 펴보았다. 돌은 보라색으로 해맑게 반짝이고 있었다.
엘러리는 무척 어리둥절한 듯이 고개를 내저으며 일어났다.

야무지게 생긴 월가의 노름꾼 빈센트가 쉰 목소리로 경감에게 말했
다.

"무엇 때문에 우리를 의심하고 계시는지 알 수가 없군요. 특히 파
이크를 말입니다. 조금 싸웠을 뿐인데 그게 무슨 큰일입니까? 우
리는 오래 전부터 다들 친한 친구입니다. 어젯밤에는 모두들 술을
조금 마셨습니다만……."

"그래요?" 경감이 부드럽게 말했다. "어젯밤에는 당신들 모두 술
을 마시고 있었단 말이지요? 술을 마시다 보면 때로는 자기 자신도
모르게 되는 수가 있는 법이오, 빈센트 씨. 술은 뇌에 영향을 미칠
뿐만 아니라 도덕에까지 영향을 끼치니까요."

"터무니없는 소리!" 그때 누런 눈알을 한 거네이가 불쑥 말했다.

"쓸데없는 의심은 그만두세요, 경감님. 정말이지 당치도 않습니다. 빈센트 말이 옳아요. 우린 다 친구들이니까요. 지난 주에는 파이크의 생일 파티가 있어서."

엘러리는 꼼짝 않고 서 있었다. 거네이는 말을 이었다.

"우리는 모두 선물을 했답니다. 파티를 열어 주었는데, 그중에서도 오어가 제일 명랑했지요. 이것이 사람을 죽일 사전 준비라고 할 수 있겠습니까?"

엘러리가 앞으로 걸어 나갔다. 그의 눈이 빛나고 있었다. 이제 허기져서 언짢은 기분은 깡그리 사라져 버리고, 콧구멍이 냄새 흔적을 쫓아 벌름거리고 있었다. "그래, 파이크의 생일 파티를 언제 열었습니까?" 그는 조용히 물었다.

스탠리 옥스만이 뿌루퉁해졌다.

"그럼, 이번에는 생일 파티가 의심스럽다는 말씀입니까? 지난 주 월요일, 요 먼저 월요일예요. 그게 어쨌다는 거죠?"

"지난 주 월요일이라…… 즐거웠겠군요, 파이크 씨. 그래, 당신이 받은 선물은…… ."

"무슨 말을 하는 거요?" 파이크의 눈이 험악해졌다.

"언제 받았습니까?"

"파티가 있은 뒤에. 지난 주였소. 집으로 보내 주었어요. 그리고서 만난 것은 어제 저녁 포커 모임이 처음입니다."

다른 사람들도 일제히 고개를 끄덕였다. 경감은 의아한 듯이 엘러리를 보았다. 엘러리는 히죽 웃고서 코안경을 고쳐 쓰고 경감에게 뭐라고 귀엣말을 했다. 경감의 얼굴이 저울이라고 한다면, 그 얼굴에는 당혹의 무게가 더 실렸다고 할 수 있을 것이다. 그러나 경감은 머리가 흰 주식 중개인에게 조용히 말했다.

"파이크 씨, 당신은 퀸과 벨리 경사와 함께 잠시 다녀오셔야겠소.

잠깐이면 됩니다. 다른 분들은 나와 이 자리에 남으십시오. 파이크 씨, 부탁이오. 어리석은 짓은 아예 하지 말도록!"

파이크는 말도 안 나왔다. 머리를 옆으로 돌리고 스무 번째 외투 단추를 채웠다. 아무도 말을 하지 않았다. 벨리 경사가 파이크의 팔을 붙들고, 엘러리는 앞장서서 조용한 이른 아침의 5번가로 나갔다. 보도에 나가자 엘러리는 파이크에게 주소를 물었다. 주식 중개인은 꿈이라도 꾸고 있는 것처럼 멍하니 자기 집 주소를 댔다. 엘러리가 택시를 불러 세웠다. 세 사람은 1.5킬로미터쯤 떨어진 높은 지대 쪽의 아파트를 향했다. 엘리베이터로 7층에 올라가 몇 발짝 걸어서 방문 앞에 이르러 파이크가 열쇠를 꺼내 열자 세 사람은 안으로 들어갔다.

"생일 선물을 보여 주십시오." 무표정하게 엘러리가 말했다. 이것이 택시를 타고 온 뒤 엘러리가 처음으로 한 말이었다.

파이크는 서재 같은 방으로 안내했다. 탁자 위에는 여러 가지 모양의 상자 네 개와 아름다운 은컵이 놓여 있었다.

"이겁니다." 파이크는 쉰 목소리로 말했다.

엘러리는 재빨리 탁자 쪽으로 갔다. 그리고 은컵을 집어들었다. 컵에는 감상적인 헌사가 새겨져 있었다.

진실한 벗
아놀드 파이크에게 바침.
1876년 3월 1일 출생.
    사망.

             J.D. 빈센트

"어쩐지 기분 나쁜 장난인데요, 파이크 씨." 엘러리는 컵을 내려놓고 말했다. "빈센트가 당신이 죽을 해의 날짜를 비워 둔 것 말입니다."

파이크는 뭐라고 말을 하려다 말고 몸을 떨고는 파리한 입술을 꼭 다물었다.

엘러리는 조그맣고 까만 상자의 뚜껑을 열었다. 속에는 보라색 벨벳 깔개의 오목한 곳에 도장이 새겨진 남자 반지가 끼워져 있었다. 묵직한 훌륭한 반지였는데, 자세히 보니 새겨져 있는 것은 제정 러시아의 문장이었다.

"찢긴 늙은 독수리라……." 엘러리는 중얼거렸다. "우리의 옛공작이라는 친구가 뭐라고 써 놓았는지 한번 보기로 할까요."

상자 속의 카드에는 정성껏 쓴 자잘한 글씨로 다음 글귀가 프랑스어로 적혀 있었다.

나의 벗 아놀드 파이크의 50회 생일에.

3월 1일은 나에게는 슬픈 날이다. 1917년의 이 날——황제 퇴위 두 주일 전——의 정적과, 이어서 일어난 폭풍을 나는 잊지 못한다.

그러나 즐거울지어다, 아놀드, 나는 당신에 대한 존경의 표시로서 사촌 형님인 황제로부터 하사받은 이 문장이 새겨진 반지를 당신에게 바친다. 만수무강을 기원하며…….

폴

엘러리는 아무런 말도 하지 않았다. 반지와 카드를 상자 속에 놓고 크고 납작하게 포장된 다른 것을 집어들었다. 안에는 금테를 두른 모로코 가죽 지갑이 있었다. 카드 한 장이 그 지갑 포켓 속에 꽂혀 있었다.

스물하고도 한 해의 유쾌한 생활
사내 대장부 이제는 어린애가 아니다.
싸움을 위해 허리띠를 졸라매고
장난감 따위는 던져 버린다.

그렇지만 유쾌한 놀이는 아직도 있다.
호호백발 대머리라 할지라도
얼씨구, 유쾌하게 놀아나 보세.
아직도 9년하고 반이 있으니.

"좋은 시군요." 엘러리는 소리내어 웃었다. "여기도 세상 사람들
에게 잊혀진 시인이 한 사람 있군. 이런 우스꽝스런 시를 쓰는 건 보
나마나 신문 기자겠지요. 거네이 씨 작품입니까?"

"그렇습니다." 파이크가 나직한 목소리로 말했다. "좋은 시지
요?"

"무례한 말이지만," 엘러리가 말했다. "도무지 돼 있질 않군요."

엘러리는 지갑을 옆으로 던져 놓고 좀더 큰 다른 두꺼운 종이 상자
를 집어들었다. 속에는 반짝반짝 윤이 나는 에나멜 가죽 실내화가 한
켤레 들어 있었다. 달아 놓은 카드에는 이런 글귀가 적혀 있었다.

아놀드, 생일을 축하하네.
장수하여 100회째의 당신 생일인 3월 1일을 다 같이 축복할 수
있기를 바라면서…….

마틴

"서툰 예언자로군." 엘러리는 냉담하게 말했다. "그런데 이건 뭡

니까?"

엘러리는 실내화 상자를 놓고 납작한 조그만 상자를 집어들었다. 그 속에는 A. P.라는 머리글자를 새긴 도금한 담뱃갑이 있었다. 엘러리는 달아 놓은 카드를 읽어 보았다.

50회 생일을 축하하오.
또 한 번 유쾌한 파티를 열기 위해 1936년 3월 1일인 60회 생일을 학수고대하며…….

스탠리 옥스만

엘러리는 담배 케이스를 내려놓으며 말했다.
"그렇다면 스탠리 옥스만은 마틴 오어만큼 낙천적이 아닌 모양이군. 옥스만의 상상력은 예순 살을 넘지 못하고 있군요, 파이크 씨. 이건 아주 흥미롭군요."
"난 잘 모르겠는데요…… 무엇 때문에 또 당신이 우리 친구들을 끌어들이는지……."
주식 중개인은 가느다란 목소리로 고집스럽게 말했다.
벨리 경사가 팔을 꽉 잡는 바람에 파이크는 비틀거렸다.
엘러리는 그러지 말라는 듯이 인간 산에게 고개를 저어 보였다.
"그럼, 파이크 씨, 이제 마틴 오어의 가게로 슬슬 돌아갈까요. 경사가 좋아하는 표현을 빌리자면 범죄의 현장으로 말이지요. 아주 재미있는데, 정말 재미있어. 빈속으로 뛰쳐나온 보람이 있다고 해도 좋을 정도로군."
"뭔가 알았습니까?" 밑에 기다리게 해 놓은 택시 쪽으로 파이크를 앞세우고 내려가면서 벨리 경사가 쉰 목소리로 속삭였다.
"거인 양반, 신께서 만드신 모든 것은 무엇인가를 얻게 마련인데,

나는 모든 것을 얻었습니다. ”

벨리 경사가 골동품 가게로 가는 도중 어디론가 자취를 감추고 나자, 아놀드 파이크는 갑자기 기운이 났다. 엘러리는 놀리는 것처럼 그를 바라보았다.

“한 가지 물어 볼 것이 있소, 파이크 씨. ” 엘러리가 말했다. 택시는 방향을 바꾸어 5번가로 접어들고 있었다. “차에서 내리기 전에 묻겠는데요, 당신들 여섯 사람이 알고 지낸 건 몇 년 되었습니까? ”

주식 중개인은 크게 한숨을 내쉬었다.

“그건 좀 복잡한데요, 나의 꽤 오랜 친구라고 할 수 있는 건 레오뿐입니다. 거네이 말입니다. 15년 전부터 알고 지내는 사이입니다. 하지만 오어와 공작과는 1918년부터 사귀었고, 또 스탠리 옥스만과 오어는 서로 알고 지낸 지 꽤 오래 됐지요, 그리고 내가 빈센트를 만난 것은 약 1년 전 일 때문이었는데, 그때 내가 그를 그 조그만 그룹에다 소개를 했던 겁니다. ”

“당신과 다른 사람들, 옥스만이나 오어나 폴 같은 사람들하고는 2년 전부터 아는 사이였습니까? ”

파이크는 어리둥절한 것 같았다. “아니, 그렇지 않습니다. 옥스만과 공작을 만난 것은 1년 반 전으로, 오어가 소개를 해주었지요. ”

“그것으로” 엘러리가 나직하게 말했다. “모든 이야기가 들어맞는군요. 아침을 굶은 것도 잊어버렸습니다. 자, 다 왔군요, 파이크 씨. ”

가게에 들어가 보니 다들 우울한 얼굴을 하고 두 사람이 돌아오기를 눈이 빠지게 기다리고 있었다. 오어의 시체가 옮겨지고 프라우티의사는 돌아가 버렸으며, 유리 돔 시계의 유리 파편이 한쪽 구석으로 쓸어 모아져 있는 것 말고는 아무것도 달라진 것이 없었다. 경감은 초조해서 신경질을 내며 벨리 경사는 어디로 갔느냐, 엘러리가 파이크의 아파트에서 찾아내려 한 것은 무엇이었느냐고 물었다. 엘러리가 몇 마디 경감의 귀에 대고 속삭이자 그는 깜짝 놀란 표정을 지었다. 그리고 손가락을 갈색 코담배 쌈지에 집어넣어 담배를 한줌 꺼내 맛 좋은 듯이 음미하고 있었다.

왕가(王家)의 망명자는 황소 같은 목을 울리며 헛기침을 했다. 그리고 걸걸한 목소리로 물었다.

"수수께끼는 풀렸습니까? 어떻습니까?"

"전하." 엘러리가 정중하게 말했다. "말씀하시는 대로 수수께끼는 풀렸습니다."

엘러리는 홱 돌아서서 손뼉을 탁 쳤다. 모두들 깜짝 놀랐다.

엘러리가 형사 한 사람에게 말했다.

"조심하게, 피곳. 저 문 앞에 서서 벨리 경사 외에는 아무도 들여 놓지 않도록 해주게."

피곳 형사는 고개를 끄덕였다. 엘러리는 주위 사람들의 얼굴을 찬찬히 보고 있었다. 그 중 누군가가 엘러리의 심중을 꿰뚫어보려 한다 해도 불가능했으리라. 엘러리는 자기의 얼굴 표정을 완전히 감추고 있었다. 다들 그냥 흥미를 느끼고 있을 뿐인 것 같았다. 이제 비극의 최초의 충격은 지나가 버린 것이었다. 오어 부인은 밍고의 가느다란 손목에 매달려 있었다. 그 눈길이 엘러리에게서 떠나지 않았다. 뚱뚱하고 키 작은 보석상, 신문 기자, 두 사람의 주식 중개인, 러시아의 옛공작…….

"참으로 흥미진진한 사건입니다." 엘러리는 싱긋 웃었다. "그리고 흥미로운 점이 많음에도 불구하고 사건 자체는 아주 단순한 것입니다. 내가 하는 말을 잘 들어주십시오."

엘러리는 카운터로 가서 죽은 사내의 손에 쥐어져 있던 자수정을 집어들었다. 그리고 그것을 보며 미소지었다. 그런 다음 카운터에 있는 또 하나의 물건——둥근 받침대에 얹혀, 원형으로 파인 홈에 반구형 유리 덮개 파편이 삐죽삐죽 꽂혀 있는 시계——을 흘끗 보았다.

"일단 상황을 정리해 봅시다. 마틴 오어는 머리를 무참하게 얻어맞고 최후의 필사적인 노력을 다하여 카운터 위 보석 보관함이 있는 곳까지 겨우 기어와서 이 돌을 쥐고, 그 다음에는 돌로 된 받침대까지 가서 유리 돔 시계를 끌어내렸습니다. 여기서 마틴 오어는 그 수수께끼의 사명을 끝내고 숨을 거둔 것입니다.

도대체 어째서 다 죽어 가는 사람이 이처럼 이해하기 어려운 행동을 해야 했을까요? 거기에는 단 한 가지 상식적인 설명이 있을 뿐입니다. 오어는 가해자를 알고 있어서 그 정체를 알려줄 단서를 남기려고 했던 것입니다."

이때 경감은 고개를 끄덕여 보였고, 엘러리는 소용돌이치는 담배 연기 뒤에서 또 미소지었다.

"그러나 하필이면 이런 단서를 남긴 것은 대체 어찌 된 까닭일까요? 그것은 말입니다, 다 죽어 가는 사람이 살인자의 이름을 남기려고 할 때, 여러분이라면 어떻게 하겠습니까? 답은 뻔합니다. 이름을 써 놓는 일이지요. 그러나 오어의 시체에는 종이도 펜도 연필도 보이지 않았고, 손닿는 곳에는 종이 한 장 없었습니다. 어디서 글씨를 쓸 재료를 손에 넣을 수 있었을까요? 보시는 바와 같이 마틴 오어가 습격당한 곳은 뒤에 있는 방문에서 8미터나 떨어져 있습니다. 오어는 숨이 끊어져 가는 자신의 힘으로는 거리가 너무 멀다는 것을 느꼈을 게 틀림없습니다. 그래서 그는 손가락에 자신의 피를 적셔 명부 대신 바닥에 가해자의 이름을 쓴다고 하는, 그야말로 환상적인 방법으로 그 이름을 써 남길 수밖에 없었을 겁니다. 그러나 그런 방법을 오어는 꿈에도 생각지 못했겠지요.

오어는 숨을 한 번 쉴 때마다 생명이 사그러드는 것을 느끼면서 순간적으로 생각했을 겁니다. 그래서 보석 보관함이 있는 데까지 기어가 유리를 깨고 자수정을 꺼냈지요. 그리고 시계가 놓여 있는 곳까지 기어가서 유리 돔 시계를 끌어내린 것입니다. 그리고 나서 오어는 숨을 거두었지요. 그러니까 자수정과 시계는 마틴 오어가 경찰에게 보낸 유증품인 것입니다. 오어의 목소리가 들리는 것 같지 않습니까? '나의 노력을 헛되이 하지 마라. 간단하고 명료하고 쉽다. 나를 죽인 놈을 벌해 달라'고 말이지요."

오어 부인은 숨을 삼켰으나 주름투성이의 얼굴 표정은 변하지 않았다. 밍고는 흐느껴 울기 시작했다. 다른 사람들은 침묵 속에 기다리고 있었다.

"첫째로 이 시계입니다." 엘러리는 천천히 말을 이었다. "시계에 대해서 누구든지 우선 맨 먼저 생각하는 것은 시간입니다. 오어는 시계를 떨어뜨려 기계에 강한 충격을 주어 시계의 움직임을 멈추게 함으로써 범행 시간을 알리려고 생각했겠지요. 언뜻 보기에 그런 가능성이 있는 것만은 사실입니다. 하지만 그것이 오어의 목적이었다고 한다면 실패였습니다. 시계는 멎지 않았기 때문입니다. 그런데 시계가 멎지 않았다는 사실만 가지고서 시간 지시설을 부정하기엔 부족합니다만, 문제 전체를 생각하면 시간 지시설은 성립하지 않게 됩니다. 왜냐하면 여러분 다섯 사람은 다 같이 오어의 집을 떠났습니다. 습격 시간과 여러분께서 각기 댁으로 돌아가신 시간을 대조해 볼 때, 여러분 중의 한 사람이 범인이라고 지적한다는 것은 말이 안 되는 이야깁니다. 오어도 생각해 보면 그만한 것은 알았을 것입니다. 곧 오어가 범인 지시의 목적으로 범행 시간을 남겨 둬 봐야 별 소용이 없었을 것입니다.

그리고 또, 한층 더 확실하게 결정적으로 시간 지시설을 부정할 수 있는 점이 있습니다. 그것은 오어가 이 유리 돔 시계가 있는 곳까지 기어오는 도중에는, 정확하게 가고 있는 시계들이 잔뜩 놓여진 보관함이 있었다는 겁니다. 만일 오어의 목적이 시간의 지시였다고 한다면, 그 보관함이 있는 데서 멈추어 그 위에 있는 많은 시계들 중의 하나를 떨어뜨리는 편이 훨씬 힘이 들지 않았을 것입니다. 하지만 그렇게 하지 않았습니다. 오어는 구태여 그 보관함을 지나 유리 돔 시계가 있는 데까지 간 것입니다. 그렇다면 시간을 가리키기 위해서가 아니었다는 말이 됩니다.

아시겠습니까? 그런데 유리 돔 시계가 이 가게에는 그것 하나밖에 없었다는 점으로 보아, 마틴 오어가 그것에 손을 댄 동기는 보통 의미의 시간이 아니라 무슨 특별한 의미를 가진 이 특수한 시계 자체에 있었음이 틀림없습니다. 그렇다면 이 특수한 시계는 대체 무엇을 의미하는 것일까요? 시계 자체는 밍고 씨가 나에게 말했듯이 오어와 관계 있는 누구와도 개인적인 관련성이 없습니다. 오어가 시계의 제조자를 가리켜서 단서를 남기려 했다고 생각한다는 것은 상식 밖의 생각입니다. 그리고 또 여러분 중에는 아무도 이 유쾌한 공예에 종사하고 계시는 분이 없습니다. 또한 보석 보관함 속에는 이용할 수 있는 것이 얼마든지 있었으니까 보석상인 옥스만 씨를 가리키려 한 것이 아니라는 것은 확실합니다."

옥스만은 식은땀을 흘리면서 엘러리의 손에 있는 보석을 찬찬히 보고 있었다.

"그렇기 때문에 오어가 전하고자 한 것은." 엘러리는 억양 없는 말투로 계속했다. "그 시계가 시계로서 갖는 본디의 의미는 아니었던 것입니다. 그러면 가게에 있는 딴 시계들과는 다른 이 특수한 시계에 어떤 의미가 있는 것일까요?"

엘러리는 집게손가락을 내밀었다.

"이 특수한 시계에는 유리 돔이 씌워져 있었습니다."

엘러리는 천천히 몸을 바로 세웠다.

"여러분 중 누구든지 유리 돔 시계에서 곧바로 연상되는, 지극히 흔한 무엇인가가 생각나는 분 안 계십니까?"

아무도 대답한 사람은 없었으나, 빈센트와 파이크가 입술을 빨기 시작했다.

엘러리가 말했다.

"아마 짐작이 가신 모양이군요. 좀더 분명하게 말씀드리지요. 대체 이것이 무엇일까요……. 어쩐지 내가 샘 로이드(퀴즈 프로의 사회자)라도 된 것 같은 기분이 드는군요. 받침대가 있고, 유리 돔이 달려 있고, 그 속에 똑딱똑딱하는 기계가 들어 있는 것은."

아직도 대답은 없었다.

엘러리가 말을 계속했다.

"그럼 대답이 없는 것이 당연할지도 모르지요. 물론 그것은 증권 시세 표시기입니다."

다들 깜짝 놀란 듯이 엘러리를 보았다. 그러고 나서 모두의 눈은 J. D. 빈센트와 아놀드 파이크의 창백해진 얼굴로 돌려져 그들을 살펴보았다.

"그렇습니다. 여러분께서 J.D. 빈센트 씨와 아놀드 파이크 씨 두 분의 얼굴을 보시는 것은 물론 당연합니다. 왜냐하면 이 몇 안 되는 등장 인물 중에서 증권 시세 표시기에 관계되는 분은 단지 두 분뿐이기 때문입니다. 빈센트 씨는 월가의 투자자이고, 파이크 씨는 중개인입니다."

두 명의 형사가 말없이 벽 쪽에서 떠나 이 두 사람 쪽으로 다가갔다.

엘러리가 말을 이었다.

"그럼, 여기 유리 돔 시계 이야기는 잠시 덮어두기로 하고, 다음에는 내 손에 있는 이 아름다운 조그만 보석에 대해 얘기해 보기로 하겠습니다."

엘러리는 자수정을 쳐들었다.

"자수정입니다. 보시는 바와 같이 푸른 기가 도는 보라색을 하고 있습니다. 이 보라색 수정알이, 필사적으로 오어에게 무엇을 의미하였을까요? 분명하게 말할 수 있는 것은, 이것이 보석이라는 점입니다. 옥스만 씨께서 방금 난처한 표정을 지으셨습니다만, 걱정하실 건 없습니다. 다음 두 가지 점으로 보아, 이 자수정을 가지고 보석으로서의 의의를 내린 것이 아니라는 것은 분명합니다. 그 첫 번째는 이 자수정을 담아 놓았던 보석 접시가 부수어진 보관함의 안쪽 구석에 있었다는 점입니다. 오어가 이 자수정을 집기 위해서는 보관함의 저 안쪽으로 손을 뻗어야만 했던 것입니다. 만일 다 죽어가는 오어가 구하고 있는 것이 단순한 보석이었다고 한다면, 왜 좀더 가까이 있는 것을 집지 않았을까요? 어느 하나를 집어도 '보석상'을 암시할 수가 있었을 것입니다. 그런데 그렇게 하지 않았습니다. 오어는 가까이 있는 돌은 거들떠보지도 않고 고통을 참아가며, 시계의 경우와 마찬가지로 구태여 힘들게 먼 자리의 것을 택했습니다. 그렇다면 자수정은 보석상을 뜻하는 게 아니라 뭔가 다른 것을 뜻하는 것입니다.

두 번째는 옥스만 씨, 그렇습니다. 오어가 증권 시세 표시기의 단서를 가지고서는 특정한 한 인물을 범인으로서 단정할 수 없다는 것을 알고 있었던 것만은 확실합니다. 주식에 관계 있는 친구가 두 사람 있었기 때문이지요. 그렇다고 오어를 습격한 것이 한 사람이 아니라 두 사람이었다는 것일까요? 아무래도 그렇게는 생각되지 않습니다. 왜냐하면 자수정으로 옥스만 씨 당신을, 유리 돔 시계로 파이크 씨 또는 빈센트 씨 중 누군가를 암시하려고 의도한 것이라고 한다면 매우 모호한 단서를 남겼다고 하지 않을 수 없습니다. 파이크 씨와 빈센트 씨 두 사람 중 누구를 지적하려 했는지를 모르기 때문입니다. 그렇다면 습격자는 세 사람 있었던 것일까요? 그렇게 되면 우리는 너무 지나친 공상 세계로 뛰어드는 것 같습니다. 그렇게는 생각하지 않습니다. 가장 그럴 듯한 것은, 유리 돔 시계로 용의자를 둘로 좁히고, 자수정으로 그 둘을 다시 하나로 좁히려 한 것이 아니었나 하는 점입니다.

자수정에 의하여 두 사람은 어떻게 해서 하나로 좁힐 수 있는가? 자수정은 보석이라는 점 말고, 그 밖에 어떤 의미를 가지고 있는가? 그런데 이 돌은 훌륭한 보석입니다. 여기 계신 신사분 한 사람에게 꼭 들어맞는 색이 아닙니까? 옛공작 전하께서는 확실히 왕가의 보라색을 몸에 지니고 태어난 분입니다. 만일 그것이 옛공작의 보라색이라면……. ”

“나는 전하가 아니오. 당신은 왕가 사람들의 호칭을 어떻게 부르는지 도무지 모르고 있군. ”

군인 타입의 러시아 인이 버럭 소리를 질렀다. 옛공작은 가무잡잡한 얼굴이 빨개지며 목에 걸린 듯한 러시아 어로 뭐라고 지껄여댔다.

“너무 그렇게 흥분하지 마십시오. ” 엘러리는 장난꾸러기처럼 웃으며 말했다. “각하라고 하면 어떨까요? 꼭 당신이라고 말한 것은 아니었습니다. 만일 당신을 가리키게 되는 날엔, 오어가 고발하고자 한 월가의 두 사람 문제가 해결되지 못한 채 남게 됩니다. 그래서는 해결을 향해 한발도 전진한 것이 되지 않습니다. 아무튼 잠자코 계십시오, 고귀하신 분께서는.

그런데 자수정에 그 밖의 다른 뜻이 있을까요? 분명히 있습니다. 예를 들면 자수정이라 불리는 벌새의 일종이 있습니다. 하지만 이건 틀렸습니다. 여기에 새를 기른다든지 하는 애조가는 없습니다. 그밖에 자수정은 고대 헤브라이의 종교적 의식과 관련이 있습니다. 동양학자한테서 들었습니다만, 지체 높은 사제의 가슴 장식 같은 것으로 사용되었던 것 같습니다. 이것도 여기서는 분명히 통용되지 않습니다. 그렇습니다, 그 밖에 딱 한 가지만이 이 경우에 적용될지도 모르는 뜻을 가지고 있습니다."

엘러리는 땅딸막한 투자자 쪽으로 몸을 돌렸다. "빈센트 씨, 당신 생일은 언젭니까?"

"11월 2일입니다." 빈센트는 더듬거리면서 말했다.

"좋습니다. 이것으로 당신의 혐의는 풀렸습니다." 이렇게 말하다가 엘러리는 갑자기 입을 다물었다. 입구 쪽이 시끌시끌하더니 벨리 경사가 매우 심각한 얼굴을 하고 들어왔다.

엘러리는 미소지었다. "수고했습니다. 동기에 대한 내 예감이 들어맞았나요?"

벨리가 대답했다.

"정말 놀랐습니다. 놈은 고액의 수표에다가 오어의 서명으로 속이고 있었습니다. 금전 문제의 분쟁이지요, 틀림없습니다. 오어는 사건을 떠벌리지 않고 비밀히 돈을 치르고서 돈은 위조범으로부터 받겠다고 했답니다. 그래서 은행에서도 위조범을 모르고 있습니다."

"이걸로 축배를 들 수 있겠군요, 반장. 범인은 보나마나 그 돈을 갚기가 싫었던 것입니다. 그보다 더 하찮은 이유로 사람을 죽이는 놈도 있으니까요." 엘러리는 코안경을 휘둘렀다. "빈센트 씨, 당신의 혐의는 풀렸다고 말씀드렸지요. 그것은 자수정이 지니고 있는 뜻에서 남아 있는 것은 '탄생석'이라는 것뿐이기 때문입니다. 한편 또 파이크 씨는 바로 며칠 전에 생일 파티를 하셨으니까 그것은……."

그 말에 파이크가 목멘 소리를 하고 눈을 희번덕거리고, 다른 모두

가 흥분하여 갑자기 술렁거리기 시작했을 때, 엘러리는 반장에게 눈짓을 하고 자신도 앞으로 뛰어나갔다. 그러나 벨리의 억센 팔에 잡혀 엘러리의 자못 유쾌한 듯한 눈을 노려보고 있었던 것은 아놀드 파이크가 아니었다. 그것은 바로 신문 기자인 레오 거네이였다.

"내가 말한 대로" 엘러리는 허기진 배를 두둑하게 채우고서 거실에 편안히 앉아 설명을 했다. "이건 우스울 정도로 초보적인 문제였습니다."
경감은 구두를 벗고 불에 두 발을 쬐면서 중얼중얼하고 있었다.
벨리 경사가 머리를 긁적거리면서 말했다. "그래요."
"아무튼 들어보십시오. 나는 시계와 자수정의 단서로 무엇을 전하려 한 것일까를 생각했을 적에, 그것이 지시하려 한 인물이 아놀드 파이크라는 것을 이내 알았습니다. 그런데 자수정이 가리키는 탄생달은 어느 달인가. 2월입니다. 폴란드식으로나 유대식으로나 그것은 같습니다. 이 두 가지 식이 거의 전 세계 어디서나 행해지고 있지요. 시계의 단서에 따라 지시된 두 사람 중 빈센트는 황옥의 탄생석이기 때문에 제외되었습니다. 생일 파티는 올해 1926년 3월이었어요. 3월 1일이었지요. 그 점을 잘 생각해 봐야 합니다. 이것은 무엇을 뜻하는가. 의미는 하나뿐입니다. 파이크가 남은 유일한 용의자라면 그의 생일은 2월이고, 게다가 29일, 즉 윤일이어야 합니다. 그리고 1926년은 윤년이 아니기 때문에 파이크는 당연히 그 날에 해당하는 날, 3월 1일을 택하여 생일로서 파티를 열었던 것입니다.
하지만 그것은, 마틴 오어가 자수정을 남긴 일로 판단할 때 오어는 파이크의 생일이 2월이라는 것을 알고 있었다는 얘기입니다. 오어가 2월의 탄생석을 남긴 것을 단서로 만들 작정이었다고 해석되기 때문입니다. 그런데 지난 주 오어가 보낸 생일 축하의 슬리퍼 선물에 달렸던 카드엔 '…… 장수하여 100회째의 당신 생일인 3월 1일을 다 같이 축복할 수 있기를 바라면서'라고 씌어 있었습니다. 만일 파이크가 1926년에 50세였다고 한다면 1876년——윤년—— 생이며, 100회째의 생일을 축하한다고 하면 1976년 또한 윤년에 해당됩니다. 따라서 3월 1일에 100회째 생일 파티를 할 까닭이 없습니다. 그렇다면 오어는 파이크의 진짜 생일이 2월 29일이라는 것을 몰랐던 것입니다. 알고 있었다면 카드에도 그렇게 썼을 것입니다. 오어는 3월인 줄로만 알고 있었던 거지요.

그러나 자수정의 단서를 남겨 놓고 간 사람은 파이크의 생일이 2월이라는 것을 알고 있습니다. 그렇기 때문에 2월의 탄생석을 남겼던 것입니다. 마틴 오어가 파이크의 생일이 2월인 줄 모르고 3월인 줄 알고 있었다는 것은 지금 설명한 대로입니다. 그렇다면 자수정을 택한 것은 마틴 오어가 아니었다는 얘기입니다.

그 확증이 있는가? 있습니다. 3월의 탄생석은, 폴란드식으로는 혈석이고 유대식으로는 벽옥입니다. 게다가 이 돌들은 보관함 맨 구석에 있던 자수정에 비하면 더듬어 잡기에 훨씬 가까운 곳에 있었지요. 바꿔 말하면 자수정을 택한 것이 누구였든지간에 그 사람이 의식적으로 3월의 탄생석을 무시하고 2월의 탄생석을 고른 셈입니다. 그러니까 파이크의 생일은 3월이 아니라 2월이라는 것을 알고 있었던 인물입니다. 만일 오어가 돌을 택했다고 한다면, 파이크가 3월생인 줄 알고 있었으니까 혈석이나 벽옥을 택했을 것입니다. 그 점에서는 오어는 제외됩니다.

그런데 내가 설명한 것처럼 자수정을 고른 것이 오어가 아니었다면 대체 어떻게 되는가. 분명히 함정입니다. 누군가가 오어가 스스로 자수정을 택하고 시계를 부순 것처럼 꾸민 것입니다. 범인이 가

없은 오어의 시체를 끌고 다니면서 핏자국을 시멘트 바닥에 남긴
목적도 알 수 있지요…….”
엘러리는 한숨을 쉬었다.
“나는 처음부터 그 표시를 남긴 게 오어의 짓이라고는 믿지 않았습
니다. 모든 것이 너무 희한하게 잘 처리되어 있어 진실성이 부족했
지요. 빈사 상태의 인간이 가해자의 신분에 대해 하나쯤 단서를 남
긴다는 건 있을 수 있지만, 둘씩이나 남긴다니 말입니다…….”
엘러리는 머리를 내저었다.
“그래서 단서를 남긴 것이 오어가 아니었다면 누굴까? 분명히 범
인 말고는 없습니다. 그러나 단서는 어디까지나 아놀드 파이크를
가리키고 있었지요. 그렇다면 파이크는 범인일 수가 없습니다. 자
기가 오어를 죽였다는 것을 나타낼 만한 흔적을 구태여 남길 까닭
이 없으니까요.

  그렇다면 다른 누군가? 그래서 한 가지 점이 주목을 끌게 됩니
다. 그것은 오어를 죽여서 파이크에게 누명을 씌우고, 실제로 자수
정을 택한 범인이 누구였든지간에 그 작자는 파이크의 생일이 2월
이라는 것을 알고 있었다는 사실입니다. 오어와 파이크는 이미 제
외됩니다. 빈센트는 선물한 은컵에 새겨 놓은 글귀로 보더라도 알
수 있듯이 파이크의 생일이 2월인 줄은 몰랐습니다. 우리의 친애하
는 옛공작이 축하 카드에 ‘3월 1일’이라고 기록해 놓은 것으로도
알 수 있듯이 그도 몰랐으며, 옥스만도 몰랐지요. 그는 1936년 3
월 1일의 60회 생일을 학수고대한다고 써 놓았지요. 1936년은 윤
년이라는 것을 잘 알아야 합니다. 그 해에 파이크의 생일을 축하하
려면 2월 29일에 해야만 하지요. 그 생일 축하 카드가 유력한 증거
라고 생각해도 좋다는 것을 잊어서는 안 됩니다. 카드는 범행이 일
어나기 전에 보내어진 것이니까. 범인의 심리 속에서는, 파이크의

다섯 장의 생일 축하 카드와 범행과는 아무런 관련이 없었던 것으로 보아야 합니다. 단지 범인이 세운 계획의 치명적인 결함은——지극히 자연스러운 과오지만——범인이 오어를 비롯하여 다른 사람들도 모두 파이크의 생일이 사실은 2월 29일이라는 것을 알고 있는 줄로 여겼다는 점입니다. 그리고 범인은 다른 사람들이 그것을 모르고 있다는 사실을 증명하는 카드를 볼 기회가 없었던 것입니다. 파이크 자신이 말한 것처럼, 월요일 밤의 생일 파티가 있은 뒤 어젯밤의 흉행 당일까지 파이크는 다른 사람과 만나지 않았습니다.”

“정말 놀랐는데요.” 벨리 경사가 고개를 설레설레 저으면서 중얼거렸다.

엘러리는 싱글싱글 웃었다.

“당연한 일이지요. 그런데 또 한 사람 제쳐놓았던 인물이 있지요. 신문 기자인 레오 거네이는 어떤가 봅시다. 그가 보낸 서투른 시에는, 파이크는 앞으로 9년 반이 지나야 스물한 살이 된다는 식으로써 놓았습니다. 재미있지 않습니까? 그래요, 참으로 재미있어요. 그와 동시에 스스로 무덤을 팠던 겁니다. 그 글귀는 그것을 썼을 당시 거네이는 파이크가 11살 반밖에 되지 않았다고 생각하고 있었다는 것을 농담으로 했던 말입니다. 고작해야 해학시라고는 하지만, 어떻게 그런 말을 할 수 있었을까요? 거네이가 파이크의 생일이 2월 29일이라 4년에 한 번밖에 오지 않는다는 것을 알고 있을 때 비로소 할 수 있는 말이지요. 50을 4로 나누면 12.5가 됩니다. 하지만 무엇 때문인지 나로서는 알 수 없지만, 1900년은 윤년이 아니었기 때문에 거네이가 하는 말이 들어맞습니다. 실상 파이크는 ‘열한 번 반’밖에 생일 축하를 받지 않았다는 계산이 되지요.”

이렇게 말하고 엘러리는 하품을 했다.

"파이크의 생일이 2월이었음을 알고 있었던 자가 거네이 한 사람뿐이었으니까, 자수정을 택할 수 있었던 사람도 그 친구 한 사람뿐이었던 것입니다. 그러니까 거네이가 계획하여 마치 오어가 파이크를 범인으로 지적하고 있는 것처럼 꾸민 것이지요. 따라서 거네이가 오어를 죽인 범인입니다. 간단하잖습니까? 꼭 어린아이들의 수학처럼!"

일곱 마리 검은 고양이의 모험

암스테르담 애비뉴에 있는 컬리 양의 애완 동물 가게 문의 방울을 딸랑딸랑 울리며, 엘러리 퀸은 콧등에 주름을 모으고 안으로 들어갔다. 이 가게의 문턱을 들어서는 순간 자기 코가 크지 않은 것이 천만 다행이라고 생각했다. 저도 모르게 일단 조심스러워 콧등에 주름이 모아졌다. 정말이지 이 가게에서 나는 고약한 냄새의 정도며 그 종류는 결코 뉴욕 동물원에 뒤지지 않았다.

거기다가 또 엘러리를 놀라게 한 것은 이 가게에서는 매우 작은 동물만 키우고 있다는 점이었다. 그 동물들은 엘러리가 문턱을 넘어서기가 무섭게 일제히 짖어대고 지저귀며, 꾸짖는 듯, 노호하는 듯하여, 지붕이 내려앉지 않는 것이 기적일 정도의 합창이 벌어졌다.

"어서 오세요." 상쾌한 목소리가 들렸다. "저는 컬리예요. 무엇이 필요하신지요?"

이 미친 듯한 수라장 속에서 엘러리 퀸은 맑은 수은 같은 그녀의 눈을 바라보고 있는 자신을 깨달았다. 더 자세히 말한다면, 상대방은 이목구비가 단정했다. 이를테면 탐스러운 황금색 머리칼의 물결에, 적어도 한쪽 볼에 보조개가 있는 젊은 여자였다. 그러나 그때 엘러리

의 주의를 끈 것은 여자의 눈이었다. 컬리는 얼굴을 붉히며 같은 말
을 되풀이했다.

"실례했습니다." 엘러리는 급히 말하고 용건으로 들어갔다. "정말
동물들의 세계는, 성량과 냄새가 몸의 크기하고는 전혀 들어맞지 않
는군요. 살다 보니 여러 가지를 배우게 됩니다. 컬리 양, 될 수 있으
면 비교적 귀찮지 않고 좋은 냄새가 나는 털이 곱슬곱슬한 갈색 개,
그리고 호기심이 많고 귀가 반만 쫑긋하며 뒷발이 굽은 놈을 사고 싶
은데요."

컬리는 이맛살을 모았다. 마침 아이리시 테리어는 다 팔리고 없었
다. 마지막까지 남았던 강아지마저 팔리고 없었다. 스코티시 테리어
는 어떨까……

"안 되겠는데."

퀸은 곤란한 얼굴을 했다. 잔소리꾼인 주나가 아이리시 테리어를
사 오라고 부탁을 했던 것이다. 음산한 얼굴을 한 이 빠진 개는, 마
음에 안 들어할 것이 뻔했다.

"틀림없이" 컬리는 장삿속으로 수단 좋게 말했다. "내일이면 롱아
일랜드의 견사에서 연락이 올 거예요. 성함과 주소를 남기고 가시겠
어요?"

퀸은 젊은 여자의 아름다운 눈을 보고 있다가 기꺼이 그렇게 하기
로 했다. 그는 연필과 종이를 받아 부지런히 주소와 이름을 적었다.

컬리는 퀸이 쓴 것을 읽어보는 순간 장삿속이었던 얼굴 표정이 싹
사라졌다.

"어머나, 엘러리 퀸 선생님 아니세요?"

그녀는 들뜬 목소리로 말했다.

"그렇지요? 성함은 종종 듣고 있었어요, 퀸 선생님. 선생님은 바
로 요 모퉁이 87번가에 살고 계시는군요? 정말 뜻밖이에요. 만나

뵐 수 있으리라고는 꿈에도 생각지 못했어요."

"나 역시 그렇습니다."

퀸이 중얼거렸다.

컬리는 또 얼굴이 빨개지며 기계적으로 머리칼을 쓸어 올렸다.

"저희 집 단골 손님 한 분이 선생님 댁 맞은편에 살고 계세요. 으뜸가는 단골이라고 해도 좋은 분이랍니다. 아마 아실 거예요. 타클이라는 여자 분인데, 유페미어 타클 씨예요. 그 커다란 아파트에 살고 계시죠."

"유감스럽지만 아직 만난 적이 없는데요." 퀸은 건성으로 말했다. "아가씨 눈은 아주 멋지군요. 그러니까 그…… 아니, 유페미어 타클이라고요? 허허, 세상에는 뜻밖의 불가사의도 다 있군요. 그분은 이름만큼 우람하지는 않지요?"

"그건 너무 심한 말씀이세요." 컬리는 단호하게 말했다. "그분, 좀 괴짜이긴 하지만 가엾은 분이세요. 다람쥐 같은 얼굴을 한 할머니인데, 병까지 들었어요. 중풍에 걸리셨죠. 괴짜이긴 하지만 연약하고 자그마하여 깜찍한 분이세요. 사실은 조금 머리도 이상해지셨어요."

"누군가의 할머니겠지요, 보나마나."

퀸은 묘하게 말하더니 카운터에서 지팡이를 집어들며 물었다.

"고양이를 키우고 있습니까?"

"어머나, 선생님. 어떻게 그걸 아시죠?"

"따르기 마련인 동물이니까요, 고양이란."

퀸이 음울한 목소리로 말했다.

컬리는 열의를 담아 말했다.

"선생님은 틀림없이 그분에 대해 흥미를 가지시게 될 거예요."

"어째서일까요, 다이아나(젊고 아름다운 여자를 일컬어 부르는 이름)?"

컬리는 부끄러운 듯이 말했다.

"제 이름은 마리예요. 아무튼 그 할머니는 무척 괴상해요, 선생님. 그리고 전 선생님께선 늘 괴상한 사람에게 흥미가 있으신 걸로 알고 있었어요."

"지금은 게으른 생활을 즐기고 있는 중이지요." 퀸은 지팡이를 한 번 더 힘주어 쥐면서 급히 말했다.

"그런데 미스 타클이 무엇을 하고 계신지 아시기나 하세요? 그야말로 미친 사람 같은 짓을 하고 계세요."

"나에게는 도무지 짐작도 안 가는데요." 퀸은 솔직하게 말했다.

"그분은 요즘 몇 주일 동안 매주 고양이를 한 마리씩 사 가세요." 퀸은 한숨을 쉬었다. "거기엔 아무것도 이상해할 이유가 없을 것 같군요. 늙고 병든 여자가 고양이에게 열중한다는 건 얼마든지 있을 수 있는 이야기지요. 나한테도 전에 그와 비슷한 고모가 있었지요."

"그런데 그게 아주 이상하단 말이에요." 컬리는 의기양양한 듯이 말했다. "그 할머니는 고양이를 싫어하거든요."

퀸은 두 번쯤 눈을 깜박거렸다. 그리고 컬리의 맵시 좋은 코를 바라보았다. 그는 건성으로 지팡이를 다시 카운터 위에 놓았다.

"어떻게 그걸 아시지요?"

컬리의 눈이 빛났다.

"그분 여동생이 저한테 그런 말을 했어요. 쉿, 우리만의 이야기에요. 그 타클 할머니는 중풍 환자라서 전혀 몸을 쓰지 못해요. 그래서 동생인 새러 앤 씨가 언니를 위해 집안일을 모두 맡아보고 있어요. 그리고 두 사람 다 나이 든 분인데다가 무척 닮았지 뭐예요. 두 분 다 시들어 빠진 사과 같은 할머니들이지만, 똑같이 작고 다람쥐 같은 얼굴을 하고 계세요. 그런데 퀸 선생님, 약 1년 전에 새러 앤 씨가 저희 가게에 오셔서 검은 수고양이 한 마리를 사 가시지 않았겠어요. 그때 새러 앤 씨는 돈의 여유가 없으니까 비싼 고양이는 못 사겠다고 하시기에 전 그냥 보통 것을 드렸었지요. ”
“검은 수고양이를 달라고 하던가요 ? ”
퀸이 다가서며 물었다.
“아니오, 어떤 고양이라도 좋다고 하셨어요. 고양이라면 아무거라도 좋다고요. 그러더니 며칠 안 가서 또 오셨어요. 그리고 고양이를 돌려 줄 테니 돈을 물러 줄 수 없겠느냐는 거예요. 까닭을 물었더니 언니인 유페미어 씨가, 주위에 고양이가 있는 걸 못 견딘다고 하신다나요. 새러 앤 씨는 유페미어 씨가 고양이를 굉장히 싫어한다고 푸념을 하셨어요. 아무튼 새러 앤 씨는 많든 적든 유페미어 씨에게 신세를 지고 있는 몸이라서 언니 말을 거역할 수가 없었던 거죠. 저는 좀 가엾은 생각이 들어서 고양이를 물러 드리기로 했어요. 하지만 새러 앤 씨는 그러고 나서 다시는 가게에 안 오셨으니까, 아마 새러 앤 씨의 마음이 바뀌었든가, 언니의 마음이 바뀌었든가 어느 한쪽일 거라고 생각해요. 아무튼 그래서 유페미어 씨가 고양이를 싫어한다는 것을 알게 되었던 거예요. ”
퀸은 손톱을 깨물며 중얼거렸다.
“이상한데……. 정말 이상한 이야기군요. 그 유페미어라는 노파가 1주일에 한 마리 꼴로 고양이를 사갔다고 했지요 ? 어떤 종류의 고양이입니까, 컬리 양 ? ”
컬리는 한숨을 쉬었다.
“그게 별로 좋은 고양이는 아니에요. 물론 유페미어 씨는 부자니까
——아무튼 동생 되는 새러 앤 씨가 그렇게 말하고 있었어요——
저는 앙고라를 한 마리 팔까 했었지요. 굉장히 근사한 놈을 가지고 있었거든요. 그리고 품평회에서 상을 탄 몰타고양이도요. 그런데 유페미어 씨는 그냥 보통 고양이를 달라지 않겠어요 ? 동생한테 판

것 같은 검은 고양이를.”

“검은 고양이를…… 그것은 틀림없이…….”

“퀸 선생님, 그분은 미신가가 아니에요, 결코. 하지만 어쩐지 무척 기분 나쁜 할머니예요. 언제나 녹색 눈을 한 검은 수고양이로 똑같은 크기의 것을 달라고 하거든요. 전 무척 이상하다고 생각했어요.”

엘러리 퀸의 콧구멍이 조금 벌름거렸다. 하지만 그것은 컬리의 애완용 동물 가게의 독특한 냄새 때문은 아니었다. 매주 녹색 눈을 한 검은 수고양이를 사 가는 타클이라는 중풍 환자 할머니 때문이었다.

“정말 이상하군요.” 엘러리는 이렇게 중얼거리며 잿빛 눈을 가늘게 떴다. “그 놀라운 일이 얼마나 계속되고 있습니까?”

“그거 보세요, 흥미를 느끼셨지요. 이번 주로 벌써 5주째예요. 바로 며칠 전에 여섯 마리째 고양이를 제가 갖다 드린걸요.”

“아가씨가 직접? 그래, 할머니는 완전한 중풍 환자인가요?”

“그럼요. 자리에 누운 채 한 발도 걷지를 못해요. 본인이 직접 그러시던데, 벌써 1년 동안이나 그러고 있대요. 할머니와 새러 앤 씨는, 할머니가 중풍으로 쓰러지기 전까지는 따로 살았답니다. 지금은 모든 걸 동생에게 의지하고 계세요. 식사도, 목욕도, 잠자리에 드는 일도…… 모든 것을요.”

“그럼,” 엘러리가 물었다. “어째서 고양이를 사러 동생을 보내지 않지요?”

컬리는 수은 같은 눈망울에 당황하는 빛이 어렸다.

“왜 그런지 저도 모르겠어요.” 그녀는 천천히 말했다. “전 가끔 몸이 오싹오싹 떨려요. 그런데 말이에요. 그분은 언제나 저한테 전화를 거세요. 침대 옆에 전화가 놓여 있어서 팔만 뻗으면 충분히 닿으니까요. 고양이가 필요한 날은 언제나 그렇게 하세요. 그리고 언제나 똑같은 주문을 하시지요. 검은 수고양이로 녹색의 눈을 한 먼저 것과 같은 크기에 될 수 있는 대로 싼 것을 달라고요.”

컬리의 아름다운 얼굴이 굳어졌다.

“굉장히 값싼 걸 좋아하는 분인가 봐요, 유페미어 타클 씨는.”

“기묘하군요.” 엘러리는 곰곰 생각하더니 다시 말을 이었다. “굉장히 기묘한데요. 어딘지 모르게 이 이야기의 밑바닥에는 비극의 냄새가 물씬거려요. 아가씨가 고양이를 갖다 주러 갔을 때 동생분은 어떤 태도던가요?”

“저는 잘 모르겠어요, 퀸 선생님. 동생분은 언제나 없었거든요.”

엘러리는 놀랐다.

“없었다고요? 그건 또 무슨 뜻이지요? 유페미어 할머니는 혼자서는 아무것도 못한다고 하지 않았습니까?”

“그건 그래요. 아마도 새러 앤 씨는 오후에 날마다 산책을 나가거나 영화 구경을 하러 가시는 거겠지요. 그래서 언니께서는 두세 시간 혼자서 계시는 걸 거예요. 전화를 하시는 건 그런 때겠죠. 그리고 꼭 정해진 시간에 오라고 주의를 주지 않겠어요? 제가 갖다 드릴 때마다 새러 앤 씨가 안 보이는 것으로 봐서, 틀림없이 동생 몰래 사려고 그러시는 것 같아요. 새러 앤 씨는 나갈 때 문을 잠그지 않기 때문에 저는 안으로 들어갈 수가 있어요. 유페미어 씨는 언제나 거듭거듭 고양이 이야기는 아무한테도 말아 달라고 당부를 하는 거예요.”

엘러리는 콧등에 걸려 있던 코안경을 벗어서 반짝거리는 렌즈를 닦기 시작했다. 틀림없이 흥미를 느꼈다는 표시이다.

엘러리가 나직하게 말했다.

“점점 복잡해지는군요, 컬리 양. 아가씨는 괴상한 변을 당하셨네요. 그래요, 기분이 좀 으스스합니다.”

컬리는 얼굴이 하애졌다. "설마, 선생님 생각으로는……."

"기분이 언짢으세요, 그 정도 일로? 나는 그렇게 생각합니다. 그래서 걱정을 하는 거지요. 이를테면 사들인 고양이를 대체 어떻게 동생 몰래 둘 수가 있겠습니까? 새러 앤 씨가 장님은 아니겠지요?"

"장님이요? 물론 그렇지 않아요. 그분은 눈이 밝아요."

"아니 아니, 그건 농담이었어요. 아무것도 아닙니다, 컬리 양."

"그렇다면" 컬리는 밝은 얼굴이 되어서 말했다. "적어도 저는 위대하신 퀸 선생님을 생각하게 만드는 무엇인가를 제공한 셈이군요. 곧 전화 드리겠어요. 그 아이리시……."

엘러리 퀸은 코안경을 또 콧등에다 얹고 딱 벌어진 어깨를 젖히고 지팡이를 다시 집어들었다.

"컬리 양, 나는 구제받을 수 없는 참견꾼이라서 말이지요. 어떨까요, 그 이상한 타클 자매 사건에 참견할 수 있도록 아가씨께서 좀 도와주실 수 없겠습니까?"

엘러리의 볼이 빨개졌다.

"선생님, 그게 정말이세요?"

"정말이고말고요."

"어머나, 좋아라! 제가 어떻게 하면 되지요?"

"타클 자매의 아파트로 저를 데리고 가서 단골손님이라고 하며 소개를 해주는 겁니다. 며칠 전에 판 고양이는, 사실 저에게 팔 약속이 되어 있었던 거라든가, 뭐 그런 식으로 말을 하는 거지요. 그래서 제가 고집스럽기 짝이 없는 고양이 애호가라 다른 고양이로는 도저히 안 되겠다고 우겨서 하는 수 없이 댁에 가져온 고양이를 돌려주시면 딴 걸로 바꿔 드리겠다는 식으로 말을 꾸미는 겁니다. 요는 타클 할머니를 만나서 말만 들을 수 있다면 그걸로 되는 거지요. 지금이 꼭 오후도 한나절이 넘었으니까, 보나마나 새러 앤은 어느 영화관에 들어앉아서 클라크 게이블한테 넋이 빠져 있을 테지요. 어떻게 생각하십니까?"

컬리는 요염한 웃음을 엘러리에게로 던졌다.

"어머나, 전 너무 멋지고 신나서 말로 표현할 수가 없어요. 잠깐만 기다려 주세요. 준비를 하고 누군가에게 가게를 좀 부탁하고 오겠어요, 퀸 선생님. 세상없어도 이런 기회를 놓칠 수는 없으니까요."

10분 뒤, 두 사람은 오래되어 더러워진 암스테르담 암즈 아파트 5-C호실 문 앞에 서서 복도 바닥에 놓인 두 개의 1리터들이 우유병을 말없이 바라보았다. 컬리는 의아스러운 눈치였다. 퀸은 허리를 구부리고 들여다보았다. 허리를 폈을 때는 그 또한 의아스런 눈치였다.

"어제와 오늘 것입니다."

퀸은 중얼거리며 문의 손잡이를 한 손으로 잡고 돌렸다. 문은 잠겨 있었다.

"새러 앤은 외출할 때에 문을 잠그지 않고 나간다고 하셨던 것 같은데요."

"아마 집에 있는 모양이지요. 만일 밖에 나가셨다면 깜박 잊고서 잠그고 간 거겠지요."

컬리가 자신 없는 듯이 말했다.

엘러리는 벨을 눌렀다. 대답이 없었다. 또 한 번 울렸다. 그러고 나서 큰 소리로 불렀다.

"타클 씨 계십니까?"

"이상하군요." 컬리는 신경질적으로 웃으면서 말했다. "안 들릴 리가 없는데, 방이 셋밖에 없는 걸요. 침실도 거실도 바로 문 너머에 있는 작은 대기실 옆에 있어요. 부엌은 곧장 들어가는 막다른 곳에 있고요. ”

엘러리는 또 한 번 큰 소리로 불렀다. 잠시 기다렸다가 이번에는 문에다 귀를 댔다. 지저분한 복도에 페인트칠이 벗겨진 문……

컬리는 잔뜩 겁을 집어먹어 아름다운 눈이 은램프처럼 되어 있었다. 그리고 겁에 질린 목소리로 말했다.

“퀸 선생님, 무슨 끔찍한 일이 벌어진 건 아닐까요? ”

엘러리는 침착하게 말했다.

“관리인을 찾아봅시다. ”

1층의 어느 한 문에 쇠로 테를 두른 ‘관리인 포터’라는 명찰이 걸려 있는 것이 눈에 들어왔다. 컬리의 가슴은 두근거렸다. 엘러리가 벨을 눌렀다.

키가 작고 뚱뚱한 여자가 무척 굵은 팔에 비누 거품을 잔뜩 묻힌 채 문을 열었다. 때 묻은 앞치마로 빨갛게 된 손을 닦고 꼬불꼬불 늘어진 잿빛 머리칼을 피부가 늘어진 얼굴로부터 쓸어 올렸다.

“무슨 일이에요? ” 여자는 퉁명스럽게 물었다.

“포터 부인이십니까? ”

“그런데요. 빈방은 없어요. 수위가 그런 말을 하지 않던가요? ”

컬리는 얼굴이 빨개졌다.

엘러리가 급히 말했다.

“아니, 우린 방을 구하러 온 사람이 아니오. 아주머니, 이곳 아파트 관리인은 안 계신가요? ”

“아뇨, 없어요. ” 포터 부인은 수상쩍은 듯이 말했다. “포터는 롱아일랜드의 화학 공장에서 시간제로 일하고 있기 때문에 3시 반까지는 안 돌아와요. 무슨 일이지요? ”

“뭐, 아주머니라도 좋습니다. 이 아가씨와 나는 5-C호실을 찾아왔는데 아무 대답이 없군요. 타클 씨의 아파트입니다만. ”

뚱뚱한 여자는 큰 소리로 말했다.

"문이 열려 있지 않다고요? 이 시간이면 언제나 열려 있는데, 멀쩡한 분은 나갔지만 중풍든 분은……."

"잠겨 있어요, 아주머니. 벨을 눌러도, 불러도 대답이 없습니다."

"그거 이상한데." 뚱보 여자는 컬리를 빤히 보면서 높은 소리로 말했다. "어떻게 된 걸까? 유페미어 씨는 반신불수라 밖에는 절대로 나갈 수가 없을 텐데. 가엾게도 아마 발작이라도 일으킨 모양이지요."

"그렇지는 않을 거예요. 새러 앤 씨는 최근에 언제 만났지요?"

"멀쩡한 분 말인가요? 글쎄요. 이틀 전이었어요. 그리고 보니 병든 분도 벌써 이틀째 못 봤어요."

"어머나," 컬리는 두 개의 우윳병을 생각하면서 조그맣게 외쳤다. "이틀씩이나!"

"으음, 그러면 아주머니는 가끔 유페미어 씨를 만납니까?" 엘러리가 진지한 표정으로 물었다.

"그럼요, 만나지요." 포터 부인은 아직 빨래를 하고 있는 것처럼 빨간 손을 비비기 시작했다. "가끔 동생 되는 분이 나간 뒤 같은 때, 오후에 전화를 걸어서 쓰레기통을 비워 달라거나 그 밖의 일을 해달라고 부탁을 해서요. 얼마 전에는 편지를 부쳐 달라더군요. 그분은 가끔 뭘 좀 주니까요. 하지만 벌써 이틀째……."

엘러리는 주머니에서 뭔가 꺼내 가지고 손바닥에 얹어, 뚱뚱한 여자의 피곤한 듯한 눈앞에 내밀었다. 그리고는 정색해서 말했다.

"아주머니, 나는 그 아파트에 들어가 봐야겠습니다. 뭔가 일이 일어났어요. 열쇠를 좀 주십시오."

"겨, 경찰이신가요?"

포터 부인은 방패꼴의 휘장을 보고 쩔쩔매며 말했다. 그리고 뛰어

들어가 열쇠를 가지고 나와 엘러리에게 주었다.

"아아, 남편이 있었으면 좋을 텐데. 선생님은 혹시……. "

"이 일은 아무에게도 말해서는 안 됩니다, 아주머니. "

두 사람은 멍하니 입을 벌리고 긴 혓바닥을 그대로 드러낸 채 놀라고 있는 여자를 남겨 놓고 엘리베이터를 타고 5층으로 되돌아갔다. 컬리는 입술까지 창백해져 있었다. 조금 아픈 사람 같았다.

"아마. " 엘러리는 열쇠 구멍에 열쇠를 꽂으면서 부드럽게 말했다. "같이 들어가지 않는 게 좋을 겁니다. 유쾌한 일이 아닐지도 모르니까요. 나는……. "

엘러리는 갑자기 손을 멈추고 몸을 나직하게 구부렸다.

누군가가 문 저쪽에 있었다.

틀림없이 뛰어가는 발소리인데, 무엇인가를 끄는 듯한 일정치 못한 마찰음을 내고 있었다. 엘러리는 열쇠를 돌리고 급히 손잡이를 돌렸다. 컬리는 엘러리의 어깨 너머에서 할딱거리고 있었다. 문은 1센티미터쯤 움직이다가 무엇인가에 걸렸다. 엘러리는 한 발 뒤로 물러섰다.

"문에 뭘 받쳐 놓았군요. " 엘러리는 신음했다. "뒤로 물러서요, 컬리 양. "

엘러리는 어깨를 힘껏 문에 부딪쳤다. 쾅하는 소리와 함께 문은 안으로 확 열리고 의자가 망가져 뒤로 날았다. "너무 늦었군……. "

"비상 계단이에요. " 컬리가 크게 소리를 질렀다. "왼쪽 침실이에요. "

엘러리는 두 개의 침대가 놓여 있는 어수선하게 어질러진 크고 긴 방으로 뛰어들어 열린 창으로 달려갔다. 그러나 비상 계단에는 인기척이 없었다. 엘러리는 뒤쪽을 쳐다보았다. 쇠사다리는 구불구불 돌아서 머리 위 몇 미터 되는 곳에서 보이지 않게 되어 있었다.

"지붕을 타고 도망간 모양이군." 엘러리는 중얼거리면서 머리를 들여놓고 담배에 불을 붙였다. "담배 안 피우겠습니까? 한 대 피우고 나서 조사해 보기로 하지요. 핏자국은 없군요. 결국 헛소동을 한 걸까? 뭐, 재미있는 게 발견되지 않나?"

컬리는 떨리는 손가락으로 가리켰다.

"저게 그분의, 그분의 침대예요. 저 어질러진 것이. 하지만 그분은 어디로 갔을까요?"

또 하나의 침대는 말끔히 치워져 있고, 레이스 달린 침대보도 흐트러져 있지 않았다. 그러나 유페미어 타클의 침대는 몹시 어질러져 있었다. 시트는 수세미처럼 되어 있고, 매트리스는 터져서 속 것이 조금 바닥에 흘러 떨어졌으며, 베개는 갈기갈기 찢겨 있었다. 매트리스 복판이 우묵해서 그곳이 행방을 감춘 병자가 누워 있던 곳임을 알 수 있었다.

엘러리는 조용히 선 채로 침대를 바라보았다. 그리고 벽장문들을 열고 안을 들여다본 다음 다시 문을 닫았다. 바로 뒤에 따라와 있던 컬리는 겁이 나서 오른쪽 어깨 너머로 힐끔힐끔 뒤를 돌아보고 있었다. 엘러리는 거실, 부엌, 침실을 죽 둘러보았다. 그러나 아파트 어디에도 사람 그림자는 없었다. 그리고 유페미어 타클의 침대 말고는 아무데도 어질러진 흔적이 없었다. 그러나 아파트 전체가 어딘지 모르게 으스스하니 기분이 나빴다. 정적 속에 세찬 폭풍이 불어닥친 것 같았다. 접시, 나이프, 포크, 먹다 남은 음식을 담은 쟁반 하나가 거의 침대 밑이라고 해도 좋을 곳에 놓여 있었다.

컬리는 벌벌 떨면서 엘러리에게 바싹 다가가서 마른 입술을 축이면서 말했다.

"여기는 정말 너무 조용하군요. 유페미어 씨는 어디로 갔을까요? 그리고 동생 되시는 분도, 그리고 또 그건 누구였을까요? 문을 받쳐놓았던 건 누구였을까요?"

엘러리는 음식이 담겨 있는 쟁반을 보면서 나직하게 말했다.

"그보다도 일곱 마리 검은 고양이들은 다 어디로 갔을까요?"

"일곱……."

"새러 앤의 고양이 한 마리와 유페미어의 여섯 마리 말입니다. 어디로 갔을까요?"

"아마" 컬리는 긴장된 목소리로 말했다. "창문으로 뛰쳐나갔겠지요. 그 남자가……."

"아마 그렇겠지요. 하지만 '남자'라고 단정은 못해요. 우린 전혀 아무것도 모르고 있으니까." 엘러리는 화난 듯이 주위를 두리번거렸다. "고양이가 달아났다고 한다면 바로 몇 분 전일 겁니다. 고리를 비틀어 연 것을 보면 창문은 계속 닫혀 있었을 테니까요. 그러니까 고양이가 달아났다고 한다면……."

엘러리는 갑자기 말을 끊었다.

"누구야, 거기!"

엘러리는 홱 돌아서면서 날카로운 목소리로 소리쳤다.

"나예요." 겁먹은 소리로 대답하며 포터 부인이 조심스럽게 들어왔다. 피곤해 보이는 눈이 공포와 호기심으로 빛나고 있었다. "어디로……."

"어디론가 가 버렸소." 엘러리는 칠칠치 못해 보이는 여자를 찬찬히 바라보았다. "아주머니는 틀림없이 오늘 유페미어 씨와 동생을 안 만났지요?"

"나는 어제도 못 봤어요."

"어제 오늘, 이 근처에서 구급차 같은 것도 못 보았나요?"

포터 부인이 새파랗게 되어 대답했다.

"오, 아니에요, 선생님. 그녀가 어떻게 밖으로 나갔는지 짐작도 할

수가 없어요. 한 발자국도 걷지를 못하니까요. 실려 나갔다 하더라
도 누군가가 알아차렸을 거예요. 수위가 틀림없이. 그래서 아까 물
어 보았습니다만, 아무도 실려 나간 사람은 없다더군요. 이 안에서
무슨 일이 있으면 제가 알 수 있을 텐데…….”
“아주머니의 남편도 요 이틀 동안에, 두 사람이나 아니면 한 사람
이라도 좋습니다만, 만나지 않았나요?”
“아 참, 그이는 그저께 밤에 만났어요. 해리는 부업 비슷한 걸 하
고 있어서요. 유페미어 씨는 집 주인에게 실내 장식과 도배 같은
것을 좀 해 달라고 부탁을 했다가 거절을 당했어요. 그래서 한 달
남짓 전에 해리더러 좀 해주지 않겠느냐고 했지요. 전문적인 기술
자만큼은 못하더라도 아무튼 돈은 주겠다고 하면서요. 그래서 틈틈
이, 대개는 오후 늦게나 저녁이었습니다만, 해드리고 있었지요…
… 포터는 손끝이 재서 말이에요. 이 일은 우리 주인 양반이 대개
다 했답니다. 도배지가 참 곱지요? 그래서 우리 집 양반은 그저께
밤에 유페미어 씨를 만난 거지요.”
포터 부인은 갑자기 무슨 곤란한 일이라도 생각났는지, 눈을 깜짝
깜짝하더니 조그맣게 비명을 질렀다. 부인은 말을 이었다.
“저도 지금에야 생각이 납니다만, 혹시 그 중풍든 할머니가 어떻게
되는 날에는 돈을 받지 못해요. 이만큼이나 일을 해 놓고…… 그리
고 그 집 주인이…….”
“알았습니다, 알았어요.” 엘러리는 짜증스럽게 말했다. “아주머
니, 이 아파트에는 쥐가 있나요?”
두 여자는 눈을 깜박거렸다.
“천만에요. 쥐는 한 마리도 없어요.” 포터 부인은 천천히 말했다.
“쥐 잡는 사람이 와서…….”
이때 복도에서 발소리가 들려 세 사람은 돌아보았다. 누군가가 문

을 열려 하고 있었다.

"들어오시오."

엘러리가 말하며 부리나케 걸어 나갔다. 그리고 발을 딱 멈춘 코끝에서 불안스러운 얼굴 하나가 침실을 들여다보았다.

"실례했습니다." 새로 온 손님은 엘러리와 두 여자를 보고 깜짝 놀라면서 말했다. "방을 잘못 안 모양입니다. 유페미어 타클 씨는 여기 사시지 않습니까?"

그 남자는 바늘처럼 뻣뻣하고 마른 붉은 머리털을 하고 있었다. 철이 지난 낡은 양복을 입고 작은 손가방을 들고 있었다.

"맞습니다." 엘러리가 친절하게 웃으며 말했다. "들어오시지요. 누구십니까?"

젊은이는 놀라서 눈을 깜박거렸다.

"그런데 유페미어 이모님은 어디 계시지요? 나는 엘리어스 모튼 주니어입니다만, 이모님은 여기 안 계십니까?"

엘리어스 모튼의 핏발 선 작은 눈은 어리둥절해서 불안한 듯이 깜박거리면서 엘러리와 컬리를 번갈아 보고 있었다.

"댁이 방금 유페미어 '이모님'이라고 하셨나요, 모튼 씨?"

"네, 나는 그분의 조카입니다. 올버니에서 왔지요. 이모님은 어디에……."

엘러리는 나직한 목소리로 물었다.

"미리 알리지 않고 갑자기 오셨나요, 모튼 씨?"

젊은이는 또 눈을 깜박깜박했다. 아직도 가방을 손에 든 채였다. 이윽고 가방을 방바닥에 털썩 내려놓더니 부지런히 이 주머니 저 주머니를 뒤져 더러워지고 구깃구깃해진 편지 한 통을 꺼냈다.

모튼이 더듬거리면서 말했다.

"저는 이 편지를 며칠 전에 받았습니다. 좀더 빨리 올까 했습니다

만, 마침 아버지가 안 계셔서…… 저로서는 도무지 이 편지 내용을
잘 이해할 수가 없습니다만……."
엘러리는 젊은이가 멍청히 쥐고 있는 편지를 뺏어 들었다. 편지는
흔한 갈색 포장지에다 서툴게 갈겨 쓴 것이었다. 봉투도 싸구려였다.
연필로 쓴, 늙은이다운 서투른 글씨체였다.

　엘리어스,
　여러 해 동안이나 소식을 알리지 못해 미안하구나. 그런데 이번
에 너에게 부탁할 일이 생겼다. 너는 내가 몹시 어려울 때에 의논
할 수 있는 단 한 사람의 핏줄이다. 나는 지금 무척 위험하고 갑작
스럽게 닥친 어려움과 맞닥뜨리고 있어. 너는 정말이지 어쩔 수 없
는 이 불쌍한 이모를 좀 도와주어야겠다. 곧 좀 와 다오. 아버지에
게는 물론 아무에게도 말을 해서는 안 된다. 엘리어스야, 알겠느
냐. 여기 닿을 때는 그냥 찾아온 것처럼 해 다오. 내 말을 잘 기억
해 둬라. 아무쪼록 나를 실망시키지 않도록 해주려무나. 제발 도와
다오. 부탁한다.
　　　　　　　　　　　　너를 사랑하는 유페미어 이모로부터

엘러리는 미간을 찌푸렸다.
"놀라운 편지군요. 걱정하던 나머지 쓴 겁니다, 컬리 양. 틀림없어
요, '아무에게도 말을 하지 말라……'라. 그런데, 모튼 씨. 오시는
게 너무 늦어 버린 것 같습니다."
"늦다니요? 하지만……."
젊은이의 얼굴이 해쓱해졌다.
"저는 곧 오려고 했습니다만……아버지가 어디론지 가 버리셔서…
… 술버릇으로 집을 나가 버려서 찾을 수가 있어야지요. 어떻게 해

야 좋을지 몰랐습니다. 그러다가 아무튼 이렇게 온 거예요. 제, 제
새, 생각 같아서는……."
젊은이의 뻐드렁니가 마주쳐서 딸깍딸깍 소리를 냈다.
"이건 이모님의 글씨체가 맞습니까?"
"네, 그렇습니다. 틀림없어요."
"이모님이라니까 분명히 당신 아버님하고 친남매간은 아니겠지
요?"
"그렇습니다. 저의 어머니가 타클 이모님과 자매간이었지요. 돌아
가셨습니다만."
모튼은 의자의 등받이를 손으로 더듬으며 말을 이었다.
"유페미어 이모님은 돌아가셨을까요? 그리고 새러 이모님은 어디
로 가셨습니까?"
"두 분 다 지금 안 계십니다."
엘러리는 자기가 발견한 것을 간결하게 정리하여 들려주었다. 올버
니에서 온 청년은 거의 실신한 듯 보였다.
"나는 개인 자격으로 이 사건을 조사하고 있습니다. 모튼 씨, 두
분 이모님에 대해 당신이 알고 있는 것을 모두 이야기해 주실까
요?"
"저는 그다지 아는 게 없어요." 모튼은 더듬거리면서 말했다. "어
렸을 때 만난 이후로 벌써 15년이나 만나지 않았지요. 가끔 새러 앤
이모님한테서는 편지를 받았지만, 유페미어 이모님으로부터는 꼭 두
번 편지가 왔을 뿐이었습니다. 그런데 저에게는 뜻밖의 일로…… 그
러니까 유페미어 이모님이 중풍에 걸려 머리가 이상해졌다는 것은 알
고 있었습니다. 새러 이모님이 그걸 나한테 알려 주었지요. 이모님은
돈을 조금 가지고 계셨어요. 어느 정도인지는 모르지만, 저희 외할아
버지께서 남겨 주신 거지요. 새러 이모님 말로는, 유페미어 이모님이

그런 돈을 가지고 있으면서도 무척 구두쇠 노릇을 했다고 합니다. 새러 이모님은 가지신 게 없으니까 하는 수 없이 유페미어 이모님과 같이 지내면서 뒷바라지를 해드리고 계셨지요. 새러 이모님 말로는 유페미어 이모님은 은행을 믿지 못하고 돈을 몸 가까운 데 숨기고 있었다는데, 새러 이모님은 그걸 어디에 숨기고 있는지도 모른다고 하셨습니다. 유페미어 이모님은 중풍에 걸리고서도 의사 한 번 부르지 않을 만큼 구두쇠였던 겁니다. 두 분 사이는 뜻이 잘 맞지 않아 늘 싸움만 하고 있다고 새러 이모님이 편지에 써 보내셨어요. 유페미어 이모님은 새러 이모가 그 돈을 뺏으려 한다고 자나 깨나 나무라고 있었다는데, 새러 이모는 자기가 생각해도 잘 참아 왔다고 그러더군요. 그것뿐입니다. 알고 있는 것은 그것뿐이에요."

"두 분 다 가엾군요." 컬리는 눈물이 그렁해서 속삭이는 듯이 말했다. "정말로 가엾은 생활이에요. 하지만 타클 씨가 설마 직접……."

"그런데 모튼 씨," 엘러리는 귀찮은 듯이 물었다. "유페미어 이모님께선 고양이를 무척 싫어하셨다는 게 사실입니까?"

얼굴이 길쭉한 청년이 입을 딱 벌렸다.

"어떻게 그걸 아시지요? 아주 싫어했습니다. 새러 앤 이모님이 여러 번 그 말을 써 보냈더군요. 새러 이모는 여간 기분 나빠하지 않았습니다. 새러 이모는 어찌나 고양이를 좋아하는지 친자식처럼 귀여워하니까요. 그걸 유페미어 이모님이 시기를 했다든가 화를 냈다든가 그랬나 봅니다. 두 분께서는 아무리 해도 뜻이 잘 맞지 않았을 거라고 생각합니다."

"우리들은 사실 무리도 아니지만 시제를 어떻게 써야 할지 모르겠군요." 엘러리가 말했다. "요컨대 모튼 씨, 당신 이모님들께서는 아마도 휴가나 방문을 가신 데에 불과하다고 할 만한 증거가 아무것도 없습니다."

이렇게 말하면서도 엘러리의 눈에는 아직 희망의 빛이 남아 있었다.

"모튼 씨는 어디 이 근방의 호텔이라도 가서 쉬는 게 어떻겠소? 무슨 일이 있으면 내가 곧 연락을 할 테니까."

엘러리는 수첩을 찢어 70번가 근처 한 호텔의 이름과 주소를 적어서 모튼의 땀 밴 손에 쥐어 주었다.

"걱정할 것 없습니다. 곧 연락하겠습니다."

엘러리는 어리둥절해하는 젊은이를 방 밖으로 재촉해서 내보냈다. 잠시 뒤 엘리베이터의 문이 철커덕하고 닫히는 소리가 들렸다.

엘러리는 천천히 말했다.

"시골 조카가 다급해서 달려온 모양이오, 컬리 양. 아가씨의 예쁜 얼굴이라도 보며 기분을 되찾는 수밖에 없겠군요. 덕분에 컬리 양의 아름다운 얼굴을 보았으니 힘을 내겠지요. 그렇지만 저런 인물은 법으로 좀 금했으면 좋겠군요."

엘러리는 컬리의 뺨을 톡톡 치면서 미간을 모으고 망설이더니, 이윽고 욕실 쪽으로 갔다. 컬리는 다시 볼을 발갛게 물들이고 재빨리 엘러리의 뒤를 쫓으면서 불안한 눈길을 오른쪽 어깨 너머로 던졌다.

"아니, 이게 뭐지?" 컬리는 엘러리가 날카롭게 소리치는 것을 들었다. "포터 부인, 이게 대체 어떻게 된 거요!"

"왜 그러세요?" 컬리가 외치며 엘러리를 뒤쫓아 욕실로 뛰어 들어갔다.

포터 부인은 굵은 팔뚝의 피부를 닭살로 만들고 피곤한 눈을 크게 뜨고는 입을 딱 벌린 채 욕조 속을 들여다보고 있었다. 이윽고 무슨 말인지 알아들을 수 없는 말을 몇 마디 지껄이더니 큰 눈망울을 굴리면서 방에서 나가 버렸다

"오, 이런!" 컬리는 두 손을 가슴에 댔다. "세상에 이렇게 무참할

수가 ! ”

"끔찍하군요. ” 엘러리는 침통한 목소리로 천천히 말했다. "그리고 의미심장합니다. 아까 여기를 슬쩍 들여다보았을 때는 미처 못 보았던 겁니다. 내가 생각할 때…… ”

엘러리는 말을 끊고 욕조로 몸을 구부렸다. 그 눈에도 목소리에도 이제 유머는 없었다. 무엇에 홀린 것처럼 바라다보고 있을 뿐이었다. 두 사람 다 소리도 내지 않았다. 죽음의 그림자가 두 사람 위에 드리워지고 있었다.

검은 수고양이 한 마리가 죽어서 뻣뻣해진 채, 뼈가 다 부러져서 시뻘겋게 핏물이 떠도는 욕조 속에 누워 있었다. 녹색의 눈을 한 크고 윤나는 검은 고양이로서 의심할 여지도 없이 죽어 있었다. 머리는 묵사발이 되고 몸통은 몇 군데 뼈가 부러져 있는 것 같았다. 피가 법랑을 입힌 욕조 안쪽에 튀어서 말라붙어 있었다. 냉혹하고도 무참한 손으로부터 떨어진 흉기가 고양이 옆에 뒹굴고 있었다. 튼튼한 자루가 달린 욕조 닦는 솔이었다.

엘러리는 허리를 펴면서 나직한 소리로 말했다.

"이걸로 없어진 일곱 마리의 검은 고양이 중 적어도 한 마리에 대한 수수께끼는 풀린 셈이군요. 이 욕조 닦는 솔로 때려죽인 모양이오. 보아하니 죽은 지 하루 정도밖에 지나지 않았군. 컬리 양, 우린 엉뚱하게도 비극적인 사건에 부딪쳤어요. ”

그러나 컬리는, 최초의 공포의 충격이 이제는 분노로 변해서 소리쳤다. "귀여운 고양이를 이렇게 무참하게 죽인 인간은 괴물이에요. ”

컬리의 은빛 눈에 불꽃이 튀었다. "그 할머니가 이렇게 끔찍한 짓을 좋아할 줄이야. ”

"잊지 마세요. ” 엘러리는 한숨을 쉬었다. "할머니는 걷지를 못해요. ”

"갈수록 점점 더" 한참 뒤 엘러리는 모든 것이 갖추어진, 그 정교하게 만들어진 조그만 휴대용 도구 상자를 치우면서 말했다. "기이해지는군요, 컬리 양. 여기서 내가 무엇을 발견했는지 알겠습니까?"

두 사람은 다시 침실로 되돌아가, 행방불명된 두 자매의 침대 중간에 놓인 탁자 위에 얹혀 있던 쟁반을 들여다보았다. 컬리는 전에 이 집을 방문하였을 때 언제나 그 쟁반이 타클 할머니의 침대나 탁자 위에 있었으며, 중풍든 할머니가 핏기 없는 입술을 경련시키면서 최근에 혼자 식사를 한다면서, 할머니와 오랫동안 고생해 온 새러 앤과는 이렇게 해서 마침내 비극적으로 각자의 생활로 들어간 것을 넌지시 비추었던 생각이 났다.

"선생님이 무슨 가루 같은 것을 뿌리고 계시는 걸 보았어요. 하지만……."

"지문 검사입니다."

엘러리는 소반 위에 흩어져 있는 나이프와 포크, 그리고 스푼을 수수께끼 같은 눈으로 내려다보고 있었다.

"나의 도구 상자는 가끔 아주 편리한 물건이 되지요. 아가씨는 이 식기에서 내가 지문을 검출하려 하는 것을 보았지요? 그리고 아가씨도 이 포크나 나이프는 유페미어 할머니가 여기서 마지막 식사를 했을 적에 쓴 것이라고 생각하겠지요?"

"물론 그렇지요." 컬리는 미간을 찌푸렸다. "음식물이 아직도 포크와 나이프에 말라붙어 있는 걸요."

"맞습니다. 나이프, 포크, 그리고 스푼 모두 조각이 들어가 있지 않지요? 보시다시피 매끄러운 은 표면입니다. 그러니까 지문이 묻을 텐데 말이죠." 엘러리는 어깨를 움찔했다. "그런데 전혀 없군요."

"무슨 뜻이에요, 선생님? 그런 일도 있을 수 있나요?"

"내가 말하고자 하는 것은 지문이 남지 않도록 누군가가 닦았다는 것입니다. 어때요, 이상하지요 ? ” 엘러리는 넋 나간 사람처럼 담배에 불을 붙였다. “아무튼 그것을 생각해 봅시다. 이것은 유페미어 타클의 식사 쟁반이고 음식이고 접시고 수저들입니다. 할머니는 침대에서 혼자 식사를 한다는 것도 알고 있습니다. 그러나 수저를 만진 것이 유페미어 뿐이었다고 한다면, 지문을 닦은 것은 대체 누굴까요. 할머니가 닦았을까요 ? 그렇다고 한다면 무엇 때문에 그런 짓을 해야만 했을까요 ? 누구 다른 사람이 했을까요 ? 그러나 다른 누군가가 유페미어의 지문을 닦는다는 것은 확실히 의미 없는 일이 아닐까요 ? 아무도 닦지 않았다고 한다면 포크나 나이프의 자루에는 할머니의 지문이 당연히 남아 있어야 하고 동시에 다른 누군가의 지문도 묻어 있었다고 한다면, 그 지문을 닦아야만 했던 까닭이 설명이 되지요. 그렇다면 그 다른 누군가가 유페미어 할머니의 그릇에 손을 댔다는 애깁니다. 왜 손을 댔는가, 나는……. ”

엘러리는 침통하기 이를 데 없는 목소리로 말을 이었다.

“빛이 보이기 시작합니다. 컬리 양, 한번 정의의 여신의 시녀 역을 맡아 주시지 않겠습니까 ? ”

컬리는 엘러리의 말투에 압도되어 고개만 끄덕일 뿐이었다. 엘러리는 중풍든 할머니가 먹다 남긴 차가운 음식물을 싸기 시작했다.

“이걸 새뮤얼 프라우티 의사한테 전해 주시오. 주소는 여깁니다. 그리고 내가 그러더라고 말하고 분석해 달라고 부탁하는 거요. 기다리고 있다가 결과 보고를 받아 가지고 돌아와 주시오. 누구의 눈에도 띄지 않게 여기 들어오도록 주의해야 하오. ”

“이 음식을 말인가요 ? ”

“그래요. ”

“그럼, 선생님의 생각으로는 여기에……. ”

“생각만 하고 있을 때가 아니오. ” 엘러리 퀸은 담담하게 말했다.

컬리가 가고 나자 엘러리는 아직 새것으로 보이는 찬장까지 포함해서 다시 한 번 주위의 물건들을 신중하게 살펴보았다. 그리고 나서 입을 꽉 다물고 문을 밖에서 잠그고, 포터 부인에게서 받은 열쇠를 주머니에 넣고는 엘리베이터를 타고 1층으로 내려가 포터네 방의 벨을 울렸다.

다부지고 천하게 생긴, 키가 작달막한 남자가 문을 열었다. 모자를 뒤로 삐딱하게 젖혀 쓰고 있었다. 그 남자 뒤로 어물쩍거리고 있는 포터 부인의 모습이 보였다.

"이분, 경찰에서 오신 분이에요. 해리, 너무 상관 않도록 해요……"

포터의 아내는 꼬챙이 같은 소리를 냈다.

땅딸막한 남자는 뚱뚱보 아내를 무시하고 말했다.

"아아, 그럼 당신은 형사인가요? 나는 여기 관리인인데, 해리 포터라고 합니다. 지금 막 공장에서 돌아와 아내한테서 들었습니다만, 타클 씨 방에서 무슨 변이 있었다고요? 대체 위에서 무슨 일이 있었습니까?"

엘러리는 나직한 소리로 말했다.

"뭐, 그다지 소란 떨 일은 아닙니다, 포터 씨. 하지만 돌아오셔서 다행이군요. 난 정보가 필요하거든요. 틀림없이 당신한테라야 뭘 좀 들을 수 있을 것 같아서 말이죠. 당신들 두 사람 중 누구라도 좋소만, 최근에 이 건물 안에서 본 일이 없나요, 고양이 시체를?"

포터의 턱이 축 늘어졌다. 아내는 놀라서 목을 꼴딱거렸다.

"그거 참 이상한 일입니다만, 틀림없이 보았어요. 아내 말로는 위층의 5-C호실에서도 한 마리 죽어 있다던데요. 그 두 노인네가 그런 짓을 할 줄은 몰랐어요."

엘러리는 활기를 띠고 말했다.

"어디서 발견했지요? 몇 마리나?"

"네, 지하실 쓰레기통 속에서지요."

엘러리는 무릎을 탁 쳤다.

"그렇지. 나도 어지간히 멍텅구리였어. 이제야 모든 걸 알겠군. 쓰레기통 속에서라. 그래, 포터 씨, 여섯 마리였지요?"

포터의 아내가 다급하게 말했다.

"어마, 선생님이 어떻게 그걸 아시죠?"

"쓰레기통이란 말이지요." 엘러리는 아랫입술을 빨면서 중얼거렸다. "뼈이겠지요, 두개골 말이오."

"그렇습니다요." 포터는 대답해 놓고 난처한 듯한 표정을 지었다. "내가 직접 발견했지요. 쓰레기를 태운 재를 끌어내기 위해 아침마다 청소를 하거든요. 여섯 마리의 고양이 두개골과 흐트러진 잔뼈가 있더군요. 전 무척 화가 나서, 이런 걸 쓰레기통 속에 넣는 게 도대체 어떤 놈일까 하고 이 아파트 사람들에게 물어 봤지만 아무도 입을 열지 않더군요. 한꺼번에 버린 건 아니었어요. 벌써 4, 5주일 계속되었는데, 대개 한 주일에 한 번 꼴이었지요. 기가 차서, 알기만 하면 두들겨 패주고 싶은 심정이었지요."

"발견한 건 틀림없이 여섯 마리지요?"

"그럼요."

"그 밖에 무슨 이상한 일은 없었소?"

"없었는데요."

"고맙소. 이제 이 이상 더 귀찮은 일은 일어나지 않을 거요. 너무 신경 쓰지 말고 깨끗이 잊어버리도록 하시오."

엘러리는 지폐 한 장을 손에 쥐어 주고는 휴게실에서 밖으로 나갔다.

멀리 가지는 않았다. 사실은 조금 걸어가서 지하실과 창고로 내려가는 보도의 계단 있는 데까지 갔을 뿐이었다. 약 5분쯤 지나자 발길을 돌려서 아무도 몰래 또다시 5-C호실로 들어갔다.

오후 느지막이 컬리가 5-C호실 입구에 와보니 문이 잠겨 있었다. 안에서 엘러리가 나직한 목소리로 말하는 것이 들리더니 곧 전화 수화기 놓는 소리가 들렸다. 안심한 컬리는 벨을 울렸다. 엘러리는 이내 나와 재빨리 컬리를 안으로 들여놓고 소리나지 않게 문을 걸고 침실로 데리고 갔다. 컬리는 향나무 의자에 털썩 주저앉았으나 그 예쁘장한 작은 얼굴에는 씁쓰레한 실망의 빛이 떠올라 있었다.
"한바탕하고 온 셈이군요. 그래, 결과는 어땠소!"
엘러리가 물었다.
컬리는 얼굴을 찡그리며 대답했다.
"무척 실망하실 거예요. 그다지 도움이 돼 드리지 못해 죄송해요."
"프라우티 의사께서 뭐라고 하시던가요?"
"희망을 얻을 만한 것은 아무것도 없었어요. 하지만 프라우티 선생님은 참 좋은 분이시더군요. 의무 검사관이든, 여자 앞에서 이상야릇한 고깔모자를 쓰고 계시든, 어쨌든 간에 말이에요. 그런데 그분의 보고는 그다지 신통치가 않아요. 프라우티 선생님은 선생님께서 저에게 들려 보낸 음식물에는 아무런 이상이 없다는 거예요. 좀 오래되어서 쉬기는 했지만 그 밖에는 전혀 이상이 없답니다."
"별로 나쁜 보고도 아니지 않습니까?" 엘러리는 유쾌한 듯이 말했다. "자, 기운을 내요, 다이아나. 그건 아가씨가 나에게 가지고 온 뉴스로서는 최상의 것이오."
"최상의 것이라고요?" 컬리는 어안이 벙벙해서 말했다.
"그것은 실로 멋들어지게 가설을 사실로 바꿔 놓아줍니다. 아가씨, 마치 육체파 여배우인 메이 웨스트의 브래지어처럼 꼭 들어맞아요.

우리는…… ."

엘러리는 의자를 끌어당겨 컬리와 마주보고 앉았다. 그리고 다시 말을 이었다.

"해결에 도달했어요. 그런데 아가씨는 이 방에 들어올 때 누구의 눈에도 안 띄었지요?"

"전 지하실로 내려가서 거기서 엘리베이터를 탔어요. 아무도 못 보았을 거예요. 틀림없이. 잘은 모르지만요…… ."

"아주 잘한 일입니다. 자세한 설명을 해드릴 시간이 아직 있을 것 같군요. 나는 한 시간 남짓 여기서 혼자 생각을 하고 있었습니다. 음울한 일이긴 했지만 결과는 만족할 만한 것이었지요."

엘러리는 담배에 불을 붙이고 편안하게 다리를 포개면서 말을 이었다.

"컬리 양, 당신은 머리가 좋고, 또 여성 특유의 민감함을 지녔습니다. 그 점을 나는 확신하고 있소. 그러니까 한번 생각해 봅시다. 중풍에 걸린 돈 많은 할머니가 왜 5주일 동안 여섯 마리의 고양이를 몰래 사들였는가 하는 그 까닭을 말이오."

컬리는 어깨를 움츠렸다.

"아까도 말씀드렸지만 저는 도무지 짐작도 할 수가 없어요. 저에게는 깊은 어둠에 싸인 수수께끼예요." 컬리는 엘러리의 입술을 바라보고 있었다.

"하지만 그건 그다지 어려운 문제가 아니오. 좋소, 그럼, 내 생각을 대강 이야기해 드리지요. 이를테면 말입니다. 그런 짧은 기간 동안에 그토록 많은 고양이를 괴짜 한 사람이 사들였다는 사실이 암시하는 것은 우선 생체 해부겠지요. 하지만 타클 자매는 두 사람 다 과학자가 아니었습니다. 그렇다면 이 설명은 논의에서 제외됩니다. 아시겠지요?"

“네, 알겠어요.” 컬리는 숨을 죽이고 말했다. “이제 선생님이 말씀하시는 뜻을 잘 알겠어요. 유페미어 씨는 고양이를 싫어하니까 애완용으로 샀다는 것은 생각할 수가 없겠군요.”

“그렇습니다. 그럼, 계속하지요. 그 고양이는 쥐를 잡기 위해서였을까요? 그것도 아닙니다. 포터 부인 말에 따르면 이 빌딩에 쥐는 없다고 했으니까요. 그럼, 교배용이었을까요? 그것도 있을 수 없는 일입니다. 새러 앤의 고양이는 수컷이었고, 유페미어가 산 것도 수컷뿐이었으니까요. 그리고 고양이는 모두 변변찮은 것들뿐이니, 누가 그런 시시한 동물을 위해 큐피드 역할을 하겠습니까?”

“하지만 그분은 선물을 하기 위해서 고양이를 샀는지도 모르잖아요?” 컬리는 미간을 찌푸리고 말했다. “그건 있을 수 있는 일이니까요.”

“있을 수 있는 일이지요. 하지만 나는 그렇게는 생각하지 않습니다.” 엘러리가 서슴없이 말했다. “다음 사실을 알고 나면 컬리 양도 그렇게는 생각하지 않을 겁니다. 아파트 관리인이 아래층 쓰레기통의 잿 속에서 여섯 마리의 고양이 해골을 발견했습니다. 그리고 또 한 마리는 죽어서 저 욕조 속에 뒹굴고 있었지요.”

컬리는 말도 하지 못하고 엘러리를 보고 있었다.

“그래서 그럴 듯한 설명은 다 나온 것 같군요. 좀더 특수한 설명은 떠오르지 않습니까?”

컬리는 새파랗게 되었다. “그럼 가죽을 벗기기 위해서가 아닐까요?”

“희한하군요.” 엘러리는 웃음소리를 내며 말했다. “그건 분명 특수한 것 중에서도 특수한 설명입니다. 그렇지만 아닙니다. 가죽을 벗기기 위해서는 아니지요. 이 방에 가죽은 한 장도 눈에 띄지 않으니까요. 그리고 누가 수고양이를 욕조 속에서 때려 죽였는지는 모르지만, 그 고양이에 피는 묻었을망정 가죽은 벗겨지지 않았어요. 또 특수한 설명으로서 먹기 위한 것이었다는 가설도 제외된다고 나는 생각해요. 식인종이라면 또 몰라도 문명인이 고양이를 잡아먹다니, 그런 야만적인 일은 생각조차 할 수 없으니까요. 동생인 새러 앤을 위협하기 위해서였을까요? 고양이를 끔찍이 귀여워하고 있었으니까요. 새러 앤을 할퀴어 죽이기 위해선가? 그렇다면 발톱에 독을 발라 두어야 합니다. 하지만 그렇게 하면 새러 앤뿐만 아니라 유페미어 할머니도 다같이 위험하게 됩니다. 그리고 무엇 때문에 고양이가 여섯 마리나 필요할까요? 그럼…… 영원한 어둠 속의 길잡이로서일까요? 그런데 유페미어는 장님이 아니었고, 또 침대에서 한 번도 떠난 적이 없었지요. 무슨 다른 이유가 떠오르지 않습니까?"

"하지만 그런 것은 다 터무니없는 짓이에요."

"내 이론의 우여곡절을 욕하는 게 아닙니다. 하기야 터무니없는 짓일지도 모르지만, 소거법(消去法)에서는 언뜻 난센스로 보이는 일이라도 무시해서는 안 됩니다."

"그러고 보니, 난센스가 아닌 것이 한 가지 생각났어요." 컬리가 갑자기 말했다. "순수한 증오심, 유페미어는 고양이를 싫어하고 있었잖아요? 그러니까 머리가 돌아서 그냥 고양이를 죽이는 기쁨만을 위해서 샀던 거라고 생각해요."

"녹색 눈을 한 똑같은 크기의 고양이만을 말인가요?" 엘러리는 고개를 저었다. "그 노인의 편집증도 그렇게까지 철저했다고는 도저히 생각되지 않습니다. 그리고 그 할머니가 고양이를 싫어하는 것은 새러 앤이 아가씨네 가게에서 그 특수한 수고양이를 사기 전부터 있었던 일입니다. 그렇지 않습니까? 그런데 내가 생각할 수 있는 것이 꼭 한 가지 남아 있소, 컬리 양."

엘러리는 의자에서 일어나 방 안을 거닐면서 말을 이었다.

"이것은 남겨진 유일한 가능성일 뿐만 아니라, 거기에는 여러 가지 뒷받침이 있습니다. 즉 방어용이라는 것이지요."

"방어용이라고요?" 컬리는 놀라 눈을 크게 떴다. "어째서일까요, 퀸 선생님? 그런 일이 있을 수 있을까요? 방어용으로 개를 사는 사람은 있지만, 고양이는……."

"아니, 내가 말하는 것은 그런 뜻의 방어가 아니오." 엘러리는 답답한 듯이 말했다. "나는, 살고 싶다는 절실한 욕구와 우연히 고양이를 싫어한다는 상황이 목적을 위해 이상적인 방편이 되었으리라고 말하고 있는 겁니다. 이건 아주 무서운 사건입니다, 컬리 양. 모든 각도에서 보아, 유페미어 타클은 두려워하고 있었던 겁니다. 무엇을 두려워하고 있었는가? 돈 때문에 살해되지나 않을까 두려워하고 있었던 겁니다. 그것은 조카인 모튼에게 쓴 편지로 충분히 증명되고 있습니다. 그리고 노인의 유명한 구두쇠 성질, 은행을 믿지 못했다는 점, 친동생에 대한 혐오, 이런 것들 때문에 그 공포는 더욱 부추겨졌던 겁니다. 그러면 고양이가 어떻게 계획적 살인에 대한 방어 수단이 될 수 있었겠는가?"

"독살이겠지요!"

"네, 맞았습니다. 음식에 독이 있나 없나 맛보는 역할을 맡았던 겁니다. 정말이지 중세기 시대로 되돌아간 것 같군요. 그것을 뒷받침하는 자료는 많습니다. 유페미어 할머니는 최근에 혼자 식사를 하고 있었지요? 그것은 혼자 몰래 무엇인가를 하고 있었다는 것을 암시합니다. 그리고 짧은 기간에 여섯 번이나 고양이를 주문했지요? 무엇 때문일까요? 분명히 그때마다 아가씨한테서 산 고양이는 정해진 역할을 하느라고 할머니의 음식을 먹어보고 모든 노예들이 가야 할 길을 걸어서 죽어 간 것입니다. 유페미어 할머니에게 먹이려고 만든 독이 든 음식을 먹고 죽어 간 것입니다. 그렇기 때문에 자꾸 주문을 해야 했던 거지요. 결정적인 증거는 쓰레기통 속에 있던 여섯 마리의 고양이 해골입니다."

"하지만 유페미어 할머니는 걷지 못해요." 컬리는 항의를 했다.

"그런데 어떻게 시체를 처리할 수 있었겠어요."

"포터 아주머니가 아무것도 모르고 할머니 대신 치우고 있었던 것이라고 생각합니다. 포터 아주머니가 그러지 않았습니까. 새러 앤이 외출하고 없을 때 유페미어는 아주머니를 종종 이 방에 불러서 부엌의 쓰레기를 쓰레기통에 버리게 했다고. 종이에 싸 놓은 '부엌의 쓰레기'가 실은 고양이의 시체였던 거지요."

"그런데 어째서 검은 고양이를, 더구나 녹색 눈을 한 똑같은 크기의 수고양이를 주문했을까요?"

"자명한 이치지요. 왜냐하면 분명히 새러 앤을 속이기 위해서입니다. 새러 앤은 녹색 눈을 한 어떤 크기의 검은 고양이를 키우고 있었으니까. 유페미어도 그것과 같은 고양이를 아가씨한테서 산 겁니다. 그 단 한 가지 이유는, 그러니까 새러 앤의 눈을 속여서 언제나 방에 돌아다니는 검은 수고양이가 자기 고양이인 줄, 처음에 사온 고양인 줄 알게 해 두기 위해서였지요. 그것은 물론 유페미어 할머니가 새러 앤의 고양이를 맨 처음의 독살 계획을 알아내는 데에 사용했다는 것을 암시합니다. 새러 앤의 고양이는 맨 처음의 독의 희생이 되었던 겁니다. 그 고양이가 죽었을 적에 유페미어 할머니는 아가씨한테서 다른 고양이를 샀던 거지요. 동생 몰래 말이지요.

물론 독살자가 활동을 시작한 바로 그때, 유페미어 할머니가 누군가 자신을 노리고 있음을 눈치챘는지, 그건 영원히 모르겠지요. 십중팔구 우연히 알았든가 아니면 무슨 영감 같은 것을 받았을 겁니다. 머리가 좀 돈 할머니들 육감이란 희한한 것이니까요."

"그런데 할머니가 고양이 일로 세러 앤 씨를 속이려 하고 있었다면," 컬리는 목소리를 죽이고 말했다. "유페미어가 의심하고 있었던 것은……."

"그렇습니다, 할머니는 동생이 자기를 독살하려는 줄 알고 동생을 의심하고 있었던 겁니다."

컬리는 입술을 깨물었다. "괜찮으시다면 담배 한 대 주시겠어요?"

엘러리는 잠자코 담배를 내밀었다.

"이렇게 끔찍한 이야기는 들어 본 적이 없어요. 언니와 동생인 두 할머니가, 이 세상에 의지할 데 없이 한쪽은 모든 치다꺼리를 받고 한쪽은 밥을 얻어먹어 가며 서로 의지하여 살아가는 처지에……몸을 지키려 해도 방법이 없는 병든 할머니가……." 컬리는 몸을 떨었다. "그 불쌍한 사람들은 어떻게 되었을까요, 퀸 선생님?"

"글쎄요, 생각해 봅시다. 유페미어 할머니는 행방불명입니다. 그녀에 대해서 적어도 여섯 번 독살이 계획되었다가 여섯 번 다 실패로 끝난 것을 알고 있습니다. 그러니까 일곱 번째의 계획이 있어—— 유페미어 할머니가 영문 모를 상황에서 행방불명이 된 것으로 보아 ——그 일곱 번째의 계획은 성공했다고 추정하는 것이 논리적입니다."

"하지만 선생님은 어째서 그분이 죽었다고 생각하시죠?"

"그 할머니는 어디로 갔을까?" 엘러리는 무관심하게 말했다. "남아 있는 또 하나의 가능성은 할머니가 달아났다는 것입니다. 그렇지만 그분은 남의 손을 빌리지 않고는 한 발짝도 걷지 못하며, 부축 없이는 침대에서 움직일 수조차 없지요. 누가 할머니를 부축해서 데리고 나갔는가? 우선 세러 앤뿐인데, 세러 앤은 자기를 독살하려 한다고 의심받는 장본인입니다. 할머니가 조카에게 써 보낸 편지로 보더라도 세러 앤에게 구원을 청할 까닭이 없습니다. 그러니까 할머니가 달아났으리라는 것은 생각할 수 없는 문제입니다. 그럼에도 불구하고 행방불명이 되어 있는 이상 죽은 게 틀림없지요. 한번 잘 생각해 봅시다. 유페미어 할머니는 음식에 독약이 든 사실로 누군가 자기를 노리고 있다는 것을 알고 있었기 때문에, 거기에 대해 주의를 게을리하지 않았습니다. 그런데도 독살범은 어떻게 할머니의 방어책——일곱 마리째의 고양이입니다만——을 무너뜨렸을까요. 유페미어 할머니는, 우리가 식사 쟁반 위에서 발견한 음식을 일곱 번째 고양이에게 먹여 봤다고 생각하는 게 타당하겠지요. 프라우티 의사의 보고로, 그 음식에는 독이 들어 있지 않았다는 것을 알았습니다. 그렇다면 고양이는 음식 자체에 들어 있던 독을 먹고 죽은 건 아닙니다. 이건 고양이가 맞아 죽은 사실로도 증명되고 있습니다. 고양이가 음식에 든 독으로 죽은 것이 아니라면 할머니도 마찬가지입니다. 그럼에도 불구하고 모든 징후는 할머니가 독물로 죽었을 게 틀림없다는 것으로 나타나고 있습니다. 유페미어 할머니는 음식을 먹음으로써가 아니라, 먹는 과정에서 독사한 것입니다.”

“무슨 뜻이지요?” 컬리는 바싹 다가앉으며 말했다.

“나이프나 포크 말입니다!” 엘러리가 외쳤다. “나는 오늘 오후, 아가씨에게 유페미어 말고 누군가가 할머니의 나이프와 포크와 스푼에 손을 댔다는 것을 설명했습니다. 그것은 독살범이 일곱 번째에는 그것들에 독을 발랐다는 걸 암시하지 않습니까? 이를테면, 포크에 색깔도 맛도 전혀 없는 독약을 발라 놓았다면, 유페미어는 속았을지 모릅니다. 고양이에게는 손으로 음식을 집어 주었기 때문에——누구든지 나이프나 포크로 고양이에게 먹을 것을 주지는 않으니까요——고양이는 살았던 것입니다. 유페미어는 독이 묻은 나이프와 포크로 음식을 먹었기 때문에 죽었겠지요. 심리적으로도 이것은 진상에 가깝다고 생각됩니다. 여섯 번 해서 여섯 번 다 실패한 독살범은 초조해서 일곱 번째엔 다른 방법을 시도했다고 생각하는 것이 타당합니다. 그 방법을 바꾼 것이 효과를 거두어, 가엾게도 유페미어는 죽은 거지요."

"그럼, 할머니의 시체는 어디에……."

엘러리의 얼굴 표정이 갑자기 바뀌더니 소리도 없이 문 쪽을 홱 돌아보았다. 그는 잠시 긴장한 모습으로 서 있다가 이윽고 말없이 컬리의 화석 같은 몸을 확 잡아 난폭하게 침실 벽장 속에 밀어 넣고 문을 닫아 버렸다. 컬리는 곰팡내 나는 여자 옷들의 보드라운 바다 속에서 거의 질식할 것 같이 되어 마른침을 삼켰다. 바깥문의 손잡이를 누군가가 건드리는 소리가 가느다랗게 들렸다. 틀림없이 저것은——퀸 선생님이 그렇게 당황했으니까——독살범일 것이다. 왜 또 되돌아왔을까 하고 컬리는 생각하면서 안절부절못했다. 쓰고 있는 열쇠는 물론 곁쇠인 것이다. 아까 우리가 급습을 하였을 때는 문에 버팀질을 해 놓았었다. 아마 지붕을 타고 비상 계단으로 해서 광에 들어간 게 틀림없어. 열쇠는 쓸 수가 없었을 테니까…… 누군가가 복도에 서서 보고 있었을지도 모르기 때문이다…….

컬리는 비명이 나오려는 것을 간신히 억눌렀다. 스위치를 누른 것처럼 생각이 날아다녔다. 씩씩거리는 거친 목소리, 격투 소리…… 두 사람은 맞붙어 싸우고 있었다.

컬리는 몹시 화가 났다. 벽장문을 확 열자마자 밖으로 뛰쳐나갔다. 엘러리는 바닥에 팔다리가 얽힌 채 깔려 있었다. 나이프를 든 손이 번쩍 쳐들렸다. 그 순간 컬리는 반사적으로 냅다 발로 찼다. 무엇인가 날카롭게 뚝 소리가 났고 그녀는 뒤로 넘어졌다. 그와 동시에 축 늘어진 손에서 나이프가 쨍그랑 하고 떨어졌다.

"컬리 양! 문!"

엘러리가 무릎 밑 부분을 아픈 듯이 누르고 헐떡이면서 말했다. 귀가 멍멍하여 넋을 잃고 있던 컬리는, 문을 쾅쾅 두드리는 소리가 희미하게 들려오자 그쪽으로 저도 모르게 비틀거리면서 걸어갔다. 실신하기 전에 마지막으로 기억하고 있는 것은 감색 옷을 입은 경관인 듯한 사람들이 우르르 몰려 들어와서 맞붙어 있는 두 사람에게 덤벼든 일이었다.

"이제 걱정 말아요."

아득하게 누군가의 목소리가 들려왔다.

컬리가 눈을 떠보니 침착한 태도로 단정하게 차려 입은 엘러리 퀸이 위에서 내려다보고 있었다. 컬리는 멍하니 머리를 움직였다. 난로가 보이고 벽에는 검이 열십자로 걸려 있었다.

"놀랄 것 없어요, 마리 양." 엘러리는 웃었다. "유괴된 건 아니오. 아가씨는 잠시 발할라(북유럽 신화에 나오는, 오딘 신이 용감히 죽은 전사자들을 위로하는 곳)에 가 있었던 거요. 이제 모든 건 다 끝났소. 당신은 내 아파트의 소파에 누워 있는 겁니다."

"아아," 컬리는 힘없이 바닥에 발을 내려놓았다. "전 그 경위를 알고 싶어요. 어떻게 된 거지요?"

"괴물은 문제없이 붙잡았습니다. 아가씨는 좀더 가만히 쉬고 있어요. 얼른 차를 끓여 올 테니까……."

"그런 소리 마세요!" 컬리가 퉁명스럽게 말했다. "전 선생님께서 어떻게 기적을 이루셨는지 그걸 알고 싶어서 그래요. 어서 좀 가르쳐 주세요. 마음 졸이게 하지 마시고요."

"분부대로 하지요. 대체 무엇을 알고 싶은가요?"

"선생님은 그 무서운 사람이 되돌아온다는 것을 어떻게 아셨지요?"

엘러리는 어깨를 으쓱했다.

"그럴 가능성이 충분히 있었던 거지요. 유페미어 할머니는 물론 숨겨 놓은 돈 때문에 독살된 겁니다. 살해된 것은 아무리 늦어도 그저께의 일입니다. 어제 보았던 우윳병을 생각해 보세요. 아마 그저께 밤의 일일 겁니다. 독살범은 할머니를 죽인 뒤에 돈을 발견했을까요? 그리고 오늘 오후 우리가 급습을 했던 빈집을 노린 도둑은 누구이며, 문에 버팀질을 해놓고 창문으로 도망친 건 누구일까요? 그가 살인범임에 틀림없습니다. 그러나 그 살인범이 범행 뒤 또 현장으로 되돌아왔다면 범죄를 저질렀을 때는 돈을 발견하지 못했다는 뜻입니다. 아마 범행 직후에는 치울 것이 너무 많아서 찾을 겨를이 없었겠지요. 어쨌든 범인은 되돌아오자마자 우리의 습격에 놀랐던 겁니다. 아마 그때가 할머니의 침대를 찢은 직후였겠지요. 그래서 아직 돈을 찾지 못했을 가능성이 충분히 있었습니다. 만일 돈을 찾지 못했다면 또 올 거라고 나는 확신했습니다. 요컨대 돈이 탐나서 살인을 한 것이니까요. 그래서 나는 범인이 틀림없이 되돌아올 거라고 짐작했던 거지요. 그리고 정말로 왔던 겁니다. 아가씨가 프라우티 의사한테 가 있는 동안, 나는 경찰에 전화하여 원조를 청해두었었지요."

"범인이 누군지 알고 계셨어요?"

"그야 물론이지요. 충분히 증명할 수 있는 일이었습니다. 그 독살범으로서의 첫째 조건은 가까이 있다는 점입니다. 독살 계획이 시작된 것은 5주일 전이라고 추정됩니다만, 그 동안에 그렇게 계속 독살 계획을 되풀이하려면 범인은 유페미어 할머니 가까이, 혹은 적어도 그녀의 음식물에 접근할 수 있는 입장에 있지 않으면 안 됩니다. 그래서 분명하게 의심할 수 있는 사람은 여동생입니다. 새러앤에게는 동기가 있었습니다. 증오와, 필경은 욕심이지요. 그리고 음식을 만들어 주고 있던 것이 새러 앤이니까 기회도 있었습니다. 그렇지만 나는 세상에서 가장 타당한 이유로 새러 앤을 제외했어요.

　대체 누가 일곱 마리째의 검은 수고양이를 그렇게도 무참하게 때려죽였을까요？ 상식적으로 생각한다면 피해자나 가해자, 두 사람 중 한 사람이겠지요. 그러나 유페미어 할머니가 그런 짓을 할 리는 전혀 없습니다. 고양이는 욕실에서 죽어 있었고, 유페미어 할머니는 중풍 환자라 침대에 누운 채로 한 발도 걷지를 못했으니까요. 그렇다면 고양이를 죽인 것은 틀림없이 살인범입니다. 그러나 새러 앤이 범인이라면 고양이를 몽둥이로 때려죽이는 그런 무참한 짓을 할까요？ 그토록 고양이를 좋아하는데, 따라서 새러 앤은 살인범이 아닙니다."

"그러면 어떻게……."

"압니다. 새러 앤은 어떻게 되었냐는 거죠？" 엘러리는 얼굴을 찌푸렸다. "새러 앤도, 끔찍하지만, 언니나 고양이와 똑같은 길을 걸었을 겁니다. 독살범의 계획대로 유페미어를 죽여 놓고 새러 앤이 언니를 죽인 것처럼 꾸미려고 했던 게 틀림없소. 가장 의심받을 만한 인물이니까요. 그런 경우 새러 앤은 현장에 있어야만 하는데, 그렇지 않단 말씀입니다. 그렇다면 새러 앤의 실종으로 상상되는 것은——곧 범인의 진술로 나의 설명이 뒷받침되리라 믿습니다만——새러 앤이 우연히 살인 현장을 목격했기 때문에 독살범은 범죄의 목격 증인을 없애기 위해 그 자리에서 그 여자를 죽여 버렸으리라는 것입니다. 그 밖의 상황에서는 범인이 그 여자를 죽이지는 않았을 테니까요."

"돈은 발견되었나요？"

"발견되었지요, 바로 눈에 띄는 곳에서." 엘러리는 어깨를 움찔했다. "유페미어 할머니가 늘 침대 위에 놓아 둔 성경 책갈피 속에서요, 에드거 앨런 포 식입니다, 틀림없이.”

“그럼…….” 컬리는 떨리는 목소리로 말했다. “시체는…….”

“물론” 엘러리는 내키지 않는 듯이 느리게 말했다. “쓰레기통 속이겠지요. 그렇게 생각하는 것이 가장 합리적인 처리법일 겁니다. 불은 모든 것을 깨끗이 처리해 주니까요. 뼈로 만들면 한층 더 쉽게 처리할 수가 있거든요. 뭐, 노골적으로 말할 것까지도 없겠지요. 내 말뜻을 아시겠지요?”

“하지만 그렇다면…… 그렇다면 바닥에 뒹굴고 있던 그 악당은 대체 누구였지요? 저는 그 사람을 본 적이 없어요. 설마 모튼 씨의 아, 아버지는 아니겠지요?”

“틀림없이 그렇지 않습니다. 악당이라고 말했는데, 컬리 양.” 엘러리는 눈을 들었다. “제정신과 광기는 종이 한 장 차이이지요. 그리고…….”

“선생님께서는 조금 전까지” 컬리가 말했다. “저를 마리라고 부르시더니…….”

엘러리는 급히 말했다.

“그 방에는 새러 앤과 유페미어, 그 두 사람밖에 살고 있지 않았습니다. 그럼에도 불구하고 독살범은 한 달에 걸쳐서 병자의 식사에 접근할 수가 있었습니다. 분명히 아무런 의심도 받지 않고, 누가 그렇게 다가갈 수 있었을까요? 꼭 한 사람 있습니다. 오후 늦게, 또는 저녁 식사할 때에 한 달 이상 걸쳐서 그 방의 장식을 바꾸고 도배를 해주던 인물입니다. 화학 공장에서 일을 하고 있었기 때문에 누구보다도 독물에 대한 것을 잘 알고, 독물을 입수할 기회를 가졌던 인물, 쓰레기통 청소를 하고 있었기 때문에 자기는 아무런 위험도 느끼지 않고 희생된 사람의 뼈를 처리할 수 있었던 인물입니다.”

엘러리는 덧붙였다.
"바로 그 건물의 관리인 해리 포터입니다."

세월에도 바래지 않는 신선함
추리소설사에 우뚝한 지위도 그대로

퀸은 거대한 흔적을 남긴 작가였을 뿐 아니라 연구가이자 서지(書
誌)학자로서도 일가를 이룰 만큼 지대한 노력을 기울였다. 물론 반
다인에게도 추리소설 걸작집이라는 뛰어난 성과가 있다. 그러나 그의
경우는 겨우 한 권에 지나지 않지만, 퀸은 그가 수집한 세계 제일을
자랑하는 추리소설 관련도서를 바탕으로 수많은 편찬서와 문학선집
을 엮어냈고, 심지어 해미트나 딕슨 카의 단편집까지 다수 편찬했다.
특히 단편추리소설에 조예가 깊었던 퀸은 1951년에 《퀸즈 쿼럼
Queen's Quorum》을 간행했다. 이 책은 1845년부터 그 즈음까지 출판
된 단편 추리소설 가운데 중요한 위치를 차지하는 106권을 연대순으
로 해설한 것으로 마치 추리소설의 역사와 같은 형태를 취하고 있다.
그는 여기서 90번째 작품으로 자신의 《엘러리 퀸의 모험》을 넣었는
데, 그 타당성에 대해서는 자타가 충분히 공인하는 바이다.
이 《엘러리 퀸의 모험》에는 10편의 작품이 소개되었다.
〈아프리카 출장 직원의 모험〉은 탐정 퀸이 뉴욕대학에서 강좌를
맡게 되면서 이야기가 전개된다. 옛날 하버드대학에서 공부했던 그

는, 젊은 학생들에게 추리로 탐지능력을 발전시킨다면 흥미로울 것이라는 아이크소프 교수의 추천으로 좀 색다른 응용범죄학을 담당하게 된다. 이 수업에서 끝까지 경합하게 된 세 학생은 결국 실제 현장에서 그들의 능력을 시험하게 된다. 최근 남아프리카에서 귀국하여 호텔에서 숙박하고 있던 한 남자가 살해된 현장을 검증하고 난 세 학생은 저마다 정해진 시간 안에 관찰과 조사를 마친 뒤 해답을 제출했다. 누구랄 것 없이 저마다 예리한 관찰을 바탕으로 한 추론이었지만, 이에 상응한 지도자 퀸의 지적이 뒤따른다. 그리고 퀸은 마침내 전혀 뜻밖의 범인을 지목하면서 현장수업이 막을 내리는 내용인데, 한 사건에 대한 4종류의 추리 콩쿠르가 독자들에게 흥미를 일으킨다.

〈목매달린 곡예사의 모험〉은 대서양에서 태평양 연안에 이르는 여러 지역에서 가벼운 묘기로 명성을 떨치고 있는 아틀라스 극단이 작품의 무대가 된다. 로프로 목을 매단 여자 곡예사의 죽음에 대해 비로소 퀸이 의문을 품는다. 도대체 사살, 자살(刺殺), 질식사, 박살(撲殺)과 같은 마음 내키는 대로 재빨리 해치울 수 있는 여러 죽음의 방법이 있었는데도 왜 굳이 허공에 매다는 귀찮은 방법을 택한 것일까? 끈에 남겨진 독특한 매듭으로 수수께끼는 해결되지만, 범행수단을 은폐하려는 공작은 참으로 치밀하게 계산된 용의주도한 것이었다.

〈1페니 검은 우표의 모험〉의 발단은 도일의 〈여섯 나폴레옹〉과 구성이 비슷하다. 어느 책방에서 그다지 귀중하지도 않은 같은 책들이 계속해서 도둑을 맞는다. 그렇지만 그 책들 속에서, 영국에서·처음으로 발행되었으며 빅토리아 여왕의 서명까지 들어 있는 유서 깊은 진품이 도난당했음을 비로소 알게 된다. 얼핏 진부한 듯이 보이는 내용이지만 퀸은 화려한 엎어치기 한판으로 상황을 일변시키고 있다.

〈수염난 여자의 모험〉은 백만장자의 유족들을 둘러싼 이야기이다.

전부인의 두 자식은 하나같이 성깔이 나쁘고, 유산도 전혀 물려받지 못한 터라 계모와는 조용할 날이 없었다. 계모는 자식들이 자기를 독살하려 했다고 주장하면서 재산을 질녀와 주치의에게 분산시켰는데, 주치의는 그림을 그리다 살해되고 만다. 그러나 그의 그림에는 수염이 난 여성이 그려져 있어서 사건의 범인을 암시하고 있었다. 지극히 단순한 사건처럼 보이지만 죽음을 눈앞에 둔 기묘한 암시와 퀸의 빈틈없는 관찰이 기막히게 어우러지는 단편이다.

〈세 절름발이 사나이의 모험〉은 은행가와 내연의 관계에 있던 여자는 살해되고 은행가는 유괴된 듯. 융단에 남은 발자국으로 다리가 불편한 세 사람이 관계했다는 사실은 짐작하지만 어떻게 손을 써야 할지는 속수무책이었다. 판에 박힌 문구로 협박장이 날아와 은행가의 신변은 무사하다는 사실을 알게 되지만, 구두 발자국에 집요하게 매달리던 퀸은 마침내 이 사건의 트릭을 알아차린다. 범인의 의도가 오히려 파멸을 불러들인 셈이다.

〈보이지 않는 연인의 모험〉은 모든 미덕의 전형이라고 해야 할 인물이 제1급 살인죄로 감방에 들어가는 기묘한 사실에서 비롯된다. 그의 연인이 외부에서 흘러들어온 화가를 숭배하게 되면서 질투의 화신이 되어 그가 사살했다는 것이다. 공교롭게도 탄환의 조흔(條痕)조차 딱 들어맞는다. 마침내 발벗고 해결에 나선 퀸은 현장을 재조사하면서 어떤 추리를 하게 되고, 신부들과 피해자의 묘를 몰래 파보고서야 자신의 관찰이 정확했음을 확신하게 된다. 탄환의 조흔이 범행의 결정적인 증거가 된 점에 착안하여 범행을 파헤치는 내용이다.

〈티크 담배갑의 모험〉은 아파트에서 살해된 남자 옆에 놓여 있던 담배갑이 보이지 않는다. 분명히 담배를 사서 봉인을 뜯은 것 같은데 담배갑에 들어갈 정도의 개비 수가 모자란다는 사소한 사실도 퀸에게는 납득이 가지 않는다. 그 역시 담배를 피우므로 흡연자의 습관을 숙지하고 있으므로, 작은 의문에서 출발하여 엄밀하고도 예리한 논리로 파고들어 범인을 잡는다.

〈쌍두견의 모험〉은 태풍이 몰아치던 밤 여행길에 들른 어느 여관에서 기괴한 사건을 만나게 된다. 여관 주인은 스스로를 선장이라 칭하고, 여관은 객실이 선실처럼 꾸며진 독특한 건물이다. 여기서 몇 달 전 탈옥수가 도망갔는데 그때 이상한 소리가 계속해서 일어났다는 괴상한 사건 내용을 듣게 되고, 그날 밤 마침내 비극이 일어난다. 수수께끼는 크게 복잡하지 않으나 분위기 묘사가 절묘하다.

〈유리돔 시계의 모험〉은, 퀸이 관계한 수백 가지 범죄사건 가운데서 가장 간단하게 해결한 것이라고 본인은 말한다. 그러나 이 사건 관계자 가운데 그의 아버지 퀸 경감도 아예 '졌다!'고 자인했을 정도였으니 결코 호락호락한 사건은 아니었던 셈이다. 골동품 주인이 살해되면서 목숨이 끊어지던 마지막 순간에 있는 힘을 다 짜내 시계를 끌어당겼고, 자수정을 쥐고 있던 손을 그 시계 위에 올려두었다. 다 죽어가던 인간은 가해자의 이름을 남기고 싶었으나 마침 필기 용구가 없었던 것이다. 결국 자수정과 시계로 범인을 암시했던 것인데, 퀸은 그 암시를 자세하게 검토하여 단순히 그 의미를 풀어내는 데 그치지 않고 그 뒤에 가려진 범인의 의도까지 파헤쳐 내고야 만다.

마찬가지로 〈일곱 마리 검은 고양이의 모험〉도 고양이를 싫어하는 아파트의 늙은 노부인이 매주 한 마리씩 고양이를 사는 기묘한 사건이어서 우선 흥미를 끈다. 그런데 동거하는 이 노부인의 여동생은 고양이를 좋아했다. 그러나 돈이 있는 언니를 의지할밖에 달리 뾰족한 수가 없었지만 이상하게도 자매 사이에는 다툼이 끊이지 않았다. 그 이야기를 해준 애완동물점 여성과 퀸은 불쑥 그들을 찾아갔으나, 중풍으로 움직이지도 못하는 언니는 물론이고 동생마저 흔적이 없다. 대신 검은 고양이 한 마리가 머리가 박살난 채 죽어 있고, 다른 여섯 마리는 쓰레기 소각장에서 뼈로 발견된다. 퀸은 이 고양이의 용도를 검토하여 유일하게 타당한 어떤 설명을 이끌어내면서 마지막으로 범인의 이름을 밝힌다. 기묘한 수수께끼가 점점 부풀어오른 끝에 퀸의 명쾌한 해명이 성립하는 과정은 흥미롭다.

이상 10편은 수수께끼 풀기의 즐거움을 만끽할 수 있는 단편들로, 도일 이후 전통에 뿌리박은 기묘한 사건으로 시작하는 내용이 매력적이다. 〈1페니 검은 우표의 모험〉〈쌍두견의 모험〉〈일곱 마리 검은 고양이의 모험〉이 그러한 의미에서 가작이라고 생각되는데, 증거물에서 그 의미를 찾아내고자 여러 가지 해석을 취사선택하다가 마지막으로 유일한 설명에 도달하는 퀸의 추리과정이 곳곳에 드러나 있어서 흥미로운, 그의 초기 정열이 유감없이 발휘된 작품이라 할 수 있다.

비록 1934년 간행되었으나 70년이 경과된 지금 다시 읽어도 전혀 신선함을 잃지 않은 대표적인 본격 단편집으로 추리소설사에서도 높은 지위를 점유하고 있다.